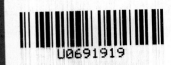

中国专业作家
小说典藏文库

中国专业作家
小说典藏文库

陶纯卷

灵物

陶纯 著

中国文史出版社

写作的意义（代序）

关于写作的意义，以前我并没有过多考虑，就像我没有过多考虑人生的意义一样。人们活着为了什么？若要刨根问底寻找答案，可能有很多——有人为了贪图享乐，追求欲望的充分满足；有人为了事业的成功，一生孜孜不倦；有人为了一己私利，一辈子只知索取，不知奉献；有人稀里糊涂过一辈子，也不知道为了啥……

同样，写作为了什么？

用世俗的看法，不外乎下列几种：一是为了初心和梦想；二是为了名利；三是把写文章当作梯子往上爬，谋取官位；四是为了养家糊口。

关于写作的意义，古今中外的伟大作家有很多高论。《左传》上说，人生有三不朽：立德、立功、立言。立言即指具有真知灼见的言论文章，它能流芳百世。曹操的儿子曹丕似乎站得最高，他在《典论·论文》中说："盖文章，经国之大业，不朽之盛事。年寿有时而尽，荣乐止乎其身，二者必至之常期，未若文章之无穷。"意思是文章它能关乎国家兴亡，是治理国家必不可少的重器，是万代不朽的大事业，人的寿命、荣乐随时会中止，而好文章会代代相传，所以写文章要用心。杜甫在《偶题》一诗中说："文章千古事，得失寸心知。"意思是文章是传之千古的事业，而其中甘苦得失只有作者自己心里知道。龚自珍在《咏史》诗中说："避席畏闻文字狱，著书都为稻粱谋。"意思是，文人骚客一听到文字狱的事就胆战心惊，离席而去，他们著书立说的目的只是为了生活糊口，不敢揭露社会的阴暗面。法国作家大仲马说："历史是一颗钉子，在上面挂我的小说。”大仲马很自信，他把自己的作品当成了历史的一面镜子，事实上他也做到了。阿根廷作家博尔赫斯说过：“我写作不是为了名声，不是为了特定的读者，我写作是为了光阴流逝使我心安。”可见他是一个淡定的写作者。巴金说：“我写作不是我有才华，而是我有感情。”巴金先生非常平易近人，不故弄玄虚。鲁迅说：“文章怎么写，我说不出来。”鲁迅先生此话并非谦虚，他可能想说，作家是课堂上教不出来的，作家需要天赋，文无定法，没有现成的路数教你们成功……

若问我写作为了什么？

为了名利吗？肯定有这个因素，否则就缺乏某种动力，而现实又很严酷——只有成功，才能获取名利。为了往上爬？真没想过，我比较散漫，心直口快，不适合当领导，事实上我一辈子只是一名专业创作员，从没担任过任何官职，连个班长、小组长都没干过。为了初心和梦想？这个没问题，绝对是，我主要是为初心和梦想而创作。为了养家糊口吗？我开始写作的时候，已经是一名军官，生活说得过去，吃饭不成问题，也没想着靠写作发大财，所以这条不成立。归根结底，对于我来说，写作是我生命的一部分，是生命和灵魂的需要，写作于我就像空气和阳光，不能离开。写作照亮了我的生活，使我有勇气面对艰难困苦和悲观孤独……

我们的生活中，几乎干什么都要花钱，大概只有三样东西不要钱：一是阳光，二是空气，三是文字。这三样东西，是可以随便取用的，不用掏腰包。我觉得自己这辈子很幸运很幸福，把三样东西都占了。

我女儿劝我，你光会写不行，还得学会吆喝。我说，先写出好东西再说吧。文坛就像官场，并不是坐在高位上的都是好官，文坛上有些名气大的，也没见他写出什么让人服气的大作。文坛犹如一池水，水上面难免有泡沫，泡沫浮在最上面，阳光一照，花花绿绿，可能很好看晃眼，人们首先看到的就是泡沫，但它是虚的。自己既然做不了泡沫，那就做一颗水中的石子吧，石子不显山不露水，沉甸甸地在下面趴着，多少年之后，泡沫没了，但石子还在。

我还想说，有时候，写作与创作不是一个概念，写作与创作的区别在于写作是物理反应，而创作是化学反应。真正的创作是创新——塑造新的人物，描写新的生活，发掘新的细节，抒发新的情感。

特别感谢中国文史出版社，使我的主要作品以这种形式与读者见面。这不是我写作的终点，而是又一个起点。

此为序。

陶　纯

2018 年 5 月 13 日

目　录

小推车

柱子跟上队伍走了不久，他的父亲王怀炳老汉也加入了支前的行列。老汉已经五十九岁了，按照农救会的规定，过了五十五岁的人可以不出夫，况且他家里还有个瞎眼婆子无人照料。但老汉执意要去，谁也拦不住他。

柱子虽然长成了壮小伙子，但在怀炳老汉的眼里，他的儿子永远是庄稼棵上的嫩须须、开春时节的树芽芽，碰不得拽不得，不容有闪失的。霜降之前，队伍打完了枣庄和泗水，拉到他们这一带休整。这一带刚搞过土改，人们脸上终日喜气洋洋，老汉叼着烟袋锅在自家新分的田地里转悠，老婆子端着簸箕在自家小院里翻晒刚分到手的粮食，大闺女小媳妇参加了妇救会，唱歌、扭秧歌、学识字，小伙子们眼盯着那些扛着钢枪齐步行进的士兵，心就痒痒开了。队伍上的人一来动员，他们纷纷报名参军。按说柱子是独子，可以不当兵，别人也不会小瞧他，更不会被人硬拽了去。可他自己留不住自己，别人就不好说啥了。

那几天，不断有消息传到他家小院里来，说张三家的儿子穿上军装了，李四家的儿子扛上枪了，王二麻子家的儿子也戴上大红花了。柱子脸色越来越不好看，就知道闷头睡觉，喊他吃饭他说不饿，唤他喝水他说不渴，声音哑哑的，入了梦魇一般。他娘烧了一锅开水，让他挑到队伍那边去。他去了，直接走进了一纵七团三营九连二排的驻地。恰巧有个白白净净的战地女记者来二排采访，女记者穿着合体的军装，手里拎着个皮匣子，别人说那叫照相机。女记者喝了一碗水，说，呀，你家的水怎么这样甜呀！柱子低了头说，俺娘用松枝烧的，松枝烧出来的水又香又甜。女记者又说，哟，你是谁家的小伙呀，西王庄的小伙我都见了，就数你精神。刘排长，你借他军装穿穿，再给他一支枪，我给他照张相。

柱子像个木偶一样，任女记者摆布了好一阵子。随即咔嗒一声，定了影。女记者收起皮匣子。那一刻，柱子突然闻到了一种气息，一种他说不出来的气息，那种气息一定来自战场，它含着硝烟，含着新鲜血液，含着钢铁，含着刚刚掀开的泥土，含着年轻的身体，也含着抖落的露珠和破碎的野花。后来柱子把这个发现讲给小娥嫂子听，说这种气息带着魔法，深深迷住了他。

但此刻柱子并不知道，这种气息将伴他一生。回到家里，他把木桶往地上一撂，瓮声瓮气地说，爹，娘，俺想好了，随队伍走。他的娘正烙着煎饼，手按在鏊子上，煎饼煳了，手冒了烟起了泡，也不觉疼；怀炳老汉正蹲在门槛上吧嗒旱烟，烟丝烧尽了，他仍不停地吧嗒，仿佛想把烟油子都吸到肚里去。半个月后，队伍要开拔了，一大早，刘排长带几个兵来到他家，把小院子打扫得干干净净，给水缸里挑满了水。穿一身新军装的柱子起初缩在后面，东张西望不知干啥好，后来他端起瓦盆，往院子中央的那棵香椿树下浇水，一连浇了三遍。那棵香椿是他出生那年栽的，按当地的习俗，在他过周岁时，他的爹娘在树下摆了香案，又扶他磕了三个响头，算是拜了干娘。干娘会保佑他一生平安。现在，香椿树已长到了大腿一般粗，而她的干儿子也要远行了。

刘排长干巴巴地替柱子安慰了几句他的爹娘。倒是刘排长带来的兵里，有个外号叫小算子的，模样虽不济，但能说会道，据说他原先当过算命先生，后来被国民党抓了夫，新四军过涟水时给解放过来了。小算子摇头晃脑对怀炳老夫妇说，大爷大娘甭担心，您儿子像我一样，天庭饱满，地阁方圆，顶冒紫气，面露祥光，福大命大造化大，上了战场，弹子儿会绕着我们飞。你看我从那边到这边，可以说身经百战，屡立战功，见的死人海了去啦，但我一根毫毛都没伤着。老婆子抹了把脸，面带着笑，说，瞧这孩子真会说话。刘排长恼也不是笑也不是，扭头狠狠瞪了小算子一眼。怀炳老汉命老婆子赶紧把放了一冬舍不得吃的红枣拿出来。老婆子端着柳条筐一把一把往孩子们怀里塞。大伙儿躲着不接，老夫妇就虎起脸说，俺儿子和你们一样了，你们就像俺的儿子，一家人还见外？真是的。小算子替刘排长发话道，干脆每人吃一颗吧，人民的枣，人民的心，吃在嘴里，甜在心里。大伙儿都笑了，每人捏一颗扔进嘴里。柱子也含一颗，过了好一会儿才把枣核吐出来，他踱到窗前，用脚踢蹬出一个坑，认认真真把那粒尖尖的枣核埋了进去。然后他抬起头来自言自语说，不知它能不能发芽呢。

号声在村落、田野和山峁间久久回荡。不见首尾的队伍在村外的官道上蜿蜒西去。老人、妇女和孩子们驻足于道路两旁，锣鼓声震天作响，妇救会的大闺女小媳妇把秧歌扭得像刚出锅的麻花，香喷喷让人眼花缭乱；煎饼、鸡蛋、苹果、花生、核桃、大枣在人群里飞来飞去，仿佛是天上落下来的。怀炳老汉一手拉着老婆子，一手拎着烟袋锅，钻来挤去，四只眼睛望着游动的队伍，一眨也不敢眨。老婆子喋喋不休，说咋还不见柱子，他过去了吗？怀炳老汉也纳闷，他觉得这些穿军装的孩子都像一个模子脱出来的，看着看着眼就花了，就辨不出谁是谁了；他还觉得远行的队伍跟沂河的水一样，一直流啊流啊，没个尽头。

小娥也站在欢送的人群里，她没有扭秧歌。她的男人——那个痨病腔子大贵刚死不久，身上还戴着孝，所以她不能在人前过于欢笑。傍晌时，队伍终于过完了，小娥来到怀炳夫妇跟前说，叔，婶，俺看见柱子兄弟了，他背一杆新枪，好精神。俺往他兜里塞了六个红鸡蛋呢。老婆子抬起衣袖抹抹眼，说，嗨哟，俺这是咋啦，连自个儿的儿子都没认清，这眼怕是要瞎了。小娥低下头劝道，婶子，快别说了，俺兄弟确实蛮高兴的，他还对俺说，等打完仗，就回咱西王庄种庄稼，让俺叔给他买把新镰刀，割麦子用。怀炳老汉却不知哪儿来的火，突然冲老婆子说，家里不是还有半罐子鸡蛋嘛，你也不知道煮煮。老婆子忙说，俺心里乱，没顾上。老汉又说，家里还有半口袋花生，你也不想着炒炒。老婆子接上说，俺没顾上，心里乱。

队伍早没了影，他们仍不愿回村。三个人踮起脚尖望着队伍消失的方向，看到日头越落越矮，土地亮晃晃的，村子乌蒙蒙的，远处的群山在阳光下起伏，仿佛大河中的波浪，一直流向天边。

队伍走了不出一月，老婆子的眼睛果真说瞎就瞎了。那天傍晚时分，她熬好晚饭后，像往常一样，摇着一双小脚到村外的官道上朝远处瞭望，望着望着，就感到满眼都是火红的颜色，灼得眼眶子像要炸开。接着，红色慢慢褪了，无涯无际的黑暗浮上来，却再也卸不掉了。怀炳老汉唉声叹气把她背回家，她反倒安慰老头子说，不碍事的，柱子一回来，就会好的，俺还想好好看看他呢。

转过年来，天气冷得厉害。农救会的人敲着铜锣挨家挨户动员，说是队伍要打大仗，攻莱芜，号召大家伙儿有力的出力，有钱的出钱，有粮的出粮；运粮秣，抬伤员，踊跃支前，接济前线。又把整个村落鼓动得热火朝天。怀炳老汉未被列入支前名单，农救会的人没踏他家的门槛，老汉掐着腰气哼哼地说，狗崽子，欺俺老汉子不中用了吗，告诉你们，推起小车俺一天行个百八十里的，啥事没有。

天未放亮，西王庄的十八辆独轮小推车就出村了，吱吱呀呀的响声连成一串，像夜鸟的啼叫，搅碎了黎明前的黑暗。这一带的支前队伍都在那条黄土官道上集合，然后排开一字长蛇阵，人们弓了腰前行。

西去莱芜，一百二十里远，两天的路程。

怀炳老汉和小娥合使一辆小车，老汉在后面推，小娥在前面拉。这一老一少特别惹眼，老的干瘦干瘦，头发花白，额头的皱纹像土地上的沟坎，缺齿少牙的嘴呼出的气息格外浓重；少的细腰圆臀，三尺青丝盘在脑后，一张瓜子脸儿憋得通红。老的边走边望着眼前那根绷得紧紧的麻绳，说大贵家的，甭使那么大劲，路还远着呢，悠着点儿力气。小娥头也不回，柔声说，叔，俺年轻，别的没有，就是不缺力气，累不着的。

自打横了心要去支前，怀炳老汉就着手收拾家里的那辆小推车，该紧固的紧固，朽坏的地方换了新的，又请木匠做了个光滑无比的枣木轮子，把这辆有年头的小车打扮得像个即将迎娶媳妇的新郎官。他没想到小娥也要做民工，小娥不惜和公婆翻脸，死活闹着要走，说不依她她就上吊，或者跳崖。那天她抱着一盘粗壮的麻绳来找怀炳老汉，一见面就咧嘴笑，说，他们总算应了，这样俺就不用这根绳子吊颈了，用它拉车吧。老汉疑惑着说，这可是上前线，你能行吗？小娥说，咦，叔你小瞧了俺，柱子兄弟敢去冒死打仗，俺往前线遛遛腿还不行？说完又笑，像捡了个大便宜。老汉想起，自她男人死后，还没见她笑过呢。

老婆子更是忙乎起来没个完。她睁着一双瞎眼，没白没黑地缝了个红兜肚，又在上面绣了钟馗像，说是护身符，反反复复嘱咐老头，到了前边，无论如何也要想法交给柱子，逼着他戴上。为了做这个护身符，老婆子的手指上扎得到处是针眼子。然后，她又没黑没白地推磨，磨出米面再烙煎饼，焦黄酥脆的煎饼摞在那里，足有多半人高。老汉劝她，说，柱子吃不了这么多，你就歇着吧。她却说，你个老东西，光念着自己儿子，私心忒大呢。见了柱子的同志，每人分一点儿，让他们都尝尝，记住了吗？老汉一拍脑瓜子，说，还是你想得周到，俺忘不了，放宽心吧。

临动身前，老婆子只留下三升玉米，让老汉把家里余下的两口袋粮食都带上。老汉说，咋，俺闹不准啥时回来，你个瞎眼婆子不想活啦？老婆子说，饿不死俺，村里人到时会帮俺的。待在热炕头上，吃糠咽菜照样活命，孩子们就不成了，他们在前边拼命，离了粮食还打个屁仗。老汉拗不过她，只好气哼哼地把口袋绑在小推车上。这样，他们这辆车上的四百斤粮食，约有一半是怀炳老汉自家的。

支前的队伍浩浩荡荡，沿不同的道路奔向莱芜一带的战场。虽然已到了立春时节，但严冬仍在肆虐，呼啸的北风无孔不入，切割着人们裸露的肌肤。太阳尽管露了脸儿，然而它虚弱得飘飘忽忽，仿佛一阵风就能把它刮走。田野里的麦苗还在沉睡，遍地布了白霜，看上去晃人的眼。越往前行，气氛越紧张，已经能够听到远处隆隆的炮声，像雨天的闷雷。一路上，不知为啥，怀炳老汉和小娥尽量不提柱子，仿佛柱子是个易碎的器皿，一碰就坏。他们都把柱子搁在了很深的心里，抑制着不去触动他。但是，他们很快发现，心里搁不下他，心中的他像只小兔，总想沿着嗓子眼儿，蹦到外面来。于是，话题绕来绕去，不由自主就扯出他来。比如小娥说，叔，你快六十的人啦，力气一点儿都不显差。老汉就说，可不，要论下力气，柱子都比不上我老头子。比如小娥说，叔，俺看来支前的人里，就数你年纪大。老汉就说，要是柱子不参军，推这辆车子的，就是他。又比如老汉说，大贵家的，你满二十了吧。小娥就说，过了，二十一啦。俺比柱子兄弟大三岁。俺那个死鬼和柱子同庚，都说女大三抱金砖，俺这辈子怕是连块石头都抱不上了。再比如老汉说，唉，大贵也够可怜的，从小就是个病秧子，摊上你这么个好媳妇，硬是没福命。小娥就说，他呀，要是顶柱子兄弟一根指头，俺也不叫屈。

说着念着，怀炳老汉的眼前就浮起儿子的面影。老王家一直人丁不旺五谷欠丰，到怀炳这一辈时，已是三代单传。再由于家境贫寒，他三十好几了，还未讨上媳妇。有一年的晚秋，他舍命从河里捞起一个女人。一问，她是临沭一带的人，婆家是个富户，因她连着生了四个丫头，被男人一怒之下赶出家门。她没脸回娘家，就四处流浪，沿路乞讨，到了沂河边，她突然不想活了，就顺水而下。后来这女人便成了柱子的娘。但在很长一段日子里，怀炳却当不上爹，女人的肚皮不知何故总也鼓不起来。眼看老王家就要绝户了，苍天有眼，他四十一岁那年，柱子终于呱呱坠地。往后他们再也没能生育，柱子就成了十亩地里的一棵独苗苗。家里虽然吃了上顿没下顿，虽然穿了这件没那件，但凡有一口吃的，但凡有一件穿的，都由着他尽着他。老两口扳着指头过日子，眼瞅着他长成了壮小伙，如果赶上正常年景，该当抱孙子了呀。

离战场越来越近了，隆隆的炮声愈加沉闷。怀炳老汉不敢再往下思想，他吭吭咳嗽一阵，感到脚下发飘发虚。他只好再用些力气，腰弓成一只大虾，使自己的步子不至于零乱。身上的棉衣湿了干，干了湿，又凉又硬；头发、眉毛和胡须结了一层冰碴儿，用手一撸，噼噼啪啪往下掉。

在小娥的脑袋瓜里，柱子是另一种模样。三年前，一乘小花轿把她从东王庄抬到了西王庄。她的男人大贵和柱子是没出五服的堂兄弟，迎亲那天，柱子过来帮忙，端茶递水招呼客人。柱子的装束同其他的乡下同龄少年没啥区别，他们留着同样的发式，戴同样的翻耳棉帽，穿同样的对襟棉袄、挽腰棉裤和圆口棉鞋，就连他们甩鼻涕的动作也几乎一模一样。但小娥却从他们中一眼挑出了柱子，他眉目柔顺，神态腼腆，衣着洁净，手脚灵便。吃饱喝足之后，小叔子辈侄子辈的冒失鬼们都拥到她的新房，信口胡诌，脏话不断，有的还动手动脚，撩拨得她耳热心跳，满面羞红，让她恼不得怒不得，只有招架的份儿。唯有柱子立在一旁，立在冬日的阳光下，丝毫不为所动，似乎他还是个童蒙未开的雏男。可他的个头是同龄人里最高的，他唇边的茸毛已经变粗变硬了。那一刻，她希望他也能过来，主动同她攀谈几句，哪怕说一些过头的话也不要紧。但待了没一会儿，他就一声不吭走开了。

到了晚间，她才发现自己男人是个不可救药的痨病腔子，男人咳得地动山摇，梁上的尘土给震得纷纷往下落，烛光和窗户纸都跟着打战。服侍男人睡下后，她和衣而卧，许久无法入眠，不觉又想到了柱子。天明醒来，枕头湿了一片。两家住在一个胡同里，往后见面的机会天天有，但每次碰上，他都规规矩矩叫一声嫂子，多余的话一句也不说，多余的动作一个也不做。

小娥过门不到一年，男人就卧床不起了。以后每次回娘家小住，公公都差柱子代劳，送她接她。这年春天的一个下午，他们并肩行走在回西王庄的小路上，柱子吭吭哧哧告诉她，有媒人给他提了一门亲，对方是东王庄大财主冯三多的小闺女冯桂香，他爹有点儿动心，冯三多也挺有意。小娥猛地驻下脚步，身子靠在路边一棵白杨树上，说兄弟你可别犯傻，俺和那冯桂香一块儿长大，对她知根知底，她要脸蛋没脸蛋，要身段没身段，屁股瘪得像柿饼，怕是连个胎都坐不下；这且不说，她外不会种庄稼，内不会做女红，你娶这种媳妇图个啥？俺叔是看上了冯家的钱财，冯家是看上了你这一表人才。其实呢，冯家一文钱都恨不能掰成八瓣花，一年到头从来不吃三顿，即使冯家舍得给你家钱财，你说钱财金贵还是人才金贵？小娥胸脯一起一伏，喘口大气，又说，傻兄弟，要是那冯桂香赶上你嫂子一根指头，俺就赞成这门亲事。后来怀炳老汉特别感激小娥，说幸亏她给搅黄了这门亲，否则就坏大菜了。因为去年入冬土改时地主冯三多挨了枪子儿，柱子若是当了他女婿，不给整死也得蜕层皮，更别说参加解放军了，怕只有参加还乡团的份儿。

那个美妙的下午，小娥倚靠着一株挺拔的白杨树，说着说着就走了眼。路上不时有一对回家的小夫妻走过，天上不时有一双归巢的鸟儿飞过，田里不时有两只漫游的瘦狗跑过。小娥热辣辣地说，兄弟，你信吗？嫂子至今仍是根掐花带刺的嫩黄瓜呀，你大贵哥一口都没吃上呀，男人想做的事情他一件也做不了呀。话未说完，泪已沾襟。人都说小娥的脸蛋如月亮一般亮，人都说小娥的眼睛如星星一般明，但柱子就是不敢抬头看她的脸，柱子只是低头瞄她的脚。他浑身冒了汗，脸上水汽涔涔，讷讷地说，嫂子你别难过，大贵哥会好起来的。又说，天不早了，咱回家吧。回答他的，是一声长长的叹息。

再往后，男人一只脚踩阴间一只脚踏阳间，折腾了快两年，小娥收了芳心，尽心尽力侍候男人。埋了大贵，再定眼看柱子，见他不仅挺拔，而且健壮了。却就在这当口，柱子扛起枪走了人。

谁知道啥时候才能再见面？小娥也不敢往下想了。

第二日中午，他们在靠近莱芜城的一个小村子里卸下粮食。怀炳老汉把三大包袱煎饼交给一个收粮的老兵，只留下筷子般高的一摞。草草吃过午饭后，带队的头头招呼大伙儿往回返，怀炳老汉和小娥一商量，决定加入另一支民工队伍，往前线运弹药。怀炳老汉嘱咐几个乡亲，让他们回去后告诉他家老婆子，就说他和小娥给柱子送东西了，晚些日子回家。

城北面的丘陵地带是莱芜战役的主战场，那里枪炮声密得成了疙瘩。怀炳老汉沿途看到很多建筑物上用石灰水写着一些斑斑驳驳的大字，就问小娥写的啥。小娥指着一溜院墙上的一排石灰字说，打倒蒋介石，解放全中国。老汉又问，蒋介石是谁？小娥想了想，说，他是个不让咱老百姓吃饱饭的人。老汉琢磨了一下，说，俺明白了。

临近黄昏时分，仗打完了。小娥搀着怀炳老汉立在一个高坡上。遍地躺着数不清的尸体，遍地是燃烧的灰烬，他们心惊肉跳，不敢往那上面看。刚打了大胜仗的解放军正在收拢，准备脱离战场。

柱子在哪儿？老汉一颗心像锤子击鼓那样怦怦着。小娥瞪大眼睛，在活着的人群里寻找。她闻到了一种非常刺鼻的气息，这种气息令她五内翻卷。她想起柱子曾经向她描绘过一种气息。这就是那种让柱子心魂不安的气息吗？小娥弄不清楚。

一个挎盒子枪的军官牵着匹高头大马从高坡下经过。怀炳老汉冲他说，同志，你见没见俺家柱子？军官说，叫柱子的忒多，哪个部队？老汉忙说，噢，他大号叫王长柱，是一纵七团三营的。小娥补充道，三营九连二排六班的。军官摇摇头说，一纵、二纵、七纵的人都在这里集结，乱得很，怕是难找。

此时，队伍已归拢完毕，开始行军。成千上万的兵依次从他们面前经过，怀炳老汉和小娥大气也不敢出，眼睛更不敢眨，一动不动地望着那些扑面而来的身影。可这些身影几乎一模一样，步伐都很疲惫，衣服上都有烧焦的痕迹，而且大都沾着血，面孔都黑得像包公，只有牙齿和眼珠子是亮的。不多一会儿，怀炳老汉的眼睛就花了，他说，大贵家的，我眼力不济，你可要瞅仔细点儿。小娥下意识地点点头。突然，小娥尖叫道，叔，你快看，那一个像柱子。等那一个近了，近了，再看，却根本不是。小娥急得快要哭了。

就这样，这一老一少迎风站立，用力寻找，直到队伍过完了，也没见到柱子。怀炳老汉木呆呆的，手脚冰凉，一阵风吹来，差点儿把他刮倒。小娥背过脸去，偷偷抹了把清泪。夜幕已罩下来，远处偶尔响起零星的枪声，四周静得瘆人。正不知咋办时，又有一支担架队匆匆路过，二人赶忙下了高坡，伸头打量担架上的伤号。蓦然，一个熟悉的面孔终于映进了老汉的眼帘——但不是柱子，是和柱子一个排的解放军小算子。小算子也认出了怀炳老汉，示意抬担架的人停一停。老汉急煎煎地问，俺家柱子呢？

小算子吃力地说，已经开拔了。

老汉哦了一声，他咋样了？

小算子说，他了不得呢，上了战场比谁都猛。今天下午，他亲手捉了个少将师长，还在火线上入了党，当了班长，都成了我的上级啦。

不知不觉，老汉的脸上涂满了泪。小娥也模糊了双眼，脑袋里像开锅一般，但心里踏实了许多。老汉又说，他挂彩了吗？

小算子说，受了点儿轻伤，左胳膊让炮弹皮咬了一小口。

这点儿伤不算啥。老汉大声说。说完，他俯下身子，猛丁攥住小算子的一只手，孩子，你咋了？

小算子用另一只手指指胸脯，说，没啥，两颗混账子弹不长眼，钻进去喝血吃肉了，奶奶的，便宜了它。

你不是说子弹会绕着你飞吗？老汉冒出一句傻话。

唉，人算不如天算呀。小算子凄凉地笑笑。

血珠子透过担架往下落，转眼汪了一片。抬担架的人咋咋呼呼要赶路，小算子说甭急，急也没用，我已掐算过，我活不过今夜子时。他又转向小娥说，这丫头，是王长柱的小对象吧，真够俊的。小子以前从来没讲过嘛，光一个人偷着乐，不够意思嘛。都到了这时候，小算子还有心开玩笑。

担架队远去了，天也黑尽了。怀炳老汉点上烟袋锅，边吸边和小娥商量，说没见上柱子他总觉心不甘，再说柱子娘捎给他的东西也没交给他，他想继续随队伍走。大贵家的，要不你先回家吧。小娥当即不容置疑地说，俺回家干什么？家里没俺一点儿牵挂头了，俺单单牵挂柱子兄弟，不见他一面俺也不甘心。叔，咱爷俩一块儿走，管它天南还是海北。

月光下，一老一少又上路了。

这以后，他们随队伍上泰安，下兖州，奔鲁南，进苏北。反正哪里有队伍，哪里就有支前民工，不愁没伴儿。他们运粮运弹，抬伤员埋死人，什么都干过。有一次，遇到敌机轰炸，同行的民工扔下运粮车就往路边的树林里钻，他二人不慌不怯，硬是把车子推到了安全的地方，结果很多小车被炸翻了，粮食撒得到处都是，他们车子上的粮食一粒没丢。怀炳老汉淡淡地说，柱子他们在第一线，啥样的恶阵没见过，几架小飞机吓不倒咱。小娥说，柱子兄弟当兵走时还怪咱没觉悟呢，他要是见了刚才那阵势，肯定夸耀咱爷俩一番。老汉颇为得意，说，儿子是好汉，老子也不是软蛋，就连你这个长头发的小媳妇，见识一点儿都不比老爷们儿短。小娥美滋滋地说，俺比柱子兄弟还差得远呢。

队伍这一阵子没打大仗，形势不算紧张，老少二人的心情也像渐渐转暖的天气那样，充满了阳光。一路上的话题自然仍是离不开柱子。每到一座刚解放的城镇，怀炳老汉就说，肯定是柱子他们攻下的。每吃上一顿当地百姓为民工们准备的可口饭菜，小娥就说，要是没有柱子兄弟他们，咱哪能吃上这么香的萝卜炖肉、白面馍馍呀。怀炳老汉沉吟道，柱子是个好孩子，又听话又懂事，就是腼腆，胆也忒小，见了蚂蚁都绕着走，见了生人就脸红，人都说这种脾性的孩子没出息。哪想到他当兵不几天，一立竿就见影，立马换了个人，小算子说他捉了个少将师长，大贵家的，你说说，师长是个多大的官？小娥说，师长带的兵呀，少说也有万儿八千。老汉啧啧道，瞧瞧，领兵一万的先锋官，生生让俺家柱子给捉了。老王家从古到今，就出来他一个兵，他没给祖宗丢脸哪。老汉说着说着就湿了眼睛。

一次，小娥幽幽地说，咱们队伍总打胜仗，照这样子打下去，不出几年就会夺了他老蒋的江山。等全国解放，俺柱子兄弟官当大了，进了城，再娶个城里的洋婆娘，会不会忘了咱西王庄？老汉胡子抖了抖，一跺脚，说，他敢，看俺不敲断他的腿。他就是住上了金銮殿，也不能忘本。人哪，啥都好说，就是不能忘本。

春天快要结束时，队伍掉头北上，再次踏进沂蒙山。

山山岭岭，沟沟壑壑，一眼望不到边。山上的树绿了，路边的花开了，蝶儿贴着枝头翩跹，蜜蜂绕着花蕊旋转。空气里流窜着芳香，布谷鸟儿在眼望不见的高处声声啼叫，清亮的溪水倒映着山冈树木和蓝天白云。小娥就觉得眼里溢满了斑斓的色彩，心里荡漾着浓稠的情感。在缭绕不绝的阳光、月光、清风和植物的芬芳中，小娥一次次不可遏制地想到柱子。半年前的那个下午，小娥正在屋里给她娘家的兄弟纳鞋底，柱子突然闯了进来。人都说寡妇门前是非多，自打大贵死了后，柱子这还是第一次踏她的门槛，她禁不住眼睛发潮，鼻子发酸，心尖子撞得胸房又疼又痒，手脚一时不知往哪儿搁。柱子给她带来了离家参军的消息，她不信，死也不信，说，你骗嫂子玩呢。柱子说，是真的，俺啥时候骗过嫂子。小娥当即噤了声，许久才说，俺早知道西王庄留不住你，任谁也留不住你，这是命。原本呢，兵荒马乱的年月，是好马就得拉出去溜一溜，是好男就得扛上枪抖一抖，才不枉来世上走一遭，嫂子一句拦你的话都不想说。只是，你这一走，把嫂子的心也带走了呀。唉，不说了不说了，这是命。柱子似乎也动了心，说，俺记住了嫂子的情，更忘不了嫂子的恩，只要俺不死，总有再见面的那一天。小娥忙伸手捂他的嘴，说，这种不吉利的话万万讲不得。

小娥拿过未纳好的鞋底，让柱子试一试，说如果大小正好，这双鞋做好了就是他的，如果不合适，她另做一双。一试，差了许多，小娥生气地把鞋底扔到了一旁。这时，她的公公在外面大声咳嗽，她的婆婆在窗下走来走去，柱子不宜久留。送柱子出门时，见一队士兵训练归来，柱子就说，嫂子，兵们身上的气息忒好闻，只有上过战场的人才会有这气息，你说是吗？小娥说，用不了多久，你也一样的，只是不知俺能否闻得到。柱子说，你会的，只要有心，就能闻到。

接下来的日子，小娥熬红了眼，把她的心魂缠绕在一针一线上。但时间太紧，她没能在柱子离家之前把那双鞋赶做出来。现在，那双千层底的布鞋就掖在她的怀里，每走一步都能觉出它的分量。它像一双大手，一下一下蹭她的肉；它又像两把小锤，扑通扑通敲她的心。她早想好了，她要等他再打了大胜仗时，把他叫到没人的地方，变戏法似的拿出它来，逼他洗干净脚，然后亲手为他穿上。傻兄弟，傻柱子，感觉舒坦吗？行了，啥也别说了，穿上嫂子做的鞋，唱着歌谣走天涯吧。

田里的麦梢变黄了时，他们进入蒙阴县。再往前走，就是孟良崮。

孟良崮到了。

老天爷，这是啥地方呀，崮上的石头全成了红的，崮上的树木全成了碎的，崮上的野花和小草一棵也不见了。活着的人都扯着喉咙疾号，对着天空放枪。怀炳老汉和小娥扔下小推车，跌跌撞撞往活人多的地方跑。

在孟良崮西面的山脚下，他们终于找到了一纵七团三营九连二排。二排只剩下六个活着的，怀炳老汉一个也不认识。他抓住一个小战士的胳膊，用力摇晃着说，柱子，王长柱，他在哪儿？

小战士说，大爷，俺不认识他。

他明明就是二排的，咋会不认识。老汉生气地说，你们刘排长呢？

小战士急火火地把他二人带到伤员堆里。刘排长肚子上全是弹洞，一条腿也不见了，小脸惨白得像一张白面煎饼。刘排长使出最后的力气，断断续续告诉怀炳老汉和小娥，柱子半年前就牺牲了，那是他参军离家的第七天，在费县境内，他头一次参战，刚进战壕，就被一颗流弹击中了，一句话都没留下。说罢，刘排长抬手指指上衣口袋，就咽了气。

小战士从刘排长的上衣口袋里掏出一张沾了血迹的照片，递给怀炳老汉。这是柱子此生留下的唯一一张照片。照片上的柱子身着戎装，怀抱钢枪，抿嘴凝眉，表情平静地望着他顿显苍老的爹。小娥的脑袋轰轰地响，仿佛全身的筋骨都被剔了去。怀炳老汉可能哭了，小娥看到他的嘴角一抽一抽，但她听不到他的哭声。她死死抱紧他的胳膊，不让他倒下去，同时也使自己不倒下。

这时，凉风呼呼地刮起来，天上雷声隆隆，浓重的血腥气呛得人睁不开眼。怀炳老汉忽然想起什么，他吩咐小娥把车子推过来，又吩咐小战士把刘排长的遗体放到车上，由他推着车子朝前走。走到一个炮弹坑跟前，他说，就埋这里吧。

三个人以手作锹，往坑里填土。怀炳老汉边往下撒土边说，孩子，你说走就走，再也回不了家了，你娘还天天盼你回去呢。她让俺捎给你的煎饼你一口也吃不上了。你干娘——咱家那棵香椿早就满院子飘香了。你临走时埋在窗户下的枣核儿也该发芽了。说完，他从小推车上取下那个小包袱，把早已碎成粉末的煎饼撒在黄土上。奇怪的是，在做这些事情的时候，他没有流泪。

小娥也没有流泪。那个瞬间，她觉得自己闻到了一种彻骨入髓的芳香。她想这一定是柱子兄弟向她描绘的那一种气息。

埋了刘排长，怀炳老汉哆哆嗦嗦点上烟袋锅。他哑着嗓音问小战士，孩子，你叫啥名字？

小战士说，大爷，俺叫赵天成，小名成子。

老汉认真打量了几眼成子，从怀里摸出那个已褪了颜色的护身符，说，孩子，戴上它。

小娥也把那双千层底布鞋拿出来，说，兄弟，穿上吧。

老汉仔仔细细帮成子戴好护身符，小娥小心翼翼帮成子穿上新布鞋。那边，号声响了，成子噙着泪珠冲他们敬了个礼，迈开大步朝队伍跑去。

紧接着，山风呼啸，大雨骤降。风雨中，这一老一少又推起小车上了路。

四十年代末，在沂蒙山区，在济南府外，在徐蚌大地，在那支势如潮水的支前队列里，如果你稍稍留意，就会看到一老一少两个独特的身影。因为老的面若岩石，须发皆白；少的虽眉眼俏丽，依然鲜亮，但三尺青丝中已含了缕缕白发。所以他们格外引人注目。

（1997 年）

一个人的高原

他蹲在宿舍门旁的一块石头上，望着西边的天际出神。石头是当初建这个哨所时从远处运来的，哨所建成后，就剩下这块石头，被人弃置于宿舍门口，令人想起女娲补天之后，剩下的那块后来化作昆仑山的石头。不过，这儿不是昆仑山，这儿是喜马拉雅山的一部分。石头原先是有棱有角的，大伙儿你踩一下我踩一下，你坐一回我坐一回，久而久之，就成了鹅卵石一般光滑，就成了现在这个样子。

一天又一天，一年又一年，只要有空，他就喜欢往这块石头上坐。他是哨所最老的兵，他最有资格往上面坐。久而久之，这块石头就成了他的专座，仿佛它是威虎山上“座山雕”屁股下的那张虎头椅。

他一直望向远方，呆呆地一动不动，石头给坐得发烫，好像屁股下面是个火盆。晚饭过后，弟兄们照例打牌，卷了边的纸牌甩出去，声音不那么清脆了，显得干涩黏腻，像个老人在絮絮叨叨。他们还都是新兵，头一身军装离洗白还远着呢。新兵就爱打牌，闹哄哄的，以为这样可以排除寂寞。一旦他们穿破两身军装成了老兵，就会发现寂寞是永远无法排除掉的，不如干脆坐着，像他这样一动不动，把自己变成石头。石头是不会感到寂寞的，这个道理只有老兵才懂。

傍晚的天空中没有一丝风，这是一天中最好的时候，只是有点儿冷。太阳这时候变成了夕阳。夕阳的脸蛋红得发紫。早晨的太阳同傍晚的太阳是有区别的，早晨的太阳艳丽，宛若初恋的姑娘见到恋人时的面部表情，有点儿娇羞，有点儿痴迷。在经过一整天的热恋之后，太阳成熟了，就要入洞房了，所以她有点儿迫不及待，有点儿慌不择路，所以她的脸蛋就发紫，血流满面的样子。他脱口说："太阳走了一天，也累了，该歇歇啦!"身后屋子里打牌的动静小了一些，新兵们探头看他，只看到一个瘦削结实的侧影。大家摇摇头，继续打牌。高原上的老兵都有点儿怪兮兮的，新兵们已经见怪不怪。

门口有一点儿响动，年轻的排长走出屋子，在他面前蹲下，递给他一支烟，自己也叼一支。他说："风变硬了，快下雪了，你觉着没?"

"可能还要等段时间。"他狠狠地吸口烟，"大雪一来，我就该回老家了。"

排长一愣，没说什么。

他又说："我走时啥也不带，就带走这块石头。"

排长陪他默默蹲了一会儿，回房间去了。

他费力地把那根烟吸完。因为缺氧，烟火不旺，吸支烟都要费挺大的劲，甚至都有点儿气喘。他把目光重新望向不远处的夕阳，夕阳成了一堆篝火，在他脚下燃烧。他屁股下的这个地方海拔五千米以上，夕阳接地的位置远比这个地方要低，所以他觉得他把夕阳踩在了脚下。

太阳一钻进洞房，夜幕就罩下来了。

夜幕罩下来，高原变成了黑夜中的大海，四周见不到一星半点的灯光。没有月亮，星星倒是密密麻麻的。在没有月亮的夜晚，小小的星星只知道交头接耳，却无力把它的光芒投射到地面上。抬起头来，你能看到满天的星星，以为星光下的夜晚会明亮异常。当你低头看时，却发现地面一片黑暗，仿佛星光也害怕寂寞，不愿到高原上来。有星星的高原之夜更显得冷清。这便是高原和平原的区别。

他离开那块渐渐冷却的石头，拖着两条几近麻木的腿，出了没有院墙的小院。他微闭着眼睛，沿一面长坡缓缓移动。坡顶的位置就是这一带的制高点，上面就是他们这个哨所的哨位。今晚他站哨的时间是零点至凌晨两点，现在他不想到哨位上去，他只想随便走走。

脚下坚硬硌脚的东西是砾石，高原上最不缺的就是这玩意儿。原先它们更大、更坚硬，岁月逐渐把它们变小了，变得不那么坚硬了，再过一些时日，它们或许会变成粉末。你若想知道岁月的厉害，看看这些砾石就明白了。脚下柔软的地方是小草，还有一些很难叫出名儿的野花，花朵比针鼻儿大不了多少，星星点点，很快就枯萎。高原上的小草，一露头就带点儿黄，它们细细的，蛰伏在地面，像人身上的汗毛，可只要人活着，汗毛就不会消失。你若想知道小草的厉害，看看这些砾石就明白了，岁月可以使石头变成粉末，却无法把小草吓跑，只有小草能熬过岁月。

他漫无目标地游走着，眼睛眯成一条缝。无须看路，他对脚下的一石一草稔熟得很。他来这里十三个年头了，这已经是一个士兵最高的服役年限了，再待下去真要变成一块砾石了。

当年他刚来这里的时候，果真柔嫩得像一棵小草。他的故乡在黄河下游一个宁静的村落，处在华北大平原的最南端，他是村里有史以来第一个高中生。那年秋天他参加征兵，有两个部队上的人找到他家，他们一个来自青岛，一个来自西藏。来自青岛的那个军官年轻英俊，对他说："小家伙，跟我去当水兵吧，见识见识大海。"他从小就对水不陌生，黄河滔天的大水他早已耳濡目染，遗憾的是他还从没见过山，因此他不置可否。而来自西藏的那个大胡子军官的一席话打动了他，那人说："小伙子，跟我走吧，西藏有世界上最高的山，到了那里，你就会成为一个真正的男子汉！"大胡子军官把西藏的天空、山脉、土地和牛羊描绘成仙境一般。见他犹豫，大胡子又说："不就是三年兵嘛，快得很。"

他果然动了心。虽然他已经十八岁，身高体壮，可他觉得自己还不是一个男子汉，还欠点儿火候。去就去，他不顾父母的反对，跟那个大胡子军官，还有一批同他一样年轻的男孩子登上了西行的列车。他幻想，待在世界屋脊上是什么感觉？他想不起来。他能想到的是，那情景可能跟一只鸟儿蹲在村里老庙屋檐上的情景差不多，或者跟爬上村头那棵白杨树的树尖时八九不离十吧，小时候他调皮逞能，常常不顾父母的责骂爬上高高的白杨树往远处望，那可真是一段快乐的日子。

那时候到底年幼无知，对世界和未来缺乏清醒的认识。这是现在想起来都隐隐心疼的事情。

他们先到成都。四川盆地的海拔和他的家乡差不多，气候宜人，阳光宜人，姑娘宜人。他忽然有点儿不想走了。可那不是他说了算的。他们继续西进，在川藏线上折腾了半个多月，眼见着人瘦了一圈。越往高处走，他越感到不对劲。到了拉萨，除了感到有点儿头晕，其他的感觉还算不错。但这儿不是目的地。虽然有一些人幸运地留下了，却不包括他。他们接着沿雅鲁藏布江往南，过了日喀则，又过了江孜，最终兵车把他和另外一些人送到一个仅有几百人口的小县城。他们在驻扎于县城的营部训练了两个多月，第二年冰雪刚刚有消融的意思，他就被派往了现在的这个哨卡，而且只他一人前来。

原先他打算在高原待三年就回故乡去，谁想一待就是十三年！这儿的天空确实美，可就是太空茫，连一只麻雀都见不到，偶尔能看见一只苍鹰，悬在天上一动不动，像一块被谁扔上天的石头，却又不能落下来。你落下来也好啊，石头！正愣怔间，苍鹰突然不见了。这儿的土地呢？这儿没有土地，这儿只有砾石，大戈壁是造物主留给人间的一道最难以下咽的饭菜。这儿更是见不到牛羊。

他时常想起那位把他带到西藏来的大胡子军官。当初大胡子所描绘的高原仙境从来没有在他眼里出现过。也许这儿真的是仙境，只有神灵才能感悟到。他只是个凡人，所以领悟不到。有好多次，他想去找大胡子军官，问问他到底是怎么回事。听说他后来担任某汽车运输团的副营长，常年在外游荡。可就在大前年，大胡子副营长连人带车翻进了雅鲁藏布江，尸骨无存。

到这时候，其实答案已经有了，无须再问了。

他依旧缓慢地在沉沉夜幕下游移，像高原上的一个孤魂。这里最好的季节夜里也冷得厉害，冬天就更不用说了。他裹紧大衣，脚步放得很轻。他不想惊动别人，偏偏踢着一枚空罐头盒，发出空洞喑哑的响声。不过也没关系，这地方空气格外稀薄，响声都跟着打折扣。当初他来哨所时，一年四季基本全吃罐头，吃得人都变成了一个特大号的罐头，浑身都是防腐剂的气味，有人取笑说："将来咱们死了，尸体不用处理就可停放很长时间。"老兵们说："没吃过两卡车罐头的兵，不是真正的高原兵。"这话有道理。在这里生活，首先得做到对罐头百吃不厌，否则你就活不下去。

如今却是好多了，一年四季差不多有一半时间能吃到蔬菜，大雪封山之前，营部每半个月派车送一趟副食品。兔崽子们可比过去享福多了。

有个黑影朝他踱过来，是年轻的排长。他们并肩踱步，没怎么说话。他知道家伙心事重，烟抽得比他还凶，小脸变成了快要风干的猪肝。排长曾经是他带过的兵，四川人，那年考上军校，喜滋滋地来跟他道别，一副插翅欲飞的样子，说："班长，咱们再见面，就要在内地了，最起码在拉萨或日喀则。"

他说："是吗，我看不见得。"

"怎么，你以为我还会回来？"

他点点头："你跑不了。你和我一样，就是这个命。"

那时家伙肯定不相信他的话。结果三年之后，他的话应验了。他原先的部下成了排长，是这个哨所的最高指挥官，但最高指挥官并不开心，或许是觉得命运捉弄了他。

月亮一直没露脸，露水很重，头发湿漉漉的，令人感到脑袋发沉。他们并肩走了一阵，排长递烟给他，点火的时候夜幕仿佛裂开一个口子，高原微微颤抖了一下。排长终于开口说："老班长，今夜这班岗你就甭站了，我找个人替你。以后也不再安排你上岗。"

他说："不用。"他在这里待了十三年，从没让人替过岗。

"过不多久你就要走了。你也该走了。"

他想趁机安慰这位小兄弟两句，却不知从何说起，干脆就不吭声。

“我还得坚持。也不知还要坚持多久。这辈子回不了内地也有可能。现在看来，那年你没赶上高考，不见得是坏事。”

那年他下山到几百里外的团部参加军校招生考试，路上遭遇泥石流，等他赶到考场时，考试已经结束。其实他已经没必要再往考场赶。他决定赶去，并且在空荡荡的考场里单独坐一会儿，无非是想说明自己曾经进过一回部队的考场。回到山上，老排长安慰他，说明年再考嘛。明年他就超龄了，他心里跟明镜似的。一年之后，他回老家探亲，村里人已经认不出他是谁了，几个背着书包的半大小子追着他喊“非洲人”。他咧嘴傻笑。他只知道傻笑。

这次回乡是他未来生活的一个重要转折。他告诉父母，部队上准备给他改志愿兵。父母说就是回家种地也不能再在那儿待下去。母亲还神秘兮兮地把一个面皮白净的姑娘领到家里。姑娘他认识，他们曾经是初中同学，彼此有过好感。

一天傍晚，他约姑娘往黄河大堤的方向走。道路很平坦，他却感到脚下深一脚浅一脚，腿仿佛不是自己的。他居然不大会走路了，身子乱晃。脑子似乎也不大好使了，还有嘴巴。在高原待久了的人回到内地，都有这种醉酒般的感觉。故乡的原野正是肥硕的季节，沉甸甸的谷穗、粗壮的玉米、轻灵的稻子一律呈现金黄的色彩。他觉得这个色彩好面熟。高原就是这样一种色彩。四年多来，他一直目睹这种色彩，这是一种成熟的颜色。故乡的原野只有合适的季节才会涌现这样的色彩，而远方的高原一直是这个模样。他说不清高原是否已经成熟了，也许它早已成熟，只是没有人去那里收获。他紫红色的脸膛渐渐洇出一片金黄，仿佛他的脸变成了一片庄稼地，正等着勤劳的人去收割。一路上他不停地咕哝：庄稼真好。牵牛花儿真好。向日葵真好。树木真好。大雁真好。麻雀真好。蚂蚱真好。树上的毛毛虫真好。

姑娘看他一眼，欲言又止。

他好像要飞起来，把姑娘甩下一大截。

整个原野都在发出温柔的响动。到了岸边，他看到汛期的黄河水面宽阔，波浪滚滚，简直就更像高原了，不仅颜色像，连形状都像——高原的形状是凝固的，黄河波浪的形状是流动的，仅此而已。夕阳也来凑热闹，一半儿被大水吞掉，另一半儿还在燃烧，仿佛想把滔滔黄河水煮沸。他浑身发烫，不由自主地像那个当年把他接走的大胡子军官那样，对姑娘眉飞色舞讲起高原的天空、山脉、土地和牛羊。他甚至一度把黄河当成了高原，如果不是不远处牧童的笛声提醒了他，他真就要踏浪而行了。

他并没察觉，在他身后，姑娘的脸子已经拉了下来。他意犹未尽地望她一眼，猛然发现，姑娘的身材也像高原——隆起的胸脯、突然凹下去的腰肢、结实而突出的臀、结实而光滑的臂、结实而有力的腿——以前怎么没发现呢？他费力地咽口唾沫，脸更红了。姑娘若是躺下，就是不折不扣、有血有肉的高原。他眼皮一阵狂跳，结结巴巴地说："你、你就是高原哩。"

姑娘听不懂他的话。姑娘垂下头。他不知所措，看一眼即将沉没的夕阳，又说："你瞧，太阳要入洞房了。"

姑娘就是这时候流了泪。他还以为人家是被他感动的。后来他们再也没有相约过。有一天在村头，他们碰到一起，姑娘像不认识他似的，扭头便走。他脱口叫她，问她干啥去。姑娘说到村办工厂上班。他说："上班真好。我随便转转哩。"

姑娘说："好好转吧，多看看绿色，上了高原就见不到绿色啦。"

望着姑娘匆匆远去的背影，他突然有一种被故乡抛弃的感觉。村外的大田里，庄稼已经收割完毕，大地露出本来的颜色。赤褐色的土地坦坦荡荡，一望无际。大地的这种模样居然令他感到了陌生。不知怎么，他就流泪了。他已经很久没流泪了。当年决定冒险西行时他都没有流泪。

不用看表，他就知道时间差不多了。他抖擞起精神，朝哨位走去。

在哨位上站着的是新兵小何。小何来哨所还不到半年。小何是浙江人，个头小，身子骨单薄，刚来时小脸嫩得能掐出水来，眼见着变成了现在的样子，粗硬、干涩、木讷，像生铁疙瘩。见他走来，小何说："老班长，我替你吧。"兵们都知道他很快要走，都对他变得客气起来。

他接过冲锋枪，问："夜里站哨，还害怕吗？"

"刚来时很害怕，现在习惯了。"

"没啥怕的。咱这个哨所从来没出过事。谁能来这地方捣乱？连狼都不肯来。"又补一句，"蚊子也不肯来。"

小何往前走两步，忍不住回头又问他："老班长，我不明白，既然这里啥事没有，还让咱们待这里干什么？"

他笑了。这个问题当年他也曾问过老兵。新兵们都爱问这样的问题。老兵们回答说："战备需要。"后来他成了老兵，他从不这样回答，他说："高原上没人待着，它就是死的；有了人，它就是活的。"这话听上去令人费解，不过，一旦新兵熬成老兵，你就明白了。

现在他站在了哨位上。他脚下的这个地方海拔五千一百米，据说全世界这么高的哨所都没有几个，这里是其中之一。每每往这里一站，他就止不住想起自己第一次站在这儿的情景。那是十多年前的事情了，那时他年轻，皮肤一掐就能出水。当然那是白天，阳光照得他睁不开眼。阳光的声音像大河的流水声，长这么大他第一次听到了阳光的声音，阳光原来是有声音的。他往南面看，熠熠闪光的那个山头是珠穆朗玛峰的雪顶，地球上最高的地方。可看上去并不太高啊，仿佛一伸手就能触到。如果从遥远的太空里往下看，或许会觉得他和喜马拉雅山差不多高。他们是比肩的。久而久之，再往这里一站，就不去看喜马拉雅山了，眼里就什么东西都没有了，眼里只剩下金黄色彩，仿佛高原是金子堆成的。他也成了金子，一块纯度极高的金子。瞧瞧吧，高原就是这样把一个男人变成男子汉的。高原无须说什么，也无须做什么，高原只用沉默，用无边的沉默，吸袋烟的工夫，就能把一个人变成另外一个人。

沉默是世上最好使的炼金炉。

他持枪在手，一动不动地站在哨位上。他的眼睛微眯着，浑身的血液仿佛都凝固了，连呼吸都要停止了。无论白天还是黑夜，只要往哨位上一站，他就是这个姿势。白天，太阳和风像狗一样围着他打转，一下一下啃咬他，夜里，星星冲他挤鼻子弄眼，雪花、冷风和露水跑来浸润他，如果有月亮，月亮还会放出孤独的利箭射向他。起初他给它们折腾得要死。后来，他变成一块化石，就不再怕它们。他又瘦又硬，肉像骨头一样硬，尺寸显得比以前小。阳光、月光和雪团来到他面前，突然变柔和了，像姑娘的小手一样轻轻抚摸他。风打在他身上，发出铮铮的回响。风见啃不动他，就把愤怒发泄到别处，到处是飞沙走石，连天蔽日。他仍旧一动不动。终于风失了耐性，跑得无影无踪，高原归于沉静。

不论白天黑夜，不论春夏秋冬，只要他往哨位上一站，他就微眯起眼睛。他眼里什么都没有，只从窄窄的眼缝里流出两道纯净的光，像高远的蓝天，像蓝天上的云彩，像夜晚的星光，像圣湖里的水。这样的光你在别处见不到，只有高原才盛产这样的光。

他想起去年这个时候，那天轮到他站哨，一辆三菱越野吉普像甲壳虫那样缓慢地爬上来。快到坡顶时，三菱突然熄火了。他嘿嘿直乐。妈的这进口的家伙因为空气稀薄，也玩不转了。司令员、团长、营长等一干人气喘吁吁来到他面前。团长向司令员介绍说："他是全区唯一一个超过十年没下哨所的士兵，他十二年没挪地方了。"

司令员说："很好。"

司令员问他："你喜欢这个地方吗？"

他愣着，不知该怎么回答。所有的人都很紧张地望着他干裂渗出血珠的嘴唇。他真的不知说什么好，顿了好一阵，才摇摇头说："不喜欢。"

他说的是心里话。他从来没喜欢过这个地方。一个人如果喜欢这种地方，那他是有毛病。他话一出口，人们都愣了。司令员的脸色红里透白。团长哼了哼。营长恨不得立马吃下他。营长家在重庆，老婆老想拽他回去，去年营里出了点儿事，团里说今年评不上先进营干部谁也不准走，营长打算平平安安熬过一年，年底打报告转业。

好在他接着又补充道：“不喜欢，但又舍不得离开。离开了会更想它。”

司令员说：“很好。”团长笑了笑。营长松弛下来。司令员拍拍他肩膀：“小伙子，继续坚持下去。坚持就是胜利。”

司令员等人转一圈就下山了。营长留下来抓基层。营长余悸未消地轻轻捣他一拳，又塞给他一支烟：“你小子差点儿给我捅娄子。我再不回去，你嫂子就要跟别人跑了。”营长可能想起他至今还没媳妇，就说：“什么人最自在？光棍汉。妈的，老子宁愿当光棍，像你一样，图个自在嘛。”

交了岗，他仍无睡意，就朝宿舍后面一个背风的斜坡走去。他想去看看他的朋友阿雷。阿雷就埋在那里。

那年他探家回来，途经拉萨，到八角街闲逛，见一只气息奄奄的小狗躺在路边无人理睬，想必是饿坏了，或者生病了。搭眼一看，就知这狗来自内地，是内地常见的那种黑狗，俗称笨狗，他家乡人大都养这种狗。藏民一般豢养藏獒，一种极凶猛的狗。不知什么人把它带到西藏来，丢下它不管了。它浑身散发出内地大平原的气息，令他陶醉。于是他起了恻隐之心，花五元钱买块酥油喂它，它像小孩子吃奶那样，居然把酥油全吸进去了。他决定带它上哨所，并且在一瞬间给它起了个名字：阿雷。

他带着阿雷一次次换车，就像当年别人带他向南开进那样。一路上他用从老家带来的食物喂它。那些熟悉的食物使阿雷逐渐远离了死亡。走到海拔四千五百米以上的地方之后，阿雷开始大口大口喘气。他知道这是高山反应。狗跟人一样，任何生物都一样，初上高原，都免不了反应一下，挺过去就好了。在所有生物中，人的适应能力是最强的，另外还有草。

到了哨所，家伙们围着他讨吃的。他指指阿雷，说：“你们找它要吧，都让它报销了。”家伙们叽叽喳喳议论一番，就说：“班长你把它当媳妇啦。”他明白过来，赶紧去摸阿雷肚皮。它是个公的，他放了心，要不家伙们不定怎么编派他呢。

阿雷顽强地活过来了，日见喜人。它的叫声是高原上最动听的音乐。它是这个星球上离海平面最高的狗之一，所以它堪称一条具有传奇色彩的英雄狗，集英雄主义、浪漫主义于一身。阿雷每日在高原上信步游荡，飘飘欲仙，宛若天狗。转过年来，春暖草绿，阿雷的眼睛也开始发绿，基本不吃不喝，只知道喘着粗气兜圈子，吵得人心烦。大伙儿皆不明白咋回事，还是老排长一语道破天机。老排长摸着胡楂儿笑眯眯地说：“阿雷想当新郎官啦。”全哨所只老排长一人结过婚。

借下山出公差的机会，他带阿雷到了营部所在的县城。就是这一次，他和一个名叫玛琼的藏族姑娘有过一回短暂交往。

到达县城，他踢阿雷一脚，让它自己单独去战斗。许是在山上待久了，阿雷到了“繁华”的县城，显得缩头缩脑，连营部大门都不敢出，自然一直无法得手。临走那天，他牵着它来到县城外的草场上。他先是看到一条凶猛的藏獒，也不知是公的还是母的。接着又看到一个藏族姑娘在帐篷外面挤牛奶。姑娘头戴一顶闪闪发光的金花帽，腰间束一根雪青色的腰带，下身围一块藏语称作“帮典”的天蓝色围裙，发辫上、脖颈上、手腕上佩戴着数不清的金属饰物，看得他眼花缭乱。阿雷不知不觉挣脱绳子，跑向远处。他愣在那里。姑娘看到他，友好地用汉话同他打招呼。她说她叫玛琼，藏语是小块酥油的意思。他轻声念叨：“玛琼，玛琼，多好听的名儿。”

玛琼说：“你叫什么？”

玛琼扬起的脸蛋像傍晚的太阳，烤得他睁不开眼。玛琼又问他喝不喝酥油茶和青稞酒，都是她亲手做的。他口干得厉害，可他不能喝。玛琼凹凸有致的身段令他想起家乡的那个姑娘。那都是很多年前的事了，他差不多都忘了。他望一眼远处起伏不定的高原，现在它们成了背景，而面前的玛琼才是真实的，让人产生攀登的欲念。他想对玛琼说：你能不能牵着你的牛羊到我们哨所那边去放牧，弟兄们好久没见到它们了。

当然他没说，他这是胡话，哨所那边的小草比汗毛还细，只有傻瓜才去那里放牧。

车来了，司机催他上车。他这才想起阿雷。他承认刚才他把阿雷忘了个一干二净。他要去找阿雷，司机说：“再不走就得摸黑回家了，出事你负责。”

司机又说：“跟你回去它也是遭罪，就让它留这里享福吧，妈的这鬼地方，狗比人舒服。”他虽很不情愿，但又拗不过司机。

谁都没想到，三天之后阿雷居然跑回来了。它浑身是伤，不知叫什么给伤的，血都快流干了。它拖着重伤之躯，完成了一个非神力而不能为的壮举，令他好生惭愧。

埋葬阿雷时，他流了泪。全哨所的人都流了泪。

现在，他来到阿雷长眠的地方，坐下。他想起阿雷刚到哨所时的模样，它就像黑夜里的一个精灵，令人快乐无比。狗总是要死的，有的轻于鸿毛，有的重于小半个泰山。它本来是一条极普通的狗，因为埋在高原，它就变得不那么普通了。它是狗群里的男子汉。当今很多狗躲在城市的花园洋房里享清福，它们貌似尊贵，实则精神空虚缺乏灵魂；它们好吃懒做贪得无厌争风吃醋，狗屁不如。阿雷可比它们强多了。他抬起头，望一眼星空，感到有一颗星星是属于阿雷的。后来他感到脑袋有点儿沉，就伏在阿雷身上睡着了。

他醒来时天已大亮。他是被一阵响动弄醒的。轰轰的响声仿佛来自天边，自上而下，自远而近，排山倒海一般。他猛地睁开眼，跳将起来。高原沉沉的夜幕是一下子被揭走的，有一只无形的巨手一挥，夜幕就不见了。他看到太阳升起来，满眼都是红光潋滟。他四处张望，高原咆哮着在他眼里旋转起来，高的是浪峰，低的是浪谷。好大的水。高原是地球上一条最大的河流，都流到天边来了。他呢？他就像一条鱼，从黄河下游溯流而上，给卷到了天底下最汹涌澎湃的风口浪尖上。

他将去向何方？

不论到哪里，他都游不出这条河了。

片刻后，风息浪止。浪头凝固了，变成高原现在的模样。天地之间一下子静下来。他听到了一种声音，若有若无的声音，他知道这就是天籁。其实天籁并非来自天上，很多时候它来自人的内心。高原是产生天籁的好地方，这是高原赐给人间的唯一。他突然就哭了，全身都在痉挛。他知道哭过这一回，以后就没有什么事情能再让他流泪了。他索性哭个痛快。然后，他抹把眼睛，去伙房吃早餐。

（2003 年）

洞里洞外

历史是什么？历史就是千百年来对于死亡的一系列的谜，以及如何战胜死亡的探索的记录。

——鲍里斯·帕斯特尔纳克

在开往三〇四基地的火车上，我们听到了那个日后让我们振聋发聩的名字。可事实上，在县城集结时，乃至更早一些时候，比如体检期间或者家访时，前来接兵的老兵已经念叨过那个名字，只不过我们没有留意罢了。当然，他们也没有刻意解释。他们是在介绍三〇四基地的情况时，仿佛不经意间随随便便抖搂出来的。但上了火车，老兵们跷起二郎腿，吸着我们敬上的烟，再提那个名字时，口气里便含了缕缕神秘，面态上便挂了种种玄思，我们不得不认真对待了。

那个名字叫——马兰。

你已经知道了，我们要去的地方是三〇四基地。我们坐了两天两夜的火车，疲倦得几乎成了一摊烂泥时，老兵打着哈欠宣布，到站了。于是，我们一跃而起，兴奋得犹如一个少小离家老大回的旅人，倦意一扫而光，心里暖融融的。

三〇四基地当然是一座兵营，而且是一座非常古老的兵营。据说这座兵营清朝时期就有了，先后住过大辫子清兵、地方军阀的队伍、小鼻子日本兵、戴钢盔的国民党兵，而后是我们缀红五星红领章的人民解放军。尽管一路上老兵曾经向我们描绘过它的古老，但当我们走进它的怀抱时，我们仍然感到，老兵描绘得实在不够，因为它古旧得大大超出了我们的想象。

营区里的主要建筑大都是青砖青瓦的平房，好几十栋，砖厚瓦长，造型古朴，整个建筑格局呈正方形，就像一座棋盘。营区的东南角还有几幢同样古旧的二层小楼，宛若从棋盘里拎出的几枚棋子——估计这是军官们的宅邸。这些房屋虽历经百年的风雨，外表有些颓败，却仍然异常坚实，牢固如初。这可能是它至今未被拆除的原因。仔细辨认，尚能从贴近瓦檐的墙壁上发现一些疏密散乱的斑点，那是枪弹的印痕。几条道路也保留了原来的样子，只是路中间的青石板经过太多脚步的磨炼，已经凹陷了，每逢雨天就积水，仿佛是小河与道路的重叠。棋盘状的房屋中间，还有数十株几近枯干的老槐树，都以为它们已经死去，可每到春天它们又发出一些幼芽来，证明它们还活着。看样子它们的年龄更长。也因为老树们的存在，使这座营盘更显古老。虽然后来在这些老房子的前前后后又盖了几座新楼，给人的感觉却是这些新楼显得不真实，很轻飘，仿佛一阵风就能把它们刮跑；又好像它们是外来户，而那些规规矩矩的老房子才是这里真正的主人。

你已经知道了，那些青砖青瓦的古旧房子就是我们的兵舍。

到基地后的很长一段时间里，我都不大适应眼前的现实，总觉得掉进了时光隧道，是在逆着时光生活，或者说进入了梦境。到了夜晚，听着风声在檐下嘶鸣，那梦境就更别致。一有空闲，我就顺着石板路，绕着一排排宿舍转悠，像棋盘上的一枚可以自由活动的棋子。有时赶上夕阳西下，没有一丝风，眼前的景物皆融在夕阳中，整座营盘似着了火一般；头顶上有乌鸦或蝙蝠盘旋飞升，还有一些叫不出名来的怪鸟停在枯树上鸣叫。这样的时刻更容易使我走神，缓缓游动的我仿佛真的变成了电影上见到的过去时代的兵丁，一种沧桑感油然而生。我把这种感觉讲给朱小德听。朱小德说，我们可不是什么长辫子兵，我们是解放军，你这想法千万别讲给别人，不然你就别想进步。我和朱小德来自同一个小镇，我们从小就在一起玩耍，那时节说话还不像现在这么随便，朱小德纯粹是在关心我。但我对他的这种关心并不上心。我辩解说，那只是我的感觉，我又没想着像那些兵似的杀人放火搞女人。

过了一段时间后，我的这种感觉渐渐淡化了。自然也是时光的原因，时光可以抹平某些尖锐的东西，就像我们脚下的青石板，最初它是粗糙不平的，走的人多了，它也就光滑得宛若一面铜镜了。

但是在三〇四基地，有一件事情却挥之不去，那就是关于马兰的传说。

大凡在三〇四基地待过的人，哪怕是只待过一天，他也会知道马兰，并且记住这个名字。大凡有魅力的传说，都是不死的，就像生生不息的野草那样。关于马兰的传说从什么时候开始的，已无从考察，也没人劳神费心去探究，大伙儿早已习惯了人云亦云，跟着瞎掺和。

到达基地的第一天，进了宿舍，刚把被褥铺好，老兵就跺跺脚说，这下面有地道，直通后山的马兰洞。有好奇的新兵问，地道？地道口在哪儿？我们能下去看看吗？老兵说，我也是听说，从没进去过，据说地道口早就封死了，怕是没人记得在什么地方了。老兵又说，听说里面埋了不少死人。新兵们面面相觑，都有些惊骇。夜里，有胆小的就犯嘀咕，总觉着地底下有动静，做几个噩梦是免不了的。

脚下面的暗道成了无人知晓的秘密，后山的马兰洞却是实实在在摆在那里的，洞口离营区围墙约有五里远，就开在山根上。后山是由于在营区的北面，人们才这样叫它。后山其实是大青山山脉的一部分，顺着它往西北方向观望，莽莽苍苍，一眼望不到尽头的。因为马兰洞的存在，人们有时又称后山为马兰山。来到基地没几天，我就搞清了这一带的地理方位。

传说中的马兰洞当然是异常神秘的。传说中的马兰是个女人，而且是个美丽非凡的女人。有的说她是晚清时期的江南戏子，曾国藩的湘军平定太平天国叛乱后，一部分调防到这里，有人顺便把她掳了来。她不堪忍受无休无止的淫虐，逃进山洞自戕身亡；有的说她是大户人家的千金，日本兵把她挟持到洞里，百般侮辱后残忍地杀害了她；有的说她是当地猎户的独生女，被驻守于此的一位国民党军官抢来做了老婆，四十年代末国民党兵仓皇撤离时，狠心男人抛弃了她，来不及走脱的她就在这个洞子里的一根石乳上吊颈而亡。还有很多凌乱的，乃至经不起推敲的说法。一言以蔽之，马兰是个异常俊俏而又性情刚烈的女子，她死得极其悲惨。她的俏丽让一代又一代的戍边人浮想联翩，她的惨死又让人徒生悲凉。

传说不仅仅止于此。还说这座山洞由于马兰的惨死，她的冤魂不散，阴气浊重，此洞遂成了禁地，许多年来，很少有人敢迈进去，谁也搞不准它有多深，里面有些什么；还说曾经有个把胆子很大的人进去过，但没过几日就得暴病死了；还说每到风雨时节，站在洞口，侧耳就能听到里面传出凄婉的声音，那声音反反复复地说：马——兰——苦——哇——。

种种传说汇合起来，成了一片汪洋，不断从我们的心头流过，喧响不绝于耳。

我站在围墙的豁口处朝后山的方向张望。由于是寒冬时节，山上的植物正在歇冬，满目都是连绵的黄褐色。朱小德踱过来，狡黠地一笑，说，望见什么啦？我说随便看看。朱小德说，怕是在念想马兰吧？我惭愧地笑笑，算是默认了。我说，可能是生活太枯燥的缘故吧。

我曾问过把我领到部队来的那个老兵，是否进过马兰洞。老兵说，前些年搞忆苦思甜教育时，领导带弟兄们到洞口去过，讲传说中马兰的悲惨经历，弟兄们一边听一边编派马兰的模样，说她有一头乌黑的披肩长发，有玉脂一样的皮肤，有一双亮丽的勾人魂魄的眼睛，眉心处还有一颗黑痣，但我从没进去过，也没见别人进去。我又问，为什么？因为害怕吗？老兵哧地一笑，露出一嘴被烟熏黑的牙齿，说有啥好怕的，不就是个女人嘛。没进去也说不上因为啥。对于老兵这种模棱两可的回答，我只能报之以沉默。

营区的纪律相当严格，不请假是不能私自外出的。朱小德神经兮兮地告诉我，二连有几个兵利用打柴的机会到洞口去过，回来后说洞口被石块和柴草堵塞了一半，像个牲口窝，与传说中的样子大不相同。朱小德压低声音说，咱俩找个机会进去看看，免得老挂着。朱小德的话吓我一跳。

后来我们果真去了。那已是转过年来，春深时节。前些时候朱小德主动要求当连队的饲养员，孤零零地住在营区的西北角，守着十几头猪过日子。我对他的这个做法感到意外，因为这活又脏又累，谁也不愿干。他却对我说，在连队里大家一块儿呼隆，干好干坏显不出来，当猪倌就不同了，容易显山露水。我家庭条件差，既然离开了，就不想回去了，无论如何得混出个模样来。再说，干这活没人管，图个自由。当兵没多久，朱小德就存了这么深的心计，不由我不刮目相看。

那天午后，头顶上乌云密布，阴沉沉的。朱小德找到连长，说他在后山打了不少猪草，他想在下雨之前把猪草弄回来，请连长派个人帮他干。连长让他挑人，他当然挑了我。我们往后山走时，既兴奋又忐忑。朱小德的肩上斜挎一支半自动步枪。这一带常有野物出现，连里允许单独工作的朱小德携带枪支。他的怀里还揣着一支蘸了松油的火把。这说明他做了精心准备。

我们接近洞口时，果然下起雨来，同时还起了风，呜呜的风声像千军万马在嘶鸣，满山的茅草和野荆纷纷弯了腰。洞口确如别人所说，被石块和柴草堵塞了一半。我们先把耳朵贴近洞口，想听听里面的动静。听了一阵，除了风雨声之外，并没别的响动。我说，再耐心听听。渐渐地，我隐约听到里面传出阵阵凄迷的呜咽声，似乎在说：马——兰——苦——哇——。我的头发霎时便竖了起来。朱小德却摇摇头，正色道，里面明明静得很嘛，我看你有点儿走火入魔。

接下来，我们扒开那些一碰就朽碎的柴草，还有那些已经风化了的石块。洞子豁然开朗。它像一只巨兽突然张开的大嘴，使人突生彻骨的寒意。恰在这时，身后有人轻咳一声，吓得我一个愣怔。回头看，见是一个肩背青草的中年汉子，身材瘦小，但目光如炬。也不知他何时来到我们身后的，给我的感觉是他突然从地底下冒了出来。他一脸的鬼祟，怔怔地望着我们。朱小德冲他说，老乡，想一块儿进去看看吗？那人快速地摇摇头，随即转过身去，一句话也没说，颠颠地溜走了，从后面看，青草完全遮住了他，仿佛是大风吹着青草奔逃，而非人力拖拽。

朱小德点上火把，朝我努努嘴。我们试探着往里走。吱吱燃烧的火把照亮了面前的景物，我看到洞壁上张挂着大小不一的蛛网，犹如人类往昔的生活片段。洞顶偶尔有凿过的痕迹，估计是一些石乳被凿掉了。再往里走，感觉潮浊之气扑面而来。也许由于太潮湿的缘故，不见了蛛网。但时常会突然蹿出几只黑翅膀的怪鸟，惊得我思维一片混乱。朱小德比我镇定得多，我从他刀条状的脸上看不出丝毫的怯懦。相反，他倒有一种温煦的轻松自在，仿佛去赴一个盼望已久的约会。

就这样往前走了约有五十米，我走不动了，打算回头。朱小德坚决不干，说，你真是个胆小鬼，哪像干大事的人。又说，我一定要进去看个究竟。还说，我向来不相信传说，我要用我的实际行动给传说者一个否定的答案。他感觉里面什么也没有，虽然它曾经作为战争掩体和军火库，但说到底它只是一个普通的山洞，仅此而已。我说，当心马兰捉住你。他哈哈一笑，挤眉弄眼地说，我巴不得遇见她呢，说不定会搞出一桩千古艳遇，轰动四方呢。他边说边晃了晃手中的步枪，枪膛里已经压满了子弹。

我靠在冰凉的洞壁上喘息。朱小德一手执着火把，一手持枪往深里走去。听着他空洞的、越来越微弱的足音，我觉得他走向了另一个世界。

当我把第八支烟蒂甩掉时，终于从地狱深处传来了朱小德踢踢踏踏的脚步声。但又过了好久，他才来到我的面前。火把早已熄灭，他是摸着黑行走的。我见他全身湿漉漉的，脸上也挂着密麻麻的水珠；步枪上了肩，两手抱着一件啤酒瓶状的硬物，好像是迫击炮弹的弹壳。他活像一个刚从战场上走下来的伤兵。我长出一口气，上前扶住他。他摇晃了一下，说里面好像花果山的水帘洞，全是水，没有船是难以进到底的。他兴致高涨，还想迫不及待地说什么，我忙把他拉扯到靠近洞口的位置，比他还急地问，里面有什么情况？

朱小德美美地吸了两口烟，说，水，全是水，越走越深；里面还有一个高出地面的大平台，有半个篮球场那般大小，堆着些朽烂了的军用物资，没见死人骨头，不像打过仗的样子。我不想听这些，就问，还看见了什么？他诡谲地一笑，说，我知道你惦记着马兰。我在平台那里见到她了，她正在梳头，一头乌黑的长发披散开来，锦缎一般，她的眼睛明亮极了，眉心处还有一颗好看的黑痣。我从没见过这么漂亮的女子，我的眼里闪着金光银光，就像眼前遍布着金银珠宝。见了我，她一点儿都不慌张，她像见到老朋友那样微微一笑说，俺等了好几十年，终于把你等来了，求你不要再走了。我推托说不行，我还有很重要的事情要做。说完，我就离开了她，走出好远了，还能听到她的哭泣声。

我推了朱小德一把。我感到面前的他十分陌生，仿佛压根儿就不认识他。他的话显然是编派的，破绽百出，我不会相信的。我们又互相开了几个荤腥的玩笑，用柴草遮掩一下洞口，往回走。此时雨已经停歇，风也小了许多，满山遍野都是青翠的颜色。

我们约定，要对这件冒险的事情守口如瓶，离开三〇四基地之前，不能对任何人讲起。

经过那个下午的冒险之后，在我的心头，马兰洞的魅力不仅没有消失，反而更加强烈。朱小德说，上回你死活不敢进去，害得我不轻，下次要去你自己去吧，我不能再陪你了，我现在最大的愿望是积极要求进步。说完，他跳进猪圈起粪，一群膘肥体壮的猪围着他转，仿佛簇拥着一个具有绝对权威的头领。

我知道朱小德已经把我们同年兵远远地甩在了身后。他在夏季来临时入了党，秋天又被派去学车。学开车是我们做梦都想的事情，但我们没有那个福分。更令人艳羡的是，朱小德已经被内定为提干对象。

然而，朱小德没有等到提干就出事了。这已经是第二年的初夏，麦子即将成熟时节。他开一辆新解放车去远处的煤矿拉煤，拐过一个山口时，突然看到路中央站着一个花枝招展的女子，他为了躲她，猛地往右一打方向盘，撞在石壁上，车子损坏得并不重，可他却从前窗飞了出去，脑子受了重伤，昏迷七天七夜后牺牲了。

得知这个消息时，我的脑袋嗡嗡地响。更令人扼腕的是，路中央的那个花枝招展的女子其实是一个稻草人，原本放在坡下麦田里吓唬鸟雀的，可能被乡下调皮的顽童搬到了路中央。且那天的天气好好的，朱小德却偏偏走了眼。就这样，他用这个瞬间的差错，使我失去了一个也许是一生中最要好的朋友。

悲伤之余，我不由回忆起一年前我和朱小德进过马兰洞的事实。我不是一个宿命论者，所以，我不愿把眼前的现实和那件事情联系起来，这实在是两码事，没有任何瓜葛的。如果非要往一块儿扯的话，我唯有后悔我的怯懦，没有陪他走完全程。也许真像朱小德说的那样，我是一个胆小鬼，成不了大事。

朱小德悄无声息地从这个世界上消失了，他也留下了一段传说。

秋天，上级派出的一支文艺宣传队来到了三〇四基地。当天晚间，上千人聚集在大操场上观看演出。有一个女演员引起了我们极大的注意，她有着无比青春的身段和面容，确切地说，她有着一头乌黑似锦的披肩长发，瓜子脸，柳叶眉，一双明亮的大眼睛仿佛会说话。坐在前排的人还描绘道，她眉心处有一颗若明若暗的胎痣。从报幕员的口中，我们得知，她有一个十分响亮的名字——马兰。听到这个名字时，几乎所有的人都愣了一下，随即散发出一阵嗡嗡声。

马兰演唱了两首那个年代流行的歌曲，还跳了一支独舞。也许她的演技并不出众，但她却获得了广泛的掌声。那天夜里，由于女演员马兰的从天而降，很多人没有睡踏实。人们以为宣传队很快会离开，可谁知他们待下来不走了，说是根据上级指示，要在三〇四基地体验生活。

有一男一女两个演员下到我所在的排，那女的恰恰就是马兰。他们和我们同吃同劳动同操练，但不同住。他们集中住在招待所。招待所也是老房子，简单装修了一下。马兰处在我们清一色的男人队伍里，十分的抢眼。她平时话不多，喜欢蹙眉，眼睛黑漆漆的，不错眼珠地凝视一个地方，久久不动，这便使她有一种忧伤的、柔情似水的模样。其实她特别大方，你若和她说笑，她比你还兴奋。起初，弟兄们都有意无意躲着她，我明白这是一个假象，哪有不愿和漂亮女子接触的男人？只是由于不便说明的原因，弟兄们才显得寡情罢了。我注意到，马兰愿意接近我，常常主动问我话，说是想从我嘴里挖点儿素材，搞个新节目。有人发现了这一点，冲我竖大拇指，说，你小子不赖嘛。

后来的一天，我们去菜地拔草。拔着拔着，马兰来到我身边，小声向我讲起他们演出队的生活。我被那种新奇的生活所吸引，身上热辣辣的。马兰突然又换个话题，说，你特像一个人，个头、脸形像极了，只是他年龄比你大点儿。我说，是吗，像谁呢？她定定地望着我，说，像我过去的男朋友。又说他调北京去了，一位大首长看上了他，招他做了女婿。最后她补充说，不过，那位首长的千金是个瘸腿。说完她咧嘴笑了。我不晓得她为啥给我讲这些，也许她是随便说说而已。在秋日艳丽的阳光下，我看到她脖颈处的皮肤是透明的，几条淡青色的血管微微颤抖，犹如涌动的溪水，在述说着时光的无限和流逝。

马兰很快就知道了后山有个马兰洞，当然还有关于马兰的传说。她对这种巧合表现出极大的兴趣，三番五次缠着我带她进去看看。我想起朱小德，犹豫了。她说，你害怕了吗？我都不怕，你一个男子汉怕什么？我牙一咬心一横，答应了她。我选择一个帮宣传队搬道具的机会，带她出了营门，直奔久违了的后山。

秋高气爽的日子，空气里流窜着植物成熟的清香。山上的草木已经泛黄，偶尔惊起一只野兔，眨眼间便没了踪影。我带了两支火把，但没带武器，因为我觉得不会有什么危险。在这样一个美妙的时刻，能有什么危险呢？我们很顺利地扒开洞口，点上火把往里走去。走出很远之后，我才发现马兰不知何时抓紧了我的胳膊。也就是说，我们是依偎着前行的。

洞里虽然潮湿，但并不像朱小德描绘的那样滴水成河，只是洞顶洞壁上悬挂着星星点点的水珠，偶或落下三两颗来，激起微弱的响声。我们的足音倒是无比悠长，在石壁上反复冲撞，居然撞击出诗意来，像一曲具有古典风格的旋律。行进的过程中我们几乎没说一句话，我们只是小心翼翼地依偎着行进。如果这个时候有人看到我们，或许会把我们当成新石器时代的部落人。第一支火把快要燃尽时，洞子突然开阔起来，头顶上吊立着数不清的石乳，它们奇形怪状，精彩纷呈，但它们万变不离其宗，每一个都接近人类性器官的生动模样。而且确如朱小德所说，那里有一个高出地面的平台，角上堆放着一些不知哪个年代遗下的物资，早已腐败，稍微一碰，它们就会变成粉末。

我们决定在此止步，因为前面的道路被石块封死了。我引燃第二支火把，马兰黑漆漆的眼睛望着我，露出一个柔美的微笑。然后，她把平台当作舞台，无声地旋转起来，锦缎一样的黑发飘荡成一面旗帜。我仿佛回到了过去的岁月中，高擎火把，眼睛像追光灯一样热烈地跟随着她。恍惚间觉得她和传说中的马兰融为了一体，但我没有任何恐惧感。后来，马兰转到我面前，她突然停下来，踮起脚尖，在我额上亲吻了一下。我们站在平台上，坚实的平台宛若一张巨大的床。那个瞬间我觉得我的青春到达了光辉的巅峰，我相信以后它再也不会有这样的高潮了。我的心都快要碎了。

我和马兰私自溜进马兰洞一事当天就被领导察觉了。晚上，他们把我叫到办公室，黑着脸听我反复讲整个过程，一个细节也不能漏掉。焦点最后集中到那个平台上。我把我们在平台上的那个蜻蜓点水似的亲吻说成是我主动的，我觉得只有这样才能弥补我那个时刻的被动。但不论怎么辩说，他们就是不信。他们嘴里时不时冒出一个叫作“胡搞”的词，后来我深切地感到，这个词是所有汉语词汇中最令我反感的一个。

那天深夜，住在招待所里的文艺宣传队也出了点儿事。一条小青蛇钻进了某位女演员的被窝，她当即凄厉地尖叫起来，弄得全队的人一夜没睡好觉。翌日天明，他们就悄无声息地离开了三〇四基地。

当年冬天，我也退役回到了阔别三年的家乡。

二十年之后，混迹商界的我成了所谓的大款。望着存折上的数字我时常发怔，觉得二十年的青春仅换回一串枯燥的数字，不知其意义何在。听留在部队的战友讲，三〇四基地在整编时被撤销了。三〇四基地就成了一个过时的番号，残留在我们的记忆中。

不久前，我坐飞机去大青山东麓的一座省会城市谈一笔生意。在那里听说山脉的阳坡上发掘出一片元代墓葬，而附近的一座老营房改建成了民俗博物馆，便动了旧地重游的念头。踏着凹陷的石板路，只身行走在棋盘状的老房子之间，我竟没了先前的感觉。我以一个现代人的眼光，目睹着那些与我拉开了百年距离的老屋，心若止水。当年我睡的那间兵舍现在是一个小卖部，售货员是位齐耳短发的少妇，我进去时她正坐在小圆凳上织毛线，而那张小圆凳就放在当年我床头的位置。

后山的马兰洞也已经整修过，洞口上方的“马兰洞”三个字出自一位著名书法家的手笔，但他写得实在不怎么样。我站在洞口，看到游人并不多，一个穿戴俗气的导游小姐正向三名大学生模样的年轻人讲解马兰洞的传说。她说马兰是玉皇大帝身边的一个仙女，远古时候，大青山一带的百姓赤贫不堪，玉皇大帝就派她下凡，拯救黎民。马兰透过火眼金睛，看到山肚肚里埋着数不清的金子，打算挖出它们送给百姓。她顺着金脉挖呀挖呀，挖了七七四十九天，终于挖到了埋金子的地方，而她自己却累死在里面。你们往里走时注意看，石壁上有很多仙女的造型，那就是马兰的身影印上去的。到最里面你们一定要捡一块鹅卵石带回去，它能保佑你们日后发财。

我苦笑着摇摇头，此时的我已经失去了再进去看个究竟的兴趣。

由于天气原因，航班一再延误，我滞留于那座省会城市的一家名叫马兰宾馆的星级饭店，感到无所事事。一天，我在小花园溜达时，蓦然看到了一个似曾相识的人从我身边走过。那是一个已进入中年的妇女，烫发，描眉，瓜子脸，额头上有一颗若明若暗的痣，皮肤已经明显地松弛，单从外表上看，她的年龄要比我大不少。我犹豫了片刻，然后不再犹豫，我说，同志，你是不是叫马兰？她愣了愣，惊讶地说，你怎么知道？我来了情绪，就把二十年前的那段经历讲了。出乎我意料的是，听完后，她却没有反应。她告诉我，她现在是这家宾馆的副总经理，她的确当过兵，参加过毛泽东思想文艺宣传队，经常下部队演出，也曾经数次去过三〇四基地，但她不记得和一个男兵钻过什么马兰洞。她还告诉我，这一带叫马兰的女子很多，全国就更多了，她当时认识的参加过文宣队的女兵就有四个叫马兰的。我不甘心，又问，你是不是有个男朋友，后来做了北京一位大首长的女婿，而那个女的腿有毛病。她说，我确实有个战友，娶了北京一位大首长的女儿为妻，但那女的不仅没残疾，而且很漂亮。他们结婚三个月就离了。后来他去了美国，三十二岁那年被一个酒后开车的黑人撞死了，死得挺惨。最后，她特别强调说，不过，我和他之间没有任何感情上的瓜葛。

马兰宾馆的副总经理马兰临走时朝我微笑了一下。从这个微笑里，我看到了她年轻时的模样。我开始怀疑，二十年前，我是否真的带着一个名叫马兰的女子钻过马兰洞，难道那是我的梦魇吗？

但到了晚间，这位名叫马兰的宾馆副总经理却不请自到，她像个老熟人似的走进我的房间，坐在落地窗前喝茶，和我说一些知冷知热的话。末了，她说，你长得很像我高中时的一个男同学，我暗恋了他好多年。我笑笑，没接她的话。她又说，虽然我们以前不认识，那么，就让我们从现在开始……可以吗？

她往下说了什么，我没有听清。唯有时光流逝的声音在我耳边响起，宛若轻轻的叹息。

（2000 年）

身上有岛

刚睡下他就醒了。夜里太静，海潮声清晰可闻，好像在催促他：快睡，快睡。越催他越睡不着。夜里睡不好，白天照样有精神，睡不睡的他就不当回事。后背上长了个疖子，刺痒难耐，却又在手够不到的地方。疖子像一枚钉子，大部分嵌进肉里，只留一小截在外头，他伸手摸不到它，仿佛它怕给拽出来，故意躲得远远的。他往床架上蹭，钻心地疼，但不痒了，他就又睡下。

刚睡着他又醒了。他恍惚看到一个影子蹲在窗台上。影子近来常常光顾，影子有时像一片黑云彩，有时像一块白石头，有时像一缕青烟。他熟悉这个影子，但想不起是谁的。后来他想起来了，心里堵得慌。他不想惊扰它，甚至想和它聊聊，但他一睁眼，它马上就不见了。他坐起来，推开纱窗。

前面的那个山头黑黢黢的，天上的星星亮得晃眼。那个山头是小岛的一部分，小岛在夜里不发光。星星呢？星星是蓝色天庭里的岛子，星星在夜里发光。天上有那么多的岛，岛们互相挤眉弄眼，频送秋波，够热闹的。海里的岛不像天上的岛那么有福气。海里的岛是大陆的弃儿，离大陆越远它就越寂寞。造物主鼓捣出那么多的水，似乎就是为了把它跟大陆隔开。它隔着大海遥望陆地，望了一万年，望了万万年，它就乏了，念头少了，干脆闭上眼睛睡觉，摆出一副坚硬的样子。海里的石头比陆地上的石头坚硬，就是这个道理。他朝大陆方向望了一阵，当然什么都望不到，他就披上衣服出来了。

门口执勤的哨兵在打盹儿。他就是闭着眼睛也知道他在打盹儿。他走路很轻，像小鱼在海里游。可那家伙还是灵醒了。那家伙不是听到了声音，而是嗅到了气味。那家伙就是睡得再沉也能嗅出是他。连里的家伙们都有这个本事。他在这个岛上待了十年，身上的海味浓得像煮沸的海水。你们才来了多久？一边稍息去吧。他来到门口，哨兵在黑暗中朝他行了个举手礼，他摆摆手，继续往前走。

他路过一片空地，这儿是训练场。八门披着帆布炮衣的火炮蹲在那儿，像八只收起前蹄伸长脖子望天的狗。他的营房里没有狗只有羊。羊在高草里走动，跟鱼在海里游一个情景。后背上的疖子又在捣乱，他靠近一门炮，在炮筒子上使劲蹭，疼得他往上一蹿，仿佛中了一弹。疖子可能破头了，后背黏腻腻的，不过这下舒服多了。天上的星星稀疏了些，天上也在涨潮，淹没了一些低矮的岛屿。月亮浮出来了，照亮了天上的海，也照亮了地上的海。月亮是天上的大岛，可那上面没人。他的岛是地上的小岛，虽离大陆很远，但照样有人住。

他的影子拖得长长的，跟树的影子一样。影子后面还有一个影子。见到影子他就心慌。他脱口说："小雷子。"带点儿悲腔。在训练场执勤的哨兵一直跟着他。哨兵说："连长，没事吧？"

他刹不住嘴，又说："小雷子。"

哨兵愣了，许久才说："连长，小雷子——牺牲了呀。"

他瓮声瓮气道："用你多嘴？好好站你的岗。"

哨兵嗯一声，扭头往回走，带走了一个影子。

小雷子是他喜欢的兵。所有的兵里他最喜欢小雷子。小雷子大号叫雷铎，当初一听这名字他就乐了。"哈，比雷锋差一点儿。"他说。

小雷子脸红了，说："差得远呢。"

前年探家，小雷子突然弄回两只山羊，在连队引起轰动。炊事班长望着羊嘿嘿笑，说："赶紧宰了，弟兄们好久没吃到新鲜荤腥了。"

小雷子说："先别慌，养着它们下崽，下多了再杀吃。"又说，"这是雷米特意交代的。"

这是他第一次听到雷米这个好听的名字，从此就记下了。雷米是小雷子的姐姐。据小雷子说，雷米有一双巧手，绣花、草编样样在行，买羊的钱就是雷米挣的，主意也是雷米出的。小雷子老家在天津塘沽，两只山羊跟他乘船向海洋进发，漂过渤海，最后来到这座黄海最深处的小岛上。它们像一对被拐卖的少男少女，不习惯新家。没多久，少女病死了，剩下少男每日里望着大海流泪。小雷子去年探家，一下子又带回三只母的，对不再孤独的少男说："给你小子娶三房媳妇，这下该满意了吧。"他对小雷子说："你亲自养它们，一只也不许死。"一年过去，四只羊变成十二只，可以编一个班了。可以随时选一只肥羊下锅了。

他站到山头上，像掉进大海的漩涡里。这里是岛子的制高点，再往前迈一步就是悬崖。潮声响亮了许多，岛子跟着摇晃，像醉酒的汉子。夜晚的海水看上去要比白天浓，气味也比白天烈。夜晚的海更像海，因为它更神秘。大陆很大，海更大。大陆是海包裹着的婴儿。渤海、黄海、东海、南海，连接起来，就像一件大厚棉衣，严严实实遮盖着中国大陆的东半边身子。现在他站立的这座小岛是这件棉衣最外面一排纽扣中的一粒。再往外就是公海了。他的老家离大海不远，常言说千条河流归大海，他家后面就有一条小河，河里的水肯定也流进了大海，说不定脚下刚升起的这朵浪花就是从他家屋檐上滴下来的。他虽不是河里的水，可他也来到了大海，不过他绕了很远的路。先是离开山东半岛的老家，到长江边上的一座大城市读军校，然后再乘火车到辽东半岛，最后才到了海上，到了这里。一晃就是十年。岛子是大海庞大躯体上的骨头，骨头有多硬，岛子就有多硬。现在他就待在这根骨头上，像牙齿那样咬住不放。

夜晚的大海让人想起恐怖的洪荒年代。连一艘夜行船都见不到，也就没有一点儿灯光。他点上烟使劲吸，烟头红彤彤的，跟天上的星星一样，仿佛他手上擎着一颗星星。红红的烟头是小岛上的星星，可惜只有一颗。星星灼疼了他的手，他轻轻一丢，它就变成一颗流星，消失在海里。

小雷子就是这样消失的。一只山羊突然掉进海里，就在他现在站的这个地方。小雷子跟着跳下去，不但没救起它，连自己也消失得无影无踪，跟一粒沙子一样。在这种地方，别说掉下一个人，就是掉下一座山，也会永无出头之日。他把牙齿咬得咯咯响，命令炊事班长把所有的羊都宰掉。羊们知道自己同伴惹了祸，眼里全是泪，面对屠刀，没一只吭声的，也不挣扎。那晚的餐桌上摆满了羊肉，但没人动筷子。他说："都给我可劲吃，不然更对不起小雷子。谁不吃我处分谁。"他带头吃，弟兄们跟着拿起筷子。一屋子的人都流着泪吃羊肉，说不上什么滋味。他放下碗筷，捂肚子来到这个地方，朝着海水一阵狂吐。呕吐物像一根棍子，一直插进大海里，仿佛想把海底戳个洞洞。从此，他闻见羊腥就想吐。这辈子再不敢吃羊肉了。

他又点上一支烟，星星重新落到他手上。身后的岛子一片寂静，岛上洒落着稀稀拉拉的昏黄灯光。这里除了他的连队，还有百十户居民，都是渔民。他很感激这些人家，要不是他们在，他和他的连队更感寂寞。他想起老海怪。老海怪是这些居民中的一个，而且年纪最大，七十多岁了，也许还不止。他不用回头就知道，老海怪的屋子亮着灯。

老海怪的老家也在山东半岛，说起来和他是不折不扣的老乡。老家伙吹嘘说，他爷爷是邓世昌手下的兵，致远舰上的炮手。致远舰让吉野号击沉后，他爷爷抱着块木板漂到这座岛上，成了小岛最早的居民。他查过海图，认为老海怪说的有点儿邪乎。致远舰沉没的地方离这儿远着呢，老海怪的爷爷不可能漂到这儿。但老海怪祖孙三代一直生活在岛上却是事实。老海怪的四个儿子，倒是全去了内地，有的还当了不小的官。可老海怪一直没走。三年前老伴过世后他还不走。人们相信他是不会走了。

他不想回去，就朝老海怪的屋子走。老海怪的屋子待在另一座山的半山腰，有一条小路直通过去。这些年渔民们发了财，都住上了别墅，房子一点儿都不比城里差。老海怪一直住着祖宗留下的老屋，再来一场台风就该塌了。

他经过码头，朝山上爬，老远就闻到酒味。老海怪每天夜里都喝酒，累了就在躺椅上眯一觉，醒来接着喝。他刚迈进小院，老海怪就在屋里喊："我的老朋友，我就知道你会来。"他穿过满院子张挂的渔网，像鱼一样游到门口，推开半掩的小木门。老海怪此刻的姿势像一只蜷曲的老干虾。快要散架的小木桌上摆一盆新鲜的虾，它们大都活着，活蹦乱跳。老海怪抿口酒，手往前一划，就有一只虾蹦在他手上，然后像鲤鱼跳龙门似的进到他铡刀样的嘴里。铡刀显然有点儿钝了，虾尾摇摆几下才被卷进去。他在老海怪对面坐下，咕咚灌口酒，捏起一枚小干鱼。小干鱼发出黄铜色的光芒，像枚子弹那样射进他嘴里。他喜欢吃咸鱼干，咸鱼干的味道就是大海的味道，感觉就像把整个大海往肚子里吞，有点儿招架不住。

他抬头望一眼熏黑的屋梁："屋子太老了，哪天我派几个兵过来帮你整整。"

"甭整。还能撑几年，我活着它就倒不了。"

老海怪打了一辈子鱼，都说他是岛上最有钱的人，可他的房子最破。他说："老爷子，攒钱干啥，赶紧花吧。"

"你说什么？"

"有钱就花吧。"

老家伙把一瓶酒喝干，吱吱嘎嘎嚼着虾米，突然又说起致远舰。说他爷爷讲，致远舰是个好舰，但炮不行，臭弹太多，要不吉野号根本打不沉它。"你们的炮也不行，都四十多年了，还是老样子。人都换了多少茬啦？它还是老样子。"

他讪笑。用一口酒把笑打下去，脸皮松了松。老家伙又说："我攒钱给你们买门炮，买世界上最好的炮，行不？买导弹更好。就是太费钱，买不起。"

老家伙酒喝得有点儿多，说胡话呢。他说："老爷子，少灌点儿吧，明儿个还要出海。"

"我没喝多吧？"

“多啦!”

“多啦？多少都一样。”边说边又抿一口。伸手去接虾，虾没劲了，不再蹦，他的手是空的。他把空着的手往嘴边一送，嘴里发出空洞的咀嚼声，嚼着嚼着往躺椅上一仰，闭了眼，像大虾米落到岸上。

墙上挂一幅巨大的彩色照片，是老海怪的全家福。屋里到处是灰尘，只有相框纤尘不染。相片上的老海怪一家亮晶晶的，隔着玻璃打量他们。他飞快地抬起脸，和相片上的一个人对了下眼神。她叫阿文，是老海怪最漂亮的孙女。几年前她来岛上休假时他曾见过她一次。

看到阿文的照片，他就想起雷米。小雷子活着时，雷米隔不多久就写一封信来，当然每次都忘不了问小雷子那些羊咋样了。雷米似乎是最牵挂这座小岛的人。有时他甚至觉得，那些羊就是雷米的化身，一直与他们相伴，与小岛相伴。他与小雷子聊天，时常谈到雷米。他的生活里没有女人，老海怪的漂亮孙女阿文仅仅是一个遥远的剪影，相比而言，从未见过面的雷米似乎显得更真实一些。小雷子也见过阿文，但小雷子说雷米可比阿文漂亮多了，简直没法比。有一回小雷子还拿出一张雷米的照片，煞有介事地举给他看。他不看，骂小雷子少扯淡。不过他还是飞快地瞜了一眼，心里承认雷米长相确实不赖，当然和阿文是两种风格。随即他脸红了，暗骂自己：这是哪跟哪呀，你太没出息了。

一天夜里，他居然梦见了雷米。雷米的脸蛋红红的，跟太阳一个颜色。早晨和傍晚的海面也是这种颜色。他喜欢这颜色。那些日子他感到烦躁，常常傍晚到海边去，一个人孤零零地盘腿坐在褐色的礁石上，望着大海出神。太阳正要沉没，海面上燃起连天的大火。大火一直烧到他脚边，一海的水全给煮沸了，翻着滚滚热浪。他吓坏了，生怕自己被烧焦。这是一天中太阳最疯狂的时刻，它奔忙了一整天，就是为了和大海拥吻。大海也很激动，脸羞得通红，哆哆嗦嗦接住它，尽兴挥洒一番，然后把它咽下去。不过大海并不想消化它，大海只是给它提供一个可以安睡的地方，第二天再把它吐出来。只有太阳清楚，大海拥有多么宽广的胸怀。太阳不见了，大海把温度降下来，心满意足地打着哈欠，像一个喝过酒的人，想睡觉了。

每逢这个时候，没人敢打扰他，唯有小雷子是个例外。小雷子悄悄靠近他，挨着他坐下。在他们身后，羊们散成半圆，不发出任何声音。这个场面令人感动。有一次，小雷子突然说："连长你流泪啦。"

"是汗。"

他说："你眼里有泪，我看到了。"

"是的，我流泪了。我又想雷米了，不知她现在干啥呢。你写封信，让雷米来一趟，让她看看咱的小岛。"

小雷子欲言又止。小雷子换个话题说他会看手相，跟雷米学的。他把左手递过去。小雷子摆弄半天，惊叫道："坏了，连长，你的'生命线'上有'岛'。"

他不解其意。

小雷子指给他看，原来是朝向手腕的那条粗线上连接着几个小小辣椒状的纹络。"这是将来患重病的信号。"小雷子忧心忡忡地说。

他笑了："你又扯淡。将来的事管它干啥。"又说，"我在岛上待了十年，生命线上有岛太正常了。"

小雷子叹口气："十年，可真有点儿太长了。我生命线上没有岛，说明来这儿时间还不够长。"

他好像眯盹了一小会儿。潮声惊醒了他。潮声不是来自海里，而是来自老海怪的嘴巴。老爷子这回真睡着了，呼噜打得跟海啸一样。老爷子的嘴巴就是大海，舌头一动屋子都跟着晃悠。老爷子睡觉时眼睛并不全闭上，里面漏出海水深蓝色的光，他全身坚硬得像礁岩，海风撞上去，会发出铮铮响声，唯有眼睛那儿柔和如秋天的海。听说几年前他肺部长了个恶性瘤子，儿子们把他接到城里。可没过多久他就回来了，逢人就说城里人挤人，跟他网里的鱼一样，早晚都得憋死。人们都说老家伙活不长，谁也想不到几年过去，他似乎更结实了，每天照样出海，打的鱼和过去一样多。一个人如果比岩石都坚硬，他还在乎什么。

他吸完一支烟，又续上一支，然后下意识地摊开左手，盯着"生命线”上的小岛出神。

过不久小雷子就出事了。他收敛起小雷子的遗物，亲自去小雷子老家。小雷子把身体丢到这里，他不想让他把魂也丢下。他想把小雷子的魂带回去，交给他父母，交给日夜牵挂他的雷米，交给他的故土。身体和魂是两种东西，活着时身体比魂重要，死了后魂比身体重要。既然身体回不去，把魂送回去对他父母、姐姐和故土也算是个安慰，也算有个交代。这里有他和弟兄们守着就是了，小雷子可以放心回家休息了。临走前，他来到小雷子出事的地方，好说歹说才劝通它。

在小雷子的家乡，他见到了雷米。

找一块清静之地，人们把小雷子的遗物埋进去。雷米的双腿像麻秆儿一样，小时候得小儿麻痹症落下的。他用自行车把雷米驮到墓地。雷米哭得像一摊泥巴。他离开人群，望向辽阔的原野，望着望着就觉得脚下摇晃。他把大地当成海了。在他眼里，天穹之下没有别的，全成了海，就连天穹也成了海。远方的城市是庞大的岛屿，小雷子的坟墓是个小岛。路上跑的车是渡海船，路上走的人是水中的鱼。

临走那天，雷米塞给他一幅丝绣。他展开看，蔚蓝色的海洋猛然灼疼了他的眼。这是雷米一针一线绣成的，中间偏上一点的地方，凸起一片颜色稍重的图案，显然那是他们的小岛。他望着轮椅上的雷米，想到这是今生第一次，恐怕也是最后一次见她，脑子像太平洋一样浩渺。他决定回去后就把这件作品挂在荣誉室最醒目的地方，让那些奖状啊锦旗啊统统靠边站。

他乘真正的船回去，面前真正的海却又不像海了，像广袤的陆地。黑褐色的原野坦荡极了。船头剪开绿波，像犁铧掀开土地。船尾荡起浪花，像收割机收获粮食。路过一座岛子，他忍不住脱口叫：“好大一个城市。”身边的人拿眼剜他，把他当成精神病也未可知。眼皮一阵狂跳，他忽然担心起来，担心小雷子跟他回去。遗物可以埋掉，魂是埋不掉的，小雷子别犯傻，既然回了家，就安生待着，岛子有弟兄们守着，你就别再操心了。

一路上，这个怪念头时不时袭击他。他知道小雷子不放心他，牵挂他。本来他要调离小岛，到一个美丽的海滨城市任职。小雷子一出事，全泡汤了。他得继续坚守下去，坚守到什么时候谁也说不准。

他把一瓶酒干光，把最后一枚小干鱼咽肚里。本以为会醉掉，哪想比啥时候都清醒。窗台上好像有个影子晃了晃。他一激灵，知道是谁的，但他不去看。老海怪仍在睡，边打呼噜边做了个摇橹动作，或许老家伙在做出海的梦。夜有了很深凉意，他从破床上拽过一件旧大衣，轻轻搭在老家伙胸前，转身往外走。这时，老海怪全身骨节一阵响动，像大风卷起碎沙石。老海怪醒了，先抿口酒清清嗓子，说："咦，我的老朋友，你怎么来啦？"

他只好重新坐下，说："瞧你睡得那个香。"

老海怪说："我没睡着。我心里亮堂着呢。"

他不和他争，想起他的病，就说："老爷子，忘了问你，你肺里那个硬疙瘩不碍事吧？"

"去年到城里照过一回片子，大夫说没了。我不信。它在这里生根啦，硬得很，我一喘气就能觉出来。"

"那可要当心。"

"不碍事。就当它是个岛子吧。我老海怪身上有个岛，不见得是坏事。"

这话说得多好，他真服气了。他往外走。走出好远，还能听到老爷子的呼噜，呼噜把潮声都比下去了。

他顺原路往回走。大海的呼噜声使他脚步不稳，眼睛发涩，脑袋发昏。上了高处，有点儿冷硬的海风刮过来，他清醒了些。海风是大海的舌头，他被舌头一舔，连筋骨都酥软了。他知道那个影子一直跟着他，就带它往制高点走。到老地方扭头一看，影子没了。原来天快亮了。

天亮时的海水一派明澈，搭眼就能望到深处。海水全成了琼浆玉液，岛子便有了空中楼阁的味道。海出奇地平静，是一天里少有的静。海水奔波了一夜，或许累了，该歇口气了。而天上正在涨大潮，淹没了所有的星星，连月亮也不能幸免。太阳就是这时候露面的。他看表，三点五十九分。此时大陆上的人还在酣睡，今天，他或许是全中国最早看到太阳降生的人。太阳流着泪与大海告别。大海挽留片刻，见留不住，就伸出无数的手臂托举它上升。太阳离开地上的海，去投奔天上的海。星星是岛子，月亮是岛子，太阳不是岛。太阳是船，是宇宙间最大的一艘船。它连接海洋与天空，连接小岛与陆地，连接白天与黑夜。心里有这样一艘船，你就没有去不了的地方。他望着太阳渐渐走高，泪一下子满了脸。

这时，几只山羊来到他身后。当初他命令炊事班长宰羊，炊事班长打了埋伏，把六只小的藏匿到老海怪那里。现在它们都变大了，越看越可爱。他蹲下，搂住一只。他从它无比纯净的瞳孔里看到了小雷子的影子，就念叨说："兄弟，你有啥不放心的，我好好的嘛，在小岛上多待两年也没啥嘛。弟兄们也都好好的嘛。羊们也都好好的嘛。听哥的话，快回去吧。"羊眨巴一下黛青色几近透明的眼皮，就有一颗硕大的泪珠滑行到眼角。泪珠像一粒宝石，和头上的太阳相辉映，晃得他目眩。突然"叭"的一声，宝石碎了。碎末儿溅到海里，无声地消失。于是他觉得，小雷子听从他的话，踏浪而去。

他一身轻松往营房走。路过炮场时，想起后背上的疖子。奇怪，一点儿感觉都没有了。可左胸处又在隐隐作疼。拉开衣领一看，他嘿嘿乐了。妈的这儿又鼓起一个，个头还不小呢。执勤哨兵颠颠跑过来。他兴奋地对他说："快瞧瞧，我胸脯这儿冒出一个岛。"

哨兵说："岛？我身上到处都是，长腿蚊子叮的。"

他说："你那不算数。"

他轻柔地来回抚摸胸前的岛。蓦然一惊：如果它有根子，那么根子正扎在心脏上。它是从心里发芽的。

（2000 年）

生灵之美

月亮爬上来时，长路晓得留根该上路了，心头不由颤动了好一阵子。它站在槽头前，看到自家的土坯房在月光下闪着寒光，房顶黑瓦缝里的野茅草随着小风摇摆，柴门旁的那棵老橡树像一个巨人那样，久久打量着同处于寂静之中的整个西大洼村。长路竖起尖尖的耳朵，这时便听到不远处的晒谷场上，有个细伢子打了几声尖厉的口哨，随即土坯房的竹门吱呀一响，留根就像一只灵动的小猫那样，悄悄钻了出来。

长路的心提到了嗓子眼。它早就晓得西大洼村的这个穷家留不住留根，留根的心早就飞到了那些热热闹闹的地方，那种地方流血流汗，杀声震天，人的脑壳说掉就掉，但待在那里活着痛快，死时也痛快。长路虽然只有三岁多，它却赶上了庄稼人起事的年头，差不多两年前，大别山区打起了仗，后来风声越闹越紧，仗越打越邪乎，连山里的豹子、野猪、狼、山鸡和百足虫都跟着受折腾。长路就在这个闹哄哄的环境里到了懂事的年龄。

留根蹑手蹑脚往外走，长路不错眼珠地盯着他，它想往后可能再也见不到留根了，眼角就洇出了两颗硕大的泪滴，心里宛若刀割。长路又想应该同留根道个别，却又不敢弄出太大的响动，怕惊醒了老主人，留根就走不成了。长路只是抬起前蹄，在潮湿的土地上轻轻踢蹬了两下。留根果然怔了怔，然后径直来到长路住的草棚里，抬手在长路柔软的后脖颈和方方正正的脸上抚摸。留根说，长路，我要投红军去了，你好生在家待着吧，替爹妈多做些活。长路打了个响鼻，表示知道了，随即低下面门在留根的衣襟上蹭来蹭去。它实在舍不得留根走，但留根又非走不可。

长路是一头小毛驴，不会说话。即使它会说话，它和留根的感情也是难以说清的。留根家只有半亩薄板田，种这点儿田用不着牲畜，主人之所以豢养它，是为了往信阳拉脚运货，挣点儿钱粮养家糊口。细说起来，它就是在留根家出生的。到了它能上驾的年纪后，它母亲只得离开留根家，因为主人养不起两头牲畜。如果不是由于留根，被卖到别处的肯定是它了，老主人不喜欢叫驴，叫驴不能生崽，无法为主人繁衍后代。可它偏偏是头叫驴。它落草之后第一眼看到的就是留根，留根穿着带肚兜的小褂，脑袋剃得油光瓦亮，只在脑心那儿留着一撮毛发。它和留根的感情打出生那一刻就开始了，留根兴奋地望着被母亲一下一下舔舐的它，忍不住过来把它抱在了怀里，从头到蹄把它抚摸了一个遍。看留根那高兴劲儿，仿佛刚得了个亲兄弟。它的名字也是留根给取的，留根说，你长大了要跟我跑长路去信阳拉脚，干脆你就叫长路吧。转眼三年过去了，留根长成了壮小伙儿，长路牙口也硬了。留根没有兄弟姐妹，长路更是孤驴一头，他们一天也没分开过，他们之间的亲密程度可想而知。留根没有好吃的给长路，长路从不怨他；长路有时干活偷点儿小懒，留根也从不惩罚它。长路身子骨膨胀起来后，在路上见了某一头漂亮的小草驴，有时忍不住动动感情，留根就责怪它说，我还没讨上婆娘呢，你驴日的急什么。它便咴儿咴儿地叫几声，一副不好意思的样子。长路最感到惭愧的，是它空有一身力气，却不能替留根家拉脚挣钱，现在兵荒马乱的，路上不太平，老主人担心有闪失，一直没敢让他们出远门。

留根又恋恋不舍地在长路脑门上拍了几下。借着月光，长路看到即将远行的小主人神色凝重，它晓得他要去干也许是一生中最大的事情，谁也留不住他的。时候不早了，留根抬脚往外走，长路再也控制不住自己，使劲地喷着响鼻，绷紧了辔头去追留根，头顶上的那朵拴着它的梅花扣不住地颤动。但长路再挣扎也没有用，留根已经走远了。

咴儿咴儿——长路终于发出了嘹亮的嘶鸣，就像战马那样。它的鸣叫声传遍了整个村子。

夏天一过，长路已经能够在暗夜里听到枪弹的响声。它晓得那些枪弹是人类自己对付自己的。说实在话，长路和其他畜类一样，是甘心为人类驱使的，因为人类是世界上最了不得的动物，是世界的主宰。它曾在稻田里见过某一头自恃力大不服人类管教的水牛，结果三下两下就被愤怒的主人收拾得服服帖帖。长路就想，在人类面前，畜类只有老老实实低头干活，而不能总想着抬头发威，否则自找苦吃。长路起初不大明白的是，为什么人类自己还闹来闹去，你杀我我杀你的。但长路很快就从村里丁大财主家的几匹牲口身上找到了答案。丁大财主家养着两匹马两匹骡子，它们经常拉着一辆花轱辘马车在官道上来往，它们一匹匹吃得膘肥体壮，身上流油，脖颈下的铜铃格外脆响，见了别的穷牲口，它们牛×得不行，横眉立目，趾高气扬，似乎多长了一只卵子。它们并不下田干重活，可它们凭什么就比那些下苦力的穷牲畜多吃多占？每每见了它们，长路就气得咬牙切齿，恨不能撕烂它们。于是长路就明白了，畜类之间尚且有这么多不公平，那么，人类就更不好说了。天地间的事情就是这样，不公道的地方一多，就会乱套的。

在某一天的拂晓时分，长路有生以来第一次目睹了人类间的杀戮。那天夜里世界静得像是死去了，没有风，薄薄的雾气在空中荡悠，天蒙蒙亮之后，长路隐隐听到了远处传来的响动，不久，枪弹声齐鸣，一大群黄衣兵突然包围了西大洼，那些来不及逃走的人畜顿遭灭顶之灾。老主人两口子刚从土坯房里露头，就被三个黄衣兵开枪打死在门槛上，血流了一地。长路躲在草棚里看得真真切切，它害怕极了，吓得大气也不敢出。这时它又听到了东院丁小栓娶进家门不久的新娘子发出的哀叫声，丁小栓刚入洞房三天，就和留根一起外出投红军了，他的新娘子九香可漂亮了，别说人，连长路都跟着眼馋……没等长路回转神，就见一个黄衣兵端着大枪往草棚这边走来，长路晓得该轮到它了，不由浑身打战。它不想等死，就咬紧牙巴骨，使出五内之气，猛地挣脱了缰绳，腾起四蹄往外狂奔。那个黄衣兵朝它叭叭地打枪，子弹从它的耳边嗖嗖飞过，它什么也顾不上了，只晓得往人少的地方跑。在村口，长路看到王老拐家的大牯牛倒在地上，肚子被刺刀捅了个稀巴烂。

长路一口气跑到了山里。

现在，长路终于认清了，那些穿黄衣服的兵不是好人。

长路已经无家可归，它在山里躲了好长时间，有一次差点儿被一只凶猛的豹子吃掉，还有两次差点儿被搜山的黄衣兵逮住吃肉。它想，总待在大山里不是个办法，尤其是它非常思念留根，于是就沿着山势朝有号声的地方走。它还想，只要找到了留根的队伍，就不愁找不到留根。

毛竹的叶子开始发黄时，下了一场小雪。长路这时到达了黄安附近。一天中午，它站在一个高高的山冈上，恍惚听到远处传来乱成一团的嘈杂声，隐约看到前面的半边天都烧红了。正纳闷时，一群逃难的野物和家畜从山脚下路过，长路用叫声询问一头笨拙的黄牛。黄牛哞鸣着对它说，那边正在打仗，快跑吧，你还愣着干啥，难道想送肉上门吗？长路没去理会黄牛的嘲弄，它想，一定是留根他们在和黄衣兵打仗。于是，它赶忙下山，朝着枪炮声走去。

那天下午，没有人发现长路走进了战场。它看到这里刚打过一场大仗，遍地是死人死马和支离破碎的枪炮，一群群黄衣兵举着双手，被一群穿灰布军装戴八角帽的人押解着，这些灰衣兵帽子上的红五星格外抢眼。长路心里痛快极了，它想这肯定是留根的队伍了。既然是留根的队伍，也算是它的队伍。于是长路不再害怕，大摇大摆走出水杉林子，靠近了自己的队伍。

过了好久好久，过去了好多好多的灰衣兵，却一直没见留根露面。但长路不死心。这时，又开过来一支整齐的队伍，长路继续瞪大眼睛寻找。苍天不负苦心驴，它果然看到了一个再熟悉不过的影子！它腾起前蹄，咴儿咴儿地鸣叫起来。

留根眼睛一亮，他也发现了长路。留根冲出队列，朝长路奔来，死死搂住了长路的脖子。长路的眼泪霎时便下来了。留根说，长路长路，你怎么跑来了？长路有很多很多的话要说，它想告诉留根，老主人两口子都被黄衣兵打死了；它还想说，它也差一点儿被那些坏人打死吃肉。但它说不出来，它只能一下一下地在留根比先前结实了许多的胸脯上蹭来蹭去，留根身上的硝烟味儿令它着迷。此时，留根的眼里也噙着泪，仿佛长路要说的他都早已知晓了。

一个挎盒子枪的人大声问留根，王排长，怎么回事？

留根就把过程讲了讲。留根又说，营长，把它送到团后勤辎重队去吧，帮咱们驮货。

营长打量着瘦骨嶙峋的长路，说，它行吗？

留根像过去那样使劲拍拍长路的屁股，信心十足地说，没问题！

长路痛快地打了个响鼻，好像在说，我早就盼着这一天了。

后勤辎重队里有各种模样的驴和骡子，还有一些不能当坐骑的劣种马。加入了红军队伍后，长路兴奋之余，又常常为自己感到难过。有一天宿营时，留根来看它，留根摸着它的脸颊对饲养员说，老同志，请你好好喂喂它，它饿了好几个月，瘦得不像样子啦。饲养员说，把它喂得再肥，也不能给你当马骑。就在这时，有一队骑兵从他们身边经过，长路看到，留根眼里露出热辣辣的光。它低下头，猛然想到，自己要是一匹骏马该多好啊！那样，它就可以给留根当坐骑。它精神抖擞地驮上留根，嘶鸣着到硝烟炮火之中勇猛奔突，留根手中的马刀寒光一闪，就有一个黄衣兵被劈成两半；留根手中的马枪吧嗒一响，又有一个黄衣兵碎了脑壳。它自然也不甘落后，就张开四蹄，一次次将黄衣兵踏翻在地。他们人马合一，凛然无比，勇不可当。他们像一股旋风，在地上呼啸；又像一颗流星，在天边闪耀。每逢打了胜仗，留根都拍着它的脸颊说，老伙计，多亏了你呀，你可真是好样的。它抖抖鬃毛，喷着响鼻，悠闲地甩着四蹄，故意摆出一副谦虚的样子，好像在说，没啥没啥……还有，要活，他们就一块儿活；要死，他们就一块儿死……

往后，长路常常在梦中见到这样的图景，醒来后不由一阵怅然。

然而，往前线驮过两次货物后，长路就想通了。古人常讲，兵马未动，粮草先行。如此说来，长路它们也算急先锋了。隐蔽在战壕里的同志们每逢见到它们嘚嘚跑来，那高兴劲儿就别提了，比见到亲娘老子还亲。尤其是紧要关头，它们把弹药往上一运，黄衣兵们就得跟着多死一批。弄清了自己的使命，长路再干起来就欢心多了。它虽然身子骨弱，体力还没恢复，但它仍是不甘落后，每次驮货，都用期待的目光祈求辎重兵多往自己身上装一些。行起军来，它尽量跑在最前面。它的这个小家族本来就具有忍耐负重的优良传统，想当年它母亲肚里怀着它时，往信阳拉脚，百十里路，一天一夜就跑个来回，都不带眨眼的。它现在给红军干活，图的是消灭那些杀人放火多吃多占的黄衣兵，就更不能耍奸使滑了。退一步说，就凭它是留根喂大的这一点，它也不能给留根脸上抹黑。辎重队里有几匹同伴不咋样，又懒又馋，长路很瞧不起它们，特别是那匹白颜色的小母马，长得蛮漂亮的，可就是懒惰，还胆小如鼠，听见枪响就拉稀、就畏缩。长路赌气地想，就凭这德行，你他妈再风骚迷驴我也不会动心的。长路一直坚持不向它献殷勤。

山上的树木全都变绿了时，鄂豫皖红军倾全力攻打苏家埠。这一仗打了一个多月，打得天昏地暗，遍地淌血。现在长路一闻见硝烟味儿就兴奋得不行，它一趟又一趟地往前线驮货，有时好几天顾不上打盹儿，它的背上磨出了一串串的血泡，左耳还中了一弹，留下一个豁口。这天午后，它们的辎重队在途中遭到炮击，长路与队伍失去了联系。它没有像某些驮子那样仓皇失措往河柳丛里钻，而是朝着枪炮声最密集的地方跑去，它晓得哪个地方打得热闹，那里的红军就更需要它身上的东西。

在这天的战斗中，留根所在的连队担任主攻。起初进展顺利，后来一个坚固的碉堡挡住了他们的去路。没有炮火支援，手榴弹也都用光了，光靠轻火器不顶用。留根急得大声骂娘老子。就在这时，留根听到了一阵熟悉的咴咴声，他一回头，果然看到长路正四蹄腾空朝他跑来。长路驮来了四箱子木柄手榴弹，留根和他的弟兄高兴坏了。

这天晚些时候，留根他们才晓得，那个大碉堡竟然是敌皖西“剿共”总指挥厉式鼎的指挥所。士兵们用长路驮来的手榴弹开路，一束束地往外甩，一口气就把厉式鼎炸得吃不住劲了，厉式鼎举手投降时虽然穿着士兵服装，还是被留根他们认出是个大官。

苏家埠大捷结束后，红军举行庆功大会，一批战斗英雄被请上主席台戴红花，其中就有留根。长路它们歇脚的地方离会场不远。长路竖起脖颈，看到留根威武地朝徐向前总指挥敬了个军礼。

留根当上了连长。留根可真是出息了。长路打心眼儿里为自己的小主人高兴。想想一年前，留根还和它一起在西大洼胡混呢。留根经常偷偷摸摸到有钱人家的果园里搞吃的，有时还悄悄往小姑娘的脖领子里丢毛毛虫什么的，或者半夜溜进别人家的院子里学鬼叫，吓唬那些胆怯的小媳妇；它呢，更不好意思提了，反正村里那几头小草驴晓得它的那点儿毛病。现在瞧瞧，转眼之间，留根就成了红军的连长，它也成了红军队伍里四条腿阵容中的干将。看到留根戴上了大红花，长路心里也有点儿痒痒，它想它也该戴一朵大红花才是。

长路吭吭吭地叫了几声。这是它舒心的笑。

情况很快就变得不妙了。在接下来的那个炎热的夏天，长路听人讲有几十万黄衣兵涌进了大别山，红军再想打个胜仗就难了。红军只好连续行军，东跑西颠，很多人得了烂脚病。长路跟随队伍，沿途看到了许多红军遗下的尸体和枪械粮秣，尸首上落满了蚕豆大小的绿苍蝇。长路所在的后勤辎重队也严重减员，能够驮货的牲口已经没几头了。

长路好歹算个四条腿的老兵了，残酷的场面也见了不少，但这天它在七里坪附近的所见所闻一辈子都忘不了。笔架山下的倒水河至古风岭一线阵地，炮声隆隆，杀声震天，完全成了人肉和烈火的海洋，双方像拉锯一样杀得难解难分，肉搏战一轮接一轮，浓得仿佛再也化不开的血腥气把长路的脑袋都搞昏了。人类之间的这种厮杀使世间万物都感到胆寒。太阳偏西时（其实战场上天光已经难辨，这只是长路的估计），辎重队准备第四次上火线，臀部刚中了一弹的长路听说这回往留根他们阵地上驮弹药，硬是咬牙坚持着站在了队列里。它们冒着猛烈的炮火往前跑时，长路突然想到，死了这么多的人，留根这回怕是凶多吉少了。如果留根死了，它想它也会难过死的。

在倒水河边的一片被炸得七零八落的野山楂林里，长路见到了仍然活着的留根，心里一块石头这才落了地。留根脸上身上全是血，长路几乎认不出他来了。留根的连队还剩下五个人，那四个嚷着要他们的连长下去治伤，留根死也不肯。这时黄衣兵又冲上来了，留根他们用长路驮来的弹药还击，黄衣兵被打退后，长路看到留根身上又多了一个枪眼。

留根仰躺在战壕里。长路赶过去，前蹄一弯跪在地上，伸长脖子吭哧吭哧安慰他。见留根就要死了，长路心疼得流出了眼泪。它用湿唇拱留根的手和脸，试探着伸出舌头舔舐他身上的血迹。它看到留根的眼睛是红的，但留根没有流泪，留根只是说，长路长路，你小子哭了吗？你可别像个娘儿们呀，说哭就哭，战场上可以流血流汗，可就是不能流眼泪。说完，留根抬手抹一把脸上的血花，轻轻唱道：走上前去，曙光在前头，同志们奋斗！用我们的刀和枪开自己的路，勇敢向前冲！同志们赶快起来，赶快起来同我们一起建立劳动共和国。战斗的工人农友、少年先锋队，是世界的主人翁，人类才能大同……

这是红军的歌，长路听过不知多少遍了。这歌唱得多好听啊，长路想，不但人类希望大同，就是它们畜类，也希望人类大同啊。人类一大同，它们畜类的日子可能也会好过一些呢。

长路不会唱歌，现在，它只有和着韵律，用面门一下一下蹭留根的额头。留根唱完了，长路的眼泪也干了。长路就想，既然留根都已经抱定了必死之心，它一头小小的微不足道的毛驴，还有什么可惧的？虽然它年纪不大，但它经历的事情不可谓不多了。并不是所有的毛驴都有这样的机会。因此，即使现在就去死，它也不觉得亏了。想到这里，长路马上感到，自己的胆子壮得上刀山下火海都无所谓了。

留根双手抱紧长路的脖子，意思是请长路扶他站起来。长路用力抬头，留根就又像一根铁桩一样立在了战壕里。红军的号声在山野里回荡，红军士兵的喊杀声连绵不绝。长路紧挨在留根身边，它和着军号声和喊杀声，咴儿咴儿长嘶不已。这天下午，留根指挥他手下的几个弟兄又打退了敌人的两次进攻。黄昏时分，上级命令他们撤出战斗。留根奇迹般地活了下来。

大别山已经没有了红军的立足之地。秋天来临时，队伍边打边向西撤。长路这一阵子多次受伤，其他部位的伤还好说，就是前蹄膝盖骨的伤让它受不了。那天在两河口前沿阵地上，黄衣兵的一颗来复枪子弹正好击碎了它的膝盖骨，从此它变成了一个丑陋的瘸子。它舍不得离开队伍，舍不得与曾经朝夕相处的小主人留根分手，于是它就一瘸一拐地跟着队伍走。

天黑了，它实在走不动了，掉队了。它趴在路边的一块没有稻子的稻田里，望着疲惫不堪的队伍向西行走。再往西就是平汉铁路，队伍看样子像是要离开鄂豫皖，越过平汉路，进行战略转移。

不能跟着队伍走了，长路感到非常难过。朦胧中它看到留根搀着一个伤兵走了过来。它想呼唤留根，让他最后再抚摸一下自己，听他说几句话。但它最终还是忍住了，它可不想这个时候再让留根分心。现在，长路已不指望他们还有再见面的那一天。它默默地望着留根消失在眼力不及的地方，然后困难地扬起脖子，用尽全身的力气，朝着队伍远去的方向，咴儿咴儿地放声悲鸣。它好像在说，别了，留根！别了，红军！

就像那次离开西大洼一样，长路又开始了漫无目标的游走。它一瘸一拐，尽量选择没人的地方走。一路之上，长路见到青山秃了，河水染红了，村子不见炊烟，田野不见禾苗，到处是残垣断壁。

长路以前不是没想过，它早晚也会像其他畜类禽类那样，成为人类饭桌上的美味佳肴。对这个迟早要来的结局，它并不感到多么恐惧。它身上一共留下了七处伤痕，腿瘸了，耳朵也快被炮火震聋了，再活下去实在没有多大用处了。现在，它只有一个信念，就是被狼吃掉，也不能被黄衣兵逮着。

这天黄昏，它走进了一座深山，山上的林木像汹涌的波涛那样起伏，夕阳挂在远方的天际，血雨般的余晖泼洒过来，山峦红遍，层林尽染。长路伏卧在山坡上，伴着这景色沉沉睡去，一夜无梦。

醒来时已是次日黎明。它看到它的辔头抓在了一个老汉手里。老汉蹲在它面前，正爱惜地抚摸它的一个又一个伤疤。见老汉像个厚道的庄稼人，长路一点儿也没挣扎，它喷喷鼻子，意思是说你如果饿了，就吃我的肉吧，我不怪你。

老汉并没有吃它的肉，而是把它带进更远更深的山林里。一路上，老汉絮絮叨叨反反复复地说，他的两个儿子都投了红军，又都战死了；他老伴和两个女儿也被国民党用刺刀挑了；家里的房子也被烧了。老汉最后拍着它的脑门说，往后，咱两个一块儿过吧，做个伴儿。听老汉的口气，倒像在恳求它。

山上的林木绿了又黄，黄了又绿。长路已记不住绿过黄过多少回。直到有一天，老汉兴冲冲地从山外回来，大声对它说，老伙计，听说刘邓大军到咱大别山来了。长路没听懂他的话。老汉又说，这刘邓大军就是先前的红军呀！

老汉带它出山时，它几乎都不会走路了。老汉也老得快迈不开步子了。他们来到山外的官道上，看到队伍正源源不断地开过来。长路闻到了一股久违的气息，它想放声高歌，但是，它的嘴里已经发不出声音了。

一个骑着高头大马的军官迎面而来，他后面跟着四个威武的护兵。长路越瞅越觉得这人面熟。它想，会是留根吗？没等它瞅清楚，那人就过去了。而此时，泪水也模糊了长路的双眼。

（1997 年）

好天气

已经好多天了，天气糟糕得厉害，不是下雨就是落雾——那时不时浇下来的雨水都是热的，仿佛空中架着数不清的铁锅，阳光每每烧热了里面的水，就有看不见的巨手倾倒它们，热腾腾的水便洒下来；那总也退不去的雾气更像热锅中的蒸汽，闷得人全身肿胀。很少刮风，见不到日头——日头偶尔露一下脸，也是凶相毕露，毒辣异常，还不如不让它露面好。在这样的天气里行军打仗，人人都觉得自己是热锅中已经煮熟的红苕，离溶化不远了。丁小栓不止一次惆怅地想，再这样下去，真不如吃颗枪子儿，死也痛快。他把这想法悄悄说给赵班长听，赵班长瞪他一眼，说，你少给老子扯淡！

他们是一个月前从鄂豫皖根据地的大本营金家寨撤出来的，一路西行，卫立煌的装备精良的兵拼命追击他们，他们且战且退，消耗很大，疲惫至极。后来，陈继承的部队接替卫立煌部继续追击，双方距离越缩越小，他们到大别山西麓时，敌人离他们只有不足半日的行程了。鄂豫皖分局和红四军军部就行在前面，丁小栓所在的三团负责断后。眼见情况危急，上级命令三团选个地方狙击一下屁股后面的追兵，为大部队安全转移赢得时间。

刚走到这个垭口时，丁小栓就觉得这地方有点儿面熟。他抹了一把脸上的黏汗，透过浓稠的雾气看到，山脚下的这条小路只能容一辆马车通过，北面是悬崖峭壁，直插天际，根本无法攀登，南面的山不算高，山势也比较陡峭，正好可以在上面设伏——这可真是个理想的狙击地点，既不用担心侧翼，也不用担心后方，只要守住正面就行了。团长不由大喜，连说一夫当关，万夫莫开，真乃天助我也。团长命令七连在此迟滞敌人，狙击时间不得少于两天。七连连长领命后，率部与敌人激战了整整一天，只打得天昏地暗，山石变色，但敌人无法越雷池一步。次日拂晓，连长叫过赵班长，说，我决定你们四班继续留下，再坚守一天一夜，能完成任务吗？赵班长点点头。连长松了一口气，又说，狙击完毕后，你带弟兄们往西追赶大部队，能追上最好，追不上，就留在大别山打游击，红军还会杀回来的。

连长率领剩下不足一个排的兵力仓皇西去。

丁小栓他们随赵班长进入南山的阵地时，看到战死者的尸体已经被草草掩埋过了，但刺鼻的血腥气还在战壕里浮游，就像这总也不消失的雨雾。

昨天，四班作为连里的预备队，没有拉上来。现在，赵班长的目光在他手下的五个兵身上一一掠过，目光过处，老黑、麻秆、书生、斜眼、丁小栓都挺了挺胸脯，脸上的表情同赵班长一样，看不出什么表情。仗打得多了，脸上的表情也就淡了。赵班长吼道，先把战壕加固一下，准备战斗。

估计此时是早晨六点多钟的样子，要是好天，太阳应该从东面的山梁露头了。但雾气仍是那么浓，一丝风都没有，沉闷的空气中仿佛充满了炸药的气味，一点就着。弟兄们全身都湿淋淋的，那是汗水和雨水的混合物，糊在身上，难受死了。他们干脆脱了上衣，解下绑腿和裤子，只穿一条脏得不辨颜色的短裤。唯有书生是个例外，书生仍穿得整整齐齐。老黑怪模怪样地瞅着书生说，兄弟，你是个大姑娘吗？怕我们看你屁股是吧？书生脸红了红，没吭声。

战壕是依着山势构筑的，只能挖到半人多深，往下是石头，挖不动，只好捡些石块垒在面前。昨天打了一天，原先的阵地已被炸得不像样子，他们差不多又重修了一遍。筑壕的过程中没人说话，似乎弟兄们都已意识到末日将临，他们怕是难以活着走下这座山冈了，这样的时刻，谁还有心思说话呢？

战壕约有三十米长，也就是说，他们六个人每人把持五米左右。干完了活，丁小栓伏在壕沿上，目光透过雾气，艰难地望着下面窄窄的垭口出神。突然，他的脑子开了窍，他想起来了，这地方离他的家不远！翻过北面的那座大山，过一条小河，再往北走一段路，就是他家居住的寨子。从这里往家赶，也许不出一个时辰就能到……想到这里，丁小栓吓了一跳。

说起来，他当初参加红军，就与对面那座陡峭的山崖有关。

一年前的某一天，丁小栓赶着寨子里李大财主家的几头大牯牛到山坡上放牧。那天天气特别好，满山的毛竹、桐树、水杉和杂草在阳光下闪动，凉凉的小风可劲吹来，他感到舒服极了，不觉哼起了家乡小调。他从十岁起就给李大财主家放牛，每年能换回三担糙米，家里日子还算过得下去。那天，宛若梦境般的好天气吸引着他，他想到更高的山冈上好好瞭望一下远方的世界，忍不住就赶着牛们往山上爬。到了山顶，极目远眺，西面是平原，一望无际；东面是山区，山连山岭连岭，满眼是绿色的波浪，气派非凡，真使他大开了眼界，他有生以来头一次感到大别山区这么壮美。然而，没等他回过神来，一件意想不到的事情发生了——那头最壮实的牯牛可能心血来潮，在山顶上撒开四蹄疯跑，怎么也唤不住它，终于它失足从那面异常陡峭的山崖上掉了下去，葬身崖底。一头牯牛要值多少铜板？他家全部的家当赔上都不够，连带着把他卖了也抵不上。李大财主嗜财如命，不扒了他的皮才怪。即便李大财主放过他，他自己的亲爹也会打死他。他当下就晕了，恨不得自己也跟着跳崖。当晚他不敢回寨子，藏在河边的乱树丛里，整整哭了一夜。次日黎明，几个外乡人从这里路过，他们问他哭啥，他把过程讲了。他们却笑起来，说，走投无路的时候，正好去投红军，细伢子，跟我们一块儿去吧。当时，大别山区闹红已闹得如火如荼，因为他的家乡处在山区边缘地带，风声尚不是很紧。但命运却这么突如其来地给了他一个机会。

半个月后，他成了红军的一名小兵，穿上粗布军装的那天，刚好过了十四岁生日。后来他常常想，如果那天那头大牯牛不掉下悬崖，可能他至今还在放牛，也许一辈子都尝不到扛枪打仗的滋味。

想到这里，丁小栓不由自主地直起身来，朝寨子的方向望去。什么也看不到，除了雾还是雾，即便没有雾，也有山挡着。又想也不知爹娘和妹妹怎么样了，自当了红军之后，打仗打得脑子都乱了套，很少有空想他们，也不敢想，一想就忍不住要掉泪，而红军是不能轻易流泪的。

脑子正开着小差时，班长从后面猛拍了下丁小栓的脊梁，吓得他一个惊怔。班长意味深长地望着他，问他在想什么。他愣了愣，没敢说这地方离他的家很近。如果他把这个发现说了，班长马上就会想到开小差的事。红军正处在最困难的时候，这段时间里各部队都不同程度地出现了士兵逃亡现象，这也是各级指挥员比较头疼的问题。丁小栓定定神，说，班长，我想，如果天气好，我们站在山顶上，可以看得很远，大山、小河、蓝天、白云、树木、青草、野花、庄稼、牛羊……都很美呀，要多美有多美。可我们现在什么也看不清，这鬼天气。班长似乎受到感染，说，小鬼，别急，总有云开日出的时候，我们会看到的。现在什么也别想，准备打仗吧，我估计敌人该行动了。

从阵地上往下看，这面山坡上的青草和树木早已被昨日的炮火掀得乱七八糟，像个乱坟岗子，尚有不少敌人的尸体未被拖走，那些黄褐色的残破的肢体呈各种姿势，宛若沉在水底的死鱼，令活着的人不忍卒睹。由于雾障，射界内的距离都无法看清，他们只好竖起耳朵，倾听山下的动静。其实坏天气对攻守双方都有利——它便于守方隐蔽，也利于攻方偷袭。但敌人不善偷袭，所以，好处基本上都成了守方的。

敌人冲锋之前，照例先打了一通迫击炮，炮弹大都呼啸着越过他们的头顶，落在身后的山坡上，只有少数几发在他们眼前炸响。机枪手老黑甩了把脸上的泥水，嘿嘿笑着说，狗崽子，白白糟蹋了炮弹，这些好端端的炮弹要是放在咱手上，白狗子们，就等着蹬腿吧。

炮击过后不久，山脚下就有了响动。班长示意弟兄们别出声，放近了打。丁小栓趴在紧挨着班长的位置上，心里止不住地打抖。虽说参军都一年了，大大小小的仗也经历了十几次，但每次战斗之前，他仍是心慌意乱，小脸焦黄。他永远忘不了第一次上前线时闹出的大洋相，觉得那是自己一生的耻辱——红军攻打光山县城，刚学会打枪的丁小栓分到了赵班长手下，跟着队伍冲锋。战斗结束后，他发现两条裤腿都是湿的，一股骚烘烘的气味直顶鼻子。班长知晓后一点儿都没责怪取笑他。他拖着哭腔说，班长，我当兵前连鸡都没杀过。班长说，我晓得，像你这个年纪，应该在学堂里读书。可反动派不给我们饭吃不给我们衣穿，我们只能舍命夺江山，没别的法子。他信服地点点头。班长进而安慰道，很多新兵初上战场都免不了这样子，以后会好的。以后再冲锋，你跟在我后面，只要我活着，你就死不了。

这时，班长有些不放心地看了丁小栓一眼，然后提醒他注意隐蔽，什么也别想，就想着杀敌。他用力朝班长晃了晃拳头，意思是请他放心，他不会当孬种的。班长很小就父母双亡，他下面还有个小弟弟，和丁小栓同岁，因为是红属，被地主民团活活烧死了。每次见丁小栓，班长眼前就会浮现出小弟弟的模样，这可能是他格外关照爱怜丁小栓的原因之一。

约莫过了一袋烟的工夫，几十个敌人探头探脑出现在视野里，呈扇形往山上爬。等他们爬行到离战壕三十多米远时，班长手中的枪先响了。紧接着，老黑的捷克式轻机枪刮风一般射出密集的子弹，其他人手中的各种武器也都拼命吐出火舌。转眼工夫，敌人丢下十几具尸体，其余的鬼哭狼嚎连滚带爬从山坡上消失了。

老黑和斜眼直乐得拍屁股。老黑说，在这个好地方打狙击，有我一人就够了。斜眼说，不用使枪，光往下扔石头也够龟孙们喝一壶的，干脆就留你一人守阵地，我们先下去睡一觉，等你打累了，我再接替你。班长冲二人吼道，快给老子闭嘴。仗刚开打就翘屁股，恶仗还在后面呢。

敌人的第一次进攻只是试探性的，再往下，越打越烈。所幸那面山坡比较狭窄，摆不开更多的兵力，敌人每次最多只能使用两个排，而且也无法迂回攻击，否则，这仗就难打了。最要命的是，敌人的炮弹越打越精确，差不多颗颗都在壕沟周围爆炸。

斜眼最先尝到了炮弹的滋味，一片枫叶状的炮弹皮嵌进了他的喉咙，切断了他的喉管，血泡从受伤的部位咕嘟咕嘟往外冒，一会儿就把他的胸脯涂得殷红殷红，仿佛有人为他罩上了一件红背心。班长和丁小栓赶过去，班长把斜眼揽在怀里，声声唤他的大名，丁小栓弯腰抓起一把潮湿的黄土，按在伤口上，但炙热的鲜血很快就把黄土染红冲走。丁小栓骇得不由倒退了一步。

在班里，斜眼是一个挺讨人喜欢的兵。他是湖北麻城人，个头不高，团圆脸，两只小眼睛天生斜视，那副模样你看他一眼忍不住就想笑。斜眼参军前是个长工，因此，没事时他经常给弟兄们讲自己的长工生涯。他说他恨死了那个东家，如若不是看着东家女儿的面子，早就放把火把他家的宅院给点了。一谈起东家女儿，斜眼就眉飞色舞，唾星四溅。在他的讲述中，东家女儿貌如天仙。他说他们两个真是天造的一对，地设的一双，所以他们就偷偷相爱了。老黑和麻秆爱揭他的老底，说，你个斜眼蛋子，人家天仙能看上你？斜眼正色道，她说她偏偏就喜欢我这双眼睛，明亮、传神，越瞅越顺眼。老黑和麻秆就说，噢，明白了，难怪她看你顺眼，她肯定也是个斜眼。斜眼不理他们，接着说，狗日的东家，太狠毒了，有一次我们到山洞里相会，被他捉住，差一点儿揍扁我呀，当天就把我撵出了家门，工钱一个子儿都不给。没多久，他又把女儿嫁到了县城，生生拆散了我们这对有情人。末了，斜眼脸憋得通红，咬牙切齿地说，你们说我能饶了狗日的吗？大伙儿忙说，饶不得饶不得，天下的财主没一个好东西。

可现在，斜眼的脸色苍白如纸。但斜眼还有一口气。他央求班长，把他脖子上的弹片拔下来。班长无语。斜眼用最后的力气说，他不想身上带着敌人的东西去死，他感到脏，不然他死不瞑目。听了这话，班长不再犹豫，伸出右手的三个指头拽出了那块饮饱了斜眼热血的炮弹皮。随着哧的一声，一股鲜血像火苗那样亢奋地向上蹿了几蹿，然后缓缓熄灭。斜眼满意地笑了笑，那笑就凝在了嘴角。

斜眼死了。刚才他还活蹦乱跳的，但他说死就死了。在战场上，死亡是最简单不过的事情。丁小栓低下头去，嘴唇不由哆嗦了几下。班长面无表情地回到他的位置上，默默地往枪里压子弹。老黑、麻秆、书生他们三人扭脸往斜眼的遗体上瞅了几瞅，什么话也没说。丁小栓想，也许他们都是老兵了，什么场面都见过，所以遇事不惊，从容镇定。他好羡慕他们，但他做不到。

第二个遇难的是麻秆。

麻秆天性活泼、机灵。虽然他细胳膊细腿，看上去不堪一击，其实他打起仗来有勇有谋，似乎天生是块当兵的材料。麻秆的枪法确实好，不久前打苏家埠时，他们远远地看到一个敌人指挥官时不时在一座工事里露露头，赵班长就问麻秆能不能一枪报销了他。麻秆说，我试试看。他举起他的苏式水连珠步枪，瞅准机会，果然一枪就把那家伙的脑壳打碎了。事后才得知那家伙是个营长。麻秆的嗓音也好，喜欢唱京戏，而且唱得蛮像回事。刚才打退敌人第二拨冲锋后，麻秆见气氛沉闷压抑，就请示班长，说，我唱两口行不行，让弟兄们松松气。班长想了想，说，唱吧，但声音小点儿，别让山下的敌人听见，免得招来炮弹。麻秆清清嗓子，小声唱道：湛湛青天不可欺，是非善恶人尽知。血海的冤仇终须报，且看来早与来迟。薛刚在洋河把酒戒，他爹娘的寿辰把酒开。三杯入肚出府外，惹下了塌天的大祸灾……他唱的是《徐策跑城》。弟兄们以前多次听他唱过，但现在听来感觉大不一样，连平时极不合群极不爱讲话的书生都击掌叫好。

麻秆的唱腔尚在山坡上缭绕时，敌人再次冲上来了。除了老黑用机枪扫射，其余的人都拼命甩手榴弹。在这种地形条件下坚守，手榴弹是很好的武器，甚至不用使劲甩，顺手往下丢就行。幸好连长他们撤退时，留下了六箱宝贵的木柄手榴弹，够用一阵子的。麻秆晃动着他两只螳螂般瘦长、灵巧的臂，左右开弓，眼见着手榴弹像天女散花，在敌阵中响成一片。麻秆杀得兴起，干脆直起上身，尖着嗓子边骂边甩。一不留神，只听啪的一声，他两眼一黑，猛地仰在了壕沟里。

打退敌人的进攻后，班长才趔趄着奔到麻秆跟前。班长左臂也负了伤，鲜血一直往外冒，但他不管不顾，任它流。丁小栓也迟疑着跟了过来。丁小栓看到，一颗机枪子弹把麻秆的天灵盖整个儿掀开了，白白的脑浆糊满了他瘦小的脸膛。但麻秆的眼睛仍睁着，班长小心翼翼地抚弄了一下他的眼皮，那眼皮合上后，随即跳了跳，却又睁开了，好像麻秆还机灵鬼一般地活着。班长就不再动，说，好兄弟，我晓得你不甘心走，你就睁着眼睛看我们同敌人拼吧。老黑和书生也围过来。老黑的脸更加黑，像一块烧焦的岩石。老黑的铁拳猛地砸在一块尖锐的石头上，硬是砸得它裂了缝。书生说，麻秆，你安息吧，大别山会永远记住你的。

丁小栓的眼泪涌到了眼窝里，他咬咬牙，强忍着咽了回去。

估计到了正午时间，山上的雾气稀薄了些，往远处看，仍是一片苍茫。仍然没有一丝风，空气中的硝烟和血腥气味更加浓稠，堵得人心里难受。他们一个个像刚从泥水里捞出来似的，黄泥、污黑的硝烟和片片血迹糊在身上，看上去仿佛成了彩色的人。

敌人好一阵子没再进攻，可能在吃午饭。班长招呼大家吃点儿东西，糯米团子就放在每个人的脚下，但谁也没吃，都说不饿，就是感到渴。丁小栓觉得自己的嗓子老是往外冒烟，冒一些花花绿绿的烟。老黑到身后的坡上找水喝，水洼大都叫炮弹炸开了，成了稀泥糊糊，而且里面布满了指甲盖大小的炮弹皮。老黑转了半天，仍然找不到一片可以饮用的水洼。老黑有气无力地骂道，再这样下去，不用敌人攻，我们自己就得渴死。

正愁得不行时，天空突然哗哗下起了雨。雨也是热的，像温开水。虽然下了没一会儿，但他们淋了淋，张嘴接了几口水，觉得舒服了些。班长说，真是及时雨呀。老黑接上说，老天有眼，我们死不了啦。

雨过之后，班长把许多手榴弹的后盖拧开，每个人面前放了十几颗。老黑在擦他的宝贝机枪，嘴里嘟囔道，子弹不多了，我这支枪如果哑了，咱们的战斗力至少减一半。书生则掏出一个小本本，往上写着什么，一脸的冷峻。

在这个难得的平静的间隙里，丁小栓又一次止不住地想起晴空丽日下的场景，他趴在壕沿上，双手支腮，目光试图穿越白色浓稠的雾障，望向想象之中的明净的世界。阳光是那样的艳丽，风是那样的柔和，天空是那样的蓝、那样的高，土地是那样的阔、那样的远，山山水水都处在晶莹透明的空气中，庄稼和野花的气息清新迷人。在那样的时刻，土地上的人都醉了，他们耕种、收获，繁衍子孙，整天乐呵呵的……可是，现在这雾气像潮湿的棉被，压得人连呼吸都不畅了……

老黑从一个油纸包里拿出一盒花壳子纸烟，递一支给班长。这烟是他从一个敌人指挥官的尸体上搜到的，都好久了，一直舍不得抽。老黑试探着对班长说，大部队都走远了吧？班长警觉地望他一眼，说，连长命令我们坚持到明天早晨，这是不能变的。老黑说，我是说，只要大部队安全转移，我们死在这里也值了。班长说，兄弟，你说得对。

这边，丁小栓对自己说，我们真要死在这里了。脑袋不由一阵麻木。他看了看班长，班长沉着镇定的神色又激励着他。

大气中传来锐利的呼啸声。敌人又打炮了。

在红军里，丁小栓最佩服的就是他的班长。他的班长作战勇敢，爱护部下，每次打仗都冲在前面，因此，在全连九个战斗班中，他们四班是最硬的骨头。如果不是因为一件事情，班长恐怕早就干上营长了。两年前在皖西，刚当上班长的他打死了一名被俘的敌军团长，违反了纪律，被撤了职。他说那家伙是血洗他们村庄的指挥官，百多口子人就死在他手里，不杀他自己这口气咽不下，杀了他就是自己被枪毙也心甘。后来虽然班长职务恢复了，却再也上不去了。弟兄们为他叫屈，他说，我当红军不是为了做官，如果为了做官，我就到白军那边去了，那边做官容易。

有一次，丁小栓忧心忡忡地说，班长，我天生胆小，可能一辈子成不了英雄。班长说，什么叫英雄？我看你早就是个英雄了，在我眼里，那些敢于扛枪打仗迎着子弹上的人都是英雄，不管他有没有战功。正是在班长的鼓励下，丁小栓才在红军队伍里熬过来了。他想如果没有班长，就没有现在的他。

然而，班长却被敌人甩过来的一颗马尾手榴弹击中了，时间是午后。班长上半身密布着窟窿眼，很像碑石上刻着的红色铭文。丁小栓号叫着扑过去抱住班长，感觉就像抱着自己的父兄。班长抬手示意丁小栓不要哭号，努力撑着再坚持一会儿。老黑和书生奋力打退敌人后，也扑过来呼唤班长。

班长断断续续地说，你们不要难过，那么多弟兄都死了，我死了也没啥。老黑接替我当班长，一定要坚持到明天早晨，然后往西追赶大部队，能追上最好，追不上，就留在大别山打游击，红军还会杀回来的。

班长说完就咽了气。丁小栓悲伤得浑身颤抖，全身的筋骨仿佛被抽走了。他不相信班长会死，就用力摇晃班长。班长临闭上眼睛之前，最后的目光是望向他的。丁小栓事后回忆，班长最后那一缕目光的成分很复杂，既有勉励，也有眷恋，似乎还有点儿不放心他。因了这样的目光，他咬牙切齿地想，如果我还能活下去，一生一世都不能做对不起班长的事情了。

书生伏在班长的遗体上，哭得一抽一抽的。丁小栓以前很少见书生流泪，书生的眼泪比金子还金贵，但现在书生流泪了。老黑劝了书生几句，说，咱们不能用眼泪为班长送行，班长活着时最瞧不起男人流泪，对不对？就完，老黑返身抱起他的机枪，枪口朝天嘟噜了一串子弹。书生抬起头来时，脸上的泪水已经干了，他一言不发，默默朝自己的位置走去。

老黑接任班长后，下的第一道命令是，赶紧加固战壕，准备杀敌，为班长报仇。

老黑膀大腰圆，浑身是力气，走起路来咚咚作响。他不但脸黑，身上也全是黑毛，麻秆曾取笑他，说他是大别山密林中的黑熊托生成的。他回敬道，我要是黑熊，首先把你个瘦猴吃掉。又说，如果红军士兵都像我这个模样，保准百战百胜，不用打，往那一站，就能把敌人吓个半死，你们信不信？丁小栓头一次见老黑时，着实吓了一跳。老黑入伍前是个瓜把式，他说他种的西瓜又大又甜，方圆百里之内无人能比，但他并非为自家种瓜，因为他家没有一寸土地，他的手艺只能用在财主家的土地上。老黑入伍后曾闹过一个笑话：一次宿营，夜半时分，大伙儿睡得正香，老黑突然爬了起来——他犯了夜游症。不知怎么，他把紧挨着他睡的斜眼的大砍刀握在了手中，然后他蹲到斜眼跟前，伸左手敲敲斜眼的头，说，这个瓜不熟。接着，他又去敲麻秆的头，说，这个也不熟；等到他敲赵班长的头时，赵班长突然醒了，一看那架势，赵班长忙说，我这个瓜也不熟，快住手。从那以后，每次宿营，赵班长都特意交代挨着老黑睡觉的人，注意把刀藏好，千万别让他把谁的头当西瓜给切了。

这天下午，老黑接任班长也就是一个时辰的样子，敌人的一颗炮弹不偏不倚落在他跟前，巨大的气浪把他掀到了空中，而且把他甩出战壕足有两丈远。丁小栓发现，老黑落地后两条腿不见了，老黑猛丁矮了半截，成了个肉墩子。丁小栓和书生都呆了，木木地不知怎么办好。老黑抹了把脸上的血花，对他们说，愣着干啥，老子还没死。书生你给我听着，由你接任班长，一定要守到明天早晨，然后往西追赶大部队，能追上最好，追不上就留在大别山打游击，红军还会杀回来的。

老黑闭上了眼睛。丁小栓和书生都以为他死了，谁知过了一会儿，他又睁开眼，说，我的枪里还有几发子弹没打完呢。说罢，老黑双手撑地，一耸一耸往前挪，肠子拖在身后，像一条彩色的尾巴。终于，老黑挪到他的枪位上，搂动了扳机。伴随着清脆的枪声，老黑撒手去了。

书生命令丁小栓把老黑的捷克式轻机枪毁掉，说武器不能留给敌人。丁小栓举起它，使劲摔在一块岩石上，它痛苦地扭曲了一下，发出凄婉的哀鸣。这挺机枪跟了老黑两年，不晓得多少敌人葬身在老黑的枪口下，现在老黑走了，它也完成了自己的使命，成了一个沉默的再也不能说话的物件。丁小栓禁不住想，它的魂儿肯定追随老黑去了，如果地下也有战争，老黑还会用它杀敌的。

弹药已经不多了，丁小栓把仅剩的十几颗手榴弹归拢起来，全都拧开了后盖。想想觉得不对，又将某一颗的后盖旋上，插进腰间。他决定把这一颗留给自己，在最后的时刻让它炸响。

书生抬眼瞅瞅坡下几十米外的敌人尸堆，那儿有不少死鬼们遗弃的枪支弹药，但山下的敌人不时用机枪封锁着，下去捡很危险。书生说，我试一试。他轻盈地顺坡往下溜，敌人果然发现了他，一顿好打，书生拎着两支冲锋枪两个弹匣返回来时，腿上多了两个枪眼。丁小栓简单为他包扎了一下。书生说，两个枪眼换两支呱呱叫的冲锋机，不亏。用敌人的武器消灭敌人，这就是红军的本领。

趁着有空，书生又掏出他的那个烫金封面的小本本，用一支闪光的笔往上写着什么。丁小栓感到好奇，问他写的啥。书生递过小本本，丁小栓翻了翻。入伍后丁小栓学了一点儿文化，上面有些字他模模糊糊认识。他见都是一些人名和部队番号，斜眼、麻秆、赵班长、老黑的大名下面，写着书生的名字，墨迹还未干。书生的大号叫苏一航。丁小栓感到不解。书生告诉他，我把我所晓得的那些牺牲的同志记下来了，也许多少年后活着的人会忘了他们，我这个本子可能有些用处。

丁小栓说，可是，你还没牺牲，怎么也写上了。

书生说，我觉得那是早晚的事，不妨先记上。

丁小栓眼圈一红，说，你把我也写上吧。

书生不同意，摇摇头说，你明明活得好好的，上不得我这阎王爷的册子。说罢，书生爱惜地收起小本本，掖在怀里。许多年以后，这个小本本存放在了一座纪念馆里，但上面到底没出现丁小栓的名字。

在班里，书生一直是个挺神秘的人物。他面目清秀，举止文雅，不爱讲话，更不说粗话。这样的人走在队伍里，你一眼就能把他挑出来。据说他是武汉国立高等学府的高才生，同女朋友一起投了红军。原先他在鄂豫皖分局工作，半年前，张国焘抓 AB 团搞肃反时，他被关了起来，性命危在旦夕。后来他侥幸逃脱了，半路上遇到赵班长。赵班长问明情况后，当即收留了他。他说他原本想潜回武汉的，但那样做反而证明他是 AB 团了，因此他不能走，就是死，也要死在红军队伍里。赵班长说，你跟着我干吧，红军最需要你这种有文化的人，以后谁要敢欺负你，老子敲碎他的脑壳。

这天晚些时候，书生和丁小栓异常艰难地打退了敌人的最后一次冲锋。丁小栓多处负伤，但他并不觉得疼，全身都麻木了。他见书生亦是身中数弹，气息奄奄，就顺着战壕爬行过去，紧紧握住了书生的手。书生的脸白得像刚烧出的瓷器，又像一个刚出世的婴儿。书生的胸脯一鼓一鼓的，连连呃着，说，小栓，你不会死的，你一定要坚持到明天早晨，然后往西追赶大部队，如果追不上，就留下来打游击，红军还会回来的。

丁小栓用力点点头。

书生最后说，他还有件事情拜托丁小栓，如果丁小栓能追上大部队，就去军部找一个叫白雪松的姑娘，把他这半年来的经历告诉她，然后请她忘掉他。

书生嘴里呛出一口血来，头一歪，没了声息。丁小栓抬起头，望向混沌的天空。现在已是傍晚了，如果天气好，此刻应该是一天里最美的时光——红霞满天，白云飘飘，凉风习习，林涛翻卷，秋虫唧唧，牧童的歌声婉转而悠扬……

那是什么地方？怎么这样面熟？他迟疑着，在一座毛竹环绕的茅屋前停住了脚步。月光下，茅屋和院落宁静恬淡，油灯昏黄的光亮透过窗子，照射在倚院墙而立的各类农具上，一只小鼠从黑暗的地方钻出来，越过他的脚面，无声无息地没了踪影。他兴冲冲走到屋门前，推开竹笆门。妹妹眼睛尖，一下子认出了他，说，爹，妈，哥哥回来了。母亲愣了愣，抹了把泪，笑着说，伢子，你多久不见了，野到哪儿去了。母亲唠叨起来没个完，说咱家也买了头大水牛，等着你去放呢。父亲却一句话不说，笑呵呵朝他走来。他张开双臂，迎着父亲走去，然后猛地抱住父亲的臂膀……随即他纳闷了：父亲身体咋这么凉呀，冰得他牙巴骨一个劲地抖。

终于他醒了。定睛看，原来他抱着赵班长的遗体。这个发现使他像出膛的炮弹那样，一下子跳出好远。黑夜早已来临，四周没有任何声息，潮气很重，好像刮起了小风，久违的凉意浸到骨子里，他哆哆嗦嗦，几乎站立不住。

过了好一阵，丁小栓才定下神来。他看到弟兄们的遗体呈各种姿势待在战壕里，像睡着了一般。他的第一个反应就是把那颗仅存的手榴弹握在手中，如果敌人摸黑上来，他就跟他们同归于尽。但很长时间过去了，仍是一点儿动静没有。此时丁小栓并不晓得，在他们阵地前受阻了两天一夜的敌人见红军主力已经越过了平汉铁路，便放弃了攻击，打道回营了。

他试探着朝家的方向望了几眼，随即命令自己不要再望。由于这一天经历了太多的事情，他觉得自己变成了另外一个人，这个人的躯体虽然遍布伤痕，仍是那么瘦小孱弱，但这个人的魂魄却坚硬如铁，谁也奈何不得了。

现在，他用目光一遍遍抚摸弟兄们的躯壳，总觉得应该为他们做一件事情。于是，他积攒了点儿力气，找到弟兄们的军装，一个一个为他们穿戴。弟兄们好像都变得粗壮了，军装显小，穿不上，他不得不用刺刀划开一些口子，勉强套在他们身上。做完了这一切，他又想，四班的人活着时队列整齐，步伐一致，顶天立地，死了，也不能散散漫漫地躺着。于是，他又攒了点儿力气，先扶起班长，立他在壕沿上，接着扶起老黑、斜眼、麻秆和书生。老黑由于少了两条腿，显得矮小，他只好搬来两块石头垫在老黑身下，使老黑和大家一般高。搬弄老黑时，老黑的那盒没吸完的花壳子纸烟掉在地上，他想了想，弯腰捡起来，说，老黑你可不能独吞呀，让弟兄们都跟着抽一根吧。于是他再次攒了点儿力气，往每个弟兄嘴里塞进一根烟，又为他们点着火。给书生点烟时，他说，书生我晓得你不会吸烟，我也不会吸，但打了一天恶仗，累坏了，就烧一根解解乏吧。

最后，他仔仔细细穿好自己的粗布军装，拂去上面的泥土，又把那颗手榴弹斜插在腰间，向前跨了两步，转身，紧挨着书生，倚靠在壕沿上。他想为自己点上一支烟，但他已经实在没有力气了。身与心朝着深渊滑落的过程中，他似乎又见到了梦境般的好天气……

第二天确实是个难得的好天，阳光明媚，青山巍巍，白云悠扬，凉爽可人。但丁小栓再也看不到了。

一只苍鹰在山顶盘旋、盘旋。它盘旋了很久，怎么也不敢对着那一排俑士般的躯干俯冲，因为它从来没在人世间见过这样的阵容。

（1997 年）

与祖父对话

王小全十八岁那年入了伍，在新兵连训练两个月后，分到军直战勤连当武器保管员，住在军部大院。一同入伍的新兵们大都分到了偏远的连队，于是大家就很羡慕他，说，你小子行啊，见了首长，想着替我们问好。又说，好好干，不定哪天让军长政委看上了，调你当个警卫员、公务员什么的，你小子可就抖起来了。

武器保管员是个不显山不露水的活儿，整天待在库房里，同那些闲置多年不用的冰冷的轻武器打交道，无非是清点数目、打油擦拭、上锁开锁之类，起初还觉得新奇神秘，很快就乏味了。再加上王小全个头一般，长相一般，文化水平一般，机灵劲儿一般，所以也没什么人看上他。

不过，王小全觉得这样也行，当三年兵回去，讨个媳妇生个娃，不温不火过日子，又有什么不好？毕竟来部队走过一遭嘛。

然而不久，王小全就有了一次露脸的机会。

军部大院有个战史馆，前些年刚建的，和军部办公大楼遥遥相对。战史馆虽不算高大，但外表华丽，顶上是琉璃瓦，墙上镶着白瓷砖，门口还摆着一尊黄铜士兵雕塑。据说内部装修也很堂皇，令走近它的人肃然起敬。战史馆是对兵们进行思想政治教育的好地方。王小全每次路过，都忍不住多望上几眼。他没有想到，自己后来的事情就与战史馆有关。

那天天气很一般，天上飘着阴湿的云，太阳偶尔打个照面，很快就隐去了。战勤连组织全体人员参观战史馆。王小全随大伙儿鱼贯进入。顾名思义，战史馆记载着本军创建以来的历史——在哪儿组建的，怎样发展的，打过哪些仗，领导人都有哪些，得过哪些荣誉，哪些高级首长来视察过，等等。有实物，有图片，有文字说明。里面还专门辟出一块地方，陈列着本军在各个时期涌现出的战斗英雄和模范人物。由于这些英雄人物大都是牺牲了的，所以这个陈列室就有点儿灵堂的味道，终日笼罩着一缕神秘庄严的气息。

他们最后参观英雄人物陈列室。讲解员拿着根台球杆比画着讲解，墙上的英雄们一个挨一个从大伙儿眼里掠过。当讲到一个叫王大刚的战斗英雄时，王小全不由愣了，大张着嘴巴。王大刚？这名儿咋这么耳熟？王小全发愣的工夫，班长从后面踢了他一脚，说，你发什么呆，好好听。

讲解员充满深情地讲道：王大刚同志 1946 年入伍，山东省沂南县南关镇人。他不怕牺牲，作战勇敢，参军不久就两次立功。1947 年 2 月 23 日，在莱芜战役的最后关头，他随所部阻击妄图逃跑的敌司令官李仙洲及其指挥所，在全连全部阵亡的情况下，他仍不退却，只身一人坚守阵地，击毙了数以十计的敌人，最后壮烈牺牲，为大部队全歼敌人赢得了宝贵的时间。华东野战军陈毅司令员听到他的事迹后，都深受感动……

讲解员往下讲的什么，王小全没有听清。他双眼紧紧盯住王大刚烈士的遗像，心里咯噔咯噔响，身上冒出冷汗，既震惊又冲动。他不为别的，就为他的爷爷也叫王大刚！而且英雄王大刚同他又是一个地方的人！而且他爷爷早在好多年前就失踪了！听奶奶说，爷爷不见的那一年，他爹才一岁多。爷爷挑着担子去赶集，一去再也没回来。有人说他被土匪谋害了，也有人说他当兵吃粮去了。传说很多。爷爷到底去了哪儿，谁也说不清。奶奶生前多次抹着泪说，老东西好狠心呢，丢下俺们娘俩就不管不问了，让俺等得好苦。奶奶前年临咽气时还念叨，俺到地宫里找老东西算账去，俺饶不了他……

这个王大刚会不会就是自己的爷爷？王小全有点儿不敢往下想了。

当天晚上连里让大伙儿写心得体会，王小全一个字也写不进去。他一夜未合眼，满脑子都是那个叫王大刚的英雄，越想越觉得他就是自己的爷爷。他激动得不行，跑了七趟厕所，弄得全宿舍的人都埋怨他。次日上午，指导员来收心得体会，见王小全仍是白纸一张，当下就拉长了脸。王小全一惊一乍地说，指导员，俺有个重大发现。指导员怔了怔，眉毛扬上去。王小全就把他的重大发现讲了。指导员觉得事情不会这么简单，说，你先别乱讲，得好好核实一下。王小全说，不会错，不会错。

指导员把情况向军组织处做了汇报。几天后，有个李干事来库房里找到王小全，又从头到尾问了一遍。李干事说，中国人重名重姓的忒多，须认真核实。王小全说，这俺知道。可王烈士不仅和俺是一个地方人，不仅和俺爷爷年纪差不离，而且眉眼脸盘嘴巴鼻子都和俺长得很像，首长你没发现吗？李干事仔细盯了他一阵，说，是有点儿像。李干事接着说，如果真是你爷爷当然好，没准儿你还跟着沾个光呢。但时间过了这么久，王烈士的事迹材料很简单，都是当年一些老人回忆的，军里现在没有任何资料当佐证，只有同地方民政部门联系，让他们出证明。王小全蛮有把握地说，不会错的，不会错的。

王小全迫不及待地给家里写了一封信。没几天，家里回了信，他父亲王中林托小学校的老师代写的。信上说，你爷爷丢了这么些年，终于找到了，还成了英雄，真是再好不过了。我已到你奶的坟上烧了香，放了鞭炮，送他的魂入了故土，这样你奶在地下就不会孤单了。我还准备到县里找找人，要点儿补助，家里正缺钱花呢。王小全看过信气得不轻，直怪父亲首先做这些乱七八糟的事情，太没觉悟了。

又过了些日子，李干事再次找到王小全，说县民政部门回函了。函件上说：他们翻遍了全县烈士花名册，没发现有叫王大刚的，也从没给王烈士的家属发放过抚恤，你们会不会搞错了？建议你们到我地区其他县调查一下。

李干事无可奈何地说，事情复杂了，往下不好办了。

王小全急了，说，李干事，一点儿都不复杂，你把俺跟王烈士的遗像比一比就会明白，请你相信俺。

李干事耐着性子道，缺乏足够的证明，空口说没有用的。

王小全带着哭腔说，那咋办呢？总不能让俺爷爷没着没落吧？

李干事说，你也别急，我再向领导汇报一下。

再往后，就没了下文。王小全又找指导员，还找了更高一级的领导。恰在这段时间，军里又出了位英雄，是高炮旅的战士，探亲途中勇斗歹徒壮烈牺牲。他的事迹上了报纸上了电视，上边还授了荣誉称号，军里组织了事迹报告团，影响造得很大。又在战史馆专门开了个展厅，整天组织人参观。有了新烈士，老烈士的事就更顾不上了。想想也不能怪谁，你都哪年哪月的事了，打个比方，时令蔬菜总比老茄子老黄瓜可口，这个理谁都懂。

王小全仍不甘心。但找来找去，没个结果不说，反招来了闲话，说是这年月假冒伪劣稀奇古怪的事到处都有。有人接茬儿说，别说名人有人冒顶，就连小孩都有假的，没看昨天的晚报吗？说是一对老夫妻，从人贩子手里花五千块买了个小男孩，抱回家一洗澡，眼看着他的小鸡鸡掉下来了。你猜怎么着？原来是个女孩，小鸡鸡是塑料的，用透明胶纸粘上去的……

听了这些话，王小全很伤心，差点儿哭出来。说句实在的，王小全并没指望沾爷爷的光，为自己捞什么好处，他只想把自家的香火延续上，不能到爷爷那儿就断了线。再者说，如果真有个英雄爷爷，他岂不就有了最直接最现成的榜样吗？

你们不信，俺信。他在心里说，战史馆里的英雄王大刚就是俺亲爷爷！俺亲爷爷就是那个英雄王大刚！

王小全本来少言寡语的，经此折腾话更少了。闲来无事，他就往战史馆跑，说是去受教育，陶冶情操。那儿一般不开门，他央求说，俺想学雷锋做好事，进去打扫卫生行不？馆长正愁卫生没人搞，便痛痛快快放他进去了。去的次数一多，馆长和他熟了，觉得他人既老实又勤快，打算调他。他激动得跳起来，连连说，太好了！

战史馆归军宣传处管。那地方没啥油水不说，天天待在里面，还会感到压抑，本来没人愿去的。处长见王小全这么积极，立马就批了。从这天起，王小全由管理武器改为管理人了，虽说陈列室里那些人大都不在人世了，但他们毕竟生当是人杰，死亦为鬼雄。他们的灵魂还在。尤其是，王小全的爷爷就在里面。

王小全像换了个人似的，浑身有使不完的劲。他极能干，每天爬上爬下，满头大汗。先前某些英雄的图片上落了灰，看上去一个个灰头土脸的，现在他给弄得一尘不染，仿佛英雄们天天洗脸换新装。馆长吸着烟看他干，乐得合不拢嘴，说，我手下的兵换过十几个了，你这家伙是最好的，我他妈真服你了。

战史馆平时不住人。王小全向馆长提出，他干脆搬来住算了，免得夜里丢了东西。馆长十分不解，瞪起眼睛说谁还来这里偷东西？偷那些生锈的枪和炮？偷烈士遗像？除非他是精神病！王小全说，馆长咱不能大意，里面的东西都是文物，既是文物就很值钱，俺听说有人专爱偷文物，不定哪天也来咱馆里偷一把呢。馆长忍住笑，说，这是文物倒不假，可惜不是兵马俑。

馆长劝阻了半天，王小全非坚持搬来住。馆长末了抻长脖子问他，你一个人，夜里，不害怕？王小全脖子一梗，说有啥怕的，有资格进这里头的都是英雄，英雄是神不是鬼，神可敬不可怕，鬼才吓唬人呢。再说俺也没做过亏心事，不怕鬼叫门嘛。说罢，他把床铺搬进了靠门厅的一间堆放资料的小房里。馆长看着他收拾，连连摇头。过了好几天，馆长见到他，仍惊得一愣一愣的。

王小全感到少有的充实。现在，他可以随时随刻陪爷爷了。一有空闲，他就踱进陈列室，站在爷爷面前凝视一阵。他爷爷由墙上一幅放大的半身遗像和几段说明文字组成，极简略。照片早已发黄发毛，像罩着一层水汽，眉眼看不大真切。王小全却觉得他面对的爷爷是活的，那眉眼那脸廓那嘴巴那鼻子越看越像他父亲，当然也越看越像他了。现在他不再指望别人承认这个事实，别人承认与否都无所谓了，他自己认定就是了，他把爷爷记在了心里，永远忘不掉了。

他喜欢夜里到爷爷跟前来。外面刮着风，或是下着细雨，里面就显出震慑人心的宁静。他把大灯关了，只开一盏顶灯，光线极柔和。他仰起脸来同爷爷聊家常。聊来聊去就那些话，但每次闲聊他都能咂出新意。

他说：爷呀，你离家这么久了，俺没想到在这里找到了你。

他好像听到爷爷说：我也挺想家。咱全家都好吗？

他说：都好。俺奶虽说吃了大半辈子地瓜干，但她身子骨一直不赖。她是无疾而终的，临终前还吃了两个白面馍馍呢。

他好像听到爷爷说：能吃上地瓜干就不赖了，我在家那阵儿吃的啥？菜团子！

他说：爷呀，俺奶可是念叨了你一辈子。也怪你，参军时咋不给家里言语一声？也许你怕俺奶劝阻。其实俺奶觉悟正经不低呢，打淮海时她纳了好厚一摞鞋垫捎给队伍，还得了个支前模范的奖状呢！

他好像听到爷爷说：我参军走得急，没顾上给家里说。

他说：你突然下落不明，俺爹没了爹，他小时候常受别人气，有人骂他是石头缝里蹦出来的。俺也听见有些王八羔子这么胡咧咧过。

他好像听到爷爷说：过去的事，就别计较了。

他说：爷呀，如今百姓的日子比先前强多了，都是你们用命换来的。俺啥时候也忘不了你们这些先烈。

他好像听到爷爷说：说得好，这话好久没听到了。

他说：你惦记俺爹吧？他是个正派人，活这么大没给你脸上抹过黑。镇里有人开作坊造茅台酒，拉他入伙，能挣大钱。他不干。他没啥毛病，就是懒点儿，日不上三竿不下地。

他好像听到爷爷说：哼！

他说：俺也没给你抹过黑。镇里几个小青年约俺一起到公路上设卡收费，一年能捞好几万。俺也没干。俺踩着你的脚印走，当兵来了。明明当兵吃亏，俺不觉得。

他好像听到爷爷说：做得对。这才像我孙子。

他说：还有件事，俺没敢告诉你，怕你生气。

他好像听到爷爷说：大孙子，尽管讲。

他说：咱老家变化确实大，啥都好，就是镇长王中木不咋样。他变着花样搞集资乱摊派，群众意见忒大。他盖了洋楼，买了奔死（奔驰）卧车，整天醉醺醺的，又和几个骚腚女人勾勾搭搭。还花钱买了个人大代表。谁也拿他没办法。

他好像听到爷爷说：我和他爹王大昭一块儿长大的。他爹当年就不是玩意儿，偷鸡摸狗坑蒙拐骗啥都敢干。依我说，像王中木那样的，干脆拿枪崩了他！

他说：爷呀，你的话听着带劲。咱不说他了，别脏了咱的嘴。还是说说俺自个儿吧。入伍后，俺也干得不赖，领导常表扬。俺争取再加把劲，为共产主义事业献身。

他好像听到爷爷说：共产主义？那才叫个好呢！你们年轻人甩开膀子干吧，我们在天上保佑你们。

他说：时候不早了，爷爷你歇着吧，明儿个俺再来看你。

他好像听到爷爷说：你也早点儿歇着。我见你忙活了一天，小脸都累青了。

他说：没啥。这里风吹不着日晒不着，同连里那些弟兄比，我算享福的。

王小全摸黑回到宿舍。躺在床上，他感到这一天又极充实、极满足。透过窗子，他看到天上的星星明亮耀眼，像一个永远的召唤。很快，他就香甜地睡去。

转过年来，在馆里当讲解员的那个干部家属肚子大了，再让她挺个大肚子讲解不合适，馆长打算从通信站调个女兵来。王小全自告奋勇道，俺已把所有的讲解词都背熟了，由俺来讲吧。馆长见他一副诚恳模样，点头答应了。他买了个半导体，每天天不亮爬起来学说普通话。天一黑，他关上大门，反反复复练习讲解。没过多久，居然讲得头头是道。

往后的日子里，王小全在一遍遍的讲解中体验着生和死，品味着崇高与壮烈。他把全部的真情凝聚到心间，再发散给参观者。你常常在参观者的队伍里，看到有人滴下泪水。当然，每每讲到王大刚烈士时，王小全自己也禁不住哽咽。

这年冬，服役期满的王小全确定退伍。

馆长舍不得他走，眼里噙着泪说，我没权力留下你，只能帮你解决组织问题。王小全说，我压根儿没想让部队留我，我在这里找到了失踪多年的爷爷，思想进步也不小，这一遭算没白来啊。馆长问，你还有什么要求吗？尽管讲。王小全想了想，说，我倒真有一个小小的请求——带张爷爷的照片回去，让父母和乡亲们好好瞧瞧，他是个大英雄呢，他是我们南关镇的骄傲呢。馆长说，这个好办，我帮你翻拍一张就是了。

动身前，王小全穿着卸掉了帽徽肩章的军服，跟爷爷做最后的交流。他鞠了个躬，说，孙子要走了，爷爷你好生待着吧。以后有机会我再来看你。馆长说，你放心走吧，你爷爷就是我爷爷，以后我会格外关照他老人家的。

在镇子口下了车，王小全提着简单的行李往家的方向走。他看到家乡发生了很大变化，新建的瓦房一排接一排，而他家的房屋仍是原来的样子。

王小全一进家，乡亲们纷纷跑来看他，黄泥小屋里挤满了人。一个发了点儿小财的中学同学对他说，小全你要是不去当兵，你家的瓦房早就盖上了。王小全说，老同学，你只讲对了一半。在众人愣怔的当儿，王小全打开提包，拿出爷爷的相片，恭恭敬敬挂在墙上。

所有的人都盯着那张照片，感到不知所措。王小全自豪地说，我要是不当兵，就不会找到爷爷。他正儿八经是个了不起的大英雄呢！

过了许久，人们才缓过劲来。父亲摇摇头，想说什么，却没说出口。一些上了年纪的人嗡嗡议论道，小全，不对呀，咋越看越不像你爷爷呀，许是你搞错了吧？……

王小全说，不会错的，我都看了他三年啦！

有人把族中辈分最高年岁最长的王九爷请了来。王九爷颤巍巍打量了半天，说越瞅越不像，越瞅越不像。王九爷最后干脆说，大刚侄子不是这模样！

王九爷话音一落，在场的人都惊骇不已，仿佛一个无处安身的游魂飘飘来到了他们面前，目光炯炯瞪着他们，并打算在这里长久驻足。想想该多么可怕呀……已有人开始往屋外拥了。

父亲脸涨得紫红，有些恼怒地对王小全说，俺也觉得有假，赶快摘下来烧掉！咱总不能供奉一个八竿子拨拉不着的人吧？

王小全却异常平静地笑了。他极爱惜地把爷爷的照片拿过来，紧紧贴在胸口上。然后，他一字一顿地说，我知道你们都不会相信的，但是，我相信。即使你们把它烧了，也没关系，因为——我已把爷爷留在了心里！

（1997 年）

风中花瓣

喏，就是这座山了。

老阎和老苏停住脚步，抬眼往上看。山其实并不太高，和他们年轻时候爬过的那些山根本没法比。太阳已升到半空中，仍有些燥热的秋阳从他们背后扫射过来，把山上的树木和岩石照得一派鲜艳。老阎感到有点儿晃眼，遂闭了下眼睛。老苏轻咳两声，挺了挺腰板。老阎心说，都快成虾米了，挺也没用。想这些的时候，老阎的腰板却挺得直直的。老阎的精神气儿比老苏足，看上去不像一个七十七岁的老人。而老苏的样子要比年龄显大一些。

两个月前，电视台有个导演来找老阎，说他们正筹拍一部反映抗战生活的电视连续剧，本子棒极了，故事情节与老阎的经历有些相似，因此想请老阎当军事顾问。又谈了报酬什么的。老阎就去找老苏商量。老苏说，你瞧瞧电视上，他们把我们经过的事都给糟蹋了，弄得非马非驴，我不再信这些年轻人能搞出啥名堂，还是少沾惹，免得坏了你老兄的名声。老阎说，嘿，我有啥名声？听你的，那就算了。

昨天的晚报上登了一条消息，说是电视连续剧《烽火岁月》拍摄已近尾声，明日将在南郊的山上拍最后一场戏——女主角身陷重围，壮烈殉国。老阎丢下报纸，心里不觉有个东西动了动。都半夜了，老阎好不容易才睡着，老苏却打来电话，说，我又想起兰仪了。明儿个……咱去南山看看？咱不当顾问，去瞅瞅还不行吗？老阎说，我刚才也在考虑这事呢，听你的，去瞅瞅。放下电话，老阎怎么也睡不着了，睁着眼睛到了天亮。出门后，见老苏眼皮子也垂着，像是坠了铅，想必老苏夜里也没睡好。

他们是坐郊区公共汽车来的。早退下来了，不想看别人脸色，懒得去要车。下了公共汽车后，他们又步行了一段土路，才来到这座山下。

老阎努努嘴，说，老伙计，咱爬吧。老苏就很困难地点点头。

老阎和老苏是一个地方的人，两家隔着一条河。老阎虽不识字，但他身材高大，孔武有力，打起仗来不要命，因此，二十四岁那年，老阎已是晋察冀五分区的一个连长了。老苏比老阎小一岁。老苏的家境好一些，读过两年私塾，参军后喜欢研究兵书，在队伍里算个文化人。老阎当连长不久，老苏也成了连长。

老阎的一连和老苏的三连是五分区两个顶有名的连队，打过不少恶仗。那时候，兰仪喜欢带宣传队到老阎、老苏的连队慰问演出。兰仪肯定把老阎、老苏当成了自己心目中的英雄。老阎、老苏领着手下的兵们乐哈哈地看演出，老阎觉得兰仪的节目最精彩，宣传队的女孩子没一个比得上她。老阎的目光于是更多地停留在兰仪身上。表面上规规矩矩的老苏其实也在打这个小算盘，虽然老苏起初不承认这一点，但后来他还是向老阎招认了。

关于兰仪的话题一直扯到解放战争开始，老苏负伤后离开部队到地方工作，老阎继续在部队干，二人就不大来往了。十多年前，老阎从师长的位置上退下来，住进了干休所。这时，老苏也把商业厅副厅长的位置让给了别人。老阎在干休所的新居和老苏的家仅一墙之隔，两个老家伙再不经常到一块儿坐坐就说不过去了。

老阎的老伴已过世，孩子们都置好了自己的小窝，平时不大回来。老苏参军前家里曾娶下一房媳妇，进城后脱离了关系，老苏又找了个大学生做老婆，新老婆漂亮，有风度，可就是爱和老苏干架，家里气氛很不好。因此，每次会面都是老苏到老阎这边来。

二人聊得最多的，不是待遇，不是物价，不是腐败，也不是谁谁上去了，谁谁下来了，而是……而是兰仪！兰仪仿佛是一个永远也扯不尽的话题。话又说回来，不扯兰仪扯谁呢？要知道，在过去的那些遥远的日子里，兰仪在他们心中的位置要多重要有多重要……

每次提起兰仪老阎和老苏都感慨得几乎要落泪。也许是人老了，爱回忆往事，往事中那些闪光的东西就更能抓人的心。就像许多年前他们将一块金子埋到了地下，如今他们又把它挖出来了，这时才发现它更加光彩夺目，并且照亮了此刻暗淡无力的生活。有时，他们常常为某个小小的细节争得面红耳赤，互不相让。譬如老阎说，兰仪来晋察冀的那年是十九岁，而老苏偏偏说是十八岁。老阎说，十九岁是兰仪亲口告诉我的，怎么会错？老苏说，我专门问过她，她说参军时故意多报了一岁，怕部队不收。再譬如，老阎说兰仪左脸颊上有颗小黑痣，而老苏偏偏说有两颗。老阎将象棋子儿拨拉得啪啪响，说，我仔细看了，就是一颗。我说一颗就一颗，在眼睛下面。老苏一掀棋盘，说，你看花眼了，她鬓角那儿还有一颗，只不过用头发遮着罢了。老阎点上一支烟，猛吸一口，说，你小子脸皮真厚，居然看那么仔细。老苏就用手赶着面前的烟雾说，不争了不争了，心脏受不了。

老苏的心脏不大好。老苏说纯粹让老婆给气的，一急，就像老牛拉破车，喘不动气。老苏愤愤地说，妈的，等着瞧吧，我早晚要死在她身上。老阎说，这不怪别人就怪你，谁让你非把老家那一个给休了？偏要赶时髦找女大学生，我早说过革命不是为了换老婆嘛。再说握过枪杆子的人怕老婆，说出去让人笑话。老苏嘿嘿笑着说，情况复杂嘛，不能一概而论，不能一概而论。

老阎眼下还没发现心脏有毛病，所以老阎还像以前那样，不节制地吸烟。老苏劝他说，赶快戒了吧，不然你也要倒霉。老阎不听他的，照吸不误。

当然，谈到兰仪时，有一点无须争论，那就是老阎和老苏都感觉到，一想起兰仪，眼前就飘起各式各样的花朵——野栀子花、喇叭花、山萝卜花、甜桔梗花、洋金花、宽叶打碗花、石榴花、裂萼花、丁香、锦葵、蒲公英、野玫瑰、满天星……红的、黄的、白的、紫的……那些太行山区所有能见到的花，都在他们眼前飘呀飘，一直飘到天尽头。

老阎说，我真是不明白，咋那么多花呀，让人眼花缭乱的。你老小子给说说看。

老苏闭一会儿眼睛，然后猛醒过来似的，打个激灵说，我也说不清，也许到死的时候才明白吧。

每每这一刻，他们才发现，与过去的事情相比，现实中那些你争我夺狗撕猫咬的事情，真的算不了什么。

上山的路弯弯曲曲，很窄小，勉勉强强能跑吉普车，到半山腰后就不行了，只能步行。老阎、老苏没有车，他们不关心路况，只是互相鼓励着往上爬。

到底是老了，没力气了，越走越觉得脑袋发涨。老阎还能承受，老苏的呼吸声却早已变了调。老阎就想，人间岁月多快啊，转眼五十多年过去了，他和老苏，当年这两个晋察冀有名的汉子，带着部队一昼夜行军二百里都不眨眨眼睛的汉子朽腐得快不行了。于是，老阎不易察觉地叹一口气。

他们在半山腰一块大青石上坐下来，大口呼吸着山间明净新鲜的空气。太阳光无遮拦地洒过来，北面的城市在薄雾中若隐若现。周围的林子里，有几只鸟儿古怪地叫着，声音极清脆。过了一会儿，他们又听到身后有交颈般的呢喃声，老阎警觉地一回头，见是两个衣着艳丽的少男少女在草地上亲昵，边上躺一辆摩托车。那二人似乎并不在意有人到来，也许是他们没发现来人。老阎冲老苏努努嘴，又大声咳嗽几下，那二人才爬起来整整衣衫，往林子深处去了。

这个偶然的发现让老阎、老苏感到些许兴奋。老阎说，如今的人恋爱恋疯了，想想咱们那时候，行军打仗到处走，青纱帐呀，树林子呀，荒草丛呀，藏身之处多的是，可就是想不起恋爱。老苏说，你老小子也别感到吃亏了，那时候就是叫你恋你也不敢恋。老阎说，这个我懂，不用你开导。

待老阎吸完一支烟，老苏喝过几口水后，他们才感到气儿喘得匀了。老阎的目光从远处收回来，落到脚下，他眼睛突然一亮，看到离大青石不远处有一株随风摇摆的花朵。天哪，这蓝色的小花儿咋那么面熟？老阎怔了怔，像发现了重要情况那样奔过去，爱惜地摘下花朵，捧在手中端详。

甜桔梗，甜桔梗花。老苏说。

我想起来了，我想起来了……老阎喃喃道。他们随之又陷入一种梦幻般的境地。

老阎一直记着，他第一次见兰仪，是 1941 年的秋天，在太行山南麓的一片峡谷里。太行山山多水少，但凡有水的地方，山山岭岭和村落田野就格外俊俏，那从山间流出的水极清澈，像年轻人的眼睛；那淙淙的流水声极悦耳，像姑娘们的欢笑。

午后的阳光里，一个陌生的女孩儿在清澈见底的小河中踩水玩。她没戴军帽，油黑闪亮的两根短发辫在肩头上一晃一晃，像两只有灵性的活物；肥大的粗布裤角挽至膝盖，露出两条光滑细腻的小腿。她偶尔停下来，或从水中摸出一枚鹅卵石掂在手中，然后扬臂甩出去，看水花四溅；或是弯腰掬起一捧水，洒向空中，看水帘飘落。她身前身后就洋溢着霞光般绚丽的色彩。

刚打了一场胜仗的老阎脸上的硝烟尚未抹去，他蹲在岸边的一块大青石上，美美地吸着叶子烟。老阎知道这个女孩是分区宣传队的人，刚来根据地不久。她的上衣兜里别着一支派克金笔。后来老阎才知道，她原是北平城里的洋学生，偷偷跑来抗日的。她父亲是北平城里一个有名的大资本家。老阎后来还听说，分区黄副司令一直心仪于她。

老阎刚要起身离去，兰仪忽然扬手叫住了他。兰仪说，是阎长林连长吗？老阎一愣，说，你怎么知道我？兰仪说，我当然知道你，你和三连连长苏金祥是五分区的大英雄嘛，我们宣传队的人都知道的。老阎脸红了红，嗫嚅着没再说出话。兰仪说话间上了岸，老阎看到她左眼下有颗小小的黑痣在跳跃着，她的一根发辫上插着一朵花儿，那紫色的花瓣在 1941 年秋天明丽的阳光和柔软的风中微微晃动，晃得老阎眼里金星闪烁。老阎觉得那一刻静极了，静得连呼吸都停止了。

兰仪最后说，阎连长，别忘了晚上看我们演出啊，有个节目专门写你的。

兰仪在寂静中消失了，老阎却记住了她发辫上的那朵花儿。

再以后，老阎每年总有几次见到兰仪，当然一般是他打了胜仗之后。每次见兰仪，老阎都发现她喜欢将一些花儿插到发辫上，各式各样的花儿都有，一年四季除了冬天，兰仪的小脑袋上什么时候都闪耀着鲜艳的光。老阎想自己一个粗人，平时从不关心花呀、草呀，偏偏就从兰仪那里知道了太行山有那么多美丽的花，看来咱太行山确实是个好地方呢。为了守住这样一个好地方，老阎再打仗时就觉得自己的胆子更壮了……

老苏初见兰仪，是另一番情景。分区敌工部有个家伙叛变了，躲在正定城里，他给日本人提供了许多有价值的口供，使我们在一些敌占区的情报网遭到严重破坏。分区首长绞尽脑汁想除掉那家伙，但各种办法用上了，就是不能成功。老苏奉命对那个叛徒进行最后一击。他挑选几个精干的士兵，亲自带上他们化装成民夫进城，一连守候三日，乘其晚间与情妇幽会时将其击毙。老苏完成任务出城时受了重伤，带去的人都牺牲了，幸亏城外的接应部队，老苏才没落入敌手。但他伤势太重，奄奄一息，在分区医院简易病房里昏迷了七天。第八天上午，老苏隐隐感到有几个人进了病房。这群人里就有兰仪。不知过了多久，老苏被一阵奇异的气息惊醒了，他睁开眼睛，首先看到兰仪站在床前。兰仪的左脸颊上有颗细小的黑痣。兰仪的身后是司令员和政委。兰仪的眼里含着泪光。兰仪说，苏连长，你千万要挺住啊……我们宣传队正根据你的英雄事迹编节目，还指望你养好伤观看呢……兰仪边说边歪着脑袋，从发辫上摘下一朵金黄色的野菊花，轻轻放在老苏的胸前。在她低头的一瞬，老苏看到她鬓角那儿还有一颗不太明显的黑痣。这一刻，老苏觉得兰仪的声音出神入化，宛若天籁。老苏又觉得胸前那朵黄灿灿的野菊花沁人心脾，好香好香呀，香得他透不过气来。

老苏的眼里不觉涌出了泪。以后就再也忘不掉那种气息了。

老苏奇迹般地脱离了险境。三个月后，他回到了他的连队。

老苏有一次半开玩笑地对老阎说，当年你老小子对兰仪动过心思没？从实给我招来。老阎猛吸一口烟，灰白的眉毛一阵乱抖，仿佛被黄蜂蜇了一下。老阎用力拍着沙发扶手说，老苏你净胡扯，胡扯淡嘛，我一个大老粗，人家却像天仙，咱可不敢动那心思。真的？老苏追问。老阎摁灭烟头，说，天地良心，我老阎只是想见她，从不敢动非分念头，我就是想见她，你不知道她辫子上的那些花儿有多漂亮。老阎的双眼透过面前尚未散尽的烟雾，仿佛又看到了过往的情景，厚实的嘴唇不由吧嗒了几下。

顿了顿，老阎猛醒过来，大声说，我他娘的倒要问问你，你这老东西脑瓜子活泛，爱拈花惹草，你肯定对兰仪动过那鬼念头，我说得对不？老苏诡谲地一笑，嘴上没遮拦，老阎你瞎说嘛。老阎不依不饶道，我听说 1943 年春在冀中，你给她送了个黄铜子弹壳做的花篮，啥意思嘛，明明是没安好心不打自招不要脸嘛。老苏就不再辩驳，说，我结婚早，男女间的事比你清楚，要说想法嘛，多少有点儿，但对她，我没做任何越轨的事。老阎若有所思地说，这我信。老苏又说，其实她在咱们心坎里，已经不像人了，像神，圣洁得很呢！谁还敢玷污她？老阎吸吸鼻子说，老苏我算服你了，你说得多好啊……

1944 年入秋，一天夜里，日军的一支别动队长途奔袭，突然包围了分区所在地。主力部队都在外线，分区直属队的力量很单薄，又是突然遭袭击，情况可想而知。慌乱中突围出来后，一查人数，发现不少人落入了日军包围圈。那些人中就包括兰仪和一些宣传队员。翌日，等主力部队拉回来时，日本人早已撤走，那些未及突围的同志全被杀害了，尸体散见于村中各处和一座小山包上。

但是，在清理烈士遗体时，人们却没发现兰仪。虽经多方寻找，仍未找到。此后再也没了她的消息。她像一个精灵，又像一个谜那样，永远地消失了。

正与日本人进行拉锯战的老阎和老苏得此噩耗泪水涟涟，仰天长号。活不见人死不见尸，兰仪你在哪里？半月后，老阎来找老苏商量，说袭击分区的日军别动队就在对面的镇子上，我想干他们，但力量不足，咱两个连合伙干一下子吧。老苏认真想了想，说，不行，太冒险了，弄不好偷鸡不成蚀把米。老阎火了，说，你他娘的怕死。老苏也火了，说，你狗舅子以为我不想干一场吗？我是怕部队损失太大，那样更对不住兰仪了……

老阎后来不止一次问老苏，你说兰仪要是还活着会是啥样子？老苏说，我想不出来。老阎说，有时我不相信她死了，真的不相信。老苏眼角就洇出一片水泽，说，老哥，你说怪不怪，我有时也冒这样的念头呢……

他们气喘吁吁爬到山顶时，已是正午时分。太阳光更猛烈了，他们后背上湿叽叽的，风吹过，凉得心尖子乱抖。北面的城市尽收眼底，山间的林木发出波涛声。抬头看，天显得更高更远，没一丝云。

山顶上地势比较平坦，像一个架在空中的广场，遍地是碎石和梢儿发黄的小草，以及许多叫不上名字的小黄花，还有一些杂树稀稀拉拉生长着。电视剧拍摄现场有很多人围观，乱糟糟的。老阎和老苏互相递递眼色，然后钻进人群。没有人注意他们的到来。

拍摄场面进入高潮。枪声、叫喊声、爆炸的烟雾、燃烧的火光，遍地是踏碎的花朵和草茎，中弹的人在挣扎，一具具流血的尸体。几十个手执三八大盖枪的日本兵哇哇大叫着，呈扇形逼近十几个且战且退的男女八路军。片刻工夫，八路军们纷纷中弹倒下，日本兵发动了最后的冲锋……

随风飘来的硝烟味儿咋那么浓烈那么亲切呢？老阎感到自己渐渐失去了知觉，他的脸膛涨得紫红。老阎恍惚看到老苏双手贴在胸口，鼻孔张得大大的，无牙的嘴翕动着。这时，那群日本兵发出了更刺耳的狞笑声，他们的视野里只剩下一个俊俏的小女兵，她的发辫上插一朵鲜艳的花儿，她的手中擎着一枚木柄手榴弹。

也许就在手榴弹即将爆炸的瞬间，老阎听到自己喊了一声：不。老苏似乎也喊道：不。与此同时，他们像听到了同一声号令，踉踉跄跄冲出人群，冲向那群日本兵。但是，老苏仅仅跑了几步就猝然倒地。老阎随之也缓缓倒在地上，他感到自己胸间有什么东西碎裂了。在这最后的时刻，老阎看到天地之间全是飞舞的花瓣。

次日的晚报上登了这样一条消息：电视连续剧《烽火岁月》外景拍摄已告完成，将进入后期制作。在昨日的拍摄现场，两位参加过抗战的老干部被壮烈的场面深深感染，当场突发心脏病。由此可以期待，该剧将会是一部震撼人心的力作。

（1997 年）

夏日夕阳

这故事是一个叫高云田的人讲述的，人们都称呼他老高。故事发生的时候，老高还是个二三十岁的小伙子，现在，老高已有了八十岁的年纪。但老高耳不聋眼不花背不驼，手脚便利，声音洪亮。如果你清晨或傍晚到临河县城走一遭，也许会在街心花园或者那条穿城而过的小河边碰到老高，他不打太极拳，不舞剑，也不跳老年迪斯科，他喜欢独自散步，累了，就坐在一块石头上静思，目光望向极远处。老高平时不大讲话，但你如果主动和他攀谈，他会很乐意地给你讲一些事情，讲一些过去的事情。起初你可能漫不经心，但听着听着，你也许就会入了迷，于是，你就很难忘掉它了。

抗战期间，老高一直是八路军临河县县大队的大队长，中华人民共和国成立后成为这个县的第一任县长。在我们那一带，老高是个德高望重、颇具传奇色彩的人物。

大约五年前，一个偶然的机会，我在图书馆里查阅到一份简短的资料。资料上说，1938 年 8 月，日军华北派遣军第九师团一部攻占临河县城时，闯进位于南关的县立中学，枪杀了来不及撤离的十七名男性学生和教工，并将十五名女学生抓进位于西关的兵营。往下的事情就不清楚了。资料最后说，一个礼拜后，那些被抓走的女学生中，只有一个姓周的活着出来，而且她很快再次失踪了，据传她是本县富商周成鼎的小女儿，天生丽质……

这个姓周的失踪的女学生一时占据了我的脑海，怎么也排遣不掉。

我不相信事情那么简单。后来，我结识了令人尊敬的老高县长，我们成了忘年交。在一个无风而晴朗的傍晚，老高面对熔金般艳丽的夕阳，沉默了一阵，突然就向我讲起了一件远去的事情。我的眼睛马上亮了。

老高说，1938 年夏末秋初时节，他刚刚入党，组织上派他到临河县南部的山区发动群众，开展抗日游击战争。他很快建立了一支二十几人的游击队伍，并且打了两个小小的胜仗，缴获了几条长枪。只是那时候他的队伍还不叫县大队，叫临河县抗日挺进队。

一天傍晚，老高他们正在营地附近的小河里洗澡，有眼尖的看到哨兵领着一个陌生人朝河边走来。这一带四面环山，十分隐蔽，进出的道路只有一条，平时很少有人来这儿，这也是老高选中此处做营地的主要原因。老高不由停止洗浴，警觉地打量着来人。忽然，他低声喝道：“有情况，快穿衣服!”

大伙儿慌慌张张爬上岸，刚把衣裤穿好，来人就到了近前。果真是个女的，老高吁了一口气，板着脸把那些嘻嘻哈哈没正经的游击队员打发走，又恼怒地瞪了哨兵一眼。哨兵挠着头皮说：“队长，她，她非要参加我们队伍，没办法，我只好领她来见你。”说完，哨兵就像丢下一件烫手的东西那样，轻快地奔向哨位。

老高狠狠撸了一把脸上的水珠子，这才侧过身来，抬眼吃惊地望着她。她的头始终低着，不敢正视老高。看上去，她也就是十五六岁的样子，面相和打扮不像乡下人。老高当时颇费踌躇：这样一个弱不禁风的女孩子到队伍里来，合适吗？老高就问她：“你，你为什么来这儿?”

她紧紧抿住嘴唇，许久才回答说：“还能为什么?!”

就凭这一句反问，老高马上猜出她是个性格倔强、坚贞的女孩子。随即她抬起头来，定定地望着老高说，她是南边的临湖县人，家里房子被日本人烧了，父母亲被日本人杀了，她无家可归，举目无亲，不来这儿又能到哪里去？老高虽觉情况突然，但想到他的队伍也许最需要的就是这种人；又见天色已晚，不可能随便把她打发走，于是，老高咬咬牙，决定先收下她。接着，老高吩咐他的副队长：“告诉弟兄们，以后没我的命令，不许下河洗澡!”

通信员带她去一个临时腾出来的山洞。老高突然想起什么似的，问：“喂，你叫什么?”

她回过头来，很认真地说：“林洁。我叫林洁。”

由此，林洁成了临河县最早参加抗日武装的妇女。

随着队伍的逐渐扩大，老高这才越来越感到，女同志对于他们是多么的重要。自从林洁进入营地后，老高发现他的那些原本粗野的弟兄们变得文雅、整齐多了。而林洁也确实能干，什么都拿得起。她搞战场救护，给伤病员包扎伤口、洗绷带、换药；教大伙儿识字、唱歌，她的嗓音特别动听，大伙儿常常听得入了迷；她到周围的村子里发动群众，给人们讲抗日的道理，老百姓见了她，像见到自己的闺女那样亲。后来加入县大队的新战士中，有不少是她动员来的。她起的作用是老高当初没有料到的。

更让老高感到惊骇的是，林洁上了战场，一点儿都不比男同志差，那股狠劲儿令人不可思议。老高清楚地记得，1940 年初夏，县大队在高庄庙伏击鬼子的抢粮队，一个小队的鬼子和一个中队的伪军被县大队层层包围，但敌人至死不降，战斗异常激烈。双方先是对射、甩手榴弹，然后又拼起了刺刀，从中午打到傍晚，战斗才结束。老高带人打扫战场时，透过总也散不尽的硝烟和血腥气，在一座巨大的坟墓后面，老高猛然看到了面色惨白的林洁——天哪，林洁此刻骑坐在一个左肩受伤的日本兵身上，双手死死卡住日本兵的脖子，那家伙嘴角流出的黑血脏污了一片黄土地，眼珠子也鼓了出来，那样子就像地狱之中面目狰狞的魔鬼，恐怖极了。看到这个场面，所有的人都愣在那里，呆若木鸡。老高感到后背一阵麻木，眼皮子乱跳不已。他定定神，赶过去，小声喊她的名字。她不回答，凝固了一般，一动不动，乱发披散在脸上，眼睛里射出冰冷的光芒……

老高颤抖着说：“小林，你怎么啦？……”

她仍是一动不动。

老高后来费了好大的劲才把她从那个日本兵身上拽下来。仔细看时，那家伙的脖颈都几乎让她给卡断了！很显然，那个左肩仅受了点儿轻伤的日本兵是活活被林洁掐死的！

老高又说："小林，你怎么样，没事吧？"林洁似乎这时候才醒转过来，猛地抱住老高的胳膊，低头哇哇大吐，秽物浇在了老高的腿上脚上，老高挺住不动，任她倾吐。然后，她缓缓蹲下身子，双手在泥土里来来回回搓动。她想擦掉手上的黑血，却怎么也弄不干净，那双手就像刚刚从地下挖掘出来的千古文物。

尽管敌我双方在战场上殊死搏杀是再自然不过的事情，但老高仍然对林洁的表现感到惊骇。夕阳的余晖里，她骑在日本兵身上的姿态多么像传说中的复仇女神。老高说，这个画面他一辈子都忘不掉了。回到营地后，老高叫过警卫排长，责问他为什么没看住林洁，让她溜到了前线。警卫排长委屈地说："她一个大活人，如果有心杀敌，谁能看得住。"

老高喝道："看不住也得看，必须看住。"

老高又对他的副大队长说："以后再打仗，无论如何不能让她上，有我们这些男人，够了，她若有个三长两短，如何是好？我们太需要她了……"

到1942年前后，县大队的人数发展到了八百多人，根据地也扩大了许多。老高的队伍成为一支相当可观的力量。其中女同志有十几个人，老高把她们编成一个班，林洁当班长。虽然老高已和她相处几年，彼此比较熟了，但老高仍然猜不透她。她有时热烈得像一团火，有时冷峻得像一块冰。谁知道这个女人整天想些啥？一天夜里，老高睡不着，就起身到外面转悠，走着走着，他看到了一个熟悉的影子。是林洁。她枯坐在一块岩石上，皎洁的月光泼洒下来，洒在她身上，仿佛为她镀上了一层银粉，使她变得通体透亮，看上去宛若一个梦中的图景……老高心里不由抖了抖，有什么东西慢慢地浮上来，全身像是着了火，然后瞬间征服了他……老高摇摇头，不敢再待下去，慌忙离开。

地委和分区的好几位首长都曾看好林洁，先后递过话来，向她表示爱意。她总是摇头，然后一笑了之，似乎对这种事情一点儿都不感兴趣。有的首长和老高私交不错，老高到地委或分区开会时，首长委婉地提出，希望老高做做林洁的工作，让他们结成百年之好。说实在话，老高对她并不是一点儿都无动于衷，他同样有着隐隐约约的幻想，但他是她的直接领导，因此在这件事情上，他有着更多的苦衷，反而使他不便于存有“私心”。所以，每逢有上级首长提出要求时，老高都怀着一种极为复杂的心情，诚恳地找林洁谈谈话，希望她嫁给他们中的某一个人。林洁仍是态度坚决，一笑置之。抗战进入相持阶段之后，仗打得少了，局面相对平稳了些，首长们来他们营地的次数便多了起来。一天，分区庄贤飞政委满面春风地来到县大队驻地。庄政委并没空着手来，他带来了主力部队的一些战利品——两门闪着蓝光的掷弹筒、四挺崭新的歪把子机枪。这些武器老高做梦都想得到。吃过饭后，老高悄悄叫过林洁，目光在院中那些摆放整齐的新武器身上来回游移，说：“政委想找你谈谈心，你千万要配合呀。”

林洁笑笑，说：“我哪次没配合首长?”

又朝那些闪着寒光的武器努努嘴，说，“大队长你放心，这些宝贝疙瘩不会飞走的。”

林洁进去后，老高六神无主，直感到心里钝钝地痛。约莫过了半个时辰，林洁红着脸出来了，老高领她到一个没人的地方，迫不及待地问：“怎么样?”

林洁故意愣了愣，说：“我答应他啦!”

“答应他啦?”老高极力抑制住慌乱的心跳，咳嗽了几下，“噢，噢噢，答应了就好，答应了就好……”

林洁马上笑了：“我答应政委，等赶走鬼子，再考虑个人的事情。我说我其实挺喜欢政委您的嘛。我还说，您经常教导我们嘛，不打败日寇，最好少想自己终身大事，免得分心，我是按您的指示做的，对不对？”

老高激动地说：“小林，你做得对！我们都要按政委说的办！”

就这样，几年过去，县大队的好几位长相一般的姑娘都成了“首长夫人”，林洁仍是孤身一个。当然，这也没什么不好。

1945 年炎热的夏天很快来到了，抗战进入尾声。8 月 10 日和 11 日，八路军总司令朱德在两天之内发布七道命令，命令各解放区的人民军队，接受日伪军投降，如遇到抵抗，应坚决消灭之。8 月 15 日那天，已经接到投降令的驻临河县日军一部，却不向八路军临河县县大队缴械，他们在等待国民党军队的到来。上级命令老高的县大队，尽快攻占临河县城，彻底、干净地消灭敌人，然后再配合主力部队，到外线作战。

从 8 月 15 日中午开始，老高指挥部队向敌人发动猛攻，战斗初期进行得十分顺利，很快拔掉了日军的外围据点。但当部队进至西关附近时，却遇到了敌人极为顽强的抵抗，盘踞在一座座坚固工事里的鬼子，用数挺轻重机枪封锁了我方前进的道路，子弹如刮风一般扫过来，打得人抬不起头。老高亲自组织敢死队冲锋，连续三次均未突破，已有数十名战士倒下，部队不可避免地出现了畏战情绪。老高急得眼里冒火，嗓子都喊哑了，仍无济于事。县大队没有重武器，只有几门小炮和掷弹筒，这种火器打到敌人的工事上，就像挠痒痒一样，根本不起作用。老高和其他领导研究了一下，决定暂停冲锋，部队后撤五百米，就地宿营，待上级调拨的重炮到达后再行攻击。

此时正是夕阳西下时分。

战场上暂时沉寂下来，火光硝烟缓缓飘散，血腥之气徐徐升腾。然而，谁都无法料到的事情就在这个瞬间发生——一个年轻的女人，像突然从地底下冒出来似的，出现在人们的视野里。她不紧不慢地迎着夕阳走去，迎着敌人的工事走去，越走越远；她赤手空拳，长发披在脑后，夕阳血一样的光辉温柔地泼洒过来，聚集在她的周围，似乎要将她熔化。她那么从容，那么优雅，那么自如，那么安详，犹如独自行走在北方广袤的原野上，在完成一次阳光下的散步；秋天的原野一派耀眼的金黄，沉甸甸的谷穗儿微弯着腰，在她面前一望无际地铺展开去，大气中弥漫着新鲜庄稼的芳香，她所过之处，谷穗儿争先恐后与她聚合，摩挲她健壮的腿，摩挲她柔软的腰，摩挲她的指尖，摩挲她的呼吸……渐渐地，她就在那一片灿烂的金黄中，化作了行云，化作了流水……

“是林洁。”老高低低地叫了一声。他仅仅用眼睛的余光扫了一下，就知道是林洁。老高站在后面的指挥所里，紧张得忘了一切。前沿阵地上，几乎所有的人都在同一时刻张开喉咙，大声呼唤林洁的名字，唯有老高一声未吭，他明白一切都已来不及了。她此刻仿佛处在梦幻般的境界里，任何力量都无法把她拉回来了。接下来，所有的人都睁大眼睛，望着她飘然前行，人们仿佛连呼吸都停止了。在那段难挨的时光里，好像整个世界都隐去了，只剩下缓缓向前游动的林洁。不知为什么，工事里的敌人一直没有开枪。

后来，林洁走到离敌人二十几米远的地方。她仍然没有停下的意思，继续往前走。然而，一声尖锐的枪响到底还是钻进了老高的耳膜，并且深入了老高的灵魂。老高的心剧烈地痛楚了一下——这一痛就是五十年！

当两个没带武器的战士跑过去抬林洁时，敌人没再开枪。接下来，部队没有执行老高停止攻击的命令，战士们发疯一般向西关的守敌发动了最后的冲锋。入夜时分，临河城里的鬼子被全部消灭。

天黑了，胸部中了一弹的林洁躺在简易救护所的担架上。此时风也停了，满天都是星星，四周静得听不到任何声息。不知过了多久，她终于苏醒过来。人们纷纷上前围住她。老高蹲在她的身旁，轻轻握住她柔若无骨的小手。她的表情一直很平静，就像什么事情都没有发生一样。老高极力克制着，不让泪珠滚下来。老高哑哑地说：“小林，你会好的，会好的……”

林洁吃力地摇摇头，然后微微笑着说：“队长，战争就要结束了。我们不是早就盼着这一天吗？你看，战争真的要结束了，这多好啊，多好啊……”

烛光映照着林洁安详宁静的脸庞，她嘴角上的微笑在面颊上荡漾，宛若春风吹过溪水，犹如阳光划过绸缎。她这个美妙的表情令老高心都要碎了。老高听到了时间从身边唰唰流走的声音。这时，她又启开苍白的唇，说有话要单独讲给老高听。老高摆摆手，示意别人离开一下。那天晚上，林洁说出的最后一句话是：“队长，我不叫林洁。我姓周，叫周念文……”

战争年代，有很多老高认识的男同志牺牲了，也有不少他相识的女同志离去了。老高说，随着岁月流逝，他渐渐把很多人都淡忘了，有的只留下一点儿模糊的影子，但总也忘不了林洁，忘不了1945年夏日的夕阳，忘不了夕阳下林洁平静如水的表情和身影……

老高对我说：“那年她整整二十三岁，是个大姑娘了。”

老高又说：“这也许是她……最好的选择……”

我屏住气息，久久张望着远方即将消失的夕阳，说：“谁能说得清呢？”

（1997年）

彩蝶飞舞

我一闭上眼睛，就看见前方有一个小亮点。它小小的、亮亮的。渐渐地，它变大了，它飘呀飘，摇呀摇，一闪一闪的，忽悠忽悠的，终于来到我面前……原来它是一只蝴蝶呀，彩色的蝴蝶。它悬在我面前不动了，翅膀上的花纹异常华丽、异常耀眼。我伸出双手，掌心向上，希望它落在我的手上。可是，它仿佛受了惊吓，翅膀一抖就远去了……我睁开眼睛，知道刚才的一切不过是一种幻觉。

老刘十分专注地说着。说到最后，他用力摇摇头。老刘说话的语调很缓慢、很庄重，摇头的动作更缓慢、更庄重，所以这时的他看上去像电影慢镜头里的人物。说罢，老刘嘴角紧抿，额头微皱，目光有点儿散乱，瞳仁亮晶晶，一副泪蒙蒙的样子。

老刘的大号叫刘正坤，七十多岁了，面色红润，举止洒脱，身材仍像年轻时那么修长挺拔，腰不弯背不驼，虽然花白但仍密实的头发梳理得一丝不乱，穿戴上也比一般的老年人新潮。靠近他时，更闻不到老年人身上特有的陈腐的气味，他身上总是散发着淡淡的温软的气息，似乎他经常使用花露水或檀香什么的。他一张口，说出的话字正腔圆，韵味十足，你就像听演员背诵台词。是的，老刘就是一个演员，是一位令人尊敬的老艺术家。

在省城的文艺界，尤其是在老同志堆里，老刘是很有名的。退休前，他是省歌舞团的副团长。再往前，没成立歌舞团之前，他在京剧团、话剧团、文化局都干过一段时间，“文革”期间还曾扫过两年马路。如果再往远了追溯，五十年代初，老刘曾经是志愿军××兵团文工团器乐队的队长，在朝鲜待了两年多。

我认识老刘纯属偶然。前些年，我所在的部队搞军史资料征集，摊子铺得很大，有一位老首长偶尔提到了老刘，说这个人了解中华人民共和国成立前后我们这支部队的不少情况，尤其是文艺工作方面的情况。领导就派我去地方有关单位打听老刘的下落。我找到老刘时，他正在离家不远的一座公园里吊嗓子。有热心人指点着说，他就是刘老先生，搞文艺的刘老师。又说，先别打扰他，他要唱戏了。果然，老刘清清嗓子，来了一段《武家坡》——

一马离了西凉界，
不由人一阵阵泪洒胸怀。
青是山绿是水花花世界，
薛平贵好一似孤雁归来……

我和老刘相熟之后，我发现他是个“万金油”似的艺术家，他什么都懂一点：吹拉弹唱、作词作曲、舞美灯光等；单说唱吧，老刘会唱很多中外民歌，能唱京剧、越剧、豫剧、吕剧，还能唱当今刚出笼的流行歌曲。但是，他没有一样最拿手的，也就是说，他样样在行，样样不精。这就使他仅仅算是一个老文艺工作者，而不能算是有成就的艺术家，更谈不上是艺术大师。在个人生活方面，他也颇不顺遂，结过三次婚，最后又都离了，几十年来，没少因为一些说不清道不明的风流韵事而惹火烧身，生活道路因此变得坎坎坷坷。然而，老刘是个乐观豁达的人，虽然一直不太走运，可也从不落魄，照样认认真真地生活，有条有理地过着每一天。

我的情形和老刘差不太多，不大走运而又不甘落魄，所以我们很快就成了朋友，无话不谈。就算是忘年交吧。

后来的日子里，老刘向我提供了很多有价值的史料。老刘的记忆好，口才好，原本平淡的故事，经他富有煽动性地讲述一遍，马上就有了韵味。他讲过一个关于蝴蝶和一个女孩子的故事，地点是在朝鲜战场上。我听过了，也就过去了，当时也没太在意。这是一个信息爆炸的时代，每天都有数不清的新鲜事和烦心事，谁还会老惦记着一个发生在遥远年代的故事？可是过去许久之后，我发现那个故事仍然时常出现在我的脑海里。我知道，我是很难忘记它了。

老刘说，那是 1953 年……

其实，故事是从 1952 年开始的。1952 年秋天，已入朝一年多的老刘受组织委托，回国处理一点儿事情，顺便再招几个文工团员带到前线来。志愿军里有的首长起初觉得，这些唱歌的演戏的跳舞的待在炮火连天的战场上，碍事，后来发现这些人挺能鼓舞士气，不但改变了看法，而且愈发对文工团的人厚爱有加。老刘回国后，先到北京处理完公事，又到以前联系过的几个单位考察了一下，看是否有合适的团员人选。他看了几个，有的不够条件，有的条件不错但人家又不愿入朝，只得作罢。老刘想，宁缺毋滥呀，志愿军文工团员并不是谁想当就当的。

老刘这一年二十四岁多一点儿，却已经结婚四年多了，他妻子在山东济南的一所中学教书，是一个刻板的国文教员。老刘打算返朝之前回家看看，但是火车快到天津时，他突然改变了主意。参军之前，老刘是南开大学二年级的学生，他热衷于学校剧社的活动，逐渐展露出文艺方面的天赋，各科的学习成绩自然就受到了影响。1949 年初天津刚解放，老刘丢下书本就报名参了军，成了一名文艺兵。参军后的老刘很少想到母校，这时却很想回母校看看，于是老刘就在天津下了车。

老刘来到了母校。如果单从外表上看，母校并没有太大的变化。真正变化的是人，那些在校园里徜徉的学生已经没有一个人认识老刘了。目睹物是人非的母校，老刘有一种陌生感，外带一点儿忧伤的感觉。这才仅仅三年多啊，就谁也不认识了。老刘决定马上去火车站，先到沈阳，再转车去安东，然后入朝。可是，就在他路过学校西北角的一块草坪时，他看到一棵紫槐树下面的石凳上，坐有一个女学生的倩影，是侧影，她手里捧一本书，但眼睛并不在书上，而是痴痴地望向远处，同时哼唱苏联歌曲《喀秋莎》。她的嗓音美妙极了，老刘实在想不起有谁的嗓音比她的更清亮。

她唱完《喀秋莎》，接着唱《小路》。老刘在她美妙至极的歌声里忘记了时间，忘掉了自己。许多年后老刘回忆起这个场景，仍然感到自己当时受到了一次灵魂的洗礼。他沐浴在一种难以言说的光辉里，浑身竟然有点儿颤抖。

就在那个时刻，我看到了一只蝴蝶，彩色的蝴蝶。老刘说。那只彩色的蝴蝶像一个神秘的小精灵，不知从哪儿冒了出来，绕着她飞呀飞，飞呀飞，有一瞬间甚至落在了她的发辫上。她一点儿都没察觉，停了停，又唱起英国古典歌曲《在绿色树荫下》——

在绿色树荫下
我和他同休息
躺在那柔软草地
听树上黄莺正在热情地呼唤你
那黄莺多么快乐
它唱得多甜蜜
来这里，来这里……

终于，她发现了正专注地盯着她的老刘，紧张地站起来，书掉在了草地上。她脸上的神色既惊疑又不安。老刘这时也才看清了她的全貌：白皙的瓜子脸儿，大大的眼睛，高挑的身材，饱满的胸脯，细柔的腰肢……老刘的眼睛有点儿不好使，他咧嘴笑笑。他接着看到，秋风吹动起她的发丝，乌亮的刘海儿在她光洁的额前摆动；她上身穿一件紧身的月白大襟绸衫，下身是一条黑色的多褶布裙，斜阳给她镀上了一个金色的轮廓。老刘相信自己的感觉——看她一眼他即可断定，这是个能歌善舞、多才多艺的小女子，文工团最需要的就是她这样的女演员。

当老刘亮出自己的身份后，她脸上的表情马上就换成了惊喜与崇敬。那是一个崇拜英雄的年代，志愿军战士便是当时名声最响亮的英雄群体。一个崇敬英雄的时代必然也是一个朝气蓬勃的时代。在她面前，老刘既是校友又是朝鲜战场上的英雄，尽管老刘没打死过一个美国鬼子。她迎着老刘走了几步，告诉老刘，她是一年级的新生，已经加入了新民主主义青年团，从小她就喜欢唱歌跳舞，她最大的愿望就是有朝一日能为最可爱的志愿军战士唱歌跳舞，表演节目。老刘开心地笑了，问她，你叫什么？

朱影。她又补充一句，我叫朱影。

老刘又问，你多大？

十七岁。

老刘思忖了一阵，突然说，朱影同学，你愿意参加志愿军吗？

老刘看到，朱影的嘴巴张得大大的，眼睛也猛地亮了一下，脸蛋儿涨得红红的。这个突如其来的消息令她一下子难以回过神来。老刘的目光越过她的头顶，去追逐那只精灵般的彩色的蝴蝶，此刻，它仍然不知疲倦地在她身前身后自由地翻飞……

老刘回朝一个多月后，团里就接到了兵团政治部的电话，说是新招来的文工团员已经到达兵团部，让团里速去领人。

老刘说，那个年代办事效率高，只要是前方需要，后方就会急事急办，绝不拖延。听到朱影入朝的消息，老刘心里扑腾了好几下，脸上也烫烫的。前几天他曾做了个梦，梦见朱影入伍的事没办妥，来不成朝鲜了。梦醒后就再也睡不着了。

团里派老刘和吹笛子的陈松林到兵团部接朱影。

这时朝鲜的天气已经很冷了，刚刚还下了一场雪，是入冬以来的头一场雪，雪不大，刚刚盖过地皮，满眼都成了白的，唯有青冈树的叶片愈发红艳。见到朱影后，老刘发现，穿上新军装的朱影更加光彩照人。朱影喜气洋洋地跑上来握住老刘的手，像与久别的亲人重逢。想想也是，在这异国的土地上，老刘算是朱影唯一的熟人。

回驻地的路上，老刘和吹笛子的陈松林轮流替朱影背着行李，朱影兴奋地走在前面。在她眼里，这里的一切都是新鲜的。望着她俏丽的背影，听着她不时发出的惊呼声，老刘有点儿莫名其妙的慌张和惆怅。老刘不由想起自己的妻子，那个古板的国文教员。他们两家是世交，老刘去天津上学前，二人完的婚。婚前老刘并没有发现她有什么毛病，可是结了婚，他却突然发现自己并不怎么爱她。老刘已经快两年没和她见面了，他甚至早已淡忘了她的模样……老刘叹口气，目光久久地落在一跳一跳的朱影身上。他突然觉得，朱影的出现，绝不是偶然的，她正在悄悄地改变着他呀，他未来的生活道路或许会因她而发生重大的改变……老刘不敢往下想了。

朱影仿佛听到了他的叹息，回过头来说，刘队长，你累了吗？

老刘说，没有。我想起上次见你时，老有一只蝴蝶围着你飞来飞去，好漂亮的蝴蝶。可是现在，没有蝴蝶了。

朱影和吹笛子的陈松林都笑起来，又不约而同地说，现在是啥时候呀，冰天雪地的，哪能有蝴蝶。

老刘想说，有的，美丽的姑娘，你就是一只彩色的蝴蝶。当然，他没敢说出口。这时，朱影突然想起什么，抬手摘下军帽，头一歪说，看这儿！

她的一头乌发上，别着一只鲜艳的蝴蝶结。老刘和吹笛子的陈松林愣了愣，随即三个人都笑起来。他们继续赶路。在这满目苍茫的白色世界里，老刘面前的那只火红的蝴蝶一颤一颤，醒目极了。

朱影很快就把自己融进了这个集体中。她的确是个多才多艺的姑娘，唱歌跳舞、写词谱曲、演舞台剧，似乎没有什么事能难住她。她原本就具有较高的文艺天资，来前线后，火热的战地生活，战士们的英雄事迹，新鲜的工作环境，更加激发了她的灵感。她可以两天两夜不睡觉，去排练一个独舞，或者创作一首歌曲。她的表现令所有的人都感到满意。老刘当然更满意，也更自豪，因为朱影是他亲自挑来的。

她常常边走路边随口吟唱，哼的曲子和词儿都是一瞬间冒出来的，有时只有一句歌词或几个音符，可惜当时没人想着记下来。老刘坚信，她随口哼出的那些词儿曲儿里面，有不少堪称精品。在去排练场或食堂的路上，抑或傍晚散步的时候，走在她后面的老刘听她轻声吟唱，常常感到自己的心都要碎了。

在团里，她年龄最小，兵龄最短，大家都呵护着她，生怕她有闪失。可是，文工团唯一的使命就是鼓舞士气，冒着炮火到第一线的战壕、坑道里为士兵们演唱，自然是家常便饭。起初团里领导不安排她上火线，她吵着闹着要去，谁也拦不下她。领导终于同意了，她高兴得跳起来。

第一次到火线，一场战斗刚刚结束，战壕周围仍在冒着浓烟，刺鼻的血腥气呛得人睁不开眼。她和几个演员的到来引起了幸存者的阵阵欢呼。担架队也跟过来，要把一个受重伤的士兵抬走，那个士兵却出人意料地摆摆手，示意要听她唱支歌。可是，他的耳朵被炮火震聋了，她略一犹豫，走过去，单腿跪地，伏下身子，嘴巴贴在他的耳朵上，唱起来。唱着唱着，士兵的眼里涌出大颗大颗的泪，她的眼里也涌出了泪。唱毕，她紧紧握着士兵的手，破涕为笑，说，不哭，不哭！士兵嘴唇嚅动着，仿佛也在说，不哭，不哭……

还有一次，老刘带一个小组到一支部队去，其中有朱影。他们到达时正赶上部队为一个士兵下葬，那是个年仅十七岁的小战士，白白净净的，大家都很喜欢他。敌人朝他们打炮，他为了掩护战友，中弹牺牲。这时，掩埋他的土坑都已经挖好了，谁都想不到，朱影突然离开队列，走到那位小战士的遗体前，央求说，让我再为他唱支歌吧。部队的领导点头同意，她轻轻掀起盖在烈士脸上的白布单，凝视着他几近透明的脸庞，唱道——

在那山腰下，万籁寂静
灰色的暗影悄悄来临
枯叶在飘落，轻轻地飘落
在那入睡的花瓣上面飘零
温暖的黄昏
炉火在闪耀
宝贝的小床已经遮起
甜蜜的美梦，轻轻地降临
带领我的宝贝快睡安宁……

在场的人无不为之动容，进而迸发出一股强大的复仇的力量。

老刘想了半天才想起来，她唱的好像是一首西方歌曲《秋夜催眠曲》。当然他不能点明。因为在前线，在这种场合，唱西方歌曲是犯忌的。可是，这种歌儿从她嘴里冒出来，却又是那么动听，那么优美，那么深情……

战斗的间隙里，大伙儿也需要放松一下。老刘喜欢摆弄乐器，尤其喜欢拉二胡。一天傍晚，老刘又在宿舍里摆弄二胡。这已经是 1953 年的初夏，种种迹象表明，战争有了结束的征兆。老刘刚拉完一曲《光明行》，朱影无声地溜了进来，老刘抬头看她一眼，什么也没说。她坐在门口的小马扎上，双手托腮，静静地听他演奏。老刘演奏了《空山鸟语》《二泉映月》《汉宫秋月》《听松》《良宵》，他把自己所掌握的二胡名曲统统演奏了一遍，自我感觉发挥得淋漓尽致。老刘当时并没意识到，这是他有生以来拉得最好的一次，而且往后他再也演奏不出这个水平了……

朱影显然受了感动，小脸红扑扑的，小嘴一张一张的，眼角里好像还噙着泪。老刘停下来，舒一口长气，觉得浑身的力气都被抽走了，几乎瘫倒在地。在昏黄的光线中，她一动不动，像个女神那样，仿佛凝固了。老刘嗅到了她特有的气息，这令他感到窒息和绝望。他觉得鼻子酸酸的，眼睛也有点儿模糊。这时，就在这时，窗外响起脚步声。老刘听出，是吹笛子的陈松林的脚步声。接着，又传来一曲嘹亮的笛子独奏。团里已经有传言，说是吹笛子的陈松林在追朱影，老刘一直不相信，现在看来那并不是空穴来风。

老刘收起二胡。朱影也站起来，说，刘队长，我来是想告诉你，我正在写一首歌词，名字叫《歌唱英雄》，想请你谱曲，好吗？

1953 年的夏天终于姗姗来到了。老刘说，那一天中午，连阴几日的天气突然变好，晴空万里，艳阳高照。团部通知，下午大家自由活动，可以洗洗衣服，晒晒被褥。

也是事后才听说，朱影一个人离开了营地，先到一面山坡上采了一束金达莱，然后七拐八拐地，转悠到一个村庄里。附近的朝鲜乡亲们都认识这个漂亮的中国女孩子，纷纷围过来，想听她唱歌。她幸福地笑着，唱了几支中国的和朝鲜的民歌，正当她用朝鲜语唱《春之歌》的时候，一架美军飞机突然冒了出来。朝鲜乡亲慌了神，四处乱跑。她大声招呼人们到山根下隐蔽，可是没人听她的。飞机开始朝人群扫射，中弹的人发出惨叫声。她冲出人群，像一只羚羊那样急速跑向一片开阔地，边跑边从衣兜里拽出一条鲜艳的红围巾，奋力甩动着。美机受到吸引，朝这团红色俯冲。那一刻，应该也会有一只斑斓的蝴蝶追逐着她。这个季节的朝鲜到处都有彩蝶在飞舞。她离人群越来越远，七彩的阳光照耀着她奔跑的身姿，她多么像一只巨大的蝴蝶……群山在旋转，大地唰唰后退。她像是在天地之间，独自完成一场绝美的、最后的舞蹈……一串串机枪子弹嘶鸣着朝她追击，一颗颗炸弹在她身前身后爆炸……她中弹了，倒在地上……紧接着她又爬起来，流着血继续舞蹈。又一颗炸弹落在她的脚下，冲天巨响过后，只见那一条红围巾冲出黑烟的包围，在高处翩翩飞翔，仿佛想代替它的主人，完成最后的飞舞……

老刘清清楚楚地记得，朱影死的那一天，是 1953 年 7 月 26 日下午，大约3时，是朝鲜战场停战的前一天。朝鲜战争停战协议正式签字的时间是：1953年7月27日上午10时。

出事的当天下午，太阳落山之前，人们隆重地安葬了朱影。她的坟墓在一片向阳的山坡上，周围有一片片挺拔的鱼鳞松。天黑之后，新坟前只剩下两个人：老刘和吹笛子的陈松林。刚才，吹笛子的陈松林一直克制着没有哭出声来，这时，他再也忍不住，剧烈地抽泣着，一遍一遍地说，我不该送你那条红围巾，都是我害的你呀……

老刘没有流泪。他只是觉得全身轻飘飘的，仿佛只剩下一个躯壳。是他把她带到了这异国的土地上，可是，她却再也回不去了。她说过，她要写一首歌词的，想请他谱曲，不知为什么，她一直没写完。

他们离开时，老刘看到，吹笛子的陈松林把一样东西埋进了坟堆。那是朱影生前喜欢戴的蝴蝶结，一件鲜艳的女孩子的小饰物。

老刘说，我一闭上眼睛，就能看到面前有个小亮点……它是一只蝴蝶呀，彩色的蝴蝶……

老刘还说，一个人经历过那样一些事情，就什么也不用怕了。生与死、友谊与爱情、艺术与生活、光明与阴影、成功与不幸，等等，都是痛苦而美好，忧伤而壮丽的事情。

我似懂非懂地点点头。

1999年5月8日早晨，刚锻炼归来的老刘打开电视机，被一条消息震呆了：刚刚过去的这个夜晚，以美国为首的北约空袭了中国驻南联盟大使馆，有三位住在馆内的记者遇难，其中有一个叫朱颖的漂亮女孩。

朱影？老刘一时没明白过来。他突然感到天旋地转。猝然倒地之前，他吐出了三个字：美国人！

老刘的女儿女婿把他送到医院。老刘得的是脑出血。他在医院待了三周之后，平静地与世长辞。

老刘的坟墓在城市东南郊的青龙山上，那里林木葱郁，阳光充沛。

对于死去的人来说，那里是一个好去处。后来我去看过几次老刘。我站在他的墓前，不由自主地想起他给我讲述的故事。于是，我闭上眼睛，果然就看到一个小小的亮点。它飘呀飘，摇呀摇，翩翩来到我面前。它是一只蝴蝶呀，一只彩色的蝴蝶。它在我面前优雅地飞舞。我伸出双手，掌心朝上，多么多么地希望它落在我的手上……

（2001 年）

雪落无声

妈妈离开我们三个月之后，又在一天夜里来到了我的梦中。妈妈坐在床沿上，轻轻抚弄着我的额头，对我说，她很想念李振中叔叔，也很牵挂他，他一个人孤零零地待在偏僻的乡下，太不容易了……说完，妈妈就不见了。我揉揉眼睛坐起来，知道这不过是一个梦。

但是醒来后我却怎么也睡不着了。类似这样的梦我已做过两回。我明白了，妈妈是想让我去一趟沂蒙山深处的平安镇，代她看望一下多年未见的李振中叔叔。在妈妈的晚年，她常常在午后，或者黄昏，仰靠在院里葡萄架下的藤椅上，半闭着眼睛，翻来覆去地念叨过去的事情，并且一再提到李振中叔叔。有时她说着说着就睡着了，发出轻微的鼾声。正当我们拿不定主意，准备替她盖一床毯子，还是叫醒她回屋去睡时，她却突然又醒了，继续念叨，而且话题非常连贯，仿佛中间不曾停顿过。可见她的思路还是清晰的。唉，人老了，话就多，你可以认真听，也可以装听不见，不把老太太的话当回事儿，权当她是自言自语，她也不会怪你。而我却透过妈妈的唠叨，知道她是趁余日无多，在缅怀过去，缅怀自己的青春岁月，当然也包括我的爸爸，还有李振中叔叔。

那是一段怎样艰难而美好的岁月啊！

我披衣下床，拉开落地窗帘，站在窗前往外看。外面明晃晃的，听不到任何动静。直觉告诉我，天又下雪了。在大地沉睡的时候，细碎的雪花无声地飘落下来，仿佛来赴一个早就定好的约会，等到天明时，人们推开屋门，就会欣喜地发现，雪已满地，世界披上了新装。

就在这天黎明时分，我打定了主意，要去沂蒙山深处的平安镇，去看望一下李振中叔叔。这是妈妈的遗愿，也是我这个晚辈的一份心愿。在这个寒冷的季节，我的出现或许会给他带来一丝温暖。

我的妈妈是个非常娴静而美丽的女性。即便她到了风烛残年，她在一笑一颦，一投手一顿足之间，仍然流露出无尽的韵味。五十年前，当她走在省城济南大街上的时候，我相信她肯定会吸引很多人的目光。她身材娉婷，留着齐耳短发，有着月牙儿般明亮的眼睛和细嫩的肌肤，身着上白下蓝的学生套装，脚蹬红皮鞋，浑身都洋溢着逼人的青春的气息。她应该是那个年代的一种青春偶像。我的外祖父是一位铁路工程师，早年曾经留学日本，后来长期在胶济铁路线上做事。妈妈是家中唯一的女儿。她受到了良好的家庭教育，既有传统的，又有现代的，这使她成为一个不折不扣的小家碧玉，又兼有大家闺秀的风范。

抗战胜利的那一年，妈妈考上了济南女中，开始接触新鲜事物，也开始引起更多人的注意。就在这一年，学校出现了一位来自北平的先生，他二十七八岁的样子，中等个头，浓眉阔嘴，喉结突出，声音洪亮，身着青布长衫，戴一副宽边眼镜。他学识渊博，老成持重。就是这个人，他后来成为我们的爸爸。

爸爸早年确曾就读于北平的一所大学，只是他早在抗战之初就投奔了延安，在那里接受了严格的军事训练并且入了党，接着开到华北抗日前线参加对日作战，后来又受组织委派到北平、天津等地从事地下工作。抗战胜利后，内战一触即发，山东的战略地位愈显重要，组织上又派他到济南继续从事地下工作。

爸爸说，他这时候其实已经对做地下工作有点儿厌倦了，他非常希望能到战场上去，和敌人面对面地搏杀。但他算是个老党员了，必须绝对服从组织的决定。所以尽管不是太情愿，他还是按照组织上的安排，准时来到济南女中，以教员的身份做掩护，积极开展地下工作。

爸爸第一次到教室上课，就被妈妈吸引住了。爸爸后来对我们描述说，我夹着课本刚迈进教室，就觉得眼前一亮，是你们的妈妈一下子打动了我——她坐在倒数第二排靠窗的位置上，她太出众了，无论相貌还是气质，在全班都是独一无二的，别人仿佛都是她的陪衬，她使整个教室变得明晃晃的。我突然意识到，我这次来济南女中来对了。

爸爸承认，就是在他迈进教室的这个瞬间，他的心里突然萌发了爱情。而在以前漫长的生活中，他从来没有产生过这样强烈而又新奇的感受。在革命的征途上，因为爱情的存在，生命将变得更加有意义。

当我们问妈妈对爸爸的第一印象如何时，妈妈说，同学们听说从北平大地方来了个教员，要给我们上课，都很兴奋，但他第一堂课却讲砸了，结结巴巴的，老是出错。

爸爸听了大笑起来，说，那是因为我光去注意你们的妈妈了，她使我乱了方寸。

妈妈又说，后来的事实证明，你们的爸爸确实有学问。但他从来没给学生认真上过课，他全部的心思都用在革命工作上了。

正是爸爸的这种对待革命事业的忠诚态度，一点一点地感化着妈妈，并且最终打动了她，她才决定嫁给他。在乱世年代，对于像妈妈那样的热血青年来说，自由、光明和真理是最具吸引力的事物，而爸爸所代表的，就是那样一些东西。因此，爸爸最终征服妈妈的那颗芳心，将成为事情的必然结局。

李振中叔叔所经历的，又是另一条道路。李振中是沂蒙山深处的平安镇人，李家虽算不上名门大户，但还算是当地的殷实人家。李振中自小就表现出了神童的禀赋，极其聪明，据说三岁时打算盘的水平就超过了家里的账房先生，八岁时当地的私塾先生就没有敢教他的了。他用两年半时间学完了新式学堂五年的课程，理科成绩尤其出色。后来他到济南的高等学府——国立高等师范学校就读，不出一年，就成了省城教育界有名的人物。他多次在全市乃至全省的会考中夺得头名状元，是所有高等生心目中的学习榜样。如果不是由于日军侵华，战乱频仍，或许他早就到国外深造去了。

妈妈说，她没有入济南女中之前，就知道了李振中这个名字，她很羡慕像他这样的学习成绩出众的学生。有一次，《大公报》上还刊登了一张李振中的大幅照片，他身着中山装，留着小分头，高鼻梁，宽额头，圆圆的下巴。这幅照片给妈妈留下了深刻的印象。

李振中是那种天生为知识而存在的人，熟悉他的老师和学生都认为，他将来肯定能成为中国第一流的科学家。

李振中还有一个很大的特点，那就是他对政治没有丝毫的兴趣，当然这是在认识我妈妈之前。他两耳不闻窗外事，一心只读他的书，这在风起云涌的时代似乎有点儿落伍。他说过，打仗是暂时的，战乱终究有停止的那一天，到那时，我这些学问就可以派上用场了。

大约是在 1946 年春天，一个平平常常的日子，李振中离开校园，到外面转悠，当然他的脑子不会闲着，他边走边思索着一道数学难题。这时候的中国正处在内战的边缘，学生们大都不好好上课，三天两头上街请愿、游行，反对内战，祈求和平。这一天，李振中来到繁华的泉城路上，突然被一个正在演讲的女学生给迷住了。这显然是他命运中的一个重要转机。

我想你能够猜到，这位女学生正是我的妈妈。

在爸爸的用心调教下，仅仅几个月过去，原本柔弱的妈妈就变成了一名革命的热血青年。李振中停下来，痴痴地望着妈妈。无论是妈妈的相貌，还是妈妈的声音，都十分地令他着迷。

不知过了多久，人群突然骚动起来，原来是国民党宪兵赶来抓人了。李振中被乱哄哄的人流挤得东倒西歪。等他彻底清醒过来时，发现自己离那个女学生已经很近了，仿佛伸手可及。显然她才是宪兵抓获的目标。就在这个时候，仓皇之中，“书呆子”李振中做了一件也许是他一生中最机智的事情——他脱下自己的风衣，顺势披在了女学生身上。然后，他们并肩大摇大摆往外走，居然顺利地逃离了现场。

李振中叔叔和妈妈来到护城河边。那件湖绿色的风衣自然已经回到了叔叔身上。顺便说一句，李振中叔叔比我妈妈要大两岁，我后来叫他叔叔是因为他比我爸爸年纪小。

平静下来后，他们互相做了自我介绍。当妈妈听到李振中这个名字时，仍是吃了一惊。原来这个细高挑儿的青年就是大名鼎鼎的李振中呀。

这次突如其来的相遇和相识，日后给他们带来了甜蜜，也带来了莫大的痛楚。

1946 年秋天，种种迹象表明，爸爸已引起了敌人的注意，党组织派人通知他尽快离开济南，到沂蒙山根据地去。

有十几个同学愿意跟爸爸一块儿走，其中就有妈妈，这使他格外欣慰。后来我们才知道，爸爸在济南一年多的时间里，和打入国民党军内部的地下工作者一起，向党组织传递了大量有价值的情报；而且在瓦解敌人方面，也起了很好的作用，1948 年夏末，在解放军攻打济南的关键当口，吴化文将军率部起义，这其中就有爸爸的一份功劳。

也就是在这个时候，李振中叔叔收到了美国一所大学的录取通知，该学校愿意向他提供足额的奖学金，保证他完成在美国的全部学业。收到通知书的那天，李振中叔叔首先想到的，就是去征求妈妈的意见。

然而，他却扑了空。女中的学生告诉他，妈妈失踪了，同时失踪的还有不少人。人家又神秘兮兮地说，估计他们去鲁南地区投共产党了。

李振中愣在了那里，有些发呆。也许他已经意识到，如果就此告别祖国远渡重洋，以后可能再也见不到妈妈了。

那么，如果他也去鲁南地区呢?

他面临着一次重大的选择。选择爱情，还是选择学业。

最终，他选择了爱情。在经过了一个不眠之夜后，他给一位一直关照他的老师留下一封信，然后不辞而别，朝山东南部的大山走去。

谁也无法说清，他这种选择是对，还是错。

永远无法说清。

爸爸和妈妈他们到达根据地后，爸爸被任命为三十八团的政治委员，妈妈则在十三师政治部当宣传干事。

半年之后，爸爸和妈妈爱情的果实已基本成熟，首长和战友们催促他们赶紧办喜事，大家盼着喝喜酒呢。有人还冲爸爸开玩笑说，老王，再不抓紧，小桃弄不好成了别人的，你后悔都来不及。

爸爸自信地哈哈大笑，说，跑不掉的，跑不掉的。

关于结婚这件事，爸爸当然求之不得，妈妈心里却总感到有点儿不踏实，也许是有一种说不清楚的预感，总之，她回答说，不是要进行莱芜战役吗，等打完这一仗再说吧。

莱芜战役结束后的第三天，爸爸和妈妈便在胜利的喜悦中入了洞房。据说婚礼简朴而隆重，他们二人可谓典型的郎才女貌，在华东野战军传为美谈，引得人人羡慕。

然而，他们婚后没几天，妈妈的那个预感还真应验了。

是李振中叔叔找上门来了。他寻找妈妈的过程十分曲折。半年多前，他离开省城不久，就在泰安被国民党军抓了夫，经过短暂训练后，成为新编第八十三师的一名步兵。他知道妈妈肯定不会在国民党军中，于是就想办法逃跑。他逃过三次，又都被抓了回去，还差一点儿赔上性命。这期间他曾在泗水参加过一次对解放军的作战。两个月前，他在行军途中路过炮兵阵地，看到炮兵在计算射击诸元，那些笨蛋老半天算不出准确数据，他却张口就说出来了。他们有点儿傻眼，有点儿不相信，又报出一串数字，他眼皮都不带眨一下，再次极其快速准确地说出了结果。这种简单的计算题根本难不到他。后来，他作为奇人被送到师部，师长李天霞又考了他一番，终于相信此人是个难得的人才，当即把他留在师部，任命他为上尉参谋。

就在他感到绝望的时候，有一天他去前沿阵地，突然听到一个熟悉的声音。那声音从对面解放军的阵地上传来，他当即流下了欣喜的泪水。原来是战斗的间隙，妈妈到前线用大喇叭喊话，劝国民党兵过来投诚，不要再给蒋介石当炮灰。他后来曾对我说，他仅仅听了两句，就断定这便是他历尽千难万险要找的人。他又说，你妈妈的声音太动听了，非常有韵味，我能从一千种声音里把她分辨出来。

经过一番精心策划，他终于逃了出来。

当李振中被人押到后方与妈妈相见的时候，妈妈简直不敢相信自己的眼睛。他穿着去掉了军衔符号的国民党兵的服装，明显地消瘦了，颧骨高耸，眼里布满血丝。好像右脚还负了点儿伤，走路一瘸一拐的。听他谈完半年多来的遭遇，妈妈忍不住流下了热泪。在这个乱糟糟的世界上，除了爸爸之外，居然还有一个人如此地忠诚于她的感情，太令她感到意外，也太令她感动。她一时不知说什么好。他轻声责怪她，说，你离开学校的时候，为什么不通知我一声？

妈妈摇摇头。当时她连自己的亲生父母都没敢告诉，因为这是组织纪律。平安到达根据地之后，她才给我的外祖父补写了一封信。

愣了许久，妈妈才喃喃说道，李振中，你太冲动了……你会后悔的。

他却甜甜地笑了，歪着头，像个顽皮的少年。他说，只要能见到你，让我上刀山下火海，我都愿意！

许多年之后，当妈妈向我们讲述这段往事时，她仍然禁不住泪水涟涟。她说，她做梦都想不到，李振中叔叔为了爱情，竟然把一切都放弃了。她用力抹了一把泪，说，他真是一个了不起的人哪，孩子们，你们说说，世上能有几个男人能够做到这一点？

我们都说，是啊是啊，李叔叔真算得上痴情男儿。

如果没遇上你们的父亲，我肯定会嫁给那个家伙的。妈妈说，当然啦，我的命运又会是另外一种样子。

我的哥哥说，如果在你和爸爸结婚前，李叔叔找到了你，那你还决定嫁给爸爸吗？

妈妈踌躇片刻，说，我想会的，可能我要再犹豫一阵，但最后的结局是不会改变的。你们的爸爸也同样是一个非常优秀的人哪，比你们哥俩可是强多了。他或许没有李振中执着，但他更有力量。

我小心翼翼地问，后来，你后悔了吗？

后悔？儿子，你是说嫁给你爸爸后悔？妈妈咯咯地笑起来，怎么会呢，和你爸爸生活在一起，我感到非常幸福，也非常满足。瞧瞧，你们兄弟姐妹五人，就是我和你爸爱情的果实嘛。

在爸爸心情好的时候，我们有时也和他探讨这个问题。李振中叔叔是我们家一个长盛不衰的话题，没有人避讳。有好多次，爸爸由衷地感叹道，小李子是个很不简单、很值得尊敬的人，他由追求爱情，进而走上了革命的道路，勇敢坚强，绝不言悔，一生坎坷却又矢志不渝，你们做晚辈的，到什么时候也不能忘了他。

尽管知道妈妈已经结婚，但李振中叔叔仍然决定留下来。

妈妈后来回忆说，听到她已嫁人的消息，他心里一定非常难过。那个瞬间，她看到他的小脸煞白煞白，额上冒出了冷汗。她不知该怎么劝他。

可他硬是咬牙挺住了。他郑重地对妈妈说，我既然来了，就没打算回去，就让我也投身你所献身的这支队伍，和你并肩战斗吧。

其实妈妈非常希望他回去，继续完成学业。见劝不动他，只好答应帮他找首长说说话，争取把他留在师、团机关。他算是个大知识分子，留在机关更能发挥他的作用。可他仍是不同意，非要下连，到第一线去。妈妈明白，他想证明自己，证明他是个勇敢的人，是个不怕死的人。

妈妈轻轻叹了口气。

战斗的岁月过得飞快，转眼已是 1948 年冬天，淮海战役打响了。这一天，妈妈接到一个电话，是从靠近后方的师野战医院打来的，说是三十九团有个副连长受了重伤，医生认为他没有活下去的希望了，可他就是不咽气，无论是在昏迷中还是偶尔苏醒时，总是一遍遍念叨妈妈的名字。医院希望妈妈能抽空抓紧来一趟，好让那个伤者了却一桩心愿，早点儿闭上眼睛，以便减少一些痛苦。

肯定是李振中无疑了。妈妈那颗平时就悬着的心一下子提到了嗓子眼。她骑上一匹快马就朝野战医院驰去。

妈妈后来一直记得，那天的天气阴沉沉的，她行到半路，天上开始下雪了。那好像是1948年的头一场雪，纷纷扬扬的大雪降落在一望无际的淮海平原上，很快就掩盖住了田野和村庄，刚刚经过激战的战场顿时沉寂下来，双方阵亡者的遗体、烧毁了的武器和车辆、纵横交错的战壕、密密麻麻的弹坑，也全都被晶莹的雪花覆盖，什么也看不见了。妈妈和她胯下的那匹枣红色的马就奔驰在那个白色的世界里。妈妈身上、头上落满了雪，脸上也结了一层霜花，看上去她像一尊蜡像，被一匹燃烧的骏马驮着朝前飞奔。妈妈心急如焚，没有心情欣赏眼前的美妙景致。

野战医院设在一个未受战火摧残的小村庄里。傍晚时分，雪似乎停了，妈妈也赶到了目的地。她像一团雪球一样从马上滚落下来。医院的人告诉妈妈，那位伤者快不行了，怕是过不了今夜。妈妈喘着粗气，狠狠拍打着身上的冰雪，用武断的口吻说，不，他不会轻易死去的。

妈妈踉踉跄跄扑进一间摇摇欲坠的茅草房，已处于深度昏迷的李振中躺在土炕上，眼睛紧闭着，气若游丝。妈妈把军大衣脱下来，盖在他身上，然后握住他冰凉的手。他全身多处负伤，有些地方血肉模糊，令人惊骇。

那是一个异常寂静的夜晚，听不到枪炮声，听不到狗吠声，听不到风声。入夜后，好像又下开了雪，但雪花静静地飘落，一点儿动静也没有。妈妈想到面前的这个人因为自己而变成现在这个样子，不知不觉落下泪来。泪水一点一滴降落在他干枯的脸上，仿佛是春水在滋润冰封的土地。后来，妈妈停止了流泪，或许她觉得他确实快不行了，应该抓紧时间说点儿什么，于是就清清喉咙，向他讲起自己小时候的事情，讲起和他的相遇相识相知，讲起参加革命后的战地生活，还讲了对他的一片感激之情——正是他，使她真真切切地明白了，爱情与信仰一样，值得人一生一世去追寻呀……

七十年代初，我作为知识青年，上山下乡到了沂蒙山区。我所在的那个知青点离李振中叔叔的老家平安镇六十里远。农闲时节，我曾经两次步行去看望他。他向我谈得最多的，就是淮海战役期间的那个神秘而难忘的夜晚。他说，他与死神搏斗的最后的时刻，我的妈妈硬是从悬崖边上，从死神手里把他生生夺了回来。他抚弄着我的头发，深情地望向远处，说，孩子，在我眼里，你的妈妈像女神一样圣洁、美丽，和她相识，是我一生的光荣和幸福。如果没有她默默地给我力量，我是无论如何也熬不过那个晚上的。是你的妈妈给了我第二次生命，可我却无法报答她的恩情……

黎明终于来临了，妈妈似乎感到自己的力气都用尽了，再也支撑不住，伏在李振中叔叔胸前睡了过去。蒙眬中，她听到有人呻吟一般呼唤她的名字，猛地睁开眼睛。天哪，他居然苏醒了，而且面带微笑。我的妈妈几乎跳了起来，确信并不是梦之后，她大声冲外面叫嚷，快来人哪，给他煮一碗鸡蛋汤……

李振中叔叔捡回了一条命，却无法再上前线了。他的一条腿给锯掉了，身上留下十几处伤痕，脸上也落下一个鸭蛋大的疤。看上去他十分的丑陋。

1949年后，我的爸爸妈妈重新回到省城，在军区机关工作，他们开始生儿育女，过起了安定的生活。李振中叔叔呢，被评为特等残废军人，长住省荣军医院疗伤。可谁也没想到，五十年代初，待伤情稳定后，他坚决要求回老家去。不久，他给妈妈写来一封信，说他已担任平安镇小学校的校长。还说，他这个人没有别的本事，就是肚子里尚存一点儿墨水，就让他把它献给孩子们吧。

妈妈读完信，脸色苍白地对爸爸说，他不应该弄成这个样子的，他不应该是这种结局的……妈妈说不下去了。

爸爸却不这么认为。他说，小李子是在追求信仰与幸福的过程中遭受痛苦的，所以，他一定能够理解并战胜痛苦，最终亦会感到幸福和充实。

我一共与李振中叔叔见过三次面。第一次与他见面，是在 1960 年的春天。那时我刚上小学。一天下午，爸爸妈妈去单位上班，哥哥姐姐在学校没回来，我一个人在家。那个时节，饥饿已笼罩了全国，大家都是面黄肌瘦、有气无力。趁家里没人，我偷偷吃了一把炒黄豆，就靠在小院里的一棵香椿树上睡着了。后来我被一阵咯咯吱吱的刺耳声音弄醒，睁开眼，看到一个脸上有疤、装了假肢的瘸子正在院门口望着我。显然他是个残废军人，那些年我经常在街上遇见这种模样的人。见我醒来，他费力地走过来，说，孩子，你不用怕，我是平安镇的李叔叔。

我冲他甜甜地笑了。然后扶着树慢慢站起来，居然没有一点儿陌生感，说，李叔叔，我知道你，我爸妈经常念叨你。

李叔叔来我家的目的只有一个，就是他手下的学生已经饿死了好几个，他想来想去，决定来我家求援，讨点儿粮食。我听后二话没说，就跑进屋把我家仅有的十几斤杂粮拖出来，全都倒进了他肩上的褡裢里。他急着赶回去救人，没有等我爸妈下班回家就匆忙与我道别了。

我们都没有想到，这是李振中叔叔唯一一次来我家。

那天晚上，尽管我家没有了一粒粮食，全家人跟着挨了一顿饿，我的爸妈仍然一个劲地夸奖我做得对。爸妈商量到深夜，决定往后每个月给李振中叔叔邮寄五斤全国粮票和五元钱，另外把穿旧不用的衣服定期打包寄往平安镇。到了 1970 年前后，又改为每月寄十斤粮票、十元钱。这样一直坚持到 1980 年，李振中叔叔写来一封信，说乡亲们的日子好过了，以后千万勿要再寄钱粮。我们家的这项扶贫行动才告结束。

我到达平安镇时已是下午。老乡们知晓我的身份后，纷纷靠上来，像迎接自己的亲人一样款待我。让我感到极其惊讶的是，他们竟然知道我们家的许多情况，知道李振中叔叔就是因为爱恋我的妈妈才一生独身。他们把我们一家当作平安镇的恩人，说正是由于我们家慷慨的资助，才使不少孩子在大饥馑的年代保全了性命，才使更多的平安镇的孩子没有辍学。

人们还告诉我，一生独身的李振中叔叔把全部的爱都给了他的学生。在他的学生中，如今有的已当上了将军，有的成了著名的科学家。

人们最后告诉我，李振中叔叔已离开人世三年了。他临终前留下遗言，嘱咐乡亲们不要把他去世的消息告诉我的父母，以免影响我们一家的情绪和生活。

镇上人为了纪念他，依然保留着他生前使用的那间办公室兼宿舍。我在众人的簇拥下，走进那个朴素的房间，看到满墙都是孩子们的照片，显然这些孩子都曾是他的学生。现在他们用过去的目光打量着我，就是想把过去的事情向未来诉说。

傍晚的时候，我伫立在李振中叔叔的坟前，默默地与他做最后的交流。好像又落雪了。雪越下越大。雪花无声地飘落。我用心谛听，渐渐地听到了大地拥抱雪花的声音，沙沙的、沙沙的，就像灵魂行走的脚步声，细碎而零乱……

（2001 年）

余音缭绕

六十多年前，老黄他们正走在长征路上时，我们这个城市的绝大多数人都还没有出生。

六十多年过去，老黄已成为我们这个城市为数不多的老红军之一。有人刚做了统计，说是住在我们这个城市的老红军真正走完长征的，如今只剩下两位，一个是老黄，另一个已成了植物人，啥也记不得了。

老黄是南方人，1949 年后一直居住在北方，所以他的生活习惯与我们这些土生土长的北方人已无二致。离休前，老黄是驻地部队的一名团级干部，职务很一般，且因为种种原因早早离了休。离休后老黄就搬进了干休所，许多年里人们几乎把他忘了，直到不久前电视新闻播放驻军首长和市里主要领导去慰问老黄的消息，人们才又想起他来。

老黄当然已经很老很老了，须发皆白，面若岩石，牙齿全掉光了，呼吸声像老式风箱一样，夹杂着刺耳的蜂鸣音，唯有被纵横交错的皱纹所环绕的那双小三角眼偶尔闪射出冷峻犀利的光芒。

我们都很想听老黄讲讲当年行军打仗的事。在和平的年代里，一切都显得平淡无奇，或许只有战争往事能使我们找回一点点激情。但老黄却似乎已对过去不感兴趣，更多的时候他沉默着，偶尔兴之所至来上一段，也是轻描淡写，几句就完。前些年老黄刚退下来时，曾被附近的小学校请去做过几回报告，可有人反映说，老黄所讲的事情思想高度不够，调子有点儿灰暗，可能会对孩子们产生负面作用。于是，老黄以后就不大出去讲了。

老黄居住的干休所附近，有一座荒山，平时没大有人去那儿。虽然老黄腿脚不太灵便，但他仍喜欢爬山，那座荒山就成了老黄最爱去的地方。老黄每天都爬两次，早晚各一次，风雨无阻，从不间断。爬山，是老黄离休之后最主要的功课。

有一天，我们陪老黄爬到山顶后，他搭眼望向远处，久久未动。夕阳的余晖里，一列火车从我们视野里缓缓驶过，汽笛声悠然荡来，挥之不去；近处的城市和远方的田野一派静谧，被夕阳染得透红。这样的时刻人们容易想起往事。果然，老黄在愣了很长时间后，轻轻叹息一声，格外开恩地给我们讲了一个故事。

“他大号叫李铭钊。”老黄剧烈咳嗽两下，说，“除我之外，世上不会再有第二个人记得这个名字了。如果哪天我死了，世上就不会有人记得这个名字了。”

老黄说，在他最初的印象中，李铭钊戴一副精致的夹鼻眼镜。后来认识他的人都叫他眼镜。

老黄最早是赣南大山里老实巴交的后生，长到二十岁，不曾记得吃过一顿饱饭。1931 年春天，红军的一支队伍来到他的家乡，打开了财主家的粮仓，老黄跟着沾光，美美地就着梅干菜蒸腊肉吃了一顿白米饭，还喝下三大碗米酒。队伍上有个人对他说：“兄弟，跟我们走吧，当了红军，天天有肉吃有酒喝。”老黄借着酒劲，当下就答应了，晕晕乎乎跟着人家去了瑞金。老黄参加革命的过程就是这么简单。

两年之后，老黄已是中央红军第三军团第六师的一名连长。1933 年 9 月上旬，老黄他们师正在南平一带休整，而此时蒋介石也已开始点验部队，即将对中央苏区发动第五次“围剿”。一天中午，老黄正在睡觉，团里的一个参谋带了三个人来，说是新补充的兵员。

老黄看到三个新兵中的两个傻大黑粗，搭眼就晓得是穷人家的孩子，而那个戴眼镜的小家伙却让老黄感到滑稽。他一副文静的读书人模样，上衣兜里插一支自来水笔，个头不高，面皮白净得像个瓷人儿，尤其是那副金光闪闪的夹鼻眼镜，和他身上的那套肥大崭新的灰布军装极不协调。老黄感到为难，他把参谋拉到一旁，悄声说："你送个中看不中用的瓷器人儿给我，哪是补充我，明明是甩来个包袱嘛。"

参谋说："黄连长，他是南昌城里的洋学生，主动到苏区来的，眼下要打大仗了，多一个人总不是坏事，你凑合着使吧。"

老黄说："文化人我们连队用不着，留在上面不是更有用处吗？"

参谋说："下面更需要人，你什么也别说了。"

参谋走后，老黄特意留李铭钊多聊了一会儿，得知他刚满十八岁，父亲是铁路局的一名小职员，母亲是教会学校的教员，他本人是南昌国立师范学院三年级的学生。老黄问："你为什么要当红军？"

眼镜腼腆地笑笑，像背书本那样流利地说："为了推翻反动统治，为了建立苏维埃，为了自由、民主，为了天下大同……"

老黄摆摆手，意思是行了，别说了。

眼镜往外走时，习惯性地扶扶眼镜，冲老黄行了个极不规则的军礼。走到门口，他抬头望着院子里一棵高大的桂花树，有点儿兴奋地说："连长，这战地的桂花就是比城里的桂花香呀。"老苏皱皱眉头，看着他消失在一片毛竹后面。老黄一时拿不定主意让眼镜干什么好。

老黄本打算让眼镜担任连里的文化教员，教大伙儿识字。可还没等落实，昏天黑地的第五次反"围剿"就开始了，部队除了打仗，啥也顾不得了。眼镜领到了一支有点儿陈旧的汉阳造步枪。打完第一仗，眼镜见到老黄，突然捂着鼻子哭起来，说他打了八枪，居然没放倒一个敌人，他的眼睛有毛病。他现在好恨自己，为什么以前没好好保护眼睛，弄得他连枪都放不准，连个像样的兵都当不成。老黄说："这不能怪你。当初读书时你并没想到将来会上战场打仗嘛。"

让一个眼力不济、手无缚鸡之力的毛孩子上前线和敌人面对面厮杀，也确实不是个办法。正巧，连里的司号员中流弹牺牲了，老黄马上想到了眼镜。

在一棵状若巨伞的老橡树下，老黄郑重地把那把锃亮的铜号递给眼镜。眼镜紧紧抿住嘴唇，像接过一件圣物那样，小心翼翼地把铜号抱在怀里。少顷，又掏出一块雪白的手帕，歪着脖颈细细擦拭，那样子就仿佛在完成一件极庄严的仪式。铜号流金般的光泽映着他稚嫩的脸。老黄说："记住，行军打仗，号声就是命令。"

眼镜说："连长，我会记住的。"

从此，眼镜成了连里的号手。

起初，眼镜号音吹得欠火候，尤其是冲锋号，明显底气不足。一次战斗结束后，有的老兵骂道："号兵吹的什么号，老子听了不想冲锋只想睡大觉。"这话传到眼镜耳朵里，眼镜很难过。以后，每逢战斗间隙，他就跑到没人的地方，拼命地练号。

六十多年之后，老黄仍然清晰地记着眼镜歪着脖颈擦拭铜号的姿势，以及他衔号在口时剧烈起伏的胸脯和鼓凸的面部表情。

从 1933 年那个凄风苦雨的秋冬季节，到 1934 年的那个油菜花遍地碎裂的春天，老黄记不清打了多少仗。五次反"围剿"前，老黄手下有九十多人，半年后，活着的已不足四十人了。中央苏区的地盘越来越小，主力退缩到兴国、宁都一线。弟兄们都感到从未有过的窝囊。

老黄清楚，队伍里有文化的人极少，他虽大字不识几个，但他晓得读书人的金贵，因此他打心眼儿里爱惜眼镜，生怕哪天一颗子弹飞向眼镜。但仗打得不顺手，也就顾不了那许多了。很多人倒下去，而眼镜只受过一次皮毛伤，这使老黄感到奇怪，心想小子命够大的。不知有多少次，老黄看到眼镜站在冲锋的队伍里，嘀嘀嗒嗒的号音从他胸间流出，硝烟把他熏得宛若一根铁桩，他站在那里，纹丝不动，铜号上坠着的红绸子和他八角帽上的红五星格外鲜艳夺目。

到了夏天，冲锋号几乎听不到了，因为红军已无力冲锋。

不久，就有了长征。

后来老黄慢慢摸清了眼镜的身世。其实，眼镜的父亲是南昌城里很出名的大资本家，做纺织生意；眼镜上边有五个姐姐，他是独子，理所当然是父母的掌上明珠。眼镜很小的时候就读了马克思的书，研究过陈独秀、李大钊和瞿秋白的文章，并且接受了革命主张。眼镜说他崇拜英雄。“和国民党相比，共产党和红军那么弱小，但红军战士不怕死，所以我想，当今全中国的英雄豪杰都集中到红军队伍里来了。”他这样对老黄说。

在南昌地下党的策动下，眼镜随十几个同学翻山越岭向苏区进发。过最后一道封锁线时，他们差一点儿被捉。“幸好，突然起了大雾，追击我们的敌人迷了路。否则，我就当不成红军了。”说到这里，眼镜仍心有余悸。

老黄后来还了解到，在眼镜那些前来投奔红军的同学中，有一个姓邱的姑娘。邱姑娘的父亲是个铁路职员，母亲是教会学校的教员。邱姑娘早在两年前就秘密入了党，但眼镜并不清楚这一点。几年来，眼镜一直恋着她。老黄不由想到，眼镜义无反顾地参加红军，与邱姑娘一定不无关系。

一次，大概是在长征前夕，老黄偶然看到眼镜躲在一棵栗树下，面容痴迷而忧郁地对着手中的一张纸片出神。老黄悄悄靠上去，看清他手中是一张照片；照片上是个年轻姑娘，梳着齐耳短发，一副俊俏的模样。老黄有点儿眼晕，大嘴很不争气地吧唧了两下。眼镜吓得一哆嗦，讷讷道：“连长，嗯，我小姐姐的相片……我想她呢……”

老黄的脸似乎比眼镜的脸还要红。眼镜快速地用油纸把照片包好，藏进贴身的衣袋里。

过湘江后，老黄的连队还剩下十七人，只得缩编为排，老黄成了排长，但弟兄们仍叫他连长。老黄以为眼镜过不了湘江，谁知他硬挺了过来，这使老黄格外欣慰。休整间隙，军团野战医院组织小分队下来巡诊，小分队里有一个面容秀丽的女护士，老黄越看越觉得面熟。她束着腰带，没戴帽子，蹲在那里为伤号换药，一丛野菊在她脚边晃动，1934

年12月的阳光把她的一头乌发照得亮晶晶、暖洋洋的。老黄忍不住多瞅了她两眼，掐着脑壳想了半天，终于想起她就是眼镜怀中相片上的那个姑娘。老黄顿时感到有点儿蹊跷，目光便扫向傻站在不远处满面通红的眼镜。眼镜吃不住劲，这才吭吭哧哧讲出了事情的原委。眼镜捏着衣角说："连长，都怪我没向你讲实话，你批评我吧。"

老黄想起眼镜的身世，想到他和邱姑娘的处境，不由心里酸酸的。老黄说："我不怪你，可前面的路还长着呢，你们好自为之吧。"

老黄破例允许眼镜和邱姑娘说几句话。谁晓得以后他们还能不能再见面？长征刚开了个头，没人能预测以后的事。老黄就对眼镜说："你带邱同志到那边的山脚下聊聊吧。"

眼镜说："谢谢连长，我们也没什么好说的，我晓得她还活着，这就很好了。"

这时，邱姑娘大大方方走过来，先冲老黄微笑着点点头，然后对眼镜说："李铭钊，没想到在这里见到你，我还以为……你还好吗?"

老黄看到眼镜鼻窝里亮晶晶的。老黄借故走开。

老黄听到眼镜在他身后大声说："小惠，咱们陕北见！"

打下遵义，部队又进行了一次整编，老黄的排缩编成一个班，老黄任班长。

四渡赤水河、巧渡金沙江后，老黄认为红军最大的敌人已不是国民党军，而是前方茫茫的道路。

教科书上说，长征中，红军在时而酷热时而严寒的恶劣气候条件下，跨越了二十四条河，翻了十八座山。那是指大山和大河。其实，就是那些走完了长征全过程的人也说不清楚，他们到底越过了多少山川河流。

老黄说，他们仿佛把一辈子要走的路都走完了，弟兄们只晓得往前走，有时就像梦游，似乎没了思维，心脏好像也停止了，但脚步不能停下。

瘦弱不堪的眼镜仍艰难行进在队列中。在川西爬雪山时，老黄眼见着不少人走着走着就倒下了，再也没能站起来。人死得太多，活着的已感觉不到哀痛，没人再为死去的人流泪。老黄背着一支苏式水连珠步枪走在前面，他腰里的一根背包带牵连着后面的眼镜，眼镜怀里紧紧抱着那把脏污的铜号，他那副夹鼻眼镜上的玻璃片早已碎了，只剩下个金属架，但眼镜仍戴着它，说他戴惯了，离了它不舒服。看上去他那样子更滑稽。很多时候，是老黄拖着眼镜往前走。

一路上，眼镜断断续续向老黄讲了他小时候的经历。他讲他家的花园洋房、德国狼狗，讲面包果酱和生日晚会，讲他父亲的福特牌小轿车，讲他和邱姑娘踏雪赏梅的情景。一切都恍若昨日。他甚至告诉老黄，刚离开苏区时，他曾经想到了开小差，那时开小差的不少，场面乱糟糟的，想逃走并不难。他说："我有个老表，在敌第四纵队当师长。撤离瑞金时，在身后追击我们的，正是我表哥的部队。如果我留下来，不会有事的。"

老黄懒得说话，他哼了哼，表示晓得了。

眼镜又说："有这种想法，说明我还不够坚定。连长，你骂我吧。"

老黄不能再沉默了。他说："兄弟，你终归跟上队伍了。像你这样的，不简单呀！我生么子气！咬牙往前挺吧，走得越远越是好汉子。"

爬最后一座雪山时，眼镜昏倒了两次。若不是老黄用身体暖了他半夜，他就永远葬在雪山上了。当时有些昏过去的人被遗弃了，老黄没舍得丢下眼镜。只要眼镜还有一口气，老黄就得带上他。

1935 年 8 月下旬，残余的中央红军踏上了从毛儿盖到班佑长达数百公里的茫茫草地，遍布的沼泽和不能饮用的恶劣水质夺去了不少人的性命。一天中午，刚刚还是骄阳似火，转瞬之间变得迷雾重重，风雨交加。老黄走着走着，突然听到身后"扑哧"一声，他被拽了个踉跄，差点儿仰倒。回头看，背包带断了，眼镜陷进了沼泽，只剩下脑袋露着，像地上突然冒出个黑皮西瓜。刺鼻的腐败气息熏得老黄睁不开眼。眼镜既不喊叫也不挣扎，也许他已经没有力气挣扎，甚至已没有了活下去的勇气。老黄叫过班里的几个弟兄，大家费尽全力才把眼镜捞上来。眼镜醒转过来后，说出的第一句话竟然是："连长，为什么救我？让我死了多好，免得连累你们……"

老黄真火了："你狗日的不想活，老子一脚再把你踹下去！"

这是老黄头一次冲眼镜发火，也是最后一次。

过了天险腊子口，离长征结束已不远了。

老黄说，他们是1935年10月4日下午到达六盘山下的。六盘山位于宁夏、陕西、甘肃三省交界处，海拔两千九百二十八米，南北走向，逶迤二百多公里，为陕北、陇中两大高原的界山，渭河与泾河的分水岭。旧时山路曲折，盘旋六重始达山顶，故此得名。六盘山是红一方面军长征途中翻越的最后一座高山，此地离陕西只有几天的路程。半个月后，红一方面军就到达了陕甘苏区的吴起镇。又过了整整一年，红二、红四方面军到达陕北，红军三大主力的会师，宣告长征正式结束。

从10月5日开始，部队准备用三天时间翻越六盘山。而此时，那些随老黄离开中央苏区的士兵只剩下他、眼镜和另外三个人了。要命的是，眼镜连日来粒米不进，已气若游丝，奄奄待毙。眼镜挣扎着对老黄说："连长，你们走吧，不要管我了。"老黄当然不能依他，几个人轮流拖着他走。

10月的天气已经相当寒冷，山上光秃秃的，偶尔能见到稀稀拉拉的野榆树和红柳，以及一片片发黄的灌木丛，凛冽的山风吹得人睁不开眼，摇摇晃晃。抬头看，南飞的大雁在高处缓缓游移，天空湛蓝如洗，西面主峰上虚幻地闪耀着积雪的光芒。

快要接近主峰时，眼镜终于迈不动步子了，鼻孔和嘴角渗出紫黑的血珠，呼吸突然加剧。老黄听到他说："连长，放下我。"话音刚落，就一头栽倒在地，没了玻璃片的眼镜架子甩到一旁。

几个人手忙脚乱把眼镜抬到路边一处避风的小山坳里，老黄给他灌了点儿水。过了一会儿，眼镜睁开眼睛，说："连长，我实在没有力气了，再也走不动了，你别为我难过。长征就要结束了，多好啊……可是，我等不到那一天了……”

“兄弟，两万多里的路你都走过来了，再走几步就到陕北，你怎么不能挺一挺!”老黄用力摇晃着眼镜的肩膀，泪水夺眶而出。老黄已经很久没流泪了，此时却怎么也忍不住，大颗大颗的泪珠滴落在眼镜枯木般的小脸上。

眼镜摇摇头，又摇摇头。他急剧地喘息着，说他有两件事央求老黄：第一，他是偷偷跑出来投红军的，他的爸爸妈妈可能至今不清楚儿子去了何方，他请老黄在天下太平后设法通知他们，请他们谅解他；第二，请老黄以后找机会去见邱姑娘一次，把他的情况告诉她，代他将邱姑娘的照片送还，并代为感谢邱姑娘先前对他的关照，如果不是因为邱姑娘，他或许当不了红军，但他不后悔，永远都不后悔……

眼镜费力地从怀中掏出那张邱姑娘的照片。由于汗水和雨水的浸蚀，照片几乎成了碎片。然后，眼镜微笑着说：“连长，我是红军的号兵，让我最后再吹一次冲锋号吧。”

老黄将那把跟了眼镜两年的铜号递给他。铜号早就摔变了形，上面还有三个弹洞。眼镜仰躺在老黄怀里，捏起烂成布褛的衣襟轻轻擦拭几下，衔号在口。他用最后的力气，和着喷溅的血珠，奏出了一个强音……

风停了，群山静极了，夕阳搁在西面的山巅，把整个世界涂抹得一派血红。随着眼镜的号音，从各个方向传来了悠长的回响，仿佛红军所有的号兵都在尽情吹奏，使人感到天和地都在震颤。老黄看到，在夕阳碎金般的光泽里，眼镜衔着的铜号犹如一朵怒放的喇叭花，那花儿开得鲜艳欲滴，令人心碎。

连绵不绝的号声中，老黄他们用刺刀挖了个浅浅的坑，把眼镜放进去。填土时，老黄想都没想，就把邱姑娘的照片放在眼镜胸口上，一并埋了。临离开时，老黄又把那把沾血的铜号斜插在红土堆上，号口朝向北方——那里是他们日思夜盼的目的地。

老黄说，眼镜交代的那两件事他后来都没做到——全国解放后，老黄通过有关部门多方打听眼镜的父母，得知他全家早在抗战前就去了香港，从此杳无音信；至于第二件事，1938 年，老黄在华北抗日战场上，听说邱姑娘在延安嫁了人，她爱人后来成了著名的战将。有许多次，老黄想给住在北京的邱姑娘写封信，把眼镜的一些事情告诉她。又一想，罢了。

“都六十多年了，可那铜号的余音儿老在我耳边荡来荡去的……”老黄最后对我们说。他一连说了好多遍。

这时，夕阳沉入了地平线，风在呼啸，天地一片混沌。在这个平平常常的黄昏，我们陪老黄下山时，都没再说什么。我们也似乎听到了一种声音，它在高天厚土之间缭绕，久久不散。

（2001 年）

最后的枪手

早晨六点多钟，孙光达就起床了。按照他的生活规律，他一般七点半钟起床。这恐怕是他和其他老干部的重要区别。其他的老干部，只要身体条件允许，每天早早地就起来活动，在干休所的院子里散步、打太极拳，或是到不远处的小河边转悠，三人一伙五人一团的，议论一下时事，骂一骂不正之风，发发牢骚啥的。每天雷打不动。孙光达很少与他们为伍，他喜欢多睡一会儿。老伴老张也跟他保持一致，睡到七点二十左右再起来弄早餐。

可是今天，他老早就爬起来了，在客厅里摆弄那支猎枪，动静很大。老张也得跟着早起床，眼皮像是老睁不开，走路摇摇晃晃，嘴里一个劲地唠叨，说："人哪，越闲下来毛病就越多，你看你，老老实实在家待着呗，非要闹着出去打什么猎，纯粹是吃饱了撑的！"老张三唠叨两唠叨，把鸡蛋都煎煳了，焦煳味蹿得楼上楼下都是。孙光达仗着今儿个心情好，就没跟老张计较，皱着眉头吃下了两个煳鸡蛋。要在往常，他非得瞪起眼来训她一顿不可。老娘儿们，越老话越多，难怪十二号楼的李主任都快八十岁了，坚决与老伴老姜离婚，理由就是老太婆那张嘴太成问题。李主任离婚后见人就说："我不是和老姜离婚，我是和老姜那张嘴离婚。"

七点五十五分，孙光达就背上行囊，提起猎枪，像个即将出征的士兵那样，精神抖擞来到院子里。几个散步归来的老家伙见了他的模样，莫不啧啧称叹，嘴里说着半是恭维半是嘲讽的话儿。孙光达懒得与他们计较，哼哼哈哈应付几句了事。他想，我是摸了大半辈子枪的人，说身经百战可能有点儿夸张，大仗总是打过几次的，还负过伤，瞧瞧，住进这个干休所的人，如今尚活着的，有几人打过仗？没几个了。很多人虽说是解放前参加革命，但他们并不在野战军工作，也就是说他们基本上不打仗。更有甚者，有好几个是改了档案才混进离休干部队伍的，刚才走过去的人里，就有两个属于这种情况。孙光达打心眼儿里是瞧不上这种人的，当然更不屑与他们为伍。如果不是因为今天要出征打猎，他是懒得迈出院门一步的。

孙光达素来认为自己是一个真正的军人。他还认为，和平年代，没有仗打，打打猎也算是保持一点儿军人的血性。尽管他早已退出了现役，可他的这双军人的大手仍然需要时不时地摸一下枪，而不是空手打什么令人可笑的太极拳——那个玩意儿，猴子都打得了。

这样想着的时候，八点钟早过了。可是车并没有按时赶来，孙光达开始着急了。老张隔着窗子说："你还是回家等，要不你扛着枪，老站在那儿发愣，别人还以为你准备打家劫舍去呢。"

孙光达头也不回地说："闭上你的乌鸦嘴。惹烦了我，枪走了火，头一个撂倒的就是你！"

八点十五分，车子才露面。孙光达心里自然有火，但他觉得自己今天心情不错，就不想和司机计较了。

城市离蓝屏山——确切地说干休所离蓝屏山不过九十多里路，可是桑塔纳轿车跑了足有两个小时。这九十里路有一半是土路，几天前刚下过一场大雨，在城里你觉不出雨水对道路的影响，到了城外的土路上，就有点儿麻烦了。道路泥泞不说，可气的是它被农民的拖拉机、马车、三轮车轧出了深深的车辙，桑塔纳轿车的底盘不断地被擦着。自打驶入土路后，这个满脸疙瘩痘的矮个子司机的大嘴就没闲着，像嗑瓜子一样，嘴里不停地往外吐脏话，且时不时扫一眼坐在车后座上的孙光达，那意思分明是说，都是你个老东西没事找事，非要跑到这荒山野岭的瞎胡闹……

孙光达像坐在波涛汹涌里的小船上一样，几乎被颠得散了架。他暗暗用劲，努力做到正襟打坐，板着脸一言不发。有好几次他的脑袋撞到了车顶篷，搞得他头晕眼花。他愤愤地想，你想颠死老子？休想！龟孙子你那点儿坏心思，还是乖乖收起来吧……

终于望见翠幽幽的蓝屏山了，孙光达徐徐吐出一口浊气。车子在山脚下停住，孙光达迫不及待地钻出来，又从里面拖出那支老式的双筒猎枪和一个小挎包，摔上车门，对矮个子司机说："小鬼你先回去。下午四点准时来这个地方接我。记住啊！"

矮个子司机不胜其烦地侧了侧脑袋，算是回答。接着猛一踩油门，轿车像只黑豹子，"呜"的一声蹿了出去，把孙光达吓了一跳。望着轿车远去的影子，孙光达气急败坏地想，真是个熊兵！不过二十出头的年纪，倒像个大爷似的。要搁在战争年代，恐怕早被派到前沿阵地上去了……唉，干休所的司机，大都是通过关系调来的，没几个像样的。

此时太阳悬挂在东方很高的天际，远处近处都是明晃晃的。呼吸了一阵清新爽鼻的空气，孙光达的心情立即又好转起来。尽管立秋早已过了，但阳光仍然有点儿毒辣，刚才坐在车里，感到冷浸浸的，下车后待了不到一刻钟，前胸和脸颊就觉出了温热。面前是一大片即将成熟的黄豆地，阳光在毛茸茸的豆荚间跳跃，空气中散发着浓郁的秋庄稼的气息，十分地醉人。这使孙光达想起他远在千里之外的、过去贫穷现在依然不富裕的故乡。他想，如果把干休所建在这个地方，那可真是太好了。

孙光达痴痴地面向太阳站立了好大一会儿。他的背后是阴森森的蓝屏山。虽然它不算高大，但它和群山相连，显得深不可测。他感到后背明显地发凉，便掉转身子，让阳光照射了一会儿脊背。

这是孙光达第二次来蓝屏山。第一次是一个月前，他拉着十三号楼的吴世铎一块儿来的。胖得像头肥猪的吴世铎爬到半山腰就开始唠叨，喘着粗气连连抱怨说没啥意思，非闹着要回去。弄得孙光达情绪大受影响，发誓以后不和吴大胖子来往了。

蓝屏山是一座很普通的山，上面没有任何名胜古迹，树木也稀稀拉拉的，除了石头就是石头，而且都是些半风化了的岩石，无任何用处，所以平时没人注意到它的存在。可是孙光达却固执地认为蓝屏山上一定有动物，而且说不定还有大动物呢。他把这个想法说给众人听，包括他的老伴老张在内，大伙儿都笑得要岔气。或许蓝屏山上以前是有动物的，但现在不可能有了。孙光达想，没有动物又何妨？你以为打猎非要打着动物才叫打猎？只要扛上枪，睁大眼睛到山里转悠一圈，体验一下那种乐趣和冲动，就算打猎呀！就像钓鱼，你往水边一坐，可能一上午都钓不到一条鱼，难道这不叫钓鱼吗？难道这叫钓水吗？孙光达懒得跟他们理论。他想，住进干休所的人，脑袋确实都僵化了，你跟他们说不清。

昨天晚上，孙光达打电话找干休所长要车。所长支支吾吾地说，最近老干部们活动多，车子比较紧张，油料指标也有困难，等等，诉了一大堆苦。孙光达没等所长啰嗦完，就打断了他，心想你少来这一套，老子又不是三岁小孩。孙光达抬高嗓门，拿出他当年在位时惯用的腔调，说："嗯？他们参加门球比赛、钓鱼啥的算活动，我老孙出去打打猎，就不算活动了吗？"

所长愣了一下，接着"嘿嘿"赔着笑，态度马上变了："那好吧，孙副参谋长，我再想想办法，给您挤出一辆来……"

他重重地放下了电话。

一阵小风悠悠荡来，孙光达的精神为之一振。他将小挎包背好，将猎枪提在右手。小挎包沉甸甸的，里面有两瓶矿泉水、两个面包、两根香肠。是老伴老张边嘟囔边给他准备的。

昨天晚上放下电话后，老张在一旁幸灾乐祸地说："我看没车更好，叫你出去疯疯癫癫的，在家待着有多好！干休所长真是个软蛋，要换上我，就不给你派车，看你能咋样……"因为车子已经要到了，孙光达情绪不错，就没跟老张拌嘴。

哪想老张越说越来劲，老张嘴角上的唾沫星子白白的，像沾上去的两只小肉虫。老张说："想起什么就干什么，我看啥时候把你的老骨头摔碎，就该消停了。"

孙光达实在忍不住了，拍拍沙发的扶手，说："你少给老子管闲事！"

"老子？"老张瞪大了三角眼，几乎要跳起来，"你是谁的老子？你说！你下了台不顺心就冲老婆找碴儿发火，不嫌脸红。早知道这样，还不如压根儿就不当那个熊官！……"

他想说老子不当官你能住上这小楼？但话未出口，他咬牙忍下了。这些年他们夫妻老吵架，大事小事都吵。其实吵吵架还是有好处的，不然两个人在家，大眼瞪小眼，多无聊啊！吵架也是生活哪！只要彼此不往心里去就行。就算演戏说相声吧。

可是昨天晚上老张说着说着竟"呜呜"地哭了起来。近来老张不像以前那么皮实了，动不动就"脆弱"。孙光达认为老张明显是老糊涂了。

老张哭得挺伤心。混浊的泪水越过她脸上的沟沟坎坎，滴落在她的女式将军肚上。

老张比孙光达大两岁，二人定的是娃娃亲。孙光达参加革命前，他们仓促圆了房。中华人民共和国成立后，已经担任营长的孙光达也曾动过那种念头——把老家的结发妻子休掉，再从城里找一个填房。哪想到他的老父亲坚决不同意，得知儿子的下落后，老人带上老张就不远千里地赶来了，见人就放话说，只要他还有一口气，就绝不许孙光达当陈世美。无奈，孙光达只得黑着脸接纳了老张，把她安排在军人服务社当售货员。老张最大的功劳就是给孙光达生下了一双儿女。几十年来，老张一直对他百依百顺，哪敢说个不字。十年前他退了下来，老张总算翻身得解放了，喜气洋洋的，脾气也渐渐大了起来，最后发展到得理不让人，无理闹三分，似乎是想找补回前几十年的损失。孙光达的对策是，尽量少搭理她。

老张哼哼唧唧抹了一阵子泪，见老头子连看都不看自己一眼，便知趣地停止了哭闹，专心致志地看起了电视连续剧。

在山脚下，孙光达又遇到了那个种瓜的尖下巴老汉。老汉在路边种了三亩多西瓜，老汉叼着烟袋锅日夜看护着瓜园。孙光达刚一露面，老汉咧嘴乐了：“您又来啦？嘿！”

上次来时，孙光达和吴世铎曾问过这位种瓜的老汉，山上可有什么猎物。老汉捋着尖下巴上长长的黄胡须说，有斑鸠，有野兔，有野鸡。“还有狼！”老汉尖声尖气地说，边说边站起来，“前些天我看到一只老狼到瓜园里走动，是在夜里，它的眼珠子像两只小灯笼。我点了一堆火，才把它吓跑。”

一听有狼，孙光达立马来了情绪，搓着大手说：“太好了。碰上我这个神枪手，老狼你就等着哭鼻子吧！”

吴世铎却给吓得腿肚子打哆嗦。吴世铎拉扯着孙光达的衣袖说：“老孙老孙，我的天！咱最好别上山了，我老吴还想多活几年呢……革命了一辈子，要是让野狼给伤着，可就丢人丢大啦……”

孙光达问老汉：“老哥，你夜里不害怕吗？”

老汉哈哈一笑：“咱的命嘛，不值钱。不像您二位，一看就是富贵人。您二位当然要在意点儿。”

孙光达看不惯种瓜老汉的神气劲儿。孙光达甚至认为这老东西就是山上的狐狸精变的，专门吓唬胆小的老干部。于是，他拍拍油亮的枪托，对吴世铎说：“老吴，走，别怕。我老孙可是个正儿八经的神枪手，有我在，保你平安无事！”

吴世铎犹犹豫豫、异常警觉地尾随孙光达上山。孙光达不时回头轻蔑地望一眼战战兢兢的吴世铎。吴世铎搞了一辈子后勤，退下来之前官至后勤部长，管钱管物，油水足，攒了一肚子好下水，体态臃肿，肥头大耳，人称吴大胖子。在一只野兔被惊动，吴大胖子吓得惊叫一声后，孙光达开玩笑说：“老吴啊，吴部长，我想，狼肯定喜欢你。你看你白白胖胖的，可以以一当二，可以喂饱一群狼，所以呢，有你在，我老孙一点儿都不担心有危险。”

吴世铎忙说：“老孙老孙，那我就先告辞了，我到山底下等你……”

孙光达得意地大笑起来。吴世铎一个劲地冲他摆手：“你他妈小声点儿，让狼听到我们不就玩完啦……”

他们转了两个多小时，累出一身臭汗，连根狼毛都没见着。说实在的，孙光达是不相信山上有凶猛动物的，能碰到只野鸡就算不错了。孙光达还是那个观点，在这个时代，打猎嘛，其实打的就是一份心情，玩玩而已，散散心，呼吸点儿新鲜空气，就像小孩子玩过家家，哪能真要打什么猎物。那次孙光达放了三枪，打下两只斑鸠；吴世铎放了四枪，打下四片树叶。下到山根之后，吴世铎抹抹脑门上的油汗，用轻松幽默的语气说：“谢天谢地，没碰到狼。嘿嘿，狼可能出差去啦。”

这一次，孙光达又和种瓜的老汉聊了一会儿。老汉劝他吃块西瓜，说是再不吃就没有了，该拔瓜秧了。推辞不过，他吃了一块，瓜确实很甜，在城里是吃不到这么好的西瓜的。孙光达再一次暗暗感叹。之后，他晃晃手中的猎枪，健步往山上攀登。种瓜的尖下巴老汉在他身后喊：“我说干部同志哎，一个人进山，可得要当心点儿——”

凌晨三四点钟的光景，孙光达睡得正香，老张突然一惊一乍地推醒了他。他烦躁地揉着眼睛说：“你发癔症了吗你！”

老张拉开灯，双手按住心口窝说：“老头子呀，刚才吓死我啦……我劝你听我的，别去啦……”

孙光达更烦了，使劲拍打着凉席：“你看你又来了，不是已经定好了嘛！”

老张吭吭哧哧好一阵才说：“我又梦见……那个了，和那次一模一样，就是你负伤那次。吓死我啦……”

“梦见什么？”孙光达耐着性子问她。

“你忘了？”老张用枕巾擦了把脸上的虚汗，“那年你们打上海时，我做过一个吓人的梦，结果第二天你受了重伤，差点儿过去。”

孙光达仔细想了想，隐隐约约忆起若干年前老张曾经向他讲过那个奇怪的梦。但他已经想不起具体内容了。于是就满不在乎地说：“行啦行啦，不要搞迷信！”

“梦是灵验的，该信还得信。”老张固执地说。

“噢，老张你还没入党吧？难怪。”孙光达讥笑道，“愿信你就信。我革命了一辈子，就信马克思，信共产主义，信共产党，不信你这个！”

“屁！少拿这吓唬人。”老张仍是缠着不放，“你不听我的，弄出事来可别怪我没当好参谋。”

孙光达不想再搭理老太太，翻了个身继续睡觉。老张却没再合眼，唉声叹气一直到天明。

山根部分的走势比较平缓，脚下铺满了树叶和杂草，踩上去很松软，像走在地毯上，孙光达感到挺惬意。

双筒猎枪已经压上了子弹，他警惕地左顾右盼，四处搜寻。

山间空气极为清新。他简直都有点儿陶醉了。要不是手中握着枪，他真想找个地方躺下，痛痛快快睡一觉。他想起他住了快有十年的干休所，那里面的环境相当不错，有花有草，有假山有喷泉，但他总是能闻到弥漫在其中的枯败老朽的气息，令人反胃。

孙光达是 1933 年生人，1946 年就参加了革命，起初在地方游击队里干，1948 年才加入正规军，参加过渡江战役和打上海。他担任过班、排、连、营、团、旅和师一级的军事主官，可以说一步一个脚印。1955 年第一次授衔时，他是中校。1965 年取消军衔制时，他是上校。1988 年再次授衔之前，担任某军副参谋长的他有可能授个少将。然而就在他的将军梦即将成真时，他接到了离职休养的命令。对于他来说，实在是个不小的打击。

他搬进了干休所。这时他发现，所里也挺热闹。老家伙们有的打门球，有的跳老年迪斯科，有的养花养鸟钓鱼，有的打麻将。他们干的这些，他大都不感兴趣。撅着屁股打门球那应该是小孩子们玩的游戏；摇晃着屁股跳舞，看上去总感到别扭；至于养花养鸟，他没那个耐心；打麻将在过去是资产阶级的勾当，他绝不干。钓钓鱼嘛，还差不多。跟着那些垂钓高手们跑遍了周围的河汊沟渠水库，鱼儿就是不上他的钩，经常是空手而去空手而归。终于他来了气，把钓具统统扔进了郊外的大水库……

有一天他上街闲逛，看到骑摩托车的人都挺神气，回家后就羞答答地提出了自己的想法：弄辆摩托车玩玩。家人都很吃惊，说是骑那玩意儿太危险。还说改革开放之后第一批买摩托车的人基本上非死即残。老张更是极力反对。自打退下来后，他们总是和他作对，他很恼火，执意要买。他们无奈，只好由女婿出面买回一辆日本产的摩托车。女婿是军区机关的处长，神通广大。他抚摸着漆黑瓦亮的摩托车，干笑着说："摩托车……要烧油吧?"这话等于是说"人活着要吃饭"。等于没说。女婿看出岳丈的心思，当即就打电话让人送来两大塑料桶汽油。女婿说："汽油我包了，您随便烧吧。"

他在老张严密的监视下，骑摩托车跑遍了城里的大街小巷，着实风光了一阵。去招待所参加老干部授勋仪式时，他没有坐干休所的车，自个儿骑摩托去的，令那些老家伙们啧啧咋舌，真是出尽了风头。

领回来的是一枚独立功勋荣誉章。他戴上老花镜，坐在窗前反复端详，在公安厅工作的儿子凑过来说："老爹，这东西啥用也没有……听说含金量不低，趁它没生锈，卖了算啦！好给我对象换条项链。""放屁!"他使劲拍了下桌子。

他的女婿授了个中校衔。过了没两年，又变成了上校。有一天，他表情古怪地打量着穿军装的女婿，好久才一字一顿地说："居然也是上校!"在他看来，女婿这个上校来得似乎太容易了。他感到腮帮子疼，又说：“哼，上校！……”

女婿为了讨好老丈人，赔着笑脸说：“爸，你们是打出来的，我们呢，是混出来的。含金量不一样。我这个上校恐怕都比不上你们那时候的上尉。”老头说：“是呀，你这个上校如今不管用了。当年我扛着上校牌牌去市里开会，市委书记市长亲自下楼迎送。现在你试试，别说书记市长，厂长乡长都不睬你……就算你是个将军，啊，少将，谁又能把你当一盘菜？”

女婿脸上有点儿挂不住了。过后女婿对孙晓兰说：“你爸咋回事呀，看那样子我是个上等兵他才开心。”

他的女儿孙晓兰说：“老头子真是老糊涂，你是个上将才好呢！别理他。”

说归说，以后女婿再来干休所，基本上不穿军装穿便装了。

越往上走，植物越茂盛。蓝屏山上的植物孙光达的家乡基本都有。穿行在山中林间，孙光达恍然想起自己已有二十多年没回老家了。老父老母早在六十年代就过世了，晚辈们倒是有不少，日子过得都很一般，穷兮兮的，他一回去事情很多，这个闹着要当兵，那个叫着要农转非。他在位时，不兴乱来，基本上就没给他们办；而今搞活了，他又退下来了，让他拉下脸皮去求人办事，他做不到，所以干脆就不回老家了。听说老家的人都骂他，骂他忘本。骂就骂吧，他想，反正他又听不到。

有个动静从一片草丛里发出，孙光达立刻把思维从故乡拉到现实中来。他机警地一弯腰，循声望去，看到是一只野兔受到惊吓，从藏身处蹿了出来。野兔并没有仓皇逃窜，而是慢悠悠地在行走，仿佛是想逗这个老兵玩玩。他下意识地端起枪。在这个距离上，根本不需要瞄准，只要他一搂扳机，这只野兔就会毙命，他有这个把握。况且猎枪的子弹是霰弹，一打一片，成功率就更高。正待击发时，孙光达又不忍心了。多好的一条小生命哪，自由自在的，既善良又可爱，没招谁没惹谁，凭啥要致它死命。就在他犹豫不决时，那只金黄色的野兔钻进一片灌木丛，不见了。他有点儿后悔地摇摇头。

过了半山腰，再往上走，山势开始变得陡峭，树木杂草更显茂密。他的腿肚子有点儿抖，额角上沁出了细汗。他便倚着一棵高大的白杨树休息了片刻，喝了两口矿泉水。此时一点儿风也没有，蓝屏山宁静得像一个世外桃源，像一个梦中的世界。阳光透过枝叶，斑斑点点洒在他身上，像披上了一层伪装，他感到挺浪漫。

事后人们推测，那只狡猾的大动物可能就是这个时候从一片茂盛的灌木丛中突然蹿出来的，它打破了宁静的世界。由于沉醉于面前的景色，孙光达有点儿猝不及防……

孙光达骑着他的摩托车风光了差不多两年多的时间，直到在一个下雨天连人带车甩出去为止。他的左半边身子和脸被划伤，万幸的是没有伤筋动骨。全家人挽起袖子喷着唾沫星子轮番上阵，愤怒声讨他的过错。

老张说："我早知道会有这一天。"

儿子说："爸爸这叫寻找刺激。你也该为我们想想，你要是就这么过去了，我妈也得跟着玩完，咱这栋小楼就得让给别人，叫我往哪儿去住？"

女儿孙晓兰趁机吩咐男人把车处理掉了。他嘴上还硬着："我是死过一回的人了，命硬，不会轻易去见马克思的。"

听他说罢，儿子笑得几乎要岔气："就你这个级别，还想见马克思？你怕是连马克思的秘书都见不上。哈哈，老爸你可真会抬举自己。"

这以后孙光达沉寂了好些年。他渐渐又成了干休所里最默默无闻的人。你瞧，他不会打门球，不会跳舞，不会钓鱼，不会养花养鸟，不会打麻将，不会做饭，不喜欢散步，不爱发牢骚，对传播小道消息也不感兴趣。他还能干什么？整日憋在家里，纯粹是在等死啊！

有一阵子，他感到手老是痒痒，放哪儿都觉得别扭。他知道它们是想摸枪了。他这双手啊，对钱不感兴趣，对权不感兴趣，对色不感兴趣，对劳动工具也不感兴趣，就是对枪感兴趣。它们天生就是用来摸枪操炮的！

他隐隐约约想起，自己在位时，曾经有过一支工艺精良的双筒猎枪，还用它打过几回猎。后来调动，搬家，从山沟沟里的部队搬到城里的干休所，不知把它弄到什么地方去了。他问老张，老张说早让她扔了，扔到老部队的老房子里了。他瞪起眼来要和老张吵。老张说：“是你让扔的。你说摸了一辈子枪，烦了，不愿再和枪打交道了。”他想不起来自己是否说过这样的混账话。

有一天，他心血来潮，到储藏室收拾那些陈旧的物品，忽然发现最隐蔽的角落里有一只熟悉的皮套，上面满是灰尘。在老张的叫嚣声里，他像发现了救星似的一跃而起，拽出皮套，顾不得擦去上面的灰尘，就把那支隐匿了好多年的双筒猎枪抽了出来。简直太棒了。他知道他这些日子是在找什么了。他的眼睛都绿了。他来来回回抚摸它，端起它试了试，动作一如当年，熟练、潇洒、奔放、有力度。老张伸手夺枪，他哈哈笑着说：“老婆子，你呀，到电扇底下凉快凉快去吧。我活到这把年纪，还从没有任何人从我手里夺走过枪哪。我向来是宁死不缴枪！”

老张不知怎么就哭起来，一把鼻涕一把泪的。老张说：“你见了枪比见了我还亲。我在你个老东西眼里，连支破枪都不如啊……”

孙光达仍旧笑呵呵的：“老婆子，别瞎想。这完全是两回事嘛。”

孙光达心跳骤然加快。果真是狼吗？他紧紧靠住那棵粗大的白杨树，扔掉肩上的小挎包，略略弯了弯腰，定睛细看。他不忙着开枪。最好的结果当然是一枪干掉它。他依稀看到，从灌木丛里蹿出的那个家伙的毛色黄中透红，十分鲜艳；眼睛贼亮贼亮，如两只小灯笼。他断定这是一只赤狐。

赤狐惊恐地与他对视片刻，然后掉头逃窜。说时迟，那时快，他大喝一声，极快地举枪，顾不上瞄准就搂动了扳机。第一枚筒装霰弹啸叫着飞出去，枪声在幽静的山林间久久回荡。

可是，竟然没有打中！

他打出第二发子弹。猎物好像尖锐地哀鸣了一声，一头栽倒在地。他欣喜若狂，疾步向前。透过硝烟，他看到猎物在一瞬间又站了起来。显然没有击中要害。他有点儿沮丧地看着它拖着一只后腿歪歪斜斜往山上跑，赶紧打开猎枪后座，又续上两枚筒弹。

受了伤的赤狐跑得不算快。他喘着粗气，深一脚浅一脚在后面追赶。他的视线经常被树木和杂草挡住，影响了他射击的质量。瞅准空当又打了两枪，虽然打得它连滚带爬，哀声连连，但还是无法致命。四枪竟然打不中一只臭狐狸，这在孙光达的射击生涯中，是无法想象的，是不堪回首的，是很让他丢面子的……他气喘吁吁，热汗淋漓。到底怎么回事？他实在弄不明白。难道这只赤狐成精了吗？

几十年来，孙光达一直为自己是个名闻遐迩的神枪手而自豪。

小时候并未想到日后会操枪弄炮，只知道玩弹弓。玩来玩去，玩出了名堂。打麻雀打鸽子打燕子，打猪鼻子打鸡腚眼，一打就中，百发百中。有时也打人。老地主孙跛子的小老婆走起路来一扭一扭，让他怎么看都觉得别扭，让他手心发痒。于是，那女人胖胖的胸脯和屁股常常受到来自不同方向的攻击，疼得她左摇右摆，如风中的杨柳，像若干年后人们跳迪斯科的样子。玩弹弓的结果是招致孙跛子敲掉了他三颗门牙。他这才老实了一阵子。1946 年，国民党的队伍来到他的家乡，他家里的一只羊、两头猪被匪兵们抢去吃肉了。有人约他去投奔共产党的游击队，他一拍胸脯就去了，走前没敢告诉爹妈和刚圆房不久的新媳妇小张。半个月后才捎回口信来，但他们已经管不着他了。

游击队的枪少，三人分摊一杆汉阳造。练习瞄准，只能轮着来。第一次参加实弹射击，打一百步之外拳头大的瓦片片，几十个新兵全放了空枪。轮到他了，天生就是神枪手的他连发三枪，枪枪击中。领导大感惊奇，让他倒退二十步，在弹药十分珍贵的情况下，咬牙又拿出五发子弹，让他再打。他像吃家常饭似的，五发五中，一下子出了名。

从此他跟着队伍四处征战，每仗必有斩获。他从很远的地方打碉堡上只露出半个脸的敌人哨兵，打狙击时领导专门吩咐他瞄准骑马的敌人指挥官。他很少有失手的时候。他的名气越来越大，官也越当越大。

那年打上海，部队在一条弄堂里受阻，敌人的机枪手躲在碉堡里面疯狂射击，弟兄们倒下一大片。师长命令部队停止进攻，紧急把已担任营长的他从另一处战场调来，命令他半小时内干掉碉堡内的敌射手。他从一个战士手里抓过一杆美式步枪，不顾警卫员的劝阻，爬到一座平房上，端着枪冷静观察。透过碉堡的瞭望孔，他看到了两个敌射手的头盔。头盔反射着青光。他耐心地等待机会。机会来了，他抓住两个敌射手一仰脸的工夫，右手食指轻轻抖了两下，两颗子弹不偏不倚地钻进了他们的面门。碉堡里的重机枪哑火了，趁这个间隙，部队一鼓作气冲了过去。

他就是在那天的晚些时候负了重伤。那是他唯一的一次负伤。是被一颗流弹击中的，子弹擦着心脏穿了过去，他昏迷了五天五夜，差一点儿要了他的命。

当然，那时他并不知道，远在三千里之外的媳妇小张在他负伤的头一天夜里做了一个奇怪的梦。

就这样，他从偏僻的家乡走出来，扛着一杆枪闯天下，闯来闯去，最后闯进了眼下所在的这座灯红酒绿的城市，官至正师职（差一点儿就授个少将），不算高，可也绝不算低。更让他满意的是，他煊赫一时的枪法至今仍为人们所称道。

他担任团长，甚至师长后，每逢部队搞轻武器射击训练，只要有空，他都要前去做示范。他精湛的枪法不知赢得了部下多少喝彩。如果不是时代变了，如果搁在几十年前，如果没有什么导弹呀、飞机呀、火箭呀，他这个神枪手就会更神气！所以他是非常反感这些先进武器的。只要电视上一说美国的巡航导弹，他的头就疼。他对老张说：“这是些什么玩意儿呀，捣来捣去的。没劲！”

老张知道他想表达什么，就说：“你开枪把它们打下来嘛。”

他叹口气说："我真是英雄无用武之地了。"

老张说："老头子，下次开奥运会，你报个名吧，没准儿得块金牌回来呢。"

他说："我要是年轻三十岁，就敢报这个名。"听说老部队的轻武器射击科目也减了不少，他颇为失落。

难道今天要在这只狡猾的赤狐面前栽了不成！孙光达越想越来气。他恶毒地骂着娘，胸膛里像着了火一般，脸上也是火辣辣的。

他已经意识到了，这或许是他最后的机会了。过了今天，此生可能再也没有机会摸枪了。打猎是违法的，持有猎枪也是违法的，在公安厅工作的儿子已经提醒过他了。可是，他却不能在最后的时刻显示一个枪手真实的水平！他英雄一世，到末了，草包了。他咽不下这口气呀。

孙光达爬到山顶的时候，汗水湿透了全身。他看到蓝蓝的天离他很近，巨大的太阳就悬在头顶，照得他口干舌燥。巨蟒似的蓝屏山踩在了他的脚下，放眼望去，满目都是苍翠的林木。起风了，林涛奔涌，波澜壮阔，似千军万马，勾起他不尽的回忆……他收回思绪，睁大眼睛寻找他的猎物。可是，他没有看到他要找的东西。那只遍体鳞伤的赤狐不见了，消失得无影无踪！

他的脑袋"嗡嗡"地响。

难道就这样让它溜掉吗？

难道是他的眼睛出了毛病吗？

还是压根儿就没有那只怪物？

…………

他的眼睛有点儿发虚，步子有点儿发飘，喉头有点儿发紧，额角有点儿发涨。当一阵猛烈的风刮来的时候，不知咋回事，他脚下一滑，似腾云驾雾一般，连人带枪就滚了下去，后脑勺重重地磕在一块顽石上。

后来老张一惊一乍地向人们谈起她那个奇怪的梦。老张说她在老孙出事的头天夜里，梦见一个穿黑衣服戴黑面纱的女人，不知从哪儿冒出来，紧紧地挽住老孙的右胳膊。她呢，则紧紧地挽住老孙的左胳膊。她们都想把老孙拉向自己一方。可是，那个黑衣女人的力量比她大，她顶不住，眼看着老孙被黑衣女人拉走……

五十年前，老张就做过这个梦。结果第二天老孙身负重伤，差点儿毙命。

在此之前，除了丈夫，老张未向任何人讲过这个梦。

“我又急又怕，出了一身汗。吓醒后手脚冰凉，喘不动气儿……”老张按着心口窝对关心老孙病情的人说。

先知先觉的老张一时成为干休所引人注目的人物。

老英雄孙光达终究还是命硬。孙光达离开医院回到家中是半年以后的事情。他的手脚已不大灵便，口齿不清，记忆力几乎丧失。老张常常在有太阳的日子，把轮椅上的丈夫推到小院里的葡萄架下。孙光达躺在轮椅上闭目养神，张开的阔嘴里不断有晶亮的涎水滴落。每每有行人或车辆从他面前的小路上经过时，仿佛听到什么命令似的，他就出人意料地、敏捷地抬起右臂，对准目标，食指做搂动扳机状，嘴里发出简短的“叭咕——”声。

这个时候，他的右臂异乎寻常的灵便，声音异乎寻常的清脆。

从他那烂熟的动作上，没有人会怀疑，在过去的年代，他是一位出色的枪手。一股对于英雄的崇高的敬意，便从心底油然而生。

（2002 年）

李氏兄弟

事实上我与李中树、李中林两兄弟相知并不深。粗粗算来，我当兵那年，李中树已是四年的老兵了，并且提干当了排长。而那时李中林还没有入伍。

当然，关于李中树的传闻很多。关于他的传闻主要集中在他和黄海萍的关系上，那些传闻足以使李中树名噪一时，若干年来一直是我们部队的保留节目。在一个时期里，可以有人不知道师长、团长的名字，不知道李中树的恐怕极少。很显然，由于时间既久，加之传播中的种种人为因素，有些地方可能已经走板走调，或许经不起推敲，因此你尽可以不信。

李中林要比他的哥哥名气小得多。我后来和李中林有过几次交往，自然也是一般的交往，关系谈不上有多深。李中林好像来过我的宿舍两次，第一次是在秋末，外面下着小雨，零零星星的小雨混杂在秋风中，在室外的大气里滑落，预示着寒冷的冬天即将来临。晚饭后，我正趴在桌子上写一篇让人头疼的新闻稿，总也写不顺手，我简直烦透了。就在这时，听到有人敲门，忙说请进。虚掩的门并没有被推开，我只好起身拉开门，就见门外站着身材瘦小的李中林。他一脸的羞怯，脸庞红红的，讷讷道："姚干事，我……我来看看您……"

尽管我感到有点儿意外，但我还是十分热情地把他请进了我的单身宿舍。我让他抽烟，他说不会；劝他吃瓜子，他只捏了几粒，吃罢便住了口。问他在部队的情况，我问一句他答一句，显得很拘谨。为了缓和一下气氛，我讲了一个故事，一个我们这支部队稍老一点儿的同志都略知一二的故事。我讲完了，非但没缓和气氛，反而都挺尴尬。他坐了一会儿就告辞了。

李中林第二次来看我，是在一年多之后，他带着新婚的妻子，来给我送喜糖喜烟。我记得那天天气很好，太阳温柔了一天，到了傍晚，仍能感到舒适。李中林比上次来时老练多了，容光焕发，话也格外多。他的妻子是位农村姑娘，年龄明显比他大，眼角都已涌现出了鱼尾纹。

大约是在1974年冬天，李中树入伍来到了部队。

临行前，他母亲说："你一走好几年，最好先定下一门亲事，娘心里踏实。"

"定就定吧。"他有点儿不好意思地说。

李中树就是在这种情况下，被媒婆领进了黄海萍家。此前他根本不认识黄海萍。黄海萍的村子离他的村子五里远。他中等个头，相貌平平；她的相貌也很一般，没什么突出的地方，唯一的优点是身板结实，能吃苦，肯受累。而在乡下，姑娘们大都具备这个优点。

在他离家去部队之前，他们仓促地订了婚。黄家按照当地的风俗，收了李家五百元彩礼。对此，李中树肯定有想法，也许他会认为黄家没有给他留面子。他家的日子明摆着不好过，五百元钱在当时是一笔巨款。但李中树对此无可奈何。

和李中树一同入伍的老乡中属于这种情况的还有几个，因此不值得大惊小怪。

李中树入伍后，的确干得不赖。1978年初，他很荣幸地提了干，当上了排长。谁也无法否认，提干是李中树生活中的一个转折点，一个急剧的转折点。这将改变他未来的命运，也打乱了他的计划。他是个老实巴交的人，总觉得提干这样的好事很难落到他头上，他原打算在部队待几年，一旦部队不要他了，他就卷铺盖回家，和黄海萍结婚，然后生两个孩子，过老百姓的日子。

然而他毕竟穿上了四个兜，这是个天大的喜事。那段时间，他走路的姿势都变了，一张扁平脸像抹上了黄油，整天亮晃晃的。不久，人们又发现，他在激动了一阵子之后，情绪突然又低落下来，没人搞清楚为什么，直到一身尘土两眼通红的黄海萍摸到部队，细心人一见黄海萍失魂落魄的模样，立即就猜出个八九不离十——这个可怜的村姑已经到了被抛弃的边缘。她很容易获得了同情。

领导找李中树谈话时，他翻来覆去就是那句话：我和她没感情。

这是件棘手的事情，那个年代经常碰到，各级领导深感头疼。见一时半会儿解决不了，领导们好言相劝送走了黄海萍，然后继续做李中树的工作。从那时起，原本就不多言不多语的李中树变得更加沉默，每次领导找他谈话，他不说同意，也不说不同意，弄得领导毫无办法。机关里有熟人向他递话，说上级正考虑撸掉他的干部职务，这意味着他美好的前途将毁于一旦。

但是这个灾难性的结局并没有到来，过了很长一段时间，指导员代表连队党支部找李中树谈话，说：“个人问题组织上不想过多干涉，还是你自己看着办吧。”

奇怪的是，这时李中树没有表现出欣喜若狂的样子，他甚至没有露出一点儿笑容。他异常平静地对指导员说：“我想好了，和她结婚。”

李中树的这个出人意料的决定令所有的人感到惊讶。谁也搞不清他葫芦里卖的什么药。是领导们三番五次做工作打动了他，还是黄海萍可怜兮兮的样子打动了他？实在是一个不大不小的谜……

1978 年底，我入伍来到了三十八团。这时中越边界十分热闹，种种迹象表明将会爆发一场相当规模的边境之战。

我入伍时间不长，就从老兵们那里听到了不少趣闻逸事，其中就有关于三十七团的排长李中树的。老兵们都很寂寞，讲讲故事日子好打发一些，遗憾的是我对此兴趣不大。我感兴趣的是先把工作干好，然后报考军校。从 1978 年起，战士不能直接提干了，必须经过军事院校的培养，这一重大变革令许多士兵叫苦不迭。我倒觉得没什么，因为我有把握通过自己的努力考上军校，只要给我一次机会。

说实在的，李中树和黄海萍的事情一点儿也不新鲜，可以说相当陈旧，相当乏味，司空见惯。如果故事不再进一步发展的话，一点儿价值都没有，我想很快就会被人遗忘。

黄昏，李中树手提一只黑色人造革旅行袋匆匆返回部队，一抹霞光停在他的额头，看上去他神色疲惫，面容枯槁。挨房间分发了一圈喜烟喜糖，他就上床了。他说，火车上人太多，挤了个半死。有人想和他开开玩笑，见他情绪低落，便住了口。

他的突然归来再一次令人摸不着头脑。他是请了假回老家办喜事的，临动身前几个同年入伍的老乡凑钱买了一床缎子被面送给他，算是贺礼。排里的弟兄们也想买点儿纪念品，被他制止了。

营里准了他一个月的假，但他只走了七天就回来了。除去来回路上的耽搁，满打满算他在家里待了三天。指导员把他叫到一边问他："这到底咋回事呀。"

他说："挺好?"

"为啥这么快就回来?"指导员又问。

"我……我不放心排里的工作，眼下战备、训练抓得紧，正需要人……"

指导员摇摇头，"我他妈的真服你啦。"

"嘿嘿。"他干笑着掉头走开。

不管出于什么原因，反正李中树受到了营、团两级的表扬。团政治处的一位干事为此还写了一篇新闻报道，发表在军区小报上，题目好像是：新婚不恋家，一心在部队。那张报纸被争相传阅，引发了诸多议论和感慨。

李中树婚后确实是一心扑在工作上，一点儿都不含糊，每天他起得最早，睡得最晚，似乎埋头于工作才是人生最大的乐趣。弄得全排人人都佩服他，又有点儿无所适从——排长干工作比新兵都积极，让别人还怎么干？

那年秋末，忙完了地里的活儿，黄海萍背着个小包袱来部队探亲，使李中树再一次成为人们注目的焦点。黄海萍来之前没通知李中树，好在她来过一次，知道怎么走。面对冷不丁出现的黄海萍，李中树吓了一跳，好半天才说出一句话："你怎么来啦？"

黄海萍大大咧咧地说："家里的活忙完了，俺听说干部家属一年可以来一趟部队，俺就来了。"

李中树低下了头，不再说啥。

连干部和排里的战士们都很热情，大伙儿在家属招待所为他们布置好了一间房子。正巧连长的家属也来队，住在招待所，两家紧挨着。当天夜里，连长和爱人听到隔壁房间传出女人嘤嘤的哭泣声。连长说："李中树这小子不像话，婚都结了，好好过呗，还闹个球。"

连长爱人说："人家两口子的事，你少掺和。"

连长一瞪眼睛说："你懂个球。"

第二天晚上，连长和爱人仍然听到了女人抽泣声。以后的晚上，几乎天天如此。

大约半个月后，黄海萍和连长爱人混熟了，开始一点一点地诉说苦衷。到后来，她一把鼻涕一把泪地告诉连长爱人，李中树打结婚后就没碰过她。她骂了句粗话——看来狗日的铁了心啦！

事情就这么传开了。

那年底，连里逼着李中树探了一次家，据说他仍然坚如磐石，不为女人所动。也就从那时起，一个绰号就落到了李中树头上——钢铁战士。这个绰号毫无疑问成了李中树头上的一个商标。

李中树黑着脸刚从家里回来，部队就接到了往南部边境开拔的命令，时间是 1979 年初，营院里的树木还没有挣脱严寒的怀抱，枯树枝在冬风的鞭击下吱嘎作响，空洞而茫然。春天还很遥远。

从军校毕业后，我下连当了排长，抽空儿写了几篇新闻稿，发表在军区小报和驻地城市日报上，被师里的一位主要领导看中，认为我是个要笔杆子的材料，不久，就把我调到师政治部宣传科，当新闻干事。我成了最年轻的机关干部。

那段时间我意气风发，下决心干一番事业。可是，我很快就发现当新闻干事是件苦差事，整天为写稿费尽心机，压力很大，脑子里没个轻闲的时候。领导经常耳提面命，让我抓典型，抓大典型，最好能在军区乃至全军引起轰动。可是典型在哪里呢？弄得我焦头烂额，得空就打电话问下边要情况。

一天，三十八团二连的朱指导员告诉我，他们连有个战士干得不错，而且还是个烈士的弟弟，不妨写篇稿子吹一吹。我们这支部队1979年参过战，烈士挺多，烈士的弟弟和妹妹也就挺多，报纸上登过不少这方面的稿子，说他们化悲痛为力量，接过哥哥的钢枪，继续战斗云云，倒是挺感人。

朱指导员是我当战士时的排长，彼此比较熟，说话也就随便些。我问："怎么个不错？"

"养猪养得好。"朱指导员在电话里说，"不怕苦不怕脏不怕累，一人养了二十几头猪，猪们吹气一般往大里长，一头也没死。你不知道，以前我们的猪可是死的比活的多，活下来的都像瘦狗，安个翅膀能飞起来……这下好了，年底我就指望这些猪了，估计能创他个增收节支模范连……"

我有点儿泄气："这事嘛，不大新鲜，写篇小稿还行，想搞大一点儿，难。"

尽管我情绪不高，仍然把这个养猪的兵记在了心里。一次去三十八团采访，顺便到二连转了转。我在朱指导员的房间里认识了那个名叫李中林的饲养员，他个头不高，精瘦的黑脸盘上遍布着醒目的青春美丽痘，一说话脸就红，一脸红就结巴。我总觉得好像在哪儿见过他，事实证明这是一个错觉。我打起精神，仔细问了问他养猪的情况，愈发感到稿子不好写。但我渐渐地喜欢上了这位极其朴实的士兵。在我的眼里，凡是质朴的士兵都是好士兵。况且他的年龄和我差不多，我有点儿怜悯他。采访结束后，我紧紧握住他的手，说："小李，希望你抽空到我那里玩，我们好好聊聊。"我把我的具体住址写在一张纸片上，他非常珍惜地收起来。

他果真来找我了，是在秋末的一个下着冰冷小雨的傍晚，我正在试图制造一篇让人头疼的稿子，造得不顺手，很想找个人聊聊。他来得正是时候。但他很拘谨地坐在床边，小脸上的青春美丽痘挤在一块儿，一副惶恐不安的样子。我想活跃一下气氛，就随口讲了一个故事，一个听来的故事。讲故事的过程中他一言不发，像只温驯的小猫。我讲道——

过去三十七团有个干部，找了个农村的对象，他提干后迫于各方面的压力，虽勉强和女的结了婚，但婚后好长时间不和女人同房。起初大伙儿都不相信，哪有男人见了女人不动心的？后来发现确实如此，大伙儿就想方设法引他上钩。一天晚上，这边连里的几个干部陪他喝酒（酒能使人来情绪，来了情绪不就好办了吗？），那边几个干部的家属就教他老婆怎样吸引男人上钩。酒喝得差不多了，赶紧劝他回了房间，人们都摩拳擦掌等着好戏开场。大人不便听房，就打发连长的儿子到招待所那位干部的窗根下偷听，从窗帘缝里偷看。过了一会儿，连长的儿子垂头丧气地回来，大伙儿忙问怎么样怎么样，小家伙说，阿姨脱光了往叔叔身上靠，被叔叔一巴掌打开了；阿姨替叔叔脱裤子，叔叔不让，躺到沙发上睡着了，正打呼噜呢；还有，阿姨的屁股好白好白，阿姨的奶子也大，像牛的奶……大伙儿顿时泄气了，也彻底服气了。那个干部后来被誉为"钢铁战士"。

我眉飞色舞地讲完了，以为李中林会发笑，气氛会随之热烈起来。但没想到他的表情没有任何变化，愣了好一阵，他头一低，通红着脸说："那人……是我哥。"

1979 年的那场规模有限的战争来得有些突然，不少人一时难以适应。部队多年没打仗了，似乎也不知道怎么打了，上上下下都很着急，心里没底。

三十七团一直是我们这个师的主力部队，它的历史可以追溯到红军时期，它在历次大规模的战争中都有着骄人的战绩，因此在决定哪个团往前线拉时，上级党委首先想到三十七团是很正常的。我所在的三十八团因平时训练成绩不理想，基础比三十七团薄弱，这次只有坐冷板凳了。

1979年春节，三十七团的弟兄们是在一座座帐篷里度过的。春节一过，他们就越过了边境。不断有鼓舞人心的消息从南疆传来。三十八团的人越琢磨越感到窝囊，我也是其中之一。当时我正不分昼夜地复习功课，下决心考上军校，然后干一番惊天动地的事业。

现在，我想再叙述一下李中树。李中树在战场上的表现具有强烈的传奇色彩，那段时间他简直像疯了一样，他完全变了一个人，排里的弟兄们已经很久没听到他嘹亮的嗓门了，如今，那个略带沙哑的嗓音于硝烟弥漫之际重新响起，对于全排的弟兄们来说，是一种巨大的鼓舞和鞭策。他第一个站出来，代表全排请战，要求把最艰巨的任务交给他们排；几乎每一次战斗，他都是冲在最前面……

部队从南疆返回后，李中树所在连的连长评价说："李中树真是豁出去啦。"

"没见过这么不要命的人。"指导员补充说。

"李中树的一排是我们三营的尖刀排，他们是我们三十七团的骄傲。"该团三营营长说。

"这个排为我们全营争得了荣誉，我们感谢他们。"三营教导员说。

…………

说来也怪，李中树带领全排参加了大大小小二十几次战斗，他本人亲手毙敌十数个，身边的人倒下去不少，他仅仅受了一点儿轻伤，仿佛正应了那句老话：子弹不找胆大的。

李中树出了名，很多战地记者围着他转。他们不厌其烦地问："李排长，你在战场上是怎么想的？”

他笑笑说：“打仗就打仗呗，还能想啥。”

对于这种缺乏色彩和亮点的回答，记者们当然不满意，于是再问，李中树就缄口不言了。李中树究竟是怎么想的？谁又能说得清。

战后，鉴于李中树和他的一排的出色表现，他们这个连被上级授予“钢铁英雄连”的光荣称号；李中树荣立一等功，他成了名副其实的钢铁战士。

那个秋末的傍晚，在我的宿舍里，我讲完了那个有些粗俗的故事，非但没换来李中林的笑声，反而把我自己推上了极为尴尬的境地。沉默了一会儿，李中林说：“姚干事，我该回去了，我只请了两个小时的假。”

我站起来，披上衣服，说要送送他。他执意不让我送。我摆摆手，不容置疑地说：“一定要送！”

我们下了楼。这时小雨已经停歇，风也小多了，树枝上有水珠滴落，地上湿漉漉的，潮气很重，低凹处的积水反射着路灯昏黄惨淡的光。迷迷蒙蒙之中，我们像是穿行在通往无限的漫漫征途上。四周很静，营院里一个人影也看不到，我们两人的脚步声空洞地响起，仿佛我们远离了人类。

从师部到他所在的连队有四里多路，中间要穿过一个村庄。那个村子的街头平时设有很多摊点，一些打扮妖艳的女人挤眉弄眼招徕顾客。到了晚上，也是灯火通明，比部队的营院要亮堂许多。各级领导总担心有人被拉下水，败坏了纪律，影响了军民关系。路上，我尽量少说。我非常想听李中林讲一讲他的哥哥，但又不好直说。他一遍一遍地劝我回，我说：“你就是不来看我，我也正要出来走走，散散心。”越过那个喧闹的村庄之后，他终于打开了话匣子。他没讲他的哥哥，而是讲起了他的嫂子黄海萍——

按照他们老家的规矩，男女订婚后，男方要在每年的端午节、中秋节、春节这三个重大节日来临之际，给女方家送些礼品，无非是烟酒、点心、猪肉猪下水之类的东西。他哥李中树当兵后，这个差事只好由他顶替完成。他第一次见黄海萍，是在他十五岁那年的端午节，母亲吩咐他去给嫂子家送礼品。临行前，母亲犯愁地说，你的衣裳破了，又没钱买新的，别让你嫂子笑话。他便去找同学借了一件蓝色的确良上衣，然后挎着沉甸甸的竹篮往五里外的嫂子家赶去。嫂子的家境同他家差不多，也就是勉勉强强维持温饱而已。在他们那一带，大多数人家都是这个样子。那天，黄海萍穿一件碎花小褂，裸露着被太阳晒得黑黝黝的胳膊，脸蛋儿黑里透红，是那种健康的颜色。黄海萍见了他，特别的高兴，一笑就露出两颗不大对称的小虎牙。她抚摩着他乱糟糟的头发，说，哟，和你哥长得很像嘛，乍一看，真分不出谁是谁呢。嫂子一家热情地留他吃了午饭，虽然是家常便饭，但他吃得很香很甜。临走时，黄海萍抻抻他的衣服，说，瞧你这褂子，做大了，不合体，有了布料，抽空儿俺给你缝一件。他以为她不过是说说而已，哪想她真的给他做了一件，中秋节，他再次上门送礼品时，她拿出来，是一件白的确良上衣，而且非要他当着一家人的面穿上试试。他红着脸穿上了，十分合体。

那一次，黄海萍悄悄对他说，往后你就不用来送东西了，反正你哥不在家。他固执地摇摇头说，要送，不然外人笑话俺家。

时间长了，黄海萍偶尔也来他家，帮着干点儿杂活。后来她还给他们哥俩每人织了一件毛衣，给他哥的那件她拿到邮局寄走了，给他的那件他一直舍不得穿，等决定穿上时，已经小了，没法穿了。

他哥和黄海萍结婚那年，他已经当了两年多的农民。他哥把黄海萍娶回家，丢下人家就回部队了。父母上了年纪，干不了重活，责任田里的活儿便成了他和嫂子的。嫂子说，兄弟，往后我多干点儿，你少干点儿。他说，哪能呢，我是个男子汉，应该我多干。她说，别看你长成了壮小伙子，其实身子骨还嫩着呢，累坏了身子，讨不上媳妇，嫂子我可担待不起。他说，讨不上就打光棍，一个人过日子不也挺好嘛。嫂子认真地说，那样子俺可不忍心。两个人就咯咯地笑，笑得好自在，仿佛把什么烦恼都忘到了脑后。

有一年，火烧火燎地收完了秋庄稼，又慌里慌张忙着播种小麦，他和嫂子累得全身快要散架。一天下午，他实在熬不住，倒在田埂上就睡着了。那一觉睡得好香好沉，他梦见和嫂子一起在庄稼棵子里捉野兔。金黄色的野兔在绿色的庄稼间探头探脑，他和嫂子悄悄靠上去，瞅准机会猛地一扑，两人的脑袋咚地撞在了一块儿。嫂子顾不上喊疼，大声说，捉住了捉住了！他抚摸着火辣辣的额头问在哪儿。嫂子说，在俺身子底下呢，俺不敢动，你伸手摸吧。他伸进手去，嫂子一欠身子，野兔突然跑掉了……

那个漫长的下午，黄海萍干完剩下的活儿，饿着肚子等他醒来。太阳落山了，满天的红霞渐渐消退，月亮升起来，又大又圆，照耀着空旷的原野和远处灰蒙蒙的村庄。终于他醒了，一睁眼就看见了那枚亮晃晃的月亮，还有闪闪烁烁的繁星。嫂子坐在离他不远的地方，静静地守望着他，宛如母亲守望着孩童。露水很重，秋虫的鸣叫此起彼伏。嫂子只穿件薄薄的小褂，她的秋衣披盖在了他的身上，沁凉的小风吹拂着她额前的发丝，月光下，她的脸庞像镀上了一层银粉，庄重而美丽……

不知不觉，我们来到了李中林连队的营房门口。他最后对我说的一句话是："我哥哥纯粹是自己害了自己！"

从南疆撤回原驻地不久，李中树当上了副连长。

牺牲了的，家人得到了很好的安抚；受了伤的，得到了充分的救治；毫发无损的，都很激动很庆幸很高兴。

李中树所在连的连长和指导员也都高升了。二位老领导十分关心李中树的个人问题，有事没事爱找他聊聊。老连长说："你和黄海萍到底怎么办？要离，我没意见；想好好过，我高兴，你总得拿个主意呀！"

老指导员说："就这么半死不活地拖着，不是个办法！"

李中树说："这事就不用你们操心啦。"

"我他妈偏要管！"老连长火了。

“我他妈偏不爱听这些!”李中树也火了。

“我他妈心里难过……”老指导员动了感情。

李中树低下头，点上烟狠狠地吸。末了，他说:“让我再考虑考虑，好吗？唉，说到底，黄海萍也不容易。在我们老家，像她这个年纪的，都成了两个孩子的娘……”

八一建军节，连里准备开个上档次的联欢会，给弟兄们彻底洗濯一下征尘。当时，新任指导员回安徽老家探亲了，新任连长抓全面工作，联欢会的具体事宜由李中树负责。李副连长吩咐文书到军人服务社买了许多糖果、汽水、瓜子和香烟。他觉得还不够，决定亲自到二十里外的城市大商店里买些新鲜水果什么的。文书说:“副连长，这点儿小事用不着你亲自出马，交给我办吧。”后来连队接近李中树的人回忆说，李中树当时的兴致很高，对文书说“你带几个人，把俱乐部好好布置一下，就算完成任务了。我好久没去城里了，正想顺便转转”。李中树好像还嘟囔了一句:“我也许应该给你嫂子买点儿啥……”

1979 年 8 月 1 日上午，九点多钟，李中树从炊事班要了两只面口袋，骑上连里那辆稀里哗啦响个不停的破自行车，向城市进发。临走前，靠近他的人似乎还听到他咕哝道：等指导员回来，我该回老家看看了，不知她怎么样了……

他走的小路。大路人多车多，路途远，以前每次去城里，他都习惯走小路。走小路去城里要经过一座水库，水库很大，依山而筑，气势雄伟，是本地一处著名的风景。水库和一条大河相连。入夏以来，雨水不断，水库蓄满了水，远远望去，波浪翻涌，满目氤氲，不觉心旷神怡，顿感舒泰。

经过水库时，李中树的心情肯定是不错的。与他擦肩而过的人说，他甚至哼起了一支歌儿，是一首战地歌曲。因此，当他紧接着看到两个孩子在堤坝下的水里挣扎时，他一时没反应过来是很正常的。

两个年幼的孩子扑腾出巨大的水花，他们忽而上浮忽而下沉，喊叫声溢出水面。浩瀚的水库仿佛变成了一座阴森森的人间地狱。危险！这个念头一定在李中树的脑子里闪了一下。附近的人们就看到，他扔下自行车，顾不上脱衣服，飞快地跑向水库的堤坝，然后像一只张开翅膀的大鸟一样，飞身跃入水中。他好像还吆喝了一句：“孩子别怕，叔叔来啦……”

熟悉李中树的人后来分析说，他的水性原本就很一般，而且入伍后，他似乎再没有下过水游过泳，跳到波涛汹涌的大水库里，无疑飞蛾扑火。

第二天中午，李中树才被打捞上来。

事后了解到，那两个八九岁的男孩根本就没遇到什么危险，他们是水库看守人的孪生儿子，从小泡在水里，水性极好，经常玩一些嬉水的小把戏。李中树入水后，两个孩子飞速游到岸边，光着屁股跑得无影无踪……

在李中树的事情上，尽管有很大的争议，三十七团党委还是力排众议上报师里，以李中树见义勇为英勇牺牲为名，建议将他评为革命烈士。师里很快就批了。

1979年的那场边境战争并没有彻底解决问题，以后的几年里，南部边境上仍是硝烟弥漫。虽是小打小闹，却也轻视不得。

这一年的春夏之交，我们这个师再次接到了去云南边境轮战的命令。一直默默无闻的第三十八团终于抓住了这次机会，他们紧急动员，择日开拔。

该团二连的朱指导员来师机关和熟人道别，他楼上楼下转了一圈后，钻进我的办公室。我使劲拍着他的肩膀说：“小心点儿啊老伙计，子弹可是不长眼睛的。”

朱笑呵呵地说：“如果真像你小子说的，老子光荣了，你这个大秀才可要多写几篇吹捧文章，咱也可以到报纸上风光风光，赚取点儿别人的眼泪，也挺好嘛。”

“我宁愿不写这样的稿子。”我有点儿烦躁。突然想起一个人，于是忙问，“那个，那个养猪的李中林，他怎么样啦？”

“他不当猪倌了。连里去年底给他转了志愿兵，接着让他当了班长。”

“他最近情绪如何？”

“这个嘛……”朱皱了皱眉头，选择着合适的词句，“他结婚不久，看样子挺幸福。一说上前线，情绪不大稳定，有点儿思想压力。或许他哥哥的牺牲给他们家留下了心理上的创伤……”

“可以理解。”我说，“上前线毕竟有危险，随时要面临生与死。”

“当然。我找他做工作，要求他放下包袱，像哥哥那样当一名钢铁战士，争取立功、提干。”

朱又唠叨了许多，下面的话我没有听清。我突然有一种可怕的预感，差点儿冲口而出，于是赶忙伸手捂住嘴，生怕把那句不吉利的话说出来。朱满腹狐疑地望着我，说：“你狗小子是不是病啦？”

三十八团开拔之后没多久，一纸调令下来，我就到军区机关工作去了。从此，老部队的那些老熟人渐渐地远离了我的视线。至于三十八团到前线后的情况，我也是所知不多。后来，边境上没有了战争，大家的日子越过越平淡。现在，歌舞升平，鲜花盛开，谁还关心战争？顶多是在电视上无关痛痒地欣赏一下别人的战争而已。

至于那个叫李中林的战士，我以后再也没有听到有关他的消息。倒是偶尔回忆起他第二次来我的单身宿舍看望我的情景。我记得，那是开春不久，他所在的三十八团去南线轮战之前，他带着新婚的妻子，于一个春意盎然的傍晚，走进了我的宿舍。李中林刚刚理过发，脸上的青春美丽痘也不见了，显得干净利落。我们说说笑笑，像一对兄弟。他的妻子看上去却心事重重，也许是羞涩的缘故，坐在那里一言不发。我想方设法逗她说话，终于把她逗乐了。她说：“姚干事，您结婚了吗？”

“没有。”我说，“姑娘们都不喜欢我。”

“哪能呢，像您这样的，她们想攀还攀不上呢。”

“你在抬举我吧。我真的那么可爱吗？”

她笑而不答。

我忽然想起什么，说：“小李啊，闹了半天，你连新娘子叫什么都没介绍。”

李中林怔了怔：“她叫黄晓玲。”

“这名儿不错，蛮好听的。”

这时，李中林的脸又涨红了。他嗫嚅着说：“她原来的名字叫……叫黄海萍……”

（2002 年）

灵魂附体

我大号叫彭有良，外号叫皮崽儿——听听我这外号你就知道，我小时候爱调皮捣蛋。听我娘说，她生我时，我刚一落草，劲儿就大得不得了，居然像鲤鱼打挺那样在竹床上乱翻一气；嗓门儿也特别大，哭声把老屋茅草顶上的灰串儿震得噗噗直往下掉。接生婆挓挲着一双沾血的脏手对我爹娘说，这伢崽儿命硬，是个干大事的材料，你们两口子呀，将来等着享福吧。我爹却唉声叹气，说，屁的福，这吃了上顿没下顿的日子难熬啊，啥时候才能把崽儿养大?！我上面已有两个哥哥一个姐姐，吃饭的嘴够多的了，我爹是在犯愁。兵荒马乱的年月，老百姓的日子不好过啊。

山里的孩子，不知道外面的世界有多大，也难有受教育的机会，如果不发生点儿变故，一辈子也就那样稀里糊涂过去了，就像路边的草、河里的石头，没人会正眼瞧你。我长到满地乱跑的年龄，天天盼着出事。一般情况下，能有什么事呢？没事我就自己找事。我上树捉鸟下河摸鱼上山逮野物，到富裕人家的果园里偷摘瓜果梨枣，用它们填肚皮倒是次要的，主要的是我觉得有意思、好玩，用现在的话来说，就是找刺激，爽。有时我还干点儿羞于启齿的事，比如顺手捡块土坷垃或干粪蛋儿冲某个女娃儿丢过去——我的目标基本上都是冲小翠去的。小翠是村里财主王老五的宝贝闺女，我和小翠作对，并非是她得罪过我，而是我看到，小翠穿花花绿绿的衣裳和红皮鞋，吃外国产的糖果，啃肉嘟嘟的羊骨头，而我姐姐和她同岁，却一样也捞不着。小翠挨我一下子，呸，便朝我甩口水。对付她我有的是办法，我二话不说，仅仅把裤子往下那么一褪，小翠就会捂着脸尖叫着跑开。

我的少年时代就是这样度过的。因为淘气，我爹没少揍过我，常常把我打得鼻青脸肿，但我就是改不了，这也就决定了我的命运。

噢，忘了告诉你，我是 1914 年生人，如果现在我还活着，也是八十多岁的老人了，住在大城市的干休所里。你们会说我战功卓著，德高望重，令人敬仰，云云；逢年过节的，会有很多领导上门慰问。生活条件自不必说。

我的故乡在长江边上的岭南县。那是一个好地方。山是好山，水是好水，人是好人，空气清新，与世隔绝，可就是太穷。原本那里不该那么穷的，说到底，让一帮贪官和财主给鼓捣穷的。贪官一多社会就要出乱子，财主一多穷人会更多。撑死的撑死，饿死的饿死，这就叫世道不公。年景风调雨顺，还好说，老百姓嘛，只要有口饭吃，就会安安生生待着；可若是赶上旱灾或者洪荒之年，饿死的人和快要饿死的人一多，就活该出事了。

这不，说着说着就来事了。

我十五岁那年，整整一个春天，天上没落一滴雨，地里的禾苗全部干死，四乡八寨的穷苦百姓饿得嗷嗷叫，整个岭南像个大火药桶，只要有人往里扔个火星，你就瞧好吧！就是在这种背景下，在中共地下党的策动下，夏至那天爆发了当时轰动一时的岭南暴动。后来在中国人民解放军序列里叱咤风云、声名显赫的 D 军的前身，就是我们岭南暴动的部队。

暴动之前，农会的人悄悄来我家，动员我的两个哥哥参加。我的两个哥哥虽然长得人高马大，就是觉悟太低，胆子太小，三脚踹不出个屁来。农会的人刚进我家门，大哥就借口闹肚子，躲进茅厕里不出来；二哥借口肚子疼，老大不是占着茅厕吗，他只好到后山上方便啦，这一去就没了影儿。我和他们不同，我二话没说，立马要求人家，到时候叫上我，我保证不当孬种。农会的人撇撇嘴，说，你个小屁孩子少掺和大人的事。我虽然已经十五岁了，但个头太小，看上去不起眼，人家自然不把我的话当回事。俗话说，撑死胆大的，饿死胆小的，我可不想错过这个千载难逢的机会。我自有主张。

暴动那天，我从家里扛了一杆鱼叉径直钻进暴动的队伍里，这时候当然不会再有人往外撵我。我看看周围的人，乐了，里面我认识的人大都是平时爱调皮捣蛋的家伙，可见搞暴动指望老实巴交的人不行。我们秘密到达指定地点，见城门被那些借赶场之名混进去的弟兄占领了，后续的一千多人嗷嗷叫着杀将进去。1955 年授衔时，有一个上将、四个中将、九个少将，还有数十个大校上校，这时他们就跑在我们这支杂七杂八的队伍里。我像个泥猴子一样跑得飞快，几乎冲在最前面。在一个街口，我迎面遇到一个肥头大耳的家伙，一看就是个当官的。我对肥头大耳的家伙格外痛恨，没等那家伙举起枪来，我抬手就把鱼叉甩了过去，鱼叉像一把响箭，不偏不倚正插在他肥得流油的肚皮上，他摇晃几下，仰面倒下。我以前用这把鱼叉叉死过数不清的鱼，但都是小鱼，这回算是叉住了一条大鱼，真他娘的痛快！暴动就是过瘾啊。岭南城里敌人保安队有两百多人、两百多条快枪，听说还有两挺机关枪，居然不到一个时辰的工夫，就被我们这些只有几十杆火铳和猎枪、大多数人手执大刀长矛的泥腿子给解决了。这些敌人当兵吃粮图的是升官发财，心思不在打仗上，所以根本不经打。可见一支队伍里想升官发财的人多了，这支队伍也就没有战斗力了。我们搞暴动，不是想升官发财，而是想铲除邪恶，让天下大同，所以暴动有理。有理就能走遍天下，取得最后胜利。

我从那个死去的肥头大耳的家伙手中拽出盒子枪。我还没来得及放一枪，战斗就结束了。打扫战场时，出了点儿事——偏偏这事让我给撞上了——一个藏在死人堆里的敌人突然朝我们的副总指挥张九昌举起了枪，当时我就站在张九昌身边，我眼疾手快，一把推开他。这时枪也响了，我只听到一个人说，是老彭家的皮崽儿！然后我就倒下了。这张九昌原是兴隆镇杀猪宰牛的屠户，胆子奇大，力气奇大，特别豪爽仗义，除了爱占点儿女人的便宜外没别的毛病，因他富有号召力，被推举为暴动副总指挥。总指挥是个白面书生，毕业于黄埔军校，军事上很有一套，可惜后来他被张国焘杀掉了，不然 1955 年授衔时他最起码授个上将。

就这样我死了，我用自己的命换回了张九昌的命。张九昌抱着我渐渐变凉的尸体号啕大哭。其实，我要是知道张九昌后来变成那个熊样子我就不救他了——两年后，身为团长的张九昌在安徽六安城外兵败被俘，敌人起初用种种办法折磨他，他拒不投降，后来敌人施了美人计，他个狗舅子居然将计就计，一下子就变过去了。我的死看起来也就似乎没有多大意义了。

先说当时。我死了后，人们隆重地安葬我，把我埋在县城南面的小山上，与攻城时牺牲的二十多位烈士为伍。但在立碑时，人们都弄不清我的大号到底叫什么，总不能把我的外号刻上去吧，于是我坟前的碑是无字碑，总指挥说等搞清楚后再补刻上名字。可还没等他们搞清楚，敌人大队人马前来攻打暴动队伍，我们的队伍仓皇转移，这事就彻底搁下了。

我死的时候才十五岁，这个岁数就死确实早了点儿。尤其是我只参加过一场战斗，夺来的枪还没摸热乎呢，而且革命刚刚开始，真正的胜利还很遥远，我当然不甘心就这么死去。于是，中弹后我使劲挣扎了一阵，试图逃离死亡的魔爪，开始是我的身体在挣扎，到后来就变成了我的魂儿在挣扎。那年我出生时，接生婆说过我的命硬，看来这是胡话。不过，我的魂儿还算争气，它在我咽下最后一口气时，无声地、透明地、轻盈地、坚定地挣脱了出来，一下子升到了高高的天上。所以他们紧接着埋葬的，只是我的没了任何价值的尸体，我的尚有一点儿价值的灵魂完好无损。

我的肉身很快将变成泥土。我只剩下了灵魂。我的魂儿在天上飘呀飘，有时像一片云，有时像一丝雾，有时像一只鸟，有时像一颗流星，有时像一道闪电，有时什么也没有。并非人人都有灵魂的，有人活着时就没有灵魂，不过是行尸走肉罢了。我有灵魂，而且还很强硬，这使我深感慰藉。按照迷信的说法，人死了有上天堂和下地狱之说。那些生前做尽了坏事的人死后要下地狱。我没做过什么大坏事，而且我还算得上一个小小的英雄，所以我觉得我是有资格上天堂的。上了天堂自然可以享福。但我既然敢于舍命参加暴动，说明我是有阶级觉悟的，因此我不想早早地去天堂里享福，我想继续留在人间战斗。敌人的正规军扑过来了，暴动队伍向大山深处转移，我紧紧跟随他们。在一个山垭口，队伍遭到了敌人伏击，损失惨重。我干着急使不上劲。后来我盯上了一个小战士，他和我年纪差不多，个头差不多，长相差不多，同我一样机灵，但我不认识他，他可能是我家东面的牛崮寨人。他边猫腰往前冲，边抬枪射击，一连撂倒三个敌人。突然，他腿部中了一弹，他摇晃几下，栽倒在地。我们有一部分人终于冲出去了，除了被打死的，其余的成了俘虏。敌人暂时不杀他们，打算押回去领赏。让我感到欣慰的是，那个小战士机智地钻进一处草丛中，躲过了敌人的搜索，从刀尖上捡回了一条命。

敌人撤走后，他从草丛里爬出来。鲜血染红了他的半条腿，所幸没伤到骨头。望着山坡上横七竖八的尸体，嗅着呛人的血腥味，他突然呜呜地哭了起来。他毕竟还是个孩子，我们都一样，过早地品尝了残酷和悲伤。天就要黑了，突围出去的弟兄早没了踪影，他哭过之后，愣怔片刻，扔掉手中的枪，朝南面的方向一瘸一拐走去。我知道他是想回家乡去。也就是说，他不想追赶队伍了，他想退缩，当逃兵，这可不是小事情！我不能袖手旁观。

往下的事情你可能猜到了——我急中生智，像一团雾那样，朝他兜头飘过去，一直钻进了他身体里，而且进到最深处。我扑上他的那当儿，他打了个哆嗦，扑通倒地，口吐白沫，打起滚来。俗话说这叫鬼魂附体。但你这么叫我鬼魂我有点儿不大乐意，鬼魂是针对一般人的魂儿形容的，我大小算个英雄，往好了说就当作灵魂吧。灵魂附体，我和这个小战士融为了一体。

他一连三天人事不省，身上像火炭一样烫，说胡话做噩梦，牙齿咬得咯咯响。一方面这是因为我在他身上起了反应，另一方面因为他的伤痛。三天后，云开雾散，阳光灿烂，百鸟啼鸣，清风扑面。他揉揉眼，醒过来了，并且他的腿伤也有了明显好转。他站起来，拍打拍打身上的泥土和草屑，到一条河沟边咕咚咕咚灌一肚子凉水，然后辨别了一下方向，回到自己负伤的地方，捡起那支他心爱的马枪。他要追赶队伍，哪怕九死一生，只要还有一口气，他就要走下去。就是走遍天涯，他也要找到队伍！到这时，我放心地笑了，当然我的笑声他是听不见的。

半个多月后，他终于在一座深山老林里追上了队伍。他追赶队伍的过程相当惊险，好几次差点儿被搜山的敌人捉住，还有一次差点儿被一只金钱豹吃掉。由于我的暗中保佑，他屡屡涉险过关。当他蓬头垢面、浑身是伤地出现在队伍面前时，所有的人都大吃一惊，不敢相信。没有超人的意志，他是做不到这一步的。我们的总指挥激动地一把抱住他，流着热泪对疲惫不堪、垂头丧气的弟兄们说，同志们，我们有这样勇敢的士兵，没有战胜不了的困难！我们都要向他学习！

总指挥又问他，小兄弟，你叫什么名字？

他说，俺叫刘二蛋。

总指挥说，我给你改个名吧。我们敢于流血牺牲，就是为了推翻反动政权，把大小贪官和财主恶霸消灭干净，振兴我们的国家，让老百姓都过上不受人欺负的好日子。干脆，你就叫刘振国！

刘振国高兴地笑了。我听在耳朵里，自然为他高兴。还是我们的总指挥水平高，这名儿给起得多好啊！

这以后，刘振国跟随队伍转战南北，屡立战功。第三次反“围剿”时，他只身一人闯进敌人前沿指挥部，击毙了一名上校团长。红军长征途中，他是飞夺泸定桥的勇士之一。到长征结束时，他已经是个连长了，长高了，也长壮了。他成了红军有名的战斗英雄。他的功劳里也有我的一份啊，尽管他看不见我摸不着我。不过到这时候，我也已经没有必要再附在他身上了，我得离开他了，虽然我很是舍不得。

在一个月黑风高的夜晚，我与睡在陕北窑洞里的亲爱的战友刘振国依依惜别。他睡得那样香甜，我不忍心打搅他，我是在他睡梦中与他分手的。我升到高远的天上，朝故乡的方向张望着，一时拿不定主意该去向何方。我在故乡已没有一个亲人了，那年岭南暴动发生不久，敌人就血洗了我的家乡，因我家是“红属”，敌人活埋了我的爹娘，我的两个胆小如鼠的哥哥逃跑时被流弹打死，我的姐姐为了避免遭敌人污辱悬梁自尽，他们的尸体被丢在乱葬岗子上，统统让野狗吃掉了，他们的冤魂也不知躲到什么地方去了。想到这里，我心里非常难过。这时我听到一个辽阔的声音说，你也够辛苦的了，来天堂歇息歇息吧。是上苍在召唤我。天上的时光比人间流逝得快，正当我犹豫不定时，我一睁眼看到北方狼烟滚滚，原来是日本人打进我们家里来了。

我活着时是个不安分的人，死后灵魂也是如此。我又来了精神，化作一缕霞光射向华北。我看到了以岭南暴动人员为老底子扩充起来的部队，我的老部队，它现在是八路军第一二九师的一个营。此刻他们已渡过黄河，正向华北挺进。我还看到许多溃退下来的国民党军，我们过去的死对头。这回我突发奇想，没对我们的人下手，而是附上了国民党败兵中的一个面容清秀的小伙子，结果他就昏倒在了路边，被我的老部队收容。他叫丁小栓，山西人，是个有文化的兵。因为有我，丁小栓立马就像换了个人，他后来参加了袭击阳明堡日军机场的战斗，亲手烧毁了两架敌机。在太行山上击毙素有“皇军之花”称誉的日军中将阿部规秀的那场战斗，丁小栓也是参加者。有人说阿部规秀是被丁小栓射出的子弹击中的，其实不是，我不想替他争功，丁小栓射出的那颗子弹只擦破了阿部的一点儿面皮，阿部最终是被我们的迫击炮弹打中的。

八年抗战结束了，丁小栓当上了团政委。我感到，以后再打仗，他这个当团政委的一般情况下都在指挥所待着，闻不到浓烈的硝烟味我还真不习惯，所以就离开了他。我在解放区的上空徘徊，看到胜利的喜悦挂在人们脸上。在一条明亮的小河边，一个梳着短辫子的小女兵在戏水，她光滑的脸蛋、光滑的胳膊、光滑的小腿像一面面小镜子，闪射着动人的霞彩。她并不漂亮，可她青春的气息铺天盖地，奔腾着朝我涌来。战火中的青春是人世间最美丽的青春，战火中的女人是大地上最耀眼的花朵。许多年来，我还从未接触过除了母亲和姐姐之外的任何女人呢！现在我都有点儿情不自禁了。我想附上她，进入她的生活，体验一下她的喜悦和悲苦，于是便朝她俯冲下来。

但我最终没有附上她，在最后的关头，我克制住了自己。因为善良的魂儿是不能随便附体的，更不能乱来。只有丑恶的鬼魂儿才乱来。虽然天界没有纪律一说，但善良的魂儿都有自己的处世原则，并且自觉地遵守。我在她头顶上方划过，宛若一只彩色鸟，划出一条优美的轨迹。我听到她说，好漂亮的鸟啊！

我附上的第三个人是一个名叫陈大春的壮小伙子，鲁西南一带的人。这已经是解放战争的第二个年头了。陈大春是独子，十亩地里一棵苗，往上数还是三代单传。妇救会的人来动员他参军，他的爹娘哭号着死活不同意，如果他非要去，他的爹娘也拿他没办法，偏偏他像我的那两个哥哥，胆小得要命，龟缩在被窝里不出来。我一光临，他就病了，病好后自然逃不出我的手心，与父母不辞而别，成了我那支老部队的一名机枪手。淮海战役打到最关键的当口，已成为排长的陈大春率手下弟兄，在双堆集活捉了敌第十二兵团中将司令官黄维，荣立大功一次，受到刘伯承司令员和邓小平政委的亲切接见。陈大春后来战死于挺进大西南的一次战役中，那时我已经离开他了。每每想到他的孤苦无依的老父老母，我就感到有点儿对不住他们，但这又是没有办法的事情。

我是不是太啰唆了？那好，我下面说快一点儿。全国解放了，世道翻了个个儿，人民喜气洋洋，我想我也该休息休息了，到天堂里优哉游哉，享几天清福。可就在这时，美国人又打到了鸭绿江边，我那支老部队赴朝参战，你想我能袖手旁观吗？所以我也跟去了，当然是从天上飞去的。上甘岭战役中，我那支老部队在坑道里坚守了一个来月，我陪着一位名叫孙道富的小战士共同坚守。攻打某高地时，全连只剩下连长、指导员、孙道富、黄继光等十几个人，敌人碉堡里的重机枪疯狂扫射，压住了后面冲锋的大部队，上去爆破的战士一批批倒下，连长急得眼里冒火，孙道富抢在黄继光前头冲了上去，可他也很快中弹倒下，失去了知觉，结果靠黄继光用身体堵枪眼才炸毁敌人碉堡。我知道黄继光身上也附着一个灵魂，而且是一个远远超过我的无比强大、无比英勇的灵魂，它使我感到惭愧。孙道富半个月后才从死亡线上挣扎过来，他听到黄继光的事迹后放声痛哭，直怪自己没有完成任务，才牺牲了黄继光这样一个优秀无比的好士兵。我也特别难过，责怪自己当时随孙道富昏过去了，没能挺住。

往后，日子过得飞快，值得一提的事情不是太多。前几年我忙里偷闲，去看望了一下刘振国和孙道富。丁小栓则在“文革”期间让造反派打死了，死前他曾担任山西一所高校的党委书记。我去看望刘振国时，他正在门前的小花园里浇花弄草。老刘离休前官至厅长，他一生清廉，是个好官，遗憾的是他有个当县长的儿子不咋样，无非贪污受贿，乱搞妇女，群众意见很大。老刘是1997年谢世的，无疾而终。孙道富如今在干休所里安度晚年，他儿孙满堂，腰板结实，身体硬朗，再活十年没问题。我去看他时他正在邻居家搓麻将，隔老远我就听到了他的大嗓门。我知道这是最后一次看他，默默与他道别时心里酸酸的。

另有两件事不妨提一下。一是1998年长江发大水，我那支老部队坚守在最危险的地段上，出色地完成了任务。我当然不甘寂寞，随队前往，协助一个名叫李明的列兵往大堤上扛了一万多条麻包；再就是中华人民共和国成立五十周年大阅兵，我的老部队组成一个方队接受检阅。看到孩子们整齐而威武的阵容，我禁不住泪水长流！我听到他们响亮地喊道：为人民服务！是啊，这是毛主席说的，全心全意为人民服务。他老人家说得多好啊！

现在是1999年岁末，一个老世纪即将过去，一个新世纪即将来临。我想我该走了，真的该走了。天道谁无烦恼，风来浪也白头。人有老的时候，灵魂也有老的时候，我老了，也疲惫了，想歇歇了。再说，我也不能老占着位置，应该腾出地方，让年轻的灵魂上岗。告别的那一夜月明星稀，冷风飒飒，我在D军所属部队的营院里往返游荡。这支队伍从岭南暴动的硝烟中走来，如今真是兵强武器壮。许多年来，我一直把自己当成它的一员。人早晚要死的，有的虽然肉体死了，灵魂却活着，有的虽然肉体活着，灵魂却死了，这就是人与人、魂与魂的区别。或许你们认为我是吓唬你们，人死了哪有什么魂儿。不管你们信不信，作为魂类大军中的一员，作为一个亲历者，我都要实话告诉你们，确实是有魂儿的。就说咱们D军吧，从岭南暴动算起，几十年战争岁月，牺牲了千千万万的人，他们的魂儿时常会光顾你们的。所以请你们记住，别以为我们这些老家伙死了，你们就对自己放松要求。兔崽子们，你们的所作所为，谁好谁坏，我们都清楚着呢！即便我们偶尔打个盹儿，群众的眼睛也是亮着的。

天要亮了。天上飘起了雪花。雪花是泪水的结晶。我洒下一串雪花，随风远去。我想好了，此番不去天堂享福，我要回阔别已久的故乡。途中我还打算端详一下长城、黄河、泰山和长江，顺便在天安门广场上的人民英雄纪念碑那儿逗留片刻。那个大碑算是我的一个居所。我实际上是个无名烈士，世间已没人记得我，当年埋我尸骨的坟头早已不见，乡亲们在我身上种了一棵板栗树，年年都结丰硕的果实，我觉得这样挺好。正是由于一茬茬的人死后埋进土里，我们的大地才一直不贫瘠。

太阳从东方升起来，我蹲在人民英雄纪念碑的顶上，看到一个面容苍老、步履蹒跚的老者由儿女们搀扶着在广场上溜达。虽然战争早已远去，但我仍从他身上嗅出了炮火和硝烟的气味，这气味含着酷烈和芬芳。如果我还活着，就是他这种样子。我默默地冲老者说，亲爱的战友，咱们来生再见。然后张开身体，飞往故乡。我想起许久许久以前，当我还是个孩子的时候，曾经幻想过，将来牵一群牛羊，手执一根长笛到山坡上放牧，那该是多么美好而惬意的生活。可我再也没有实现这个愿望的机会了。那么，此番回到故乡，我就变成山上的一棵树，或者一块石头，每天看白云悠悠，看孩童放牧；听风声雨声，听笛声飘扬。

（2001 年）

鸳鸯谱

周末的一天上午，通信员兼文书于立志趴在二楼连部的窗台上百无聊赖地往外张望。他看到营院里，兵们有的在打篮球，有的三三两两溜达。连长林飞宇手握一本书，倒背着手踱步，一副若有所思的神态。这时，伴随一阵有节制的说笑声，指导员赵影身着得体的便装从女兵宿舍走出，身后跟着几个女兵。林飞宇眼睛一亮，趋前几步，故作夸张地打量赵影。赵影略略有点儿不好意思：怎么，不认识啦?

林飞宇说，你别说，还真有点儿认不出啦。真是女大十八变，大女变十八……

赵影说，贫嘴！跟你请个假，今儿个上街转转。来这里好几年了，我连市区什么模样都没看清。早就实行双休日了，可我们基层干部硬没尝过是啥滋味，一年到头忙忙忙。今天豁出去了，不转遍全城不回来！

你们几个往街上一站，还不把全城的大姑娘小媳妇都给震趴下，整个城市都跟着增光添彩。这也算咱连为美化驻地做贡献吧。

女兵陈露接话道，噢，连长这是在夸指导员呢。

得得，你也跟着胡咧咧！赵影又转向林飞宇，连长，你要是有意见，下周末你出去放松放松，我在家守着。

我可不敢外出。以前上街时，我发现城里的姑娘见了我，眼神不对。我怕一不小心被哪个缠上喽，咱这里一准有人吃醋。林飞宇边说边有意瞄赵影一眼，赵影撇撇嘴。林飞宇冲她猛一挥手，去吧去吧！放心去吧！家里有我呢。

陈露忍不住扑哧一笑，家里？听连长这口气，你们就跟两口子似的。众人哄笑起来，赵影嗔怒地推了陈露一下。林飞宇得意地咧嘴笑，突然想起什么，又说，喂！千万要注意安全，社会上人贩子挺多，要是把你们拐骗到那些穷地方去，我可就没法向上级交代了。

赵影和女兵们叽叽喳喳远去，林飞宇的视线一直追寻着赵影飘逸的背影。于立志看在眼里，不由得焦急起来。

三连是集团军通信总站下属的一个男女混编连队，百十号青年男女天天混在一起，自然会发生很多故事。三连最值得别人青睐的，是指导员赵影。赵影的父亲是军区的首长，加之她本人容貌出众，所以军内外的追求者铺天盖地，害得于立志这个做文书的每天都要接数不清的电话。而在全连兄弟姐妹眼里，他们的连长林飞宇才是最合适的人选。林飞宇研究生毕业，相貌堂堂，才华过人，幽默风趣，如果推举自己理想中的恋人，三连的女战士十有八九会把林飞宇当作第一人选，当然她们捞不着。可以说林飞宇和赵影真正是天造地设的一对，如果他们之间有个闪失，尤其是赵影这只金凤凰若落到别处的梧桐树上，三连的脸往哪儿搁？可他们二人搭班子两年多了，一点儿动静没有，全连兄弟姐妹那个急呀！纷纷要求于立志利用职务之便，注意打探消息，一有情况马上通报。

这时，电话铃突然响了，吓于立志一跳。他一把抓过话筒，话筒里传出一个浑厚的男中音：我找赵指导员。

于立志惊觉地一瞪眼：请问您是哪位？

对方说，他是后勤财务处胡处长。近来这位胡处长时常打电话来，于立志已经听出是他了。胡处长啊，首长您好！我们指导员不在，她外出了……啥时候回来啊？恐怕得晚上，也许明天早上。她干啥去了我也搞不清。嘿嘿，可能，估计，八成是去……去找她男朋友约会去了！好好，首长再见！撂下电话，他为自己的小伎俩得意地笑起来。

旋即，电话铃又响。这回来电话的是宣传处干事李鲁平。于立志如法炮制，弄得对方愣怔了好一阵。他刚放下电话，林飞宇猛地推门而入，大声问，谁去和男朋友约会了？谁？

我是骗他们玩的，连长你别紧张。唉，我们指导员这只金凤凰一日不嫁，我这个当通信员的就一日也别想安生。尤其是胡处长和李干事这两位，最近猛打电话找指导员套近乎。连长，我看他们心怀叵测，来者不善哪！如果指导员像以前那样对追求者不冷不热也就罢了，可我发现，这回不同，指导员好像有点儿春心、春心萌动！连长，你可得当心点儿……

林飞宇说，扯淡，关我何事。再说，咱连搞基本建设还得指望人家胡处长给拨点儿款呢，李干事也打算来咱连搞采访写报道。

于立志急切地说，连长，你真不明白呢还是装糊涂。我看他们醉翁之意不在酒！是黄鼠狼给鸡拜年！是猫给老鼠送礼！是司马昭之心！是……反正大伙儿都替你着急，急得牙根疼，舌头酸，身上冒汗，脚底流脓……他凑近林飞宇，连长，你怎么老按兵不动，等天上落馅饼吗？只怕到时黄花菜都凉了。我要是你呀，早把她搞定了！早定下早利索，免得节外生枝。

把谁搞定？

你又装糊涂。

林飞宇有点儿泄气地一屁股坐在椅子上：你这一提，我还真想多说两句。唉，如今时代不同了，猫鼠都一样。就说黄鼠狼给鸡拜年吧，现在有的鸡，巴不得黄鼠狼给它拜年，照单全收。整个一个周瑜打黄盖……

对呀！连长干脆你也勇敢地做一把黄鼠狼！全连兄弟姐妹都摩拳擦掌等待着你胜利的消息呢！

林飞宇正色道，喂喂，这事我劝你们少掺和。搞不好影响班子安定团结，进而影响全连大局。本人已经修炼成金刚不败之身了，任他东南西北风，我自岿然不动！况且，凭本人的条件，什么样的姑娘找不到！我都不急，你们小孩子急什么！

可是……

行啦行啦，本连长是哑巴吃饺子，心中有数，总可以了吧？

于立志还想说什么，林飞宇起身过去，亲热地拍拍他的肩膀：嗯，你小子越来越会看眼色了，不愧是我挑来的兵。将来如果集团军评选优秀通信员，我第一个推荐你。

星期一刚刚上班，财务处长胡金洲又打来电话找赵影。林飞宇当时不在连部，于立志坐在一旁假装看报纸，耳朵伸得长长的。赵影兴致勃勃地说，什么？说我和男朋友约会？哈哈……他们逗你玩呢！这帮臭小子真会编派，抽空我得批评批评……赵影放下电话，瞅了一眼于立志。于立志一推面前的报纸，瓮声瓮气地说，指导员，你是不是想查一查谁说了假话？

有什么好查的，不过是个玩笑。

是我说的。于立志站起来，只要是外面的男人打电话找你，我的头皮就炸。不光是我，咱连任何人都会这样……就说这个胡处长吧，我见过。长相不能说差，本事当然也是够大的，掌管着全集团军的财务大权，要风得风，要雨得雨，谁见了都得赔笑脸。其实，还不是酒囊饭袋一个。

赵影摆摆手：人家可是财经学院毕业的，正儿八经的大学生！

可你想过没有，他都三十出头了，还没讨上老婆，肯定有问题！不是生理的就是心理的。反正男人有钱就变坏，女人变坏才有钱。最好离他远点儿。

你到底想说啥呀？赵影让于立志说得有点儿发蒙。

于立志索性“一不说二不休”：还有宣传处那个李干事，戴着眼镜，净充斯文，仗着会写几篇破稿，一天到晚傲得不得了。有啥了不起！

你这家伙今天有点儿反常吧？人家李干事是全集团军公认的第一号笔杆子。有才华的人高傲一点儿很正常。

指导员，文人你更要当心！我听说文人里面花花心肠的特别多，见一个爱一个，吃着碗里的看着锅里的，吃着锅里的看着缸里的，吃着缸里的看着囤里的……

你越说越离谱了。

于立志几乎是咬牙切齿地说，总之，谁要是不幸落到他们手里，到时候哭鼻子都来不及！搞不好就得跳楼、喝安眠药、上吊、割腕、投河、撞车……太可怕了，啧啧……

你到底想说啥呀！赵影敲敲桌子。

反正他们都照我们连长差远啦。不信走着瞧！

怎么？你想替林飞宇当媒人啊。

绝对是我的真实想法，全连上上下下都是这么想的，不信你去搞个民意测验。

电话铃又尖锐地响起来。于立志说，我敢打赌，是宣传处李干事。赵影拿起话筒，果然是李干事。她捂住话筒冲于立志说，你小子真神了。

傍晚，于立志把几个“心腹”叫到一个偏僻处，把几天来的情况通报给大家。他语气沉重地说，同志们，最近，财务处长胡金洲和宣传干事李鲁平来势汹汹，气焰嚣张，火力很猛，对指导员展开了强大的攻势，指导员腹背受敌，很危险，再不想想办法，阵地随时有失守的可能。

女兵陈露问，指导员啥态度？

于立志说，坏就坏在指导员和以往不同，这回好像很投入。

有什么证据吗？

有。快开饭时，她妈妈打来电话，催她抓紧解决个人问题。她说正谈着呢，让她妈妈放心等等。

老兵朱德发说，老太太爱唠叨，会不会是她拿话堵她妈妈。

于立志说，也有可能。不过，我们不能麻痹大意，宁信其有，不信其无，宁可错杀一千，不可放过一个，总之，决不能放过这个苗头。如果让胡处长或者李干事钻了空子，那将铸成大错！咱们就会成为通信三连的千古罪人！

陈露又问，连长知道吗？

于立志说，当然知道，但他装糊涂。谁知道他心里怎么想的，估计不会舒服。他嘴上不说就是了。

陈露说，也难怪。连长其实是个爱面子的人，让他主动进攻指导员，他恐怕做不出。

朱德发摩拳擦掌道，连长也真是的，死要面子活受罪。你不主动，难道还让指导员投怀送抱不成！我要是有他那条件，孩子都会打酱油了。

陈露瞪朱德发一眼：是呀，连长的脸皮要有你一半厚，也就不用咱们闲操心了。

于立志打断他们：行啦行啦，废话少说，言归正传，大伙儿合计合计，看怎么办好。

朱德发说，那还不好说，打退敌人的猖狂进攻就是了！

陈露说，不能蛮干，要讲究方式方法和战略战术。

正在这时，指导员赵影打此路过，她问，你们在搞什么地下活动？

还是于立志反应机敏，他说，啊，我们正在研究……正在研究怎样拦截美国的巡航导弹，那玩意儿忒难对付。

就凭你们？也好，上级要求搞科技大练兵，你们的想法还是对头的。有什么研究结果，想着给我报告一声。赵影居然真相信了。

这天晚上，连队熄灯后，林飞宇和赵影都没有回宿舍休息的意思，而是坐在各自的办公桌前看书，但都是一副心不在焉的样子。最终赵影打破了沉默，说，连长，看的什么书？林飞宇说，英国作家劳伦斯的《恋爱中的女人》。劳伦斯有个观点，你想不想听听？

赵影不语。

他说，恋爱中的女性都特犯傻，很容易陷入男人的圈套……

赵影敲敲桌子：恐怕是你的观点吧？

林飞宇讪笑。赵影抬腕看表，欲言又止。

林飞宇看在眼里，鼓起勇气说，有什么想法就说出来嘛，我帮你参谋参谋。我们俩搭班子时间也不短了，抛开这个不说，我们总称得上是知根知底的朋友吧？

暂时无可奉告。

那算我多此一举。

沉默一阵后，赵影叹口气：要是我们俩不搭班子，或许事情好办一点儿……

要是我们俩压根儿不认识，不就更好办！茫茫人海，大千世界，偏偏我们碰到了一块儿……

往下说。

林飞宇忽然有点儿语无伦次起来：嗯，说啥？没啥可说的了……噢，你晚上少熬点儿夜，看你眼圈都熬红了。男人熬夜没关系，女人就得注意点儿，影响容颜。

谢谢关照。你呢，也要注意身体。我看你最近瘦了。

林飞宇摸摸下巴：是吗，谢谢。

不客气。

林飞宇突然笑了：我们怎么搞的，忽然都客气起来了，以前不是这样的。

赵影也笑了，笑过之后，依然是沉默。过了好一阵，赵影又说，连长，有个朋友明天晚上请吃饭，我想推又推不掉，你看？

赵影的神情有点儿慌乱。其实林飞宇已经明白了大概，他思忖一下说，去！一定要去！家里我盯着，晚点儿回来没关系。

于立志及时地把胡金洲请赵影吃饭的消息通报给了大伙儿，所以，次日傍晚赵影身着便装匆匆往外走时，就被朱德发和陈露等人缠住了。朱德发说，要找指导员汇报汇报思想。陈露说她脑子里有个疙瘩解不开，想请指导员给开导开导。弄得赵影走也不是留也不是。最后还是林飞宇给解的围：哎哎，我说，快收起你们的小把戏吧。耽误了人家的好事，日后指导员给你们穿小鞋，可别找我诉苦！

那天晚上，赵影和胡金洲约会的情况无人不晓。

林飞宇的宿舍里却是叽叽喳喳乱成一团。朱德发痛心疾首地说，完啦完啦，这回真完啦！

于立志说，连长啊，你好不容易煮熟的鸭子，这下可要飞喽。

林飞宇尴尬地笑：我连鸭毛都没煺干净，水也没烧开，谈不上煮熟。

陈露说，我看不会这么严重吧？指导员是个挺稳重的人，她会三思而后行。

于立志摇摇头：越是稳重的人，真要上了套，更容易走火入魔。

林飞宇烦躁地摆摆手：都给我住嘴！天要下雨，娘要嫁人，随她去吧！以后谁也不许再提这事，否则，否则我处分他！

赵影回来时，所有房间都已熄灯。其实，那个晚上全连的人都没有睡踏实。

一波未平一波再起——次日上午，身材修长、戴一副眼镜、显得文质彬彬的宣传处干事李鲁平又赶来采访。他被请进会议室后，赵影说，连长，我给你讲过，李干事想给咱连写一篇有分量的稿子，全面反映一下咱连的情况。你先说说？

林飞宇说，咱连各项工作虽说都还不错，但是，但是，好像没有特别突出的地方。当然，李干事要想写，事情还是有的。

李鲁平说，林连长太谦虚了。三连是集团军有名的先进单位，好素材多的是。比如你本人吧，堂堂通信工程学院的高才生，完全可以调机关工作，可你硬是扎根基层，带出一支响当当的连队。再比如赵指导员，有那么好的家庭背景和个人条件，全军区好单位的大门，都向她敞开着，她却一心扑在基层连队，实在令人钦佩，值得大书特书！

林飞宇说，指导员确实值得写。李干事，你就妙笔生花吧。

赵影说，最好还是写写战士们，他们更可爱。

李鲁平说，你们支部的三讲教育搞得也不错嘛，前几天军政治部刚发了通报，这都可以写。

林飞宇觉得自己该走了，就站起身：三讲是指导员负责抓的，你和她聊吧。我去训练场转转。李干事，失陪了。

赵影说，连长你别走啊！

林飞宇头也不回地走出会议室，匆匆下楼，在楼梯口同于立志撞了个满怀。于立志拉住他说，连长你怎么不在里面守着！你想学雷锋助人为乐是不是！雷锋也没做到这一步啊！

林飞宇生气地说，你又扯淡！猛地甩开于立志的手，大步朝操场走去。

会议室里只剩下了李鲁平和赵影两人，这太危险了。于立志急中生智，赶紧叫来朱德发和陈露。他们在走廊里嘀咕一阵，首先于立志壮起胆子上前敲门，大声喊道，报告李干事！我是三连通信员于立志，我想给您汇报点儿情况！没等里面发话，他把门推了条缝，头伸了进去。

李鲁平一愣，你、你等一会儿好吗?

于立志不情愿地退出，故意没把门掩紧。其余人围上来，朱德发往手心里吐口唾沫，说，我再试试。他走到门口，敲一下门，声音更加洪亮地喊道，报告李干事！三班班长朱德发前来提供情况！

李鲁平扶扶眼镜：也请你稍等一会儿。

朱德发悻悻退出后，对陈露说，这回该你了。陈露忍住笑，上前敲门，柔声道，李干事，女兵陈露向您反映情况。

到这时赵影再也坐不住了，说，那你们几个都进来吧。我一会儿再谈。

赵影面无表情地往外走，迎面而来的于立志等人纷纷朝她扮鬼脸。三人落座后，李鲁平耐住性子问，哪位先谈?

三人推让一番，于立志推辞不过，清清嗓子说，请问李干事，您需要哪方面的情况?

李鲁平说，先谈谈你们搞三讲的情况。

文件都学过了。

朱德发忍不住插话说，该走的过场都走了。

于立志狠狠瞪了他一眼。他急忙又补充说，啊啊，我们是认认真真走的过场。

李鲁平无奈地笑了笑，那就多谈谈你们指导员吧。

于立志说，我们指导员嘛，总的来说很好……但也有一些……问题，我们都对她有点儿，有点儿意见！

李鲁平一愣：请你谈具体点儿。

于立志支吾道，她工作当然很卖力，说到意见嘛，这个这个……

朱德发又接话说，她和我们连长谈恋爱！

就是。这回于立志赞许地冲朱德发点点头，她和我们连长都恋爱一年多了，可就是不结婚。虽然是为了工作，但也不能耽误孩子上学呀！大伙儿都替他们着急，为此影响了全连同志的情绪。李干事，您是机关首长，您得多批评批评她。

陈露说，可不，他们原定五一办事，结婚礼服都买了，哪想一拖拖到现在，眼看就十一了，可不能再拖了。李干事，麻烦您做做我们指导员工作，到时给您发喜帖，请您来喝喜酒。

李鲁平诧异地说，他们俩结婚，你们单位不就成了夫妻店吗？

于立志说，开夫妻店不见得是坏事。我注意到夫妻开店的，往往都干得不错，倒是那些不是夫妻的，在一块儿工作时，老尿不到一个壶里，你争我夺，尔虞我诈。比方说吧，将来李干事您当了军长，让您爱人当政委，你们两个干得不一定比现在的军长政委差，因为你们荣辱与共，是一根绳上的蚂蚱，不敢不好好干。对不对？

李鲁平的脸渐渐拉了下来。

平静地度过几天后，于立志再次接到了胡处长的电话。当时连长和指导员到总站开会去了，胡处长让于立志转告赵影，说是财务处赞助给三连的四台新式联想电脑马上就给送过来。于立志刚放下电话，就见来了一辆丰田面包车，押车的是财务处的一位年轻助理。等林飞宇和赵影开完会回到连里，四台微机已在学习室里摆放妥当。赵影一跨进学习室，就高兴地说，这下我们搞科技练兵、两用人才培养什么的，就有条件了。

林飞宇揶揄道，沾你的光啊。

赵影剜了林飞宇一眼。于立志说，指导员，我们不想学。

朱德发说，指导员，那位胡大财神爷这么大方，是冲你来的，根本不是为了我们！

陈露说，他是千金想买一笑。

林飞宇颇为得意地说，怎么样，群众的眼睛是亮的吧？

这下赵影发火了：林飞宇！你背后捣什么鬼！你们这些人管得太多了吧？

林飞宇有口难辩，无奈地摇头。赵影气冲冲地离开了学习室。

晚上，忙得差不多后，林飞宇想找赵影好好谈谈，就让于立志去赵影宿舍叫她。赵影磨蹭了好半天才来到连部。看上去她情绪低落，眼圈红红的，好像独自垂过泪。于立志一看气氛不对，赶紧溜走了。林飞宇从抽屉里摸索出一支皱皱巴巴的烟，点着后猛吸两口，呛得满脸涨红。他本来就不会吸烟。他甩掉烟头，仿佛下了很大决心似的，说，指导员，我们之间还是不要有什么误会……我是真心为你祝福……嗨！我都不知道说什么好啦……

赵影过了好一会儿才开口：你林飞宇的嘴巴，不是挺好使吗？

那要看什么场合……只要单独和你在一起，我这嘴唇就发木。他边说边响亮地拍了一下嘴巴。

赵影扑哧笑了：心里有鬼的人才这样。

林飞宇极不自然地说，是吗？那好，我现在就把心里面那个小鬼给赶跑！他站起身手舞足蹈，咬牙切齿道，我就不信，我林飞宇好歹也算个堂堂男子汉，会让个小鬼给镇住……

让你给搞得浑身发毛。赵影递给他一杯水。

林飞宇一口气把水喝净，抬腿坐到桌角上：哎，跟你说点儿正经的。胡处长那个人，其实挺好。我背后帮你打听过。你看他刚过三十，就当上了军机关重要部门的处长，前途无量啊！机关有些人下了班就往宾馆饭店跑，据说胡处长很少参与，他经常去办公室加班，显然他有事业心。一般来说，有事业心的人就有责任心，而责任心对男人来说太重要了。如果一个男人没有责任心，整天吊儿郎当，他能对老婆孩子好？从前有人追求你，我总觉得他们是冲你的家庭背景去的，就隐隐替你担心。我想，胡处长不像是这种人，你不妨和他好好处一处……

赵影有点儿坐立不安，表情略带尴尬，眼神有点儿迷茫。

李干事呢，按说也不错，有才，能写会说。可我总感到他和我相似，还有许多不成熟的地方。也许文人就这样，很难摆脱幼稚。所以，作为朋友，我支持你多和胡处长来往。

我只是刚刚和他正式认识……仅此而已，你却比我想得还多还细。我没有……伤着你吧？

林飞宇一拍桌子说，怎么会！他把脸扭向窗外，今晚的月亮倒是又大又圆。

于立志经过细心观察，发现自从那晚连长和指导员谈过话后，最近几天指导员还算平静。看来李干事已经构不成威胁了，关键是胡处长。他想，必须趁热打铁，一鼓作气把他也摆平。他找到朱德发和陈露等人商量下一步的对策。朱德发说，要不我们还用对付李干事的办法对付他。

于立志说，不行，搞不好弄巧成拙。胡处长何等聪明，他不会轻易上我们当。

陈露说，也是，不聪明他能年纪轻轻的就当上处长吗？

于立志说，现在的问题是，必须让连长瞪起眼来，向指导员发动猛烈攻势。我们的阵地无产阶级不去占领，资产阶级就去占领。如果连长去占领，不就结了吗？

陈露说，干脆我们替连长使把劲。

于立志猛一拍巴掌：对！这正是我把你们叫来的目的。这两天我认真研究了一番《孙子兵法》，拿出了两套行动方案。第一个方案，先运用《三十六计》里说的第三计——借刀杀人。陈露你负责准备一张姑娘的照片，越漂亮越好。他接着把行动计划告诉了众人，大家一致说好。

下午，趁连部没人，于立志把一张女人照片塞进林飞宇桌上的一本书中。正是那本连长喜欢看的《恋爱中的女人》。赵影进来后，他给她倒上一杯水，然后装作若无其事的样子，踱到连长桌前，翻动那本书。少顷，他拽出照片，惊叫道，哇！好漂亮噢！

赵影说，你搞什么名堂？

于立志抖动着照片，说，我终于搞明白了！我说这几天连长老是趴在被窝里偷偷乐，原来他有女朋友啦！就是她！怎么？指导员，连长没给你讲过？

赵影说，没、没讲。

于立志使劲摇头：连长不够意思，你们关系这么好，他居然不给你透露透露。指导员，你也欣赏欣赏，帮连长长长眼。

赵影虽迟疑一下，但还是接过了照片，挑剔地打量着。于立志说，够靓吧？连长好有艳福噢，啧啧……

赵影皱了下眉头：我怎么总觉着在哪儿见过？好像她演过电影……

没错，她是个演员。

对啦，她好像和张国荣合演过《红色恋人》，叫什么婷。

于立志脱口道，梅婷！

赵影狐疑地看一眼于立志：她能和林飞宇谈？

于立志自知失言，也只好将计就计：啊啊，她是梅婷……梅婷的妹妹！姐俩长得太像了，简直分不出来……她在南京大学读、读研究生……

其实到这时候，戏已经演不下去了，赵影基本识破了他的诡计，把照片往桌上一丢，不再理会他。他垂头丧气地往宿舍走，朱德发和陈露他们还在等他的好消息呢。刚一进门，朱德发就拉住他问，怎么样？指导员吃醋了吗？

于立志冲陈露说，你千不该万不该，把梅婷的照片拿来充数。唉，我们的阴谋败露了。

陈露说，时间这么紧，我实在找不着其他漂亮姑娘的照片，总不能把我的拿去吧。我也没想到这么轻易就被她识破。

于立志想了想，说，唉，只好一计不成，再生一计。我决定运用《三十六计》里的第一计——瞒天过海。老朱，你模仿连长、指导员的笔迹，分别给他们写一张约会的字条交给我。

朱德发说，让我写？

于立志说，你不是写一手好字嘛。你不是吹嘘过，连领导的字你都模仿得贼像嘛。赶紧去办，误了事看连长不踹你！

结果，三天之后，朱德发写的字条还真把林飞宇和赵影都给蒙住了。林飞宇翻桌子上的书时，看到的是这样一张字体娟秀的字条——林飞宇：今晚熄灯后菜地里见，我有重要事情对你说。赵影。赵影拉开抽屉放东西时，看到一张字条上写着龙飞凤舞的大字——赵影：今晚熄灯后菜地里见，我有重要事情对你说，不吐不快。飞宇。

赵影捏着字条愣了愣，自言自语道，又搞什么名堂……于立志看在眼里，偷偷乐了。

这天夜里，熄灯号响过后，各宿舍的灯纷纷熄灭。林飞宇瞄一眼正下楼梯的赵影，压抑着兴奋，欲言又止。

赵影小声嘟囔道，有什么话，在连部说不就得了，非要去菜地。

林飞宇来不及细想，抢在赵影前面，大步流星奔向营院西南角的菜地。菜地里种着各种时令蔬菜，青菜的气息、肥料的气息和土地的味道混合在一起，感觉黏糊糊的。赵影的身影出现在地头，林飞宇赶紧迎上两步。赵影说，有什么重要事情，不吐不快？

我想先听你讲。

听我讲？我没啥可讲的嘛。

可是，你约我来……干啥？

赵影一愣。借着路灯的余光，林飞宇看到她的眼睛亮闪闪的。她提高声音说，是你约我来的！

不对吧？明明是你约的……

男子汉大丈夫，约人家出来，却又不敢承认。

这就怪了，我这儿还有你写的字条呢！

我这儿也有你的字条。

让我看看。

我把它撕了。

林飞宇一拍大腿：我明白了，贼小子们捣的鬼！天地良心，你可别怀疑我！

听到这里，赵影扭头便走，林飞宇紧紧跟上。幸好，走出菜地后，赵影的脚步慢了下来。或许她相信了林飞宇的话。他们来到操场上，林飞宇清晰地听到赵影叹了口气。林飞宇停下。赵影望他一眼，说，既然出来了，那就散两圈步吧。

他们默默地绕着操场走。林飞宇说，赵影，我们认识这么久，这还是第一次在夜晚散步吧？你看这夜色多美！可我不得不……沉痛地告诉你，这也是我们最后一次散步。我已经向直属队党委打了报告，要求调离通信三连，到其他连队工作。

赵影猛地立住，为什么？

不为什么。

我……我不同意！

林飞宇怪笑两声，你还真信了？嘿嘿，逗你玩的。

赵影长舒一口气：吓我一跳，你好坏……

瞧瞧，还是舍不得我吧？

美得你！

往下就不知道说什么好了。他们继续往前走，一阵夜行火车的汽笛声从远处传来。赵影突然笑了。林飞宇说，你笑什么？

赵影收住笑，愣了好一阵才说，我想起火车铁轨，两条铁轨一直并行着向前延伸，可就是无法相交。咱俩呀，或许命运和铁轨差不多……

林飞宇庄重地点点头：我懂……咱俩只要能载着三连这列火车跑得快快的，也不枉并行一场啊！

这阵子连队工作不忙，我们才生出这么多闲心，真要忙起来，也就啥也顾不上了。

对！从明天开始，我得把作风纪律好好抓抓。就说今晚这事吧，小子们也太放肆了。

尤其是那个于立志，那家伙简直就是你安插在我身边的一个特务，应该给他换换工作。

林飞宇急煎煎地说，哎哎，先饶他这一回，以观后效。

时候不早了，他们往回走。走到宿舍楼前，他们又不约而同地仰起脸来。他们看到，满天都是星星，就是月亮迟迟没有露面。

（2001 年）

彩　虹

一

大苍山离海不远，碰上好天，站在山巅，可以望见远处蓝莹莹的大海，因为是死湾，海面总是显得十分宁静而安详，像一块巨大的云彩落到了地面上。但是好天的时候并不多，那片海湾的上空总爱飘浮着浓重的或者是淡薄的雾霭，混混沌沌，终日不散。这时，你如果望过去，眼睛便似罩上了一块昏黄的布，顿时失去了观赏的兴趣。

为什么老是有雾？似乎谁也说不清楚。

大苍山原本很清静、恬淡的，山下有几个小而破败的村庄，许多年来都没有什么变化。山上树木稀少，裸露着清一色的岩石，温暖的季节，能见到石头缝里冒出一丛丛低矮的小草和一些黄色的花朵，在那里随风摇摆，让人爱怜不已。

不知到了哪一年，这里却突然热闹了一阵子，要塞守备区要在山上建一座观测站。很快，山腰上那块平坦些的地方便冒出了两排青石小屋，山顶上竖起了蜘蛛网式的雷达天线。从此，那架弧形天线便不知疲倦不分日夜地旋转。尔后，大苍山又趋于清静、恬淡，似乎和以往没有什么区别。

李明扬是大苍山观测站的第十六任站长，正连级。就在他当站长的第三个年头，就在他的女朋友赵蕾上山后的第二个及其以后几个夜晚，却出了一件不大不小的事情，使清静、恬淡了许久的大苍山又热闹了一阵子。

二

女大学生赵蕾是乘观测站的拉水车上山的。那辆老掉牙的解放车吭哧了一个多小时，才爬上接近山顶的营地。一路上望着龇牙咧嘴的盘山道，赵蕾的心抖抖地跳个不停，吸着凉气说，太吓人了。她说了好几遍。

司机是个老兵油子，嘴里叼着被唾沫濡湿了半截的烟卷，不时地瞧一眼面孔一阵白一阵红的赵蕾，说，小姑娘你放心，建站以来，这路上从没出过事。

好不容易挨到终点，赵蕾悬着的心这才放下来。她远远地看到，一排平房前面的空地上，十几个兵正在打篮球，场面既欢快又混乱，因为场地太小，只有一个篮球架，兵们不论哪一方抢到球，都往那个筐里放，边上有个兵在为双方数着数。球场接近山崖的地方，竖着一张用废铁丝、电线编织成的大网，防止球滚下山去。

打球的人里面就有李明扬。老兵下车，丢下赵蕾，朝球场方向走了十几步，大声说，站长，有人找你。

李明扬刚抢到球，正准备上篮，不耐烦地咕哝道，你让他等会儿。

老兵又说，是个女的。

少扯淡！李明扬投球不进，气呼呼地说。

这时，赵蕾打开车门，轻盈地跳下车。兵们有人发现了赵蕾，笑嘻嘻地说，站长，还真是个女的，还挺漂亮呢。

李明扬回过头来，定定神，吃惊地张大了嘴巴。他胡乱抹了把脸上的汗水，跑到汽车跟前，结结巴巴地说，赵蕾，你怎么不打个招呼就跑来了？……

赵蕾露齿一笑，说，我早说过嘛，暑假来山上看你。

赵蕾一副落落大方的样子，更使李明扬显得拘谨。球场那边，兵们见来了个漂亮女性，不再打球，一齐瞪着眼睛往这边看。李明扬冲他们挥挥手说，你们接着打。但没人服从这道命令，李明扬摇摇头，急忙把赵蕾带到了他的单身宿舍。

宿舍里也是乱糟糟的，李明扬有点儿不好意思，一边收拾东西一边说，赵蕾你无论如何应该通知我一声，我下山去接你。

通知你就失去意义了，我喜欢搞突然袭击。赵蕾拿过李明扬的大茶杯，咕咚咕咚喝了一气。

这儿不比家里，条件太差，你别在意。

我又待不了几天，条件好坏无所谓。

赵蕾说得轻巧，似乎对什么都无所谓，有时便显得有点儿任性。说真的，李明扬对她并不太了解，两人认识还不到一年，在一起的时间屈指可数，不像他和彩虹……妈的，怎么又想到了彩虹？真该死！李明扬恶狠狠地骂了自己一句。

李明扬的家在北方的一座大城市，赵蕾是那座城市师范大学的三年级学生。赵蕾的辅导员和李明扬是高中时的同学，去年秋天，李明扬回家探亲，在与同学聚会时认识了赵蕾。也许赵蕾身边的男性都太孱弱了，孔武有力、男子气十足的李明扬一下子就吸引了她的目光。她主动要去了李明扬的地址和电话号码，并且在以后主动地给他写信、打电话。今年春天，李明扬再次回家探望父母时，她还主动地吻了他……事情就是这么简单。李明扬对赵蕾说不上有更多的感觉，他很多时候更愿意把她当成小妹妹看待，不像他和彩虹，有那么多刻骨铭心的感受……妈的，怎么又想到彩虹了？趁赵蕾不留意，李明扬照自己的后脑勺拍了一巴掌。

当晚，李明扬搬到文书小康的房间里住，把单身宿舍让给了赵蕾。

一夜无事。

但在第二天夜里，一个黑影，一个可怕的黑影却出现在赵蕾宿舍的窗前……

扒窗户！李明扬马上联想到了日常生活中这种并不少见的、有伤风化的事情，脑袋陡然大了一圈。

三

在一个男人的一生中，肯定会有一个或几个女人对他产生极其重要的影响，一般情况下，她们是母亲、妻子、情人或者恋人。对于李明扬来说，他觉得，对他影响最大的女人，就是彩虹。彩虹的影子已经被一把利刃深深刻在了他的脑子里，一辈子都抹不掉了！

从小学到高中，他一直和彩虹在同一个学校读书，有时他们在一个班，有时不在一个班。两家离得也近，从他家低矮的房屋门前望出去，能够看到她家漂亮的阳台。她爱留男孩儿一样的短发，她还爱穿同一颜色的上衣和裙、裤，黑色的、白色的，或绿色的，与众不同。同学们都知道她爸爸是个挺大的官儿，她家所在的大院是个高级机关，一道高高的围墙把院子和外面的世界隔开。在乱哄哄的城市里，像这样的围墙很多很多，说不上为什么，他对那些围墙怀有一种敌意。他常常在上学或放学的路上见到她，尤其是上了初中后，他很愿意走在她的后面，漫不经心其实是有意在盯着她的背影。她走路的姿势很好看，一弹一弹的，像一个飘动的精灵，十分动人。几年之后，他成长为一个真正的男人后，终于领悟到，女人的魅力很大程度来自她走路的姿态。

有时她发现了他，就站住，回过头说，李明扬，你走快一点儿不行吗？

他加快步伐赶上去，微微红着脸说，黄彩虹，你走路的样子，挺好看的。

她的脸马上也红了，说，李明扬，你走路的样子，也挺带劲。

说完，他们哈哈大笑起来，笑得眼里流出了泪。他们之间像这样的交流那些年有很多次，他们已经不知不觉地吸引了对方。

上高二的时候，某个星期天，家里人都外出了，他一个人留在家里做作业。屋子太小，放不下桌子，他只能坐着小马扎，趴在茶几上做题。也就是说，长到这么大，他从来就没有过自己的书桌。

令他十分意外的是，那一天，她竟然摸到了他的家里！她笑着说，做了这么多年邻居，早该来你家看看了。事情来得突然，他有点儿手足无措，愣了好一阵，才说出几句颠三倒四的话，脸憋得通红。他想，自己的爸妈窝囊透了，混了几十年，连套像样的房子都没混上，让他没脸做人。然而，她美丽的脸上没有流露出哪怕是一丝一毫的鄙夷，只是感慨地说，这么差的条件，你的成绩却那么好，真想不到……

她又重复了一遍，也许是两遍。

这句话连同她当时的表情给他留下了难以磨灭的印象，居然使他生出了感激之情。他翻来覆去地告诫自己：一定再加把劲，取得更好的成绩，让她瞧瞧……

四

这一阵子气候反常，大苍山的夏天原本是比较凉爽的，可今年山顶的气温却高得出了格。电视里说，是厄尔尼诺现象造成的。

天气闷热，没有一丝风，房间里连个电扇都没有，赵蕾真不明白李明扬他们怎么熬的。她热得睡不着，索性不去睡，倚在床头看书。几乎脱得光光的，还是不行，热汗从毛孔里争先恐后往外冒，她只好过一会儿就下床，用仅有的那盆凉水擦擦身子，几遍之后，盆里像是全成了汗，又稠又黏，泛着死气沉沉的泡沫。

在深夜一两点钟光景，气温降下来了，赵蕾总算有了睡意。可是，她却突然感到有什么地方不对劲，就环视了一遍房间。当目光对准窗子时，她呆住了，惊得头皮都麻木了。这窗子原本不挂窗帘的，士兵的房间一般用不着挂窗帘，她住进来后，李明扬才翻箱倒柜搜出一块白不白灰不灰卷着边儿的破布，挂在窗上权做窗帘。

可这时，那块半透明的破布上隐隐约约映出一个黑乎乎的影子！

赵蕾吓坏了，想大声喊叫，却张不开嘴。她只是抖抖地抓过毛巾被捂住身子，躺在床上一动也不敢动……

幸好，那个影子一会儿的工夫就消失了。

天亮后，她惊恐未定地跑去报告李明扬。李明扬眨着布满血丝的眼睛，半信半疑，说，你别是看花了眼吧？

赵蕾说，绝对是真的！

这就怪了。李明扬的脸马上就拉下来了。他原地转了三个圈子，半天，才叮嘱道，先别声张，咱俩知道就行。狗小子，胆子够大的，欺负到老子头上来了，看我不捏扁他的卵子！……

赵蕾吓得一吐舌头。

到底是谁呢？李明扬琢磨了整整一个上午。估计不会是老百姓，站里很少有穿便衣的人来，夜里更不可能；十有八九是内部人所为。他把观测站二十几个兵分析了一个遍，感到炊事兵朱大可和雷达操纵员罗贵强最值得怀疑。曾有兵向他报告，说朱大可下山买菜时，爱和一个卖菜的年轻寡妇套近乎，说朱大可宁肯多花钱也要买那个女人的菜，为此李明扬敲打过朱大可；雷达操纵员罗贵强平日里不多言不多语，不爱与人交往，常常望着山下发呆，小眼睛里放出的光痴情迷乱，令人生疑。有一次罗贵强在山脚下和一个割草的女孩聊天，耽误了班车，天黑尽了才一个人摸上山来，气得李明扬在全站军人大会上点了他的名……看来要多多提防这两个家伙，李明扬想。

五

吃过午饭，赵蕾提出到山顶去看大海，李明扬同意了，说，我在前面走，你跟我拉开一点儿距离。

赵蕾不解，问为什么。李明扬说，这儿不比城市，山上全是“和尚”，咱俩在人前太亲密，不妥。赵蕾咯咯笑了起来，说，部队的事情就是好玩。

两人一前一后走出宿舍，转过一个山角，不见了那排平房，他停下来等她。见她一蹦一跳的身影，他的眼里突然出现了另一个人的影子，竟然脱口而出：彩虹，快点儿啊。

话一出口，李明扬清醒过来，窘极了。赵蕾一愣，明白了几分，目不转睛地盯着李明扬，说，彩虹？彩虹是谁？

啊，是我的一个……一个女同学，你走路的姿势挺像她。李明扬掩饰道。

赵蕾忽然笑起来，啊哈，我知道了，是你过去的女朋友吧？快坦白！

李明扬想矢口否认，又觉得没必要，还是听之任之吧，便红着脸点点头，用充满沧桑的语调说，都是过去的事情了，我不想再回忆……

赵蕾的情绪一点儿都没受影响，反而上前搀起李明扬的胳膊，宽宏大量地说，她与我无关嘛，我才不计较呢！

二人互相搀着往山顶上爬，李明扬岔开话题，道，晚上你还得注意点儿，早点儿熄灯睡觉，说不定那家伙还会到你窗户底下去。

赵蕾得意扬扬地说，我才不怕呢，我不信他能吃了我。

李明扬说，那倒不会，也不至于有啥危险，就是太腻歪人。要不我亲自为你站岗？

不需要，让他来吧，其实也挺刺激的。说完，她又咯咯笑起来，笑声贴着山崖飞，传得很远。赵蕾是个不知忧愁的女孩，整天嘻嘻哈哈的，单纯任性，远不如彩虹成熟老练。当然，和她在一起，你会感到轻松。

爬到山顶，出了一身透汗。踮起脚尖朝东方望去，雾还没散尽，根本看不到大海，她泄了气，说，真扫兴。

李明扬带着歉意说，明天再来看吧，明天不行就后天。

赵蕾从山顶的石缝里采了几朵野花，举到眼前细细端详，情绪立马又上来了，蹦蹦跳跳跟着李明扬回到了半山腰的宿舍。

自从赵蕾来到山上后，李明扬的脑子里不时地出现彩虹的影子。他永远都不会忘记，他考上大学的那年秋天，他和彩虹发生了怎样的惊心动魄的事情！凭他的高考成绩，他可以填报任何一所名牌大学，但他的父母亲都下岗了，每月只能领到三百元的最低生活保障金，母亲疾病缠身，家境贫困到了极点，根本无力承担他的高额学费。他原本高昂的情绪受到挫伤。彩虹向他提出了建议，建议他选择军事院校，因为军校是不向学员收取任何费用的。他仰天长叹，也只能如此了，尽管他很不甘心。收到入学通知书的那天，他的心情依然是复杂的、灰暗的、无可奈何的。彩虹把他领到了她家，她的家人到外地度假去了，偌大一座庭院只有他们二人。彩虹依偎着他，双目含情，秋波点点涌上她白皙的脸庞。她告诉他，男人应该有勇气面对任何困难，何况上军校，成为一名职业军人，并不是无法接受。他的心情一点一点地好起来，秋日明媚的阳光透过落地窗，照进彩虹的闺房，他们青春的身体不由自主地膨胀着。他们都极力克制着，但是到了后来，他们终于紧紧拥抱在了一起，而且难以分开了。事情过后，他吓坏了，她也吓坏了，场面一塌糊涂，他们慌乱得仿佛来到了地狱的入口。最后，是彩虹用含泪的微笑使他平静下来。就是在那一刻，他完成了一个男人的成人仪式。

彩虹，是他生命的天空中最耀眼的一道风景。

半个月后，他离开家乡，高高兴兴地去了长江边上的一座军事院校。彩虹则成了本市一所普通高校的学生。

六

半夜，那个神秘的影子再次在窗外出现，这回女大学生赵蕾真有点儿吃不住劲了，天刚放亮就爬起来去找李明扬。李明扬更是感到了事情的严重，他悄悄叫来炊事班长和操纵班的班长，问了问嫌疑人朱大可和罗贵强夜间有什么反常表现，两位班长却是大眼瞪小眼，都说没发现二人有任何异常。

李明扬吩咐他们，注意观察两个家伙的动向，有情况马上报告。

这天上午，营长突然带一名干事乘吉普车上山检查工作，李明扬忍不住将上述情况汇报了，营长的脸立即黑了，骂道，妈的，怎么又弄出这种邪事来了！

李明扬表示，为了避免事态进一步扩大，他可以劝赵蕾回去，下午就走。

营长摆摆手，说，不行，不能就这样便宜了那个小子，晚上安排人守候一下，争取当场捉住他。营长哈哈笑着补充说，不过，要告诉你那位，夜里别关灯，关了灯就没好戏看了。

按照营长的指示，李明扬吩咐文书小康和身强力壮的油机员杨德江执行这项特殊任务，夜间，二人藏在工具房里守候。李明扬再三交代说，注意保密，注意安全。

当天夜里，李明扬躺在床上，大脑很兴奋，挨到很晚才沉沉睡去。

当夜未出现任何情况。

天亮后，营长遗憾地摸着尖下巴说，小子够狡猾的啊，今晚继续守候。

又一个夜晚降临了，熄灯的哨子吹过后，小康和杨德江同李明扬打个招呼，再次神不知鬼不觉地溜进工具房，守株待兔去了。李明扬到赵蕾房间交代了两句注意事项，退出来后到院子里冲了个凉水澡，然后推开小康的宿舍门，熄灯钻进了蚊帐。他暂时没有睡意，脑子里闪现的仍然是彩虹的影子。他本来是想把彩虹忘掉的，可是赵蕾的到来又勾起了他对彩虹连绵不绝的回忆，这使他感到痛苦和无奈。

因为有彩虹，那四年的军校生活过得很快，也很顺当，他想，就是为了彩虹，他也得好好表现啊！四年后，他毕业分配到了大海边的大苍山观测站，彩虹呢，到他父亲的银行里当了一名白领。仅仅过了一年，彩虹下海了，自己办了个公司，并且很容易地赚了钱。他们的爱情也该成熟了。两年前的秋天，他回故乡休假，彩虹到车站接他，然后陪着他度过了一个相当愉快的假期。那时他太粗心，没有发现彩虹的心理变化，其实彩虹已经心事重重了，眼睛里有了别的内容。二十多天之后，他回部队的前一天，彩虹把他带到一家五星级宾馆，他们疯狂地相爱了一个白天加一个夜晚，真有点儿末日来临的味道。紧接着，他在车站挥挥手，与彩虹告别，彩虹的眼泪唰唰地流，他隔着车窗玻璃用手势提醒她，要坚强，无论遇到什么事情，都要坚强。一个礼拜后，他在大苍山收到了她的一封信，她告诉他，她决定跟着新结识的男友到澳大利亚定居，他看信的这会儿她已经飞越了太平洋，希望他彻底地忘记她。他拿着信跑到山顶，流着泪向东方遥望，眼里都是雾，什么也看不见。尽管他怎么也不愿意相信，但是理智告诉他，彩虹消失了，永远地从他眼里消失了！可是，能从他心里消失吗？……

翻了几个身，床板咯吱咯吱响……恍惚间他看到面前有一块平坦坦的草地，碧绿清新。一个年轻女人穿一件火红的衣裙，轻飘飘走在上面。他睁大眼睛看，觉得她很面熟。后来他终于看清了，是彩虹，他心中的彩虹！彩虹优雅地走在碧绿清新的草坪上，不时地回过头来冲他妩媚一笑。他迈开脚步，朝她走过去。可是怎么也赶不上她，他急得浑身冒汗。后来他看到彩虹走进了一座房子，娴静地坐在灯下看书，就走到窗前，用力喊：彩虹！彩虹！然而声音十分微弱，连他自己都听不清楚……

七

文书小康和油机员杨德江领受任务后，十分兴奋。盛放工具的小屋脏乱不堪，有一股臭烘烘的气味，熏得人直想淌眼泪，还有数不清的黑蚊热烈而放肆地进攻，二人全然不顾，两双眼睛如同两部雷达，不间断地扫描着。尽管昨晚毫无收获，但他们兴致不减。夜深了，风吹树叶的声音传来，风把海的气息也带了过来，风声过后，外面静极了，能听到邻近的房子里兵们的呼噜声。赵蕾房间里的灯光透过薄薄的窗帘溢出来，晃人的眼睛，那扇窗子像一个巨大的诱惑，又似一个美丽的陷阱。

不知过了多长时间，小康和杨德江猛然听到轻微的吱呀声，是开门的声音，他们马上警觉起来。果然有人走出了房子，开始看不清是谁，仔细辨别了一下，发现是站长李明扬。小康立马没了情绪，杨德江小声劝道，可能站长不放心，出来看看。

这时候，李明扬两眼平视前方，懵懵懂懂地、缓慢地在门前的空地上转着圈子，月光照在他身上，看上去一片青灰。奇怪的是他不看脚下，却能准确无误地绕开那些不起眼的障碍物。看来站长对站里的一切都太熟悉了，小康想。几乎听不到李明扬的脚步声，他像是贴着地面悠悠地滑翔，超然物外，奇妙极了。

小康嘟囔道，操，站长在这儿瞎转悠，别说人，鬼都不敢来了。

杨德江思忖着，说，怪呀，站长到底咋回事?

月亮一会儿钻进云里，一会儿又冒出来，将李明扬如醉如痴的身影照得明明灭灭。借着夜风，能听到远处大海低沉绵长的涛声，还有仿佛从地狱里传来的几声狗吠。大苍山犬牙交错般的崖壁黑乎乎的，纸片儿似的雷达网状天线仍在不紧不慢地旋转……小康突然感到头皮发麻，小声骂道，真他妈撞上鬼了。

杨德江并不接话，梗着脖子从门缝里往外张望。当月亮再次从云层里钻出来后，他猛地拽了拽已经泄了气的小康，说，你快看!

小康吓了一跳。

此刻，真的有一个影子贴在了赵蕾的窗前。是……是李明扬!

真他妈撞上鬼了! 小康惊得头皮乱颤。

这时，赵蕾在屋里大叫了一声。

八

天刚放亮，女大学生赵蕾就神情凄然地被营长的吉普车送下了山。望着车后荡起的烟尘，营长吐了口唾沫，低声说，妈的扯——淡!

吉普车消失在拐弯处，营长再次吐了口唾沫，抬高嗓门说，妈的扯——淡!

那天天气出奇地好，站在大苍山山顶，可以清清楚楚地望见东面的大海，可惜女大学生赵蕾没这个眼福。中午，观测站站长李明扬独自爬到山顶，望着远方蓝莹莹的大海久久伫立，满山遍野叫不出名儿来的野花静静地陪伴着他。烈日当空，雷达天线在他身后依然不知疲倦地旋转……

（2003 年）

像大河一样流淌

邓美娥第一次见陈小其，是在1947年初春的一个天气晴朗的日子。当时部队刚攻下泗水城，打了一天一夜，城里城外到处都是双方阵亡者的遗体，血腥气浓得化不开，硝烟遮蔽了天空。枪炮声一停，有点儿温煦的西南风一吹，呛人的硝烟很快就散去了，鲜亮的太阳突然悬在头顶，进到鼻孔里的气味也清爽了些。在泗水城东门外的那片巨大的开阔地上，打扫战场的人面无表情地往弹坑里埋尸首，不久前洒在地上的血已经发黑变硬，像枯萎腐烂的花朵。攻城部队就地休整，十七岁的陈小其就在这支队伍里。

邓美娥是纵队野战医院的护士，随医疗小分队到前线救护那些不用住院的轻伤号。她先是在人丛中看到了一张标致的娃娃脸，白净，细嫩，红润，像女孩子的脸蛋，和周围那些粗糙灰黑的脸庞截然不同，后来就见他从别人手中接过一匹马的缰绳，极其轻灵地跃了上去。显然这匹东洋马是刚到手的战利品，对陌生的骑手很不友好，它奋力地挣脱，狂躁地嘶鸣，好几次眼看就要把背上的人甩下来摔个半死，但最终它还是被征服了，它勾了勾脖子望一眼年轻的新主人，仰天发出一声悠长的鸣叫，驯顺地低下它高贵的头颅。这个场面引起一片叫好声，就连一向沉静的邓美娥也忍不住拍了两下巴掌。她实在想不到这个身材宛若豆芽般的娃娃脸能有这么两下子。但大伙儿的目光很快就被一队急驰而来的快马吸引过去，行在最前面那位戴金边眼镜的首长邓美娥认识，是纵队司令员。司令员打马径直奔到原地踏步的东洋马跟前，娃娃脸利利索索下马，冲司令员行了个庄重的举手礼。司令员嘴角抿得紧紧的，但眼角却分明开放着晶亮的笑纹。司令员停了足有半分钟，然后朗声问：

“小鬼，你叫什么名字?”

他清脆地做了回答之后，司令员扭脸对身侧的十五团团长说：“陈小其明天就到纵队部报到，给我当通信员。”说罢，一抖缰绳率领随从绝尘而去。陈小其再一次成为引人注目的人物，就连医疗队的几个漂亮女兵也觉得没他风光。他只是腼腆地笑，什么话也不说。邓美娥蹲在离他不远的地方帮一个手指头有伤的士兵包扎，感到这个叫陈小其的小兵和其他人真是不协调，他应该待在学堂里才更像那么回事。

这个在邓美娥眼里不协调的场面很快就结束了，随着一声短促的枪响，陈小其的右臂渗出了血珠，血珠顺指尖往下滴，仿佛那只手刚从染缸里捞出来。所有的人都给惊呆了。原来是一个叫关茂堂的老兵不小心走了火。关茂堂低头摆弄一支刚缴获的崭新美式卡宾枪，稀里糊涂击发了一粒子弹，正中陈小其右小臂。邓美娥最先反应过来，她扑过去替他缠绷带。他这副模样使邓美娥感到他真正像个兵了。他额角上渗出细密的汗珠，脸色铁青，但他没有惨叫，他咬着牙冲面如土灰懊悔不已的关茂堂说：“老关，你把我给毁了。”这一刻，邓美娥看到陈小其月牙般的眼睛里流淌出难以形容的光芒，有一种恨意，有一种无奈，更多的是悲伤和焦虑。

正是这一枪，改变了陈小其往后的命运。他的厄运显然就是从这时开始的。

纵队野战医院暂时设在一个叫蛤蟆洼的村子里。陈小其住了两个多月的院，他的右小臂尺骨粉碎性骨折，医生采取了种种办法，仍然无法恢复原来的样子，最多只能弯曲六十度，一般情况下右臂要抱在胸前。作为一名士兵，陈小其已基本失去了再上前线的可能。

这一段时间，邓美娥负责照料陈小其。由于意外受伤，他的情绪实在是坏透了，有时忍不住冲邓美娥和医生们发火，说野战医院的技术太过糟糕，这么一点儿枪伤都治不好。医生们遭致伤病员埋怨甚至叱骂是常事，最好的办法是拉下脸子不搭理他。邓美娥比陈小其大三岁，早就从内心里把他当成了小弟弟，所以无论他说多么难听的话，她都不往心里去，而且还要赔上更多的笑脸。

陈小其本来不爱说话，受伤之后话就更少。邓美娥费了不少周折才搞清他的身世。从第一眼看见他，邓美娥就觉得他不同寻常，也许正是这种新鲜感觉牵动了邓美娥的心思，邓美娥总感到他们之间应该有点儿事情。她处处留心他，不能说与这没有关系。

陈小其拿出一张他念书时的相片给邓美娥看。相片上陈小其一身洋学生打扮，面部表情幼稚而专注，身旁气派的学堂门口挂着一块匾。邓美娥识字不多，牌牌上龙飞凤舞的字体她认不全，陈小其念给她听："江苏国立第二师范学校。"他原籍苏北盐城，父亲是当地有名的布匹商，他上面有五个姐姐，男孩只他一个。家里谁也想不到他会出来当兵，就连他自己恐怕也没想到。去年新四军过盐城时，正赶上他从南京回来度假。他挤进欢迎者的人群里，蓦然被一股从未嗅到过的气息所震撼！这气息显然来自战场，它包含着战场上所有的气味——硝烟、钢铁、血腥、死亡和劫后余生，以及被强力摧折的花朵草木、被撕碎的空气和云彩……他陶醉于这种铺天盖地汹涌而来的气味。于是，他什么都没想，只给父亲留下一封短信，就梦游一般尾随队伍去了。

邓美娥听他讲这些，是在一个夕阳喷血的初夏的傍晚，她一辈子都忘不掉他在形容那种令他着魔的气息时说过的一句话——他说：

"像大河一样流淌！"

说这话时陈小其的眼睛流露出柔和明净的光芒，脸上的表情因迷醉而灿烂。

陈小其后来或许有过一丝后悔，但他已经没有退路，他只能走下去，直至死亡。他细皮嫩肉弱不禁风，看上去实在不像一个兵，但打过几仗之后，即便最挑剔的老兵也得承认，他是一个不怕死的好兵。他机敏轻灵，一闻枪声就两眼发光。他学会了骑马，各种武器都能熟练使用，还可以教大伙儿识字，这样的兵，队伍里真不多见呢。

可现在这个兵只得退出战场了，纵队留守处根据野战医院的结论，准备安排他随同一批受伤致残的同志一起转到新创建的根据地做群众工作。邓美娥说不上这对于他是好事还是坏事。

往后的岁月里，邓美娥反反复复地想过，要是陈小其那次不是决绝地溜走，她的命运或许也不是后来的样子。

邓美娥是在孟良崮战役发起前的一天晚上得知陈小其失踪的。纵队野战医院已转进到离战地不远的一个小镇上。上级安排陈小其他们这批伤残人员第二天一大早开往诸城。上午，邓美娥所在的医疗小分队要去接收一批新伤员，她和陈小其约好等她回来，他们晚上出去走走。毕竟要分手了，还不知啥时再见，她想把心里的话暗示给他。这些话已在她心里装了很久，眼看就装不下了。

邓美娥回到小镇时已是掌灯时分，她顾不上吃晚饭，换上一身干净军装就急匆匆赶往小河边的那棵柿树下。远远地，她就看见了一个坐着的侧影。然而这个身影不是陈小其，而是她负责看护的另一个伤员老周。老周是十三团副政委，打莱芜时肩部中了一弹，伤好得差不多了，很快就要归队。老周掐灭烟头站起来，邓美娥愣在那里，一时弄不明白到底是咋回事。

“小家伙溜掉了。”老周轻描淡写地说，“半下午走的，朝西去了。”

“你说什么?”邓美娥仍是没反应过来。但她马上就明白了。她觉得后背上全是汗，手心里也是，身上的筋骨也仿佛被抽走了，她软软地坐在河边的湿土上，几乎虚脱。她是东边临沭县人，六岁时被卖到人家当童养媳，那个名义上的丈夫小她四岁。十五岁那年，抗日队伍来到她们家乡，她偷偷参加了妇救会，常常夜里哄小男人睡着后跳墙出去搞活动，夫家的人发现后当然不乐意，她索性一不做，二不休，跟上队伍远走他乡。当时沂蒙山区出来参军的不少女兵都是这种情况，姐妹们希望参加革命能改变一个国家，同时也改变自己的生活道路。几年过去，她已二十出头，但烽火连天的战地生活使她无暇顾及个人私事，要不是碰到陈小其，她是不会产生这种心思的，是陈小其的出现提醒了她。当然，组织上以前也曾经找她谈话，想把她介绍给某位领导，团一级或师一级的“老干部”。那时候的情况和后来大为不同，那时很多姐妹心目中的对象是相貌标致俊气的年轻小伙，比如通信员、卫生员或司号员之类，而不是光盯着对方的职务身份。邓美娥和姐妹们又有一点儿不同，那就是她喜欢找一个肚子里有墨水的英俊小伙。虽然她自己没文化，她却把有文化的人看得很高。队伍里不缺五大三粗的直筒子男人，缺的是知书达理长相又精干的文化人。陈小其正是这样的人。按说这种事男的应该主动，可邓美娥试探了几次，发现陈小其一点儿都不开窍。没办法，她只好决定自己主动点儿，谁叫她比他大呢，就算她这个当姐姐的让着小弟弟吧。她也想过，他年龄偏小，至今还是个士兵，根本没资格谈对象，即便他们相好，也不知啥时能成婚。但她又想，战争总有结束的那一天，就是等上十年二十年，她也愿意……可现在，他早不走晚不走，偏偏在她鼓起勇气要把心里话掏给他的时候，一拍屁股走掉了，连个招呼都不打……

周副政委挨着邓美娥坐下，从裤兜里拽出一样东西递给她，说：“小陈托我转交给你。说等打完仗再当面谢你。”她不用看就知道，那是她抽空给他织的一只棉套袖，所用的棉花是从她自己的棉衣里抽出来的。他的右胳膊落下残疾了，以后得好好保护。她叮嘱过他，说：“天一冷就套上。仗总会有打完的那一天，你的手放下枪，还得握笔杆子呢，可不能大意。”现在陈小其把这件礼物留下，邓美娥不认为是他对她的绝情，而是他根本没去考虑打完仗以后的事。他光想着打仗，邓美娥早就看出来了，这使她感到恐惧。

“他能去哪里？”邓美娥脑子清醒了一些，说话的口气却仿佛自言自语。

“估计奔孟良崮方向去了。这家伙有点儿邪性，闻到血腥味就来劲儿，着魔似的，不太像个书生。我活了三十一岁，当兵十二年，头一回碰到这样的知识分子……”

老周的语调里有一种怪怪的酸味。他忘了他也算个文化人。他读的是私塾。前几天老周写了一首诗给邓美娥看，邓美娥说看不懂，老周就抑扬顿挫地念给她听。过后她又把这首诗背给陈小其听。陈小其淡淡地说，战场上，所有的东西都是诗，很复杂的诗，可你背诵的这首诗太简单了。邓美娥说，那你写首诗念给我听听。陈小其看她一眼，没吭声……

一阵冷飕飕的小风刮过来。老周脱下自己军装披在邓美娥身上。老周要比陈小其高出半个头，可谓文武双全。老周说：“要变天了，咱们回去吧，小邓！”

邓美娥低下头，轻轻抹去脸上的泪水。她很想找个地方痛痛快快哭一场。

邓美娥认为这辈子再也见不到陈小其了。但转过年来，在穿过潍县城的白浪河边，她再次与他相遇。

部队打下潍县后，邓美娥就和已升任团政委的老周结了婚。新婚第三天，她上街转悠，突然看到河边有一个她非常熟悉的身影。那人孤坐在一块挺大的石头上，望着刚开冻的河床出神。邓美娥迟疑着靠近他，终于脱口道：“咦？陈小其！怎么是你！”

陈小其转过脸，腼腆地笑了，说：“邓姐，没想到在这里见到你。”

邓美娥想狠狠责怪他一通，可话到嘴边就没了，因为她看到了他手中握着的一根柳木拐棍。“你、你又怎么啦?”她怔怔地望着他。他却像没事似的，再次平静地笑笑，抬手指了指无力的左腿，说：“膝盖骨这儿中了一枪，碎了。”

邓美娥这时已没有了先前和他在一起时的那种虚飘眩晕的感觉，她关心他的伤情。陈小其告诉她，他是在孟良崮那儿负伤的。离开野战医院后，他凭着感觉，一直朝西北方向走，三天后到达目的地时，战斗正进入白热化阶段，各部队的建制都打乱了，到处都是杀红了眼的人，自己人或者敌人。没有人认识他，他也不认识别人，只知道往枪声最密的地方跑。他边跑边从地上捡起一支长枪——这时他才发现右臂确实伸不直，无法使用长枪，也无法甩手榴弹，他只好又换了一支短枪握在手里。跑着跑着，就觉得左腿不听使唤了，他倒在了地上。被人抬下来后，一直在后方疗伤。他苦笑着摇摇头，说："以后再想上前线，恐怕就难了。"

邓美娥不知道怎样安慰他才好。她陪他朝离这不远处的一座临时医院走，他拄着拐棍，一瘸一拐，腿部发出骨头摩擦的刺耳响声，是那种断裂后无法愈合的声音。邓美娥不忍心看他，目光压得低低的。二人在医院门口道别，邓美娥说："兄弟，多珍重啊！"他优雅地冲她挥挥手，脸上的笑容仍是那么平和如初，像春天的小河。邓美娥回家后把陈小其的情况讲给爱人老周。老周愣了愣说："这家伙是个奇人，不要命啦。他想干的事，谁也拉不住他。"又说，"打仗嘛，有时就像抽大烟，容易上瘾。这事说起来很怪的，战场上有很多事情你永远无法弄清。"

往下，有半年多的时间邓美娥没再见到陈小其，估计他离开了部队，到地方工作了。他这样子确实没法再待下去。1948 年秋天济南解放后，邓美娥和老周也脱了军装，充实到地方，老周进了省民政厅，邓美娥到民政厅下属的山东省荣军医院工作。

这所医院是临时组建的，条件十分艰苦。人员主要从市内各医院抽调而来，房舍破烂不堪，原先这儿是一家皮毛加工厂，所有的房子都飘散着臭烘烘的气息。邓美娥刚来的那段时间，忙得团团转。上级考虑到她的出身和战斗经历，任命她为党支部副书记，同时她还要操心一些具体的医疗事务，这两副担子压得她喘不过气。她感到刚进城的那些日子自己老得很快。

住进荣军医院的都是些负伤致残的荣誉军人，他们源源不断地集中到这里来，战争给他们留下了无法卸掉的伤痕，命有多长，这些伤痕就有多长。有一天邓美娥匆匆经过刚修葺好的病区小花园，突然听到有人叫了声邓姐。她没当回事，以为耳朵出问题了，接着往前走。又一声邓姐传过来，声音好熟，她迟迟疑疑停住脚。她看到不远处的一棵松树下坐着位年轻的伤病员，但她不认识他。

“小同志，是你叫我吗?”她和蔼地问道。

“邓姐，是我。”

邓美娥走过去打量他。先前在野战医院时，她救护过数不清的伤病员，他们记住她很正常，她却不可能一一记住他们。面前的这位伤号脸上有好几处疤痕，看上去令人不忍，而且他的双目好像也失明了，可他仍然能准确地认出她，这令她颇为惊奇。最终靠他的声音提醒了她，面前这个面目全非的人是久无音信的陈小其！邓美娥简直不敢相信这是真的。她差点儿落下泪来，颤着嗓音说：“兄弟，你来医院几天啦?”

陈小其是打济南时变成现在这个样子的。他本来已经被安排到济南东面的昌乐县政府当文书，听说要打济南府，他的邪劲儿又上来了。他一瘸一拐沿着胶济铁路朝西走了三天三夜，一直走到战场的旋涡里。在济南东门外，他从一个死去的士兵身上扒下灰布军装给自己套上，随着冲锋的队伍进到内城。后来一颗手榴弹在他面前爆炸，他感到脸上一热，就变成了如今的模样。对于他来说，战场的魅力实在太大，他没有办法抵御。他唯一要做的，就是进到里面去，好像那里等待他的，不是流血和死亡，而是一种无以言说的享受、至上至美的境界……

在后来很长的时间里，邓美娥一直无法把眼前的这个陈小其和先前的那个陈小其等同起来，总觉得现在的他不真实，太陌生。他的伤痕都定了型，没有任何治愈的希望了，作为一名特等残废军人，他得到的仅是医院给予的人道主义关怀。他和所有的亲人都失去了联系，荣军医院成了他的家。

陈小其一直没有成家。五十年代中期，邓美娥曾经帮他张罗过一个，从她沂蒙老家找的，姑娘姊妹七个，家里穷得一塌糊涂。按照国家有关政策，嫁给特等残废军人可以变成城镇户口，因此吸引力还是有的。姑娘来荣军医院照顾了陈小其三个月，一切都谈妥了，有关手续也办了，邓美娥还动员在民政厅当副厅长的爱人老周出面，帮他们解决了一间房子。但到了结婚那天，陈小其却死活不入洞房。邓美娥急得眼里冒火，就差硬拽他了。他摆出年少时的调皮模样央求邓美娥，说："邓姐，我的好大姐，别逼我了，人家姑娘好端端的，嫁给我实在是委屈她了。她照顾我小半年，就算我欺骗组织一回，帮她解决点儿问题，让她靠这点儿本钱找个好工作，嫁个好人家……"

结果那姑娘喜滋滋地当了别人的新娘。头两年还经常带着男人来医院看望陈小其，后来就没了影儿。有过这么一出戏，邓美娥便也绝了帮他成亲的念头。

陈小其是1997年夏天去世的。这时邓美娥早已离休。接到陈老兵咽气的消息，邓美娥马上赶到医院，她从内心里把自己当成陈小其唯一的亲人，但她没有流泪。医院里的年轻人几乎没有人认识她这位当年的党委书记，他们在死去的陈老兵面前嘻嘻哈哈，邓美娥拉下脸子冲他们吼道："都给我闭嘴！滚出去！"她亲自把死者护送到太平间，很晚才回家。

一个星期后，邓美娥从医院要了辆车，载着陈小其的骨灰盒赶到东郊的一座山上。她花三千块钱为他买了一块墓地。埋葬过他之后，她没有急着回去，而是站在山顶望远远近近的风景。她看到山峦起伏，森林在风中奔涌，土地和庄稼无边无际，再一次不可遏制地想起许多年前陈小其形容战地气息时说过的那句话——他说："像大河一样流淌。"那时候的陈小其面容清秀白净，目光纯净如水，肥大的灰布军装遮不住他青春的活力。现在，他变成一把灰烬融入山岭，就像一滴融进大河里的水珠，无声地踏浪而去。

（2002年）

灵　物

最早的时候，他和凯都不知道飞机是怎么一回事儿，他们也没打算过非要知道。后来，闹着玩似的随同学们参加招飞体检、考试，竟然榜上有名，而那些真心实意想当飞行员的同学没有一个被录取。这是他和凯感到最有意思不过的事儿。

在航校第一次见到飞机，他纳闷儿，说："这堆铁疙瘩能上天?"

凯也跟着纳闷儿，但凯没有说，只是微微皱了下眉。

能驾着飞机上天了，凯说："我终于懂了。"

他摇头："凯你并没有真懂。"

凯琢磨了一会儿，笑说："你也没有真懂。"

他看了一眼凯宽阔的额头，没再说什么。凯的额头帅极了，他很喜欢，尤其是凯皱眉的时候。凯圣洁的额头闪烁着智慧和奥秘，令他无限向往和钦佩。

有一次，他和凯在跑道上散步，凯抬头望了望被夕阳染红了的半边天空，说："假如有一天我飞到一个特定的空域，在某个外星球的巨大引力下离开了地球，那我就再也见不到爸爸妈妈了。"那时他和凯刚从航校毕业不久。

又有一次，他和凯在跑道上散步，凯抬头望了望被夕阳染红了的半边天空，说："假如有一天我飞到一个特定的空域，在某个外星球的巨大引力下离开了地球，那我就再也见不到琳了。"那时凯和琳刚进入热恋。

凯是善于幻想的，有他闪烁着智慧和奥秘的额头为证。

凯身上释放出的艺术味儿似乎太浓了点儿，这与他那个艺术世家的遗传不无关系。在航校的时候，他把某些想象反映在飞行动作上，给他带飞的那名脸凹凸不平而唇上却十分光滑的老教员连连摇头。凯一点儿也不曾觉察，问：“你觉得天空像什么？”

“我看什么也不像，天空就是天空。”想了想，他说。

“你的回答太没味儿，”凯皱了皱眉，“我觉得天空就像一首铺天盖地的音乐，既强烈又柔和，无休无止，而云朵就像一群群美丽无比的少女，吸引我们去追逐、去嬉戏……”

后来，凯又说：“当然，我们是很难得到她们的……”

上天没多久，凯就有了那么多幸福的体验，他便想，无论如何，凯将成为一名出色的飞行员。

从同一座城市里的同一所中学来到同一所航校，又从航校一起分到同一个飞行团里的同一个飞行大队，他和凯无疑是最好的朋友。

从航校分到飞行部队的第一年，凯因为由教练机改装战斗机速度最快质量最高而荣立了三等功。他捣了凯一拳，说：“祝贺你。”同时他心里想，明年我也争取捞他一个。

第二年主要飞战斗机轰炸课目，到年底，他和凯的成绩不相上下，分数在全大队最高。最后一次轰炸，凯临登机前不经意地看了他一眼。他的心里有点儿发紧。这次他成绩又是优秀，而凯却没有及格。三等功自然落在了他的头上，凯很得意地笑了笑：“祝贺你。”

像去年那样，他又捣了凯一拳。他想他已经猜到了凯的心思。

若干年以后，他常常想起他和凯曾经有过的一次非同寻常的散步。一天上午，他在飞行时出现了一个差错，团长和大队长狠狠地批了他一顿。吃过晚饭，情绪不好就一个人走出宿舍，但凯很快跟了出来。他们手插在裤口袋里，慢慢地沿着去机场的小路游移，谁也不说话。路两边的合欢树上，花儿已经缀满了枝头，粉团儿般的合欢花在微风吹拂下摇摇摆摆，间或有一朵花儿跳下树来，接地时便有轻轻的叹息般的声音……

来到机场，他们转过脸，看到夕阳正沉沉欲坠，温柔的血样的红光潺潺流来，涂满了他和凯，像给他们披上了远古的战袍，不由使他想起童年，想起校园，想起逝去的一些事情，后来他甚至想到了战争。这是他穿上军装以来第一次想到战争，在此之前他头脑里似乎还没有这个概念，这使他感到脸微微有些发红。当那些残酷而美丽的画面在他眼前掠过之后，他就把目光收回来，望向停机坪。此时天色已晚，满天遍野的红光也已褪尽，天空变得灰蒙蒙的，很沉重很沉重。望着趴在停机坪上的剪影样的飞机，他抽了抽嘴角，突然问："凯你说如果没有飞机天空会怎么样?"

凯皱了皱额头："那样天空就太寂寞了。"

"寂寞有时比喧嚣更吸引人，更有意思。"

"得了吧，天上那么多白云姑娘没人去追逐，使她们在寂寞中苍老，岂不可惜!"

他开心地笑了，凯也笑了起来。

之后，他们走向飞机，哨兵见是两个穿皮夹克的飞行员，没有阻拦。

当一阵略带凉意的风刮来的时候，他忽然听到面前的飞机发出阵阵强烈的金属的鸣响，那鸣响似乎把整个世间都照亮了，照得他心脏剧烈地颤抖……这海市蜃楼般的壮观景象人这一辈子能看到一次就够了，足够了……

他想，凯一定也感觉到了，因为凯是他的好朋友。

真像灵物一样啊，他在心里说。

在琳没有出现之前，他和凯还有过一次非常雄壮的体验。部队移到南边训练，有一天轮到他和凯战备值班，他们怀着不同于以往的心情驾机沿国境线巡航。两架国境那边的飞机出现在视野里。那是两架性能优良的战斗机。两个家伙挑衅性地忽高忽低地飞行，把他和凯气得不轻。“迎上去。”凯尖锐的声音通过话筒钻进他的耳朵。“迎上去。”他说。于是，两架飞机迅速拨正方向，飞到离对方近得不能再近的地方。对方拼命爬高，他和凯用最短的时间把飞机竖起来，在机身发出一阵他们从来没有尝试过的急剧抖动之后，对方已经被压在他们机翼下面了。这时，那两个家伙又改变方向，突然下降高度。他喊：“他妈的！”凯也喊：“他妈的！”几乎就在对方下降的同时，他和凯也把驾驶杆压到极致，紧跟着快速垂直下降高度。血液爆炸般地在全身冲撞，似乎要喷射到座舱外面去，斑斑点点融进朵朵白云。翼下是波浪般蜿蜒起伏的国境线，那蓝莹莹的颜色真和远天一样啊，几乎分辨不出来。离地面越来越近了，近得似乎一伸手就能摸到，他和凯终于把对方甩在了背后。

结果是，国境那边的两架飞机先于他们拨转机头离去。

返航后刚出座舱，团长就绷着脸走过来。团长说：“干得不错，只是那两声‘他妈的’……太他妈的啦！”

说完，团长倒背着手大步走向塔台。

他和凯对视一下，恍然大悟。刚才空中那两声“他妈的”已通过电波传向四面八方，传到在塔台当指挥员的团长耳朵里并被附在了塔台的录音设备上。也许国境那边的人也接收到了。简直绝啦！

他挤了挤眼睛，说：“他妈的！”

凯耸了耸肩膀，说：“他妈的！”

从南边返回原驻地不久，琳就出现了。

琳是在极其偶然的情况下出现的。

五一节，驻地附近的一家工厂组织工人来参观飞机，为保密起见，只能让他们参观停在营院里的那架教学用的旧飞机，团长进行讲解。参观完大家满意地离去，只有琳一个人不满足。琳的小脑袋似乎想要装更多的东西，她便抬眼四处逡巡。她看到不远处的办公楼门口有两个健壮的飞行员在聊天，便毫不犹豫地走过来。

琳说：“两个飞哥行行好，领我参观一下真正上天的飞机，让咱正儿八经地过过瘾。”

他和凯猛回头，愣了愣。

琳留着男孩子样的短发，初夏的暖风拂动着她青色的蝙蝠衫，她的上身鼓胀胀的，如同成熟的南瓜。小巧的鼻子和两颗小巧的虎牙很调皮，圆圆的脸蛋上几颗若有若无的雀斑闪闪烁烁，让人捉摸不透。琳就在那一瞬间，令两个男人的腿肚子抽动了一下。

若干年后，他想那天如果他和凯不在办公楼门口聊天，也许就不会碰上琳了，也就不会有后来的故事了。

把琳领到机场最偏僻的十号机窝，凯塞给机械师一包烟，琳就钻进了座舱。琳抚摸着密密麻麻的仪表，说：“真神秘。”

琳的笑声很响亮，引得机械师、机械员频频往这边瞅。琳说：“你们记着点儿，下次上天用小瓶子帮我装朵云带回来。”

凯大笑：“这是飞机，不是马车，座舱是密封的。”

琳耸耸小鼻子，做个鬼脸跟着笑。她唇上细微的绒毛反射着温柔的阳光，刺得他心里痒痒的。琳停住笑，装出一副认真的样子：“告诉你们，上高中时我也参加过招飞的，身体不合格。咱没有那个福分。”

于是他想将来他有了权力，一定让琳当飞行员，哪怕让她上一次天也好。姑娘和飞机，一个柔情一个阳刚，这样美妙的结合会使老天加倍受感动。

后来琳提出要戴一戴飞行头盔，凯把自己的递给她。戴了一下，她摘下来，又把他的头盔要去戴上。当头盔回到他手中的时候，他闻到一股令人微醉的清香从头盔里飘出来。那一刻，他忽然想到一个叫弱弱的女孩，一个很瘦小的女孩子。

在此后相当长的一段时间里，琳经常来找他和凯玩，就在他俩的宿舍里，大家讲故事、编笑话，想起什么就讲什么，无拘无束，安定团结。他和凯都感到很有意思。

后来情况发生了改变。

他出去串门，回来得晚一点儿，像往常一样，他很随便地推门进去，进去之后才发现气氛有点儿异样。凯和琳坐得很近，一伸手就能碰到。他们很尴尬地站起来。他很尴尬地一笑，像做了什么错事似的说：“真对不起。”

凯也说：“真对不起。”

琳也说：“真对不起。”

他愣愣地站在那儿，不知道往下该干什么。等凯和琳走出房间他才想到自己应该早一点儿退出去的。

那天晚上，他躺在床上，又想起那个叫弱弱的女孩子。他承认，他对弱弱只有一点儿淡淡的印象，那印象不是来自中学校园，而是来自他招飞离开学校以后。

他依稀记得，弱弱家的小院子里有一片蔷薇，似乎还有几棵夹竹桃。弱弱的爸爸是大学教授。弱弱的脸上也有几颗闪闪烁烁的雀斑，当然，弱弱比不上琳漂亮。在学校时，他压根儿没有注意过她，她实在不起眼。第一次探家，很多同学来看他，其中就有弱弱。乍一见面，他想不起她的名字，悄悄问了身边一个同学才知道。同学们待在一起穷聊海侃，大家抢着说话，唯有弱弱一声不吭，坐在床沿上，像个受气包儿似的瞪着不大也不小的眼睛望着别人。他忽然有点儿可怜她了。

那天弱弱只说了一句话。临下楼的时候，趁别人不注意，她说：“星期天到我家里玩好吗？”

看她那可怜兮兮的样子，他实在不忍心回绝，就点了点头。

星期天，弱弱穿着一身蓝色的衣裙迎接他，他的眼睛为之一亮。走进她的卧室，他看到窗帘也是蓝色的，是钩花的那种。

这一片纯情的蓝色似乎是冥冥之中的一种昭示。

弱弱轻声问：“你觉得俗气吗？”

他没有马上回答，面前几乎是满目的蓝色令他的心里泛起一股浓浓的暖流。他实在想不到，瘦小的弱弱身上竟然蕴藏着不可小视的力量。

他说："弱弱你真了不起……"

弱弱甜甜地笑了。小院子里蔷薇的花香四处弥漫，一阵接一阵地冲击他的鼻孔。他说："弱弱你真了不起……"

大约半年以后，他收到弱弱的一封来信，里面好像还有一首小诗，他记得有这么几句：

起风了
我推开窗子
看鸽子飞过树梢
……

看完信和诗，他摇摇头，淡淡一笑，弱弱瘦小的影子便在他面前轻轻一晃。他想，她可真是一个小不点儿……

一晃几年过去了。

自从那件尴尬的事情发生之后，琳就很少来他和凯的宿舍了，她和凯总到外面去，这间宿舍顿时显得寂寞了。一个人待在里面，百无聊赖，他不知道该干什么好，只能来回踱步。凯使用的那张桌子上摆着琳的一张彩照。琳很会照相，照片上的琳神态妩媚，站在鲜花丛中，调皮地龇着两颗小虎牙，整个大自然都成了她的陪衬。

一个人待在房间时，他的目光总是不经意地扫向凯的桌子。琳的笑容像猫爪一样不断地抓挠他的心，他恶狠狠地骂自己：你真他妈的不争气！……

就在这段时间，他学会了抽烟。

凯总是在快熄灯的时候才回来，凯的额头闪着油亮的红光，有时他真想用斧头将凯的额头削下一片来，然后他又为自己荒唐的想法发笑。

有一次凯对他说："琳说她很钦佩你，她认为天底下只有两个男人最可爱，那就是——你和我。”

“是吗?”他未置可否地一笑，觉得牙齿像在施放针箭，刺得双颊一抽一抽地疼。

“琳是个挺不错的女孩子，”凯又说，“她很喜欢我们老飞的，目前这样的女孩不多了。”

他使劲揉搓了几下脸膛，真诚地点了点头。这时，他想他应该探家了。

选择一个阳光明媚的日子，他凭记忆摸索着去弱弱家。走在色彩斑斓的大街上，他觉得自己在寂寞的天空寂寞的军营待久了，已经不太适应繁华城市的生活了。弱弱的家坐落在某大机关的东南角，当那片红色的房子出现在眼帘的时候，他想自己是不是太冒失了点儿。

在弱弱家的门前伫立良久，他鼓不起勇气敲门。此时蔷薇花已经凋零，秋风抓举着残叶旋转。不知过了多久，一个六十多岁、头发稀少的老太太挎着菜篮子推门出来。是弱弱家的老保姆。

老保姆打量了他几眼，颤巍巍地问：“先生，找谁?”

他连忙说：“大妈，弱弱在家吗?”

老保姆张开无牙的阔嘴笑了笑：“找弱弱小姐啊，她跟着她先生到美国去了，去享福了，不回来了。唉，人家先生能耐大，出国没几年就把老婆接了去……”

“噢噢。”他不住地点头，心里空落落的。他想问一下弱弱的丈夫是干什么的，张了张嘴，终于没有问。他睁大眼睛，试图望一眼弱弱原来居住的房间，看那蓝色的钩花窗帘是否还挂在那儿。但里面黑乎乎的，什么也看不清；他抽动了几下鼻子，试图再闻到蔷薇花的气息，依旧是白费。

该走开了，不然老保姆就该怀疑他了。

可是，可是弱弱你在大洋彼岸的美国还喜欢穿蓝色的衣裙喜欢挂蓝色的钩花窗帘吗?……

他怀着怅惘的心绪往回走，他意识到世间的一切都像个玩笑一样，颇令人费解……不知不觉，他走进一家挺大的百货商店。百货商店里人流如潮，玩具柜台前倒显得平静一些。一个蛮漂亮的小男孩正在央求他的妈妈买玩具。他一下子来了兴趣，想看看小男孩到底喜欢什么。他想小男孩最好喜欢玩具飞机，要是那样的话他就过去拍拍那聪明的小脑袋。胖胖的女售货员将手伸进柜台内，他瞪大眼睛紧紧盯住。女售货员胖胖的手放在一辆电动火车上，于是他自嘲地笑了。

干吗把自己的愿望强加给别人呢？他非常有节奏地摇摇头。

在凯和琳热恋的日子里，凯经常对他说："这个琳啊，像块火炭，我真担心她把我烧化了。"凯已经变得很坦然了。

一天晚上，凯回来得很晚。凯的动作很轻，但还是把他弄醒了。

他说："凯你别忘了明天飞行。"

凯说："放心吧你，都成了老飞了，不会有事的。"

于是他重新入睡，而凯睡得很不踏实，不住地翻身，压得床板"嘎吱吱"响。

第二天的飞行课目是双机编队，凯和大队长编在一组。轮到他们上了，两架飞机同时开车，一前一后滑出去，对准跑道，然后加速。

接下来的事情便成了凯不灭的记忆……长机上天了，作为僚机的凯却没有飞起来，凯冲出了跑道，有二三百米远。团长在塔台上急得大叫："妈的，是什么原因?!"

他呆了。他明白原因肯定出在琳身上，凯这几天里似乎太激动了，凯是昏了头。

险些酿成事故。

也许凯再也飞不成了。

飞机受到了轻微的损伤，凯的闪烁着智慧与奥秘的额头也被驾驶杆戳破了一个洞。凯那圣洁的额头从此以后也许不再有什么吸引力了。

自那日起，凯就无事可干了。他想凯一定闷得慌。他看到凯不知从哪儿找来一块破铝皮，然后到河滩上挖来一块胶泥，是那种黏韧性非常好的泥巴。凯用它做成一个飞机模具，待晾干后，便拎着来到食堂。凯把破铝皮塞进灶底，待铝块熔化后灌进胶泥模具里。

他明白凯是在做一架小飞机。

凯用了足足一个星期的时间干这事，用钢锉锉，用砂纸打磨，手心里磨出了血。

“为什么不去找琳?”他实在忍不住了，低声问。

“这是我自己的事情。”凯极平静地说。

他顿感惊讶，扫了一眼凯的桌子，猛然发现琳的那张照片不见了。他几乎跳起来，打了凯一个耳光：“凯你真他妈的混蛋!”

凯却笑了起来，而且笑得很美。

“凯你不能没有良心!”他说。

“你知道，琳很喜欢飞行员，而我，已经不是了。”

“……”

“告诉你，最早我们两个她都喜欢，而她只能选择一个。有一次，她站在楼门口，看谁先出来，谁先出来她就选择谁……”

“我懂了。”他心里怅怅的，抽出一支烟点上，狠狠吸了两下，双颊针扎般地疼。

“我懂了。”他把半截烟甩在地上，用脚踏灭，“尽管琳是一个不错的女孩，但世上的事情很难琢磨，你、我都把她忘掉吧。”

他把“我”字咬得很重。

“谁让我们是好兄弟呢!”他再次补充说。

那一刻，凯的眼里流出泪光：“我也说不清为什么我会那样，以后就看你的啦。”说完，凯把打磨得又光又亮的小飞机递过来。

凯一字一顿地说：“你找个机会，把它带上去。”

他知道，小飞机上沾有凯的血。

他再一次升空。

小飞机揣在他的怀里，他觉得他把凯也揣在怀里了。他至今坚定不移地认为，凯是一个出色的飞行员。

他似乎一下子想起了很多的事情。他清楚地记得上高二的时候，学校组织郊游，不会游泳的凯不小心滑到了河里。河水在面前翻滚，凯的脸色蜡黄，扑通扑通击着水大喊救命，他勇敢地跳下河救凯，而当他把凯扶起来的时候，才发现河水只有齐腰深……他又想起凯说过的飞到某一特定空域被某一外星球的巨大引力吸走之类的话，其实那怎么可能呢？人是离不开大地的，即使是到了空中，也还是没有挣脱大地的怀抱。当然，在空中要比在地面有趣得多。

然而，一个人总有不能升空的时候。

不过，他又想到自己死了如果灵魂能升天的话就太好了，那样就可以让灵魂伴着飞机飞行，天空是不能寂寞的，寂寞的天空是一件令人烦恼的事情。

飞机到底是怎么一回事儿？他觉得到现在才算弄懂了。他想，凯也一定弄懂了。

（1990 年）

粲然一笑

那些天里，列兵井秋生只能凭耳朵判断是谁走进了病房，来到了他的床前。每逢有人进来，他就用心辨别。起初，乱糟糟的，摸不着头绪，日子一久，便掌握了一点儿门道。嗓门粗哑的巩医生走起路来“咚咚”有声，似乎震得窗户都瑟瑟抖动，井秋生猜想他一定长得武高武大，相貌堂堂；说话尖声尖气的李护士脚步声十分清脆，邻床的老兵于吉温常爱说她“马蹄声碎”；那个声音挺圆润的周护士走起路来却很轻捷，当你意识到她进来的时候，她已经来到了你的床前……

老兵于吉温说李护士叫李秀敏，周护士叫周念文，王护士叫王艳……这个于吉温把她们的名字背得滚瓜烂熟。问他巩医生叫什么，他“嗯”了一阵，大概咧了咧嘴，压低了声音说：“我对他不感兴趣。”

于吉温又说：“这些小娘们，天天戴着口罩，也不怕把脸捂烂了。你看李护士，小屁股一扭一扭的，美得不行，那天她摘下口罩来，吓我一跳。你猜怎么着？她那嘴大得能塞进个茄子去。周护士嘛，还像这么回事……”

老兵于吉温似乎整天琢磨这些事。

列兵井秋生便想，于吉温比他有福气，全天下的人都比他有福气，他们都有一双明亮的眼睛，而他不行。其实他也曾经有过一双明亮的眼睛……

躺在病床上，井秋生翻来覆去地想起那天投掷手榴弹的场面。他隐隐约约意识到，那个场面同祖父和父亲有着丝丝缕缕的联系，到底是怎样的联系，又实在说不清楚。

后来索性不去想它。

想点儿别的吧。可想什么好呢？

这家陆军医院的病房安静极了，静得能听清楚窗外松针落地的声音。医院的气味也挺特别，刚住进来的时候，熏得鼻子有点儿受不了，脑瓜子木木的，闻了几天，又觉得那气味非常亲切，比秋庄稼的芳香，比熬得稠咕浓浓的苞米糊糊的味道都要好闻，真使他感到奇怪。

于是他觉得，自己是在享福，享清福。这种福祖父祖母没能享到，父亲母亲哥哥也没能享到，他似乎不费力气就享到了。

可是……可是眼睛怎么办？缠绕在眼眶上的纱布像一道厚厚的墙，堵得他气短胸闷。嗓门粗哑的巩医生来查房时常劝他：“小伙子，想开点儿，没把命搭进去就算不错了，你命大。过段时间再给你做第二次手术，我看还有希望……”

周护士就对于吉温说：“‘鸡瘟’，你多陪陪小井。”

护士们都叫于吉温“鸡瘟”，于吉温并不反感，反而乐滋滋的，像占了什么便宜。于吉温嘟囔道：“我陪他，谁来陪我？”

周护士说：“‘鸡瘟’你是老兵了嘛。”

“哼！”于吉温拖长声调，“老兵更孤独。”

其实于吉温年龄并不大，和井秋生同岁，他只是早当了两年兵而已。

井秋生很小的时候，乡党们就说：“秋生这娃子，日后一准有出息，不信咱走着瞧……”

井秋生长到十几岁了，乡党们更加津津乐道地说：“咱的眼力不错吧，你看秋生这娃子，眼见着出息啦……”

类似这样的话乡党们说了十几年，直说得父亲终日笑眯眯的。母亲却听不到，母亲是个聋子。母亲如果不是聋子，母亲一定也会笑呵呵的。

想想也是，家里除了他，全是废人。祖父祖母死得早，撇下了幼小的父亲，当年父亲瘸着一条腿去外祖父家相亲时，外祖父几乎没有正眼瞧一瞧父亲，尽管外祖父的女儿是个聋子。聋子只知道“啊啊”地叫，媒人和父亲搞不明白她是啥意思。要不是乡党们极力撮合，要不是父亲把家里仅有的三斗小米、两升高粱外加一只老母鸡送到外祖父家，外祖父是断断不会答应这门亲事的。也许父亲要打一辈子光棍，自然他和哥哥井春生会永无见天之日。偏偏这门亲事成了。瘸子和聋子的结合一时广为流传，成为乡党们永恒的话题，百说不厌，百提不倦。

哥哥井春生出生以后，父母着实高兴了一阵子。但春生长到三岁了，还不会走路，不会说话，越看越不对劲儿。果然，又过了几年，人们终于发现春生是个痴子。春生整日呆头呆脑的，上唇拖着豆虫样的鼻涕胡乱转悠。众人大摇其头，说老井家又多了一景，可真够受的。直到他来到了世上，越发长得灵秀可爱时，人们觉出蹊跷，说：“真日怪了，这回是个好种，老井家时来运转啦……”

聪明伶俐健壮的井秋生便成了家里的最大希望。

上学上完高一，家里实在没有钱供养他读下去了，恰巧部队上来招兵，他向父亲提出来去当兵。村子里刚办了几个小工厂，年轻人都争着进厂做工挣钱，没人愿去当兵，他在村子里文化程度最高，身体也棒，只要父亲不拦，当兵不成问题。但父亲却吧嗒着烟袋锅半天没吭声。他说：“当兵好……”

父亲说：“你去当兵，提不了干部，挣不来钱，当几年大头兵回来，白耽搁工夫，管啥用？”

他说：“书上说当兵好。”

父亲在鞋帮上敲了敲烟袋锅：“我看你最好进石灰厂，听说一天挣三块多呢，好好干几年，给你哥挣个媳妇，也给你自己挣一个，多合算……”

看说不通父亲，他一咬牙偷偷报了名。接兵的首长打量了他几眼，面露喜色，当即答应收下他，然后前来做父亲的工作。首长问：“老井你上过学吗?”

“读过一年私塾，嘿嘿。”父亲的小眼睛一挤一挤的，摸不清接兵首长的意图。

“就是，老井你也是知书达理的人，”首长掐着腰说，“不要光盯眼前，让孩子到山外头见见世面，我看比什么都强。”

父亲在接兵首长面前唯唯诺诺，那条伤腿不住地抖动。抽完一锅旱烟，父亲苦笑着点点头：“也是也是。”边说边狠狠瞪了他一眼。

当兵的事就这么定了。半个月后，他们登上了北去的列车。列车路过一个又一个热闹的城市，路过一片又一片开阔的平原，眼前的一切都那么新鲜，那么陌生，于是他托着腮想，无论如何，这趟门不会白出，这兵不会白当……

周护士周念文经常在空闲的时候到井秋生的床前来看看，轻柔地说几句安慰话。她的动作很轻很轻，像一个飘忽的影子。

周护士令他心里暖暖的。他想周护士一定是个好心人，是个长得漂漂亮亮、利利索索的人。有时他便不好意思起来，费力地咧咧嘴说：“你忙别的吧，我不难过。”

这儿的好人真多，包括那个老兵于吉温。于吉温虽然三天两头叫他新兵蛋子，但心眼儿并不坏。于吉温给他讲了许多部队里的新鲜事，极有意思。脑袋里装进了这些东西，他觉得自己也成了一名老兵。新兵是非常羡慕老兵的。

于吉温是离此二百里远的一个靶场的报靶员，据他说他们那儿闭塞极了，经年累月连个姑娘也见不到。他说在弟兄们眼里，连老母猪都是双眼皮，美丽动人。他还说来到这儿就像进了天堂一样，可真开了眼界，别提有多惬意了。他是老病号了，但说不清楚他到底有什么病，今天这儿疼，明天那儿痒。这儿疼那儿痒并不耽误他逛大街。按他的话说，是出去补补课，给眼珠子过过年。

这老兵可真逗，井秋生禁不住想笑。

有一天，于吉温很神秘地对他说：“你知道吗？周护士的老爹是个军长。”

“吓！好厉害！”他吃了一惊。

“周护士的对象是个研究生，听说出国了。那狗日的艳福不浅。”于吉温又说。

“吓！好厉害！”他翻了个身。老家的人常念叨到县城、省城逛一趟，当了兵，才知道外头的人常念叨的是出国。“好厉害啊。”他补充说。

“你个新兵蛋子也不赖，周护士悄悄洗过几次你的臭衣服。妈的我长这么大，除了老娘，还没有别的女人帮我洗过。你个新兵蛋子！……”于吉温似倒了牙一般，嘶哈了一阵子。顿了顿，他又说：“不过，她老爹已经下台了，不管用了。”

“怪可惜的，怪可惜的。”他心里凉了半截。

于吉温没再说什么。于吉温好像有透不完的消息，他非常愿意听他讲。

一到部队，就开始了紧张的训练：齐步、正步、跑步、五公里越野、紧急集合……好多新兵受不了，偷偷地唉声叹气，甚至抹眼泪哭鼻子。井秋生却不觉得累，心想你们也太娇生惯养了，大米饭白馍馍管个够，这还叫活儿吗？简直和闹着玩差不多。因此他很卖力气，班长表扬他，排长表扬他，连长还在全连军人大会上提到了他，心里自然美滋滋的。不久，搞射击课目，他想这可不是闹着玩，村里的娃子有几个摸过枪？活一辈子连枪都捞不着碰，太窝憋了。而今他的手上握住了沉甸甸的钢枪，一定得好好瞄，好好打。果然，他说到做到，很轻松地得了个优秀，再一次受到了连长的表扬。接下来是练习投弹，他更加刻苦地练，成绩一天比一天好，把膀子都甩肿了。排长很严肃地说：“井秋生真他妈是个难得的好兵……”

甩真家伙之前，连里、排里、班里一次又一次地讲，投实弹最容易出差错，部队不少事故出在这上面，大家一定要慎重，来不得半点儿马虎。他感到好笑，咬牙甩就是了，咋会出错呢？

终于迎来了投实弹的日子。那天天气不太好，一直阴沉沉的，冷风“呼呼”地刮，他觉得脊背凉飕飕的。场地选在一块略带坡度的荒草地上，连里派人在草地中央挖了一段一米多深的壕沟，投掷实弹的人进入壕沟实施，其余人蹲缩在沟后十几米远的地方。新兵们排着队上，一时爆炸声接连不断，热闹非凡。轮到他上了，他狠狠地往手心里吐了口唾沫，又在裤子上抹了抹，跳进壕沟，抓过手榴弹，拧开盖子，将拉环套在小手指上，高高扬起右手。然而就在这时，他突然想到了祖父和父亲，右臂剧烈地麻木了一下，像遭到雷击一样……

一天，老兵于吉温早早爬起来逛大街去了，井秋生躺在床上浑身不舒服。想了想，就下了床。室外天气很好，听不到一点儿风声。他摸索着走出病房，扶着墙壁往楼外走。巩医生看见了他，说：“小伙子，你干什么去？”

他答：“我到外面待一会儿。”

“当心摔着。我找人扶扶你。”巩医生说。

这时，有轻轻的脚步声跟上来，他猜是周护士。周护士搀住他的左臂，他感到周护士的手指柔柔的，似乎有点儿发凉，不由脸红了一下。长这么大，他从来没有如此靠近过一个陌生的女人，于是，他吞吞吐吐地说：“我一个人能行……大姐。”

周护士没说什么，只是扶着他慢慢往前走。过了一会儿，她说：“再走两步就是台阶。”

一片温暖猛地罩向他，心里顿时舒坦了许多。自打住进这家医院，今天是第一次出屋，他觉得像是换了一个人，浑身轻松自如，就说：“外面真好。”

周护士扶着他走进住院部大楼门前的小花园，让他在石凳上坐定。他闻到了一股甜丝丝的气味，那是迎春花在开放。他想起家乡满山遍野都是这种迎春花，春天一到，一片片灿烂的金黄，望过去好自在好自在。也许以后再也看不见它们了，他心里一沉，低下了头。

周护士站着一动不动。她说："人这一辈子会碰到许多意想不到的事情，谁都不会例外……"

"我知道，"他说，"这不怪别人，不怪部队，都怪我自己。"

周护士轻轻叹了口气："就像我吧，爸爸没休息之前，很多人围着我们转，可以说要什么有什么，他一下去，马上就变了。我痛痛快快地活了二十来年，但我明白，以后的路不会那么顺畅了……人嘛，就这样。"

"你不知道，我爷爷和我爹都很惨的。"

耳边有蜜蜂的嗡嗡声传来，周护士的呼吸有点儿急促。他想她肯定也有痛楚。干吗非要让人家为自己操心？便没再说下去。许久，才喃喃道："大姐你先回去吧，我再待会儿。"

就在那天晚上熄灯后，老兵于吉温凑到他床边，极认真地说："喂，告诉你个事，刚才李护士说，出国的那小子把周护士给蹬了，周护士昨晚哭了一夜，眼泡都肿了……"

他惊愕得说不出话来。

"那狗日的太没良心，把人家玩够了，就不要了。像周护士这样的女人，打着灯笼都难找……"

于吉温又恶骂一阵，他一句也没听进去。脑袋响个不停，他恍恍惚惚地想，自己一个农村娃子遭点儿罪不算啥，周护士这样的人却不该碰到这种事情……夜里醒来，罩在眼上的纱布湿乎乎的，睡梦中一定是哭过。

祖父的事情后来乡党们讲给了父亲，父亲后来又讲给了他听。日本人打进来的时候，祖父正当年轻。一天，祖父在自家的二亩薄地里锄草，一小队日本人突然出现在他面前。日本人"叽里哇啦"地叫，祖父吓成一摊肉泥。一个戴眼镜的日本人呵呵笑了一阵，猛地扔过一颗甜瓜状的小手雷。手雷在地上冒着白烟旋转，祖父想爬起来逃掉，可两条腿咋也不听使唤。手雷爆炸的气浪将祖父掀翻了一个跟头，祖父的一条断臂在地上跳了几跳，然后死去。由于受伤和惊吓，没过几天，祖父就像那条断臂一样死去了。那年父亲只有三岁。

后来一提起祖父，父亲就咬牙切齿地骂："狗日的小日本！……"

父亲长成了壮小伙子，身体强壮的父亲夜里睡不着觉，常常一大早就爬起来，背上粪筐走街串巷捡粪。冬天的一个凌晨，支书披着大衣从大队妇女主任桂芝的屋里钻出来，正巧被父亲撞上。支书朝地上吐了口浓痰，问："小子，看见啥啦?"

父亲忙说："我、我……我啥也没看见。"

"没看见就好。"说完，支书溜进了一条小胡同，父亲愣着半天没动。

不久，支书带着壮劳力开山采石修梯田，在大山上放炮时，一枚炮点着了，过了一袋烟工夫，却没有响。支书骂了几句，扫视一遍众人，说："谁上去看看?"

大伙儿缩着脖子，没人应声。支书盯了一阵父亲，说："你去!"

父亲骂骂咧咧不愿去，但最后还是骂骂咧咧、战战兢兢爬出了掩体，弯腰朝炮眼走去。刚走出十几步，炮却响了，一块窝窝头大小的石头横着飞过来，击中了父亲的右膝盖骨。从此，父亲就成了瘸子……

右手举起手榴弹的时候，咋想起了这些陈芝麻烂谷子？他怎么也搞不明白。

排长在他身后喊："你小子愣着干什么，这不是拍电影。"

他感到心跳得厉害，右臂极为沉重，迟疑间一甩手，手榴弹下斜着飞了出去。然而它仅仅飞行了很短的距离，栽在面前四五米远的地方。大伙儿失声喊叫，排长哑着嗓子喊："趴下，快趴下!"

他完全蒙了，一时没有反应。排长奔过来跳进壕沟，想推倒他，他这才猛醒过来，急扑到排长身上。与此同时，手榴弹爆炸了，双眼顿时模糊，伸手一摸，热乎乎的黏手。连长拨开人群，一边气急败坏地骂"熊兵"，一边吩咐人快背他去卫生队。

听说排长没有受伤，他心里踏实了许多，一个劲地念叨："这不怪别人，都怪我自己……"

几分钟前，谁能想到会有这一幕？

在团卫生队简单包扎了一下，团里的破救护车紧接着把他送到了六十里外的陆军医院。当天晚上就进行了手术，但效果不理想，巩医生说还要做第二次。

做第二次手术的那天，外面下着淅淅沥沥的小雨，那是今年的第一场春雨。手术完毕，巩医生长舒一口气："这次我比较有把握，七天后就可以拆线。"

七天以后，捂在他眼上的纱布终于被彻底揭掉了。面前围着一堆人。巩医生说："小井，你睁开眼看看。"

他心慌得不行，憋足一口气，握紧了拳头，努力挤了挤眼睛，然后缓缓地、缓缓地睁开……

"怎么样啊？怎么样啊？"巩医生急问。

他蒙蒙眬眬地、十分吃力地看到近前有几个凝滞不动的影子，墙壁似乎是灰色的，巩医生的脑袋好像挺大，正在尖声尖气同另外一个人说话的一定是李护士，她的个头不高。他感觉到，周护士就站在窗前，而他竟然鼓不起勇气扭扭脸看她一眼，扫描了一阵，目光快转到周护士身上时，他无力地垂下了脑袋……

"到底怎么样啊小井？"巩医生大声问。

"能看清一点点儿，左眼比右眼好些。"他说。心里踏实了许多。能看清一点点儿，毕竟不是死瞎子啦。多亏了巩医生，当然还有周护士……

巩医生说："我认为能恢复到这个样子就算不错了，再过些日子，可能更好些。脸上的几块疤愈合得也不错，离远了看不出来。小井，你跟我到门诊好好测试一下。"

春天快要结束的时候，连里派文书老毛和新兵小朱来陆军医院接他回部队。老毛和小朱早饭后乘长途汽车从驻地出发，因久不来城市，汽车一进市区他们就花了眼，下车后逛了半天商店和公园，来到医院时已是下午。二人帮助他简单收拾了一下行装，他同巩医生、李护士和老兵于吉温他们道了别，但没看见周护士。他不甘心，出了住院部大楼，文书老毛走在前面，新兵小朱扶着他走在后面，他故意走得很慢。眼睛还是比较模糊，他看到文书老毛的后脑勺黑乎乎的。他总觉得还能见到周护士。果然，走出二十几步后，他听到身后有一个柔柔的、熟悉的声音。是周护士周念文！

他极快地回过头来，眼睛竟然在一瞬间明亮了许多。他十分真切地看到她站在大楼门前小花园的边上，花园里金黄色的迎春花已经凋谢，而火红的月季花正怒然开放。她白大褂的扣子没有系，露出一身鲜艳的衣裙。有温暖的小风吹来，拂起她飘逸的长发，遮住了她光洁的额头。巨大的夕阳正好悬在她的头顶，熔金般的阳光透过她黑发的隙缝，摇摇晃晃播洒过来，不断地变幻色彩，灼得他眼睛火辣辣的……

他喊："周护士！……"

她粲然一笑。

他再一次十分真切地看到，她弯弯的眉毛、月牙儿似的眼睛以及小巧的鼻尖往上牵了牵，露出一个难以言喻的笑意。那笑纹儿水波一样极有节奏地闪现，一圈连一圈地荡漾开去，久久不散，最后清晰地印满了整个空间……

他喊："周大姐！……"喉咙有点儿发紧。

文书老毛在他身后咕哝道："咱们快走吧，天不早了。"

走出陆军医院的大门，他猛然意识到，刚才的那一幕已经深深地吃进了眼里。也许眼睛好好的人一辈子都不可能见到的景象，他一个半瞎子竟然看到了，好奇怪啊……后来他便想，这趟门没有白出，真的没有白出……

（1991 年）

一个白天和一个夜晚

其实，城市不需要太多的感情，感情这东西，不能当饭吃，可以当酒喝，但酒是断断不能喝多的……一坐上车，少尉就模模糊糊地想。

少尉坐在靠窗的位置上，向百里之遥的一座名闻遐迩的城市进发。车已十分老旧了，玻璃坏了大半。这车进了那座富丽堂皇的城市，一定会成为惹人注目的物件，就像一个衣衫褴褛的乞丐闯进议会大厅一样。这是部队驻地的村子每天开往城市的唯一车辆。

乘车的人大都是附近村民，进城采买或倒腾点儿山货什么的。少尉有晕车的毛病，为坐靠窗的座位，刚才颇费了番力气。好就好在没穿军装。当然，不穿军装人们也能看出他的身份。少尉是北方人，加之不留胡须，头发短短的，甚至连身上的气味都能明显地感觉出来。

少尉家在北方的一个小镇。小镇的人都知道少尉如今待在一个天堂般的地方。但他们并不清楚，少尉所在的部队离那座天堂般的城市还有百多里的路途。

天还未亮，少尉就早早地醒了。事实上整整一夜少尉都未睡踏实，老想着接站的事。

阿凤早就有来玩玩的想法。少尉说，有什么好玩的，那么远的路，还要花不少钱。阿凤不依，少尉每次探家，阿凤都缠得少尉没办法。连长拍着少尉的肩膀说，你小子应该大气点儿，愿来就让她来嘛。无奈，少尉只好答应了她。几天前少尉去请假，连长爽快地说，应该去接接，不过，当天可能赶不回来，就在市里住一宿吧。连长又含意颇深地笑笑说，这个这个……如果你俩还没点火，最好不要住一起；当然喽，如果点过火了，嘿嘿，你就看着办吧……

少尉脸红了红，说，连长你还不了解我，这么老实的人，不会干那事的，我敢保证。

现在的小青年，和我们那时大不一样喽，连长咂了咂嘴。

少尉一表人才，具有北方汉子的雄壮体格；阿凤性情温顺，长相也不赖，就是嘴巴大了点儿，眼睛小了点儿。小时候，他们之间发生的事情，有很多过去就过去了，只有一件至今令少尉时常想起。上初中时，有一天，下着蒙蒙细雨，阿凤从兜里掏出两个热乎乎的鸡蛋，怯怯地递给少尉，非要他当着她的面吃下去。少尉的家境不如阿凤家好，母亲没工作，父亲的小厂三天两头停工。尽管如此，少尉面对鸡蛋，还是表现出了他特有的持重。阿凤眯缝着小眼睛定定地望着他。阿凤的头发被雨淋得毛茸茸的，鼻孔一张一合，红红的脖颈如鲜艳的水萝卜，少尉腿肚子抽了抽，一股暖流涌遍全身。日后少尉想，绝不是那两个千篇一律的鸡蛋感动了他，而是阿凤的眼神和表情打消了他惯有的持重。在后来的岁月里，阿凤那一刻的略含乞求的表情和眼神时常缠绕着他，既让他感到温馨，又使他感到沉重，难以摆脱……阿凤父亲是剃头匠，阿凤高中毕业快三年了，还在待业，只好等着父亲办退休。对于注定要落在头上的职业，阿凤并没太多抱怨，少尉却感到有些肚子疼。肚子疼就肚子疼吧，这是没办法的事，少尉想。

公共汽车到达城市的时候，十点钟刚过。

阿凤晚上十一点多才到达，少尉决定逛逛风景。

一年多以前，山坳里的连队曾经热闹过一阵子。

连长在一次干部会上宣布，那座城市刚开业不久的东亚大酒店为提高服务质量，打算选派服务员来部队培训，接受军事化训练和生活。连长眉飞色舞地说，来的净是些漂亮妞儿，妈的没治了，一来可以借机活跃一下连队业余文化生活；二是密切了军民关系；再就是酒店答应给我们一点儿报酬，何乐而不为？大家都说这实在是好事，打着灯笼都难找。

某个阳光灿烂的上午，一辆豪华型大客车开进了山坳。二十几个女服务员个个花枝招展，弄得干部战士目瞪口呆，发出一片粗重的喘息声。在全连干部中，少尉军事动作最出色，连里决定让他带几个战士骨干负责服务员的训练。起初少尉连说算啦算啦我应付不了这些娇小姐。连长说，你不去谁去？你是咱连最帅的人，必须你去，不然人家笑话咱。去就去吧，少尉想。

小姐们不但人长得花俏，而且名字几乎全是洋味儿，丽莎、艾娃、玛莎……二十几个人往操场上一站，简直分不清谁是谁。

少尉的担心是多余的，小姐们的认真劲儿似乎不亚于连队的战士。她们从最基本的单兵动作做起，练习齐步走、正步走、跑步走，一招一式毫不含糊，少尉十分满意。她们差不多每个人脚上都打起了血泡，浑身湿淋淋的，但没有一个人叫苦叫累。少尉有些心软了，有意无意地减少了部分动作量，让她们多休息一会儿。

除了操课时少尉和她们说说话，平时极少来往。一天傍晚，那个叫玛莎的姑娘却来到了少尉的宿舍。少尉不温不火地接待了她，随便聊了一会儿。第二天，玛莎再次来了，极其自然地邀请少尉去散散步。少尉犹豫了一下，想想不能硬回绝人家，便同意了。绕着营院转了一圈，他们分了手，少尉找到连长说明情况。连长满不在乎地说，解释个屁，散散步算什么。连长又说，有可能那个小妞儿对你感兴趣，我想这个这个……也不是什么坏事，你反正光棍一条，看着办吧。少尉说，阿凤还等着我呢。连长说，是啊是啊，不过，这女人肯定比你那阿凤有味道，是不是？

连长真是个开明的领导，少尉打心眼儿里敬佩他。

军训是在半个月后结束的，全连官兵列队为她们送行，场面热烈而隆重。姑娘们一副恋恋不舍的样子，有的居然眼泪汪汪，动了感情。这让少尉感到惊讶。在此之前，他一直认为干这种职业的女人很难流露出真情，这也正是城市所缺乏的东西。但玛莎却没有落泪，玛莎的一双眸子凝止不动，如一幅静物画。客车开动的那一瞬间，透过窗玻璃，少尉真真切切地看到，玛莎飞快地瞄了他一眼，然后低了头。玛莎的眼睛大而明亮，生动非凡，让少尉想起远在几千里之外的阿凤虽然细小但同样明亮的眼睛。很显然，玛莎眼里漏出的光线和阿凤有许多类似的地方。少尉的心剧烈跳动了几下，他下意识地捏了捏肥大的裤兜，裤兜里装着一对小巧精致、镶有金边的瓷器小人。那是玛莎送给少尉的礼物。

玛莎落落大方地将小瓷人摆在少尉面前时少尉曾执意推托了一番。玛莎淡淡地说，所有干部都接受了她的礼物。少尉这才勉强收下。

日后少尉了解到她根本没送给别人礼物。

不久，少尉收到了玛莎的短信，字迹歪歪扭扭，主要是感谢之类平淡无奇的话。少尉琢磨着应该回封信，就算是出于礼貌吧。

但他终于没有回信。他搞不明白究竟为什么。有些事情你很难搞清楚。

少尉在梦一般繁华的大街上漫无目标地游逛。他感到肚子咕咕直响，就买了一盒快餐饭。价钱抵得上他两天的伙食费。

现在，少尉心里在七上八下地折腾。自从同意阿凤来部队，他的心就吊了起来，老担心阿凤长途跋涉几千里，路上让人骗了什么的。

在少尉的记忆里，阿凤去他家玩的次数并不多，他去阿凤家的次数就更少。少尉确定入伍后，临开拔的那段时间，阿凤才来得勤了些。少尉的母亲总是笑盈盈地迎接阿凤，想方设法弄点儿小吃招待阿凤。一直令少尉心中不快的是，阿凤的父亲却不大喜欢少尉。在那个巴掌大的小镇上，阿凤算是出落得比较显眼的姑娘，据说副镇长的儿子都对阿凤有意，阿凤的父亲为此整天乐呵呵的。

你看你爹，见了我，脸绷得像块生铁。少尉有一次对阿凤说。

我爹他人就那样，你别在意。阿凤说。

我实在不愿见你爹。少尉说，见了他我腿肚子就抽筋。

你千万别在意，当年我姐夫来我家的时候，我爹也那样，现在还不是挺好。

无论阿凤怎样解释，少尉心里的疙瘩却始终没解开，剃头匠生硬的表情像一块石头一样，压得少尉许久都喘不过气来。所幸阿凤不那样做，如今回想起来，阿凤蛮有眼力呢。

小镇上的人也这么认为。

商店里和马路上人很多，小汽车连成一串往前拱。午后的阳光和空气交织在一起，令人昏昏欲睡。小商亭里，旋出一支节奏强烈的曲子，少尉为之一振，酸疼的腿似乎绷紧了些。

他突然想到玛莎。一年多不见了，想来她混得肯定不坏。她是个聪明的姑娘，她有许多过人之处，这是毫无疑问的。

时间还早呢，少尉决定去看看玛莎。

远远地，就看见了东亚大酒店高大而辉煌的模样。东亚大酒店几乎成了这座城市的一个象征，它的名声具有强烈的穿透力，令南来北往的旅人生出种种不切实际的联想。

少尉隔着烂漫花坛驻足，将烟抽完，然后小心翼翼地走过去。光可鉴人的台阶上，站着身材魁梧、透出华贵之气的保安先生和应接先生。少尉松弛了一下脸上的肌肉，做出微笑状，在他们友善的注视下，轻轻滑进门厅。

总服务台的值班小姐告诉少尉，玛莎在十六层当班，少尉谢过小姐，小姐突然又柔声叫住了他，说她好像看见玛莎陪杰克先生进了餐厅，你可先去餐厅看看。他犹豫着踱进餐厅，果然见玛莎正陪着一个相貌英俊的洋人用餐。餐厅里杏黄的桌椅、轻柔的音乐和食物的芳香让少尉感到仿佛走进了另一个世界。他坐在靠近角落的座位上，领台小姐含笑轻盈地走过来，问需要什么。他忙摇头说是等人。

少尉静静地坐在那里，望着玛莎和叫杰克的洋人悠闲地用餐，他们面前杯子里的液体闪耀着迷人的光彩，令少尉想起雨后的彩虹。有一刻，玛莎似乎漫不经心地扫了少尉一眼，但没认出少尉，很快地收回了目光。杰克先生深蓝色的眸子里涌出的烈焰般的光线在玛莎胸间脸上灼来灼去，玛莎不时送给杰克先生一个动人的媚眼。透过桌椅的间隙，少尉看到杰克先生长满黑毛的大手在玛莎腿上轻轻滑动。杰克先生像在抚摸一件精致的瓷器。玛莎一点儿没有反对的意思，脸上始终荡漾着谜一般的笑意。少尉赶紧移开目光，他听见自己响亮地咽下了一口唾沫。

少尉不由自主地想起，面对阿凤，他的眼睛也曾像杰克的眼睛那样喷射过火焰。

考上军校那年春节，少尉回家探亲，剃头匠置办了丰盛的酒席，吩咐阿凤前来唤他赴宴。他本不打算去，又想不去阿凤肯定有想法，便别别扭扭地去了。剃头匠满面红光，十分热情地劝他喝酒吃菜。少尉是近年来小镇出去当兵的人里最有出息的一个，剃头匠自然有理由高兴。饭后，阿凤陪少尉离开，少尉嘬了嘬牙花子，说，我总觉得你爹像范进的老丈人。

阿凤打量陌生人似的盯了少尉半天，说，你不能这么说，我爹拉扯我们姐妹几个不容易。

少尉说，不管你爱不爱听，我说的是心里话。

阿凤偏不爱听他的心里话，头一低便走开了。此后的几天，阿凤没再登他家的门。他预感到阿凤对他产生了误解。阿凤不愿让人家说她死赖硬缠着他，因为他已不是过去的他了。

一个下着小雪的傍晚，他约阿凤出来走走，一路上两人几乎没说一句话。走到镇子外的小河边，他们定住脚步。阿凤低垂着眉眼，一副心事重重的样子。他能够猜出来，阿凤在等着他说一句告别的话，然后捂着脸掉头跑开。脑子里乱糟糟的，他不知道该说什么好，晶亮的细雪犹如朵朵小花开放在他们的头上和身上。望着纸片般单薄的阿凤，他忽然有了一种庄严的感觉，心里灼痒难耐，眼睛火辣辣的。不由分说，他扑上去死死抱住阿凤，嘴唇贴在她的脸上，像小猪吃奶一样胡乱拱动。他知道这就叫吻。但他还没学会接吻，阿凤也没学会。阿凤一动不动地任他摆布，既不迎合也不反抗。他觉得面颊上湿漉漉的，他相信那是阿凤的泪滴……

侍应生再次走过来，问少尉是否要杯茶，或是一杯橙汁。他摸了摸口袋，彬彬有礼地拒绝了……不知过了多久，玛莎和杰克先生扔下刀叉，准备起身离座。杰克先生掏出一张花花绿绿的纸币放在玛莎面前，玛莎道声谢，极为熟练地拈起纸币塞进衣兜。他们相依着走至餐厅门旁的时候，玛莎的目光和少尉的目光撞在了一起，玛莎终于认出了他，轻轻噢了一声，他赶紧站起来。玛莎把他和杰克互相做了介绍，杰克用中文说，先生你好。杰克又用英语对玛莎说，我回房间去，就不打扰你们了。

你怎么来啦？玛莎有些惊奇地问。

我……我来办事，顺便来看看你。少尉说。

难得你还想着我。玛莎非常高兴。

少尉浅浅地笑了笑。

又聊了几句，玛莎说，你等我一会儿，我回房间换换衣服就来。

出了东亚大酒店，少尉感到心头畅快了些。玛莎换上一身淡蓝色的衣裙，卸掉了脂粉，身上的味道不再像刚才那样逼人。

玛莎说，你好不容易进一趟城，我陪你转转吧。少尉爽快地点了点头。

此刻太阳被高大的建筑物遮挡住了，西天的红云多姿多彩。他们沿着路边的甬道缓缓移动，彼此找些有趣无趣的话题扯上一通。不知不觉，路灯全亮了，车流人流却未见少，道路两旁建筑物上的各色彩灯闪闪烁烁，一如梦境。

少尉看了看表，说，你该回家啦。

我无所谓。玛莎甩了甩长长的头发。

少尉又看了看表。

玛莎说，你不像进城玩，像是有别的事。

我对象从老家来看我，十一点多到。

哟，这可是大喜事，祝贺你。不过时间还早呢，咱们再转转吧。

玛莎兴致很高，少尉心里也很舒坦。一对对搂肩搭臂的男女从身边滑过，他们有的是情侣，有的仅仅是性侣。看上去都很幸福。

你还没用晚餐吧？千万别饿肚子。玛莎说。

玛莎率先在一个叫红蜻蜓的酒吧门口定住脚。少尉忙说，买盒快餐吃吃就行了，这种地方骗人骗得厉害。

这种场合情调好，明白吗？玛莎真诚地说。

咱先说好，我来付钱。玛莎又小声地、似乎不经意地补充说。

少尉仍是不同意进，玛莎硬是把他拉了进去。侍者把他们安排在半封闭的情人座位上。玛莎点了几样小菜、糕点、两听饮料和两杯咖啡，然后问少尉，要不要来点儿酒？

算啦算啦。少尉说，喝酒误事。

他们坐得很近，因为两个无法移动的座位挨得近。少尉浑身不自在。玛莎很少动筷子，只是小口呷着咖啡和饮料，看着少尉吃。酒吧间的光线昏黄昏黄，一支柔柔的曲子翻来覆去地绕着他们旋转，玛莎原本亮晶晶的眸子像是蒙上了一层雾气，几缕散发搭在她的脸上。少尉真切地感觉到了她时紧时缓的呼吸，他不敢抬头看她的脸，她的领口开得很低，她颀长的脖颈如一截刚刚洗过的莲藕，反射着细腻的光泽……吃得差不多了，少尉说，天不早了，你回家吧。玛莎说，我真的讨厌回家，一进家门，老太太就嚷着要钱，好像我是棵摇钱树，只要能挣到钱，干什么她都不管……少尉说，我还要去车站，公共汽车快没啦。玛莎说，你打的士去，我替你付钱。少尉说，那怎么行……

时候真的不早了，玛莎唤过侍者。少尉抢着付钱，一看账单，吓了一跳。一百一十元整。早晨出门时他只带了九十多块钱，除去一盒快餐饭钱和一张汽车票，现在手头只有八十块出头。在他发愣的当儿，玛莎已经将几张钞票放在了侍者端着的托盘上。少尉的脸红得吓人。

步出红蜻蜓酒吧的时候，玛莎像喝醉了一般依偎着少尉。少尉想这样实在不好。但他命令自己，无论如何不能拒绝玛莎。他极其自然地闻到了玛莎身上的气味，他宁肯相信那是玛莎的体香，而不是化妆品的味道。他感到全身鼓胀胀的……公共汽车已经停运，玛莎掏出一张面额一百元的钞票递给少尉，少尉依然红着脸说，绝对不可以，你这是瞧不起我。

玛莎没再坚持。

一辆出租车开了过来，少尉执意要玛莎先走，说，你不走我不放心。玛莎同意了。打开车门，玛莎回过头，大声说，我想，你的女朋友不错，她会对你好的，你一定好好待她！

少尉重重地点了点头。

出租车转眼开走了，少尉竟忘了向玛莎招手。他拔腿扭头往火车站的方向跑。跑着跑着，他想到应该按玛莎说的办，乘的士。于是，他瞅准机会，一咬牙拦住一辆出租车。少尉有点儿笨拙地钻进车里，出租车载着他飞快地向前赶，他觉得轻松了些，刚才跑出的汗水慢慢收了回去。车窗外的世界朦胧一片，在他眼皮底下来来往往，如梦如烟。阿凤还从未见过这阵势呢，少尉想，见到她后，如果她愿意，干脆就不住旅馆啦，他打算领着她在大街上走走，最好一直走到天亮。城市的夜晚和白天其实并没有太大的区别，少尉意识到，自己也是头一回悟到这些事情……出租车在车站广场上无声地停下，少尉问，多少钱？

司机一指计程器说，三十二块五。

妈的，又是个大价钱，少尉感到肚子疼。他抽出四十元钱，愣了愣，拍在司机面前，落落大方地说，不用找啦。

司机诚恳地说，谢谢。

正好赶上火车进站，少尉来到出站口，手扶栏杆踮起脚尖张望。旅客们一团一团地往外拥，少尉睁大眼睛，搜寻着阿凤的踪影。这时，他似乎闻到了一股浓郁的、来自北方的纯朴气息。他断断续续地想起，小时候，他常常和小伙伴们一起到镇子外的小河里摸鱼，每摸到一条鱼，他就甩给站在岸边的阿凤。鱼儿在阿凤脚下活蹦乱跳，阿凤手忙脚乱地去捉它，有时竟捉不住，他一身一脸的泥水，大声地取笑阿凤。小河两岸一片片茂盛的谷子和高粱随风摆动，发出沙沙的声响，像在连绵不绝地诉说一件出自远古的秘密……

现在，少尉仿佛再次听到了故乡的镇子外那条小河淙淙的流水声，闻到了故乡成熟的秋庄稼甘洌洌的芳香……

（1992 年）

老邓班长

北风是在午后的时候停歇的，太阳有点儿晃眼。在四连宿舍前的篮球场上，刚集训完分配来的二十几个新兵齐刷刷地站成两排。谢指导员在队列前倒背着手，低头踱了一会儿，突然站住，昂头挺胸，问："哪个愿去炊事班？"

谢指导员嗓门大得吓人，声音嘶哑，像谁用铁榔头猛敲了一下破锣。新兵们被问得愣怔片刻。没人吱声。

"哪个愿去？"谢指导员又问了一遍。

半天，一个高大壮实但脸膛灰黄的新兵小声嘟囔道："没人去，我去吧……"

此人就是邓家坤。

这是四年前的事情了。

后来据邓家坤讲，来当兵前他在家里已当了十几年的兼职炊事员。他很小的时候，亲妈就死了，后妈自然不客气，刚比锅台高出半头就让他学做饭。邓家坤也不客气，经常往后妈吃的菜里吐唾沫、抹稀鼻涕。因为他的亲爹常常和他后妈吃一个碗里的菜，所以亲爹也跟着沾了不少光。

谢指导员说："以后可不能再吐了，不然我割下你的舌头。"

邓家坤说："可不敢可不敢。"

但三天以后，邓家坤还是偷偷往刚炒好的菜里吐了一口唾沫。吐了后他才发觉，想想不对，便红着脸低着头报告了老炊事班长。他说："吐了十几年，习惯了，一时改不过来，班长你骂我吧。"

"算了算了！"班长说，"以后注意就是了。你那唾沫就当是味精，叫他们吃好了。"

邓家坤的黄脸几乎贴到胸脯上："班长，以后我要是再吐，你就把我的舌头割下来喂狗。"

果然，从那以后没再发生类似的事情。

四年后，我入伍来到部队的时候，邓家坤已经当了两年的炊事班长。老炊事班长复员回山西老家了。

衣食住行是生活基础，在部队，对于战士们来说，大伙儿对衣、住、行似乎不太关注。衣服是发的，都一样；"住"也无所谓，反正在部队待不了几年，有张床板凑合凑合就过去了；至于"行"更无所谓了，干什么都是统一行动，该步行时步行，该乘车时乘车；对"食"则是另外一回事了。大伙儿对衣、住、行的不关注，无形中加重了对于"食"的异乎寻常的关注，淡漠的生活中，好"食"能提高士气，坏"食"会降低情绪。我们连的黑脸连长心虽然粗，但却很会利用这种左右情绪的特殊武器，比如大伙儿打扫卫生、种菜、浇地时，甚至在训练时，他说一句"今晚吃水饺"或"今晚吃肉馅包子"，大伙儿的劲头一下子就上来了，保证任务完成得干净、利落，比谢指导员扯着嗓门讲一通道理做一番思想工作效果要好十倍。

然而想吃好又都不想当"老炊"，就像希望街道干净而不想当清洁工一样，这大概是人的一种本性。每逢往炊事班调人的时候，都需要指导员费一番唇舌，甚至动一番肝火，后来不知哪位想了个招儿，把在新兵连调皮捣蛋不服管的兵直接分到炊事班，饭堂便成了"流放"地，就像俄国人心目中的西伯利亚一样。

后来我被分到炊事班，却不是被"流放"去的，邓家坤向指导员反映："炊事班像个大杂烩，谁都不好管，今年指导员你不能给我派了，我要自己去挑一个。”指导员同意后，邓家坤就将我挑了去。起初我有点儿想不通，我自认为在新兵连干得还不错，既听话又勤快，把我发配到炊事班，岂不是冤枉了我?！有一天邓家坤对我说：“小姚你别不知足，把你挑来我是向着你。那天我看你又瘦又小，营养不良，我就想到了我弟弟，是我亲妈生的弟弟，他个头和你差不多。你来炊事班用油烟熏熏，多吃点儿好吃的，长胖一点儿，该有多好！我并不指望你干多少活……”

我终于明白过来，激动地说：“邓大哥，我听你的。”

他学指导员的样子，抬头挺胸：“什么大哥小哥，队伍里不兴这个，叫我家坤也行，叫我老邓也行，叫我班长也行。”

我一个新兵蛋子怎么敢叫他家坤？于是，我就喊：“老邓班长！”

他得意地笑了。

老邓班长有一个癖好，喜欢观看大伙儿吃饭的神态。等挨号打完饭菜，大伙儿捧着碗回到自己的座位上，邓家坤就端坐在打菜窗口，拿眼睛轮流环顾摆在饭厅里的十几张桌子。有人狼吞虎咽，有人细嚼慢咽；有人吃得香甜，有人愁眉苦脸。每逢这时候，邓家坤脸上的表情也随着就餐者的表情而变化。大伙儿吃完，抹抹嘴拍拍屁股就走，留下的是一个脏乱兮兮的场面。按分工，该炊事员北京兵林奇负责打扫，可这小子总是敷衍了事，没一回认真打扫过。邓班长说过他几次，不顶用。本来林奇没把邓家坤放在眼里，邓家坤也不巴望林奇看重自己，人家林奇家在大城市，邓家坤没理由让他看重，加之他家里暂时还不是万元户，就更被林奇瞧不上了。

邓班长不慌不忙、认认真真地将桌子上的剩饭剩菜扫进盆里，然后再倒进饭堂门口的猪食缸里。连里的四头猪要靠这些东西高消费过日子，虽然这些剩饭菜猪们吃不了，天热，在缸里变了质，只得倒掉，但邓家坤宁肯这样倒掉，也不愿直接扫进垃圾堆。他觉得这样容易接受一些，这是没有办法的事情，既然臭了，你不倒掉，留着有何用。

这天傍晚，邓班长干完活儿锁饭堂门的时候，看了看西天仍然毒毒的日头，喃喃自语道："快过八一了，该准备一下了。"

邓家坤干得不错，这是有目共睹的。他立了一次三等功，入了党，当炊事班长两年，连队食堂连续两年被团里评为先进。两个大奖框被他端端正正地挂在饭厅的墙壁上，尽管饭堂里油烟缭绕，熏得厉害，但那奖框却永远熠熠生辉，因为过不了几天，他就踩着桌子仔仔细细地擦一遍，就像爱护自己的眼睛那样爱护它们。那是他邓家坤的骄傲。

还有一件令邓家坤满意的事，就是他当炊事班长这两年里为灶上节余了四千多块钱。这可是一笔不小的数目，恐怕全团所有的食堂节余的钱加起来也不如我们连多。

谢指导员很看重邓家坤。一次，他把邓家坤叫到连部，问："家坤，愿转志愿兵吗？"

邓家坤心花怒放，忙说："愿转愿转。"上完小学他就回家干活了，考军校连想都不敢想，他的家乡穷得兔子不拉屎，唯有转志愿兵是个出路。指导员一句话，让他高兴得好几天睡不着觉。那段时间，他几乎把所有活儿都包了下来：买菜、洗菜、炒菜、做馒头、焖米饭……累得满头大汗，衣服整天湿漉漉的。

有一天，他很神秘地对我说："知道吗？到年底我可以转志愿兵啦。"

我为他高兴："那太好了班长，你快熬出来了。"

"我那狗日的后妈以后再也不敢小瞧我了。"他得意地说，"我二姑刚给我介绍了个对象，是个做衣裳的。听说我能转，她家忙把彩礼退了，说可以不要我家一分钱……"

"她敢要！不行你就蹬了她，转了志愿兵，班长像你这样的好心人什么样的女人找不到。"

听了我的话，高兴得他肥厚的嘴唇咂巴了几下。他说："可不能这样讲，像咱这样的笨人，不花钱能找个小裁缝蛮不错了。小姚你好好干，将来我给你帮帮忙，你也转。”

“咱可没你那样的福气，能在部队入个党，回去后当个民兵排长、村支委什么的，咱就知足了。”

“要有信心嘛！不然咋能干好。我一入伍就有转志愿兵的理想，哪像你。”

“那是那是。”我真有点儿佩服老邓班长了。

转眼八一节来到了。

过节最使大伙儿感兴趣的恐怕就是美美地吃上几顿，打打牙祭；过节对于“老炊”们来讲就是忙和累的代名词了，对于邓班长尤其如此。提前三天他就开始准备了，一趟又一趟地到自由市场上采买。他知道靠北京兵林奇这样的油瓶倒了都不扶的主儿是办不成事的，靠我这样的切菜切肉总把手指头切破的人也不行，主要得靠他自己。

按计划八一晚上会餐，我们黑脸膛的连长特地来关照说，要搞得像样一点儿，八一过后团里搞比武，先给大家提提情绪。连长最后说：“像对付有大烟瘾的人一样，先给他们抽足攒够劲。”

邓家坤说：“你放心，连长。”

邓班长已经想好了，他要搞得既经济又实惠。八一那天一大早他就爬起来，择菜、切肉。五连的炊事班长李大膀从隔壁跑过来，问：“老邓，你们晚上搞几个菜？”

“到时再说吧。”邓家坤乜斜了李大膀一眼，懒洋洋地说。

“干脆咱们都搞十个，谁也别多谁也别少。”

“是不是又想耍我？”

不知从什么时候起，每逢会餐，五连的这个李大膀总想多搞几个菜，压别人一头。五一会餐时，李大膀和邓家坤商量，都搞十个菜，结果这小子搞了十二个，让邓家坤落了不少埋怨。这回邓家坤不想再上他的当了，决心也搞十二个菜。

李大膀狡黠地挤了挤小眼睛：“谁再耍你谁是孙子！”说完，他扭头走了。

中午草草地扒拉几口饭，顾不上休息，邓班长吩咐我到库房去把两只猪头提出来，他要做猪头肉。我一进库房就闻到一股腐臭的气息，忙尖声高叫："班长，快来呀!"

"咋回事?"邓家坤黄着脸跑进库房。

"坏了，猪头变味了。"

倚在墙角的两只面目狰狞的猪头上，足有一个加强排的苍蝇兵力在运动。这两只猪头是早饭后邓班长命我从团部冷库里提出来的，没想到这么快就变味了。妈的，都怪这该死的老天爷。邓班长有点儿懊恼地拍了下大腿，蹲在墙跟前，一挥胳膊把苍蝇赶跑，他提起一只猪头闻了闻，像公马一样喷了下鼻子："问题不大，还能用。"

这时，北京兵林奇摇晃着身子跨进库房："看着恶心，扔掉得啦。"

"扔掉?"邓家坤惊异地回了下头，"别忘了这是四五十块钱的东西呢，一个庄稼人干多少天才能挣四五十?别说这是肉，当年剩的玉米糊糊变馊了，我们家都舍不得扔……"

林奇"哼哼"笑了一阵："老邓，哥们儿叫你土老帽儿，不是寒酸你，听听你说的，真他妈的好笑。"

邓班长不再理林奇，他招呼我把猪头提到灶间。我看了一眼他的黄若玉米饼子般的脸，说："班长，不行就扔掉吧，别人也不会说什么，可以搞个别的菜补上。"

邓家坤吃惊地张大了嘴巴，小眼睛瞪着我说："吔?你小子家里也不富，啥时候也变得这么大手大脚啦?"

我没再说什么。

"不碍事，我有办法，保证到晚上谁也吃不出变味来。"他打算先用酒煮，然后再用油炸，最后放锅里烩一烩，同样是一道不错的菜。找来料酒，我给他打下手，我们光着膀子干起来。

会餐在八一晚六点准时进行，大伙儿争先恐后地拥进饭堂，谢指导员例行公事般的祝酒词还没讲完，就有人拿起筷子狠狠夹了一下子往嘴里送。祝酒词刚完，大伙儿便乱糟糟地端起了酒碗，都憋足了劲“嗷——”地叫了一嗓子，然后仰脖灌酒。那“嗷”声几乎把饭堂撑起来，久久不散。之后“嗷”声不断，参差不齐。不过，“嗷”的规模比第一声“嗷”要小些。

会餐会到一半，几个五连的战士端着酒碗钻进我们饭堂，来找老乡碰杯，其实是碰碗，又掀起一阵不大不小的“嗷”声。

这几个五连的战士把一件信息传递给他们老乡：五连这次搞了十四个菜。这诱人的信息不一会儿就传遍了整个饭堂，有人便拖着舌头埋怨起来：“老邓真他、他娘的抠、抠门，看人家五连的李大膀多阔气！”

“就、就是。节省了钱又有×、×用，留着能下崽？”

连长似乎漫不经心地扫了站在灶间的邓家坤一眼，那神情好像在说，节后比武拿不上名次，你老邓也有一份责任……

这一切邓家坤都看到、听到了，他并不在意，只是小声嘟囔道：“不当家不知柴米贵，现在的败家子真是多。唉，这李大膀小孙子又要了我。”

没人吃出猪头肉变味，这是令邓家坤最满意的。由于他的努力，那四五十块钱的东西没浪费，他当然高兴。

然而到了晚上，却出现了意想不到的事情：起初有三个人上吐下泻，后来增到十一个。送到团卫生队一检查：食物中毒！

祸根是那变了质的猪头肉，直接责任者无疑是炊事班长邓家坤！

这是近几年来全团少见的食物中毒事件。师里下到团里蹲点的一个抓基层工作组批示：建议以此为突破口，好好整顿一下后勤管理工作。团里自然很重视，团长批示：对有关责任者要给予严肃处理；政委批示：各单位要针对此事对炊管人员搞个教育。还有营长、教导员的批示……

事情弄大了。

邓家坤一下子蔫了，本来就灰黄的脸更加灰黄，他喃喃自语：“这些家伙的肚子咋那么娇贵呢？我在家时吃了十几年的馊饭馊菜从没拉过肚子……”

北京兵林奇跷着二郎腿：“怎么样老邓？不听大人言，吃亏在眼前，出事了吧？”

看这小子幸灾乐祸的表情，我真想揍他一顿，可我兵龄比他短，打又打不过他，只得忍气吞声。不过，林奇又说：“甭怕老邓，你是好心，不是存心捣蛋，如果上头处分你，我他妈找团长政委去评理！”

邓家坤感激地看了林奇一眼，我也打消了对林奇的恨意：“老林说得对，谁要处分你老邓，我们不答应！”

第二天下午，邓家坤自己掏腰包买了两大网兜水果、罐头之类，来到团卫生队，探望那些“受害者”，请求他们原谅。

晚上，他战战兢兢地来到谢指导员的房间，耷拉着脑袋不知说什么好。指导员愠怒地看了他一眼，倒背着手在房间里转了会儿圈子，重重地叹了口气：“家坤，我怎么说你好呢？你他娘的真是个老——实——人——呢——”

后面一句指导员像是唱京剧那样唱出来的。点上一支烟，指导员又说：“家坤，事已经出了，况且不是什么太大不了的事，你不要压力过大，找准原因，以后好好干就是了。”

“是是，是是。”邓家坤十分感激地说。

“团长他娘的已经批示了，这回你背个处分看来是少不了啦，我顶不住，你明白吗？你要有个思想准备。”

“应该处分，应该处分。”

邓家坤离开指导员房间的时候，指导员重又唱了一句：“你他娘的真是个老——实——人——呢——”

一个星期后，谢指导员在全连军人大会上庄严宣布：给予邓家坤严重警告处分一次！

按说这事过去也就完了，但它留下的“后遗症”却一个接一个地跟上来，先是团长、政委、营长、教导员轮番在各式各样的会议上老话重提，进行批评，弄得我们连长和指导员很是尴尬，情绪低落。再就是据消息灵通人士说，营里副教导员年初确定转业，腾出的位子上头原来打算留给谢指导员的，谢指导员在全团的指导员里任现职时间最长，快五年了，因为食物中毒事件，三连的指导员提了上去，谢指导员还得原地踏步。

听到后一个消息，邓家坤连续两天两夜没睡觉，后来他忍不住了，在一天深夜敲开了谢指导员房间的门。

“家坤，有什么事吗?”对他的深夜来访，指导员颇为意外。

“指导员，我……”邓家坤的脸膛在日光灯的照射下像黄表纸一样干枯。

“说嘛!”

“……指导员我对不起你，”邓家坤十分吃力地说，“是我耽误了你的前程……”

“这是哪儿的话，你他娘的不要听那些小道消息!”

邓家坤点点头，又摇摇头：“还有一件事指导员，就是……就是我不想转志愿兵啦。”

指导员“腾”地站起来：“老邓你发什么神经，没人说不给你转志愿兵嘛。”

“我想好了，复员回去。我已经超期服役一年了，下一批你无论如何放我走。”说完，像完成了一件大事似的，他轻松地笑了，笑得挺好看，灰黄的脸膛泛上了红彤彤的光晕。据后来谢指导员讲，这大概是邓家坤入伍以来笑得最自然的一次。

临离队的最后一天，邓家坤把挂在饭厅里的两个奖框更加仔细地擦了一遍，然后挺直腰板立在饭厅中央，像在检阅那两个奖框，又像在接受它们的检阅。

邓家坤班长复员后，北京兵林奇毛遂自荐当了炊事班长。林班长出手大方，不像邓班长那样抠抠搜搜，大伙儿起初着实跟着高兴了一阵子。伙食三天两头改善，每周会餐一次，元旦会餐时，一下子搞了二十个菜。这在全团是个创纪录的数字，直吃得大伙儿大眼瞪小眼，把个五连的炊事班长李大膀气得鼻子都歪了，他成了众矢之的，五连的人没几个不骂他的。

但好景不长，三个月后，不但原先节余的四千多块钱挥霍一空，还超支了近千元。连长、指导员出来干涉，说再这样吃不行了。于是，改做另一个吃法，伙食标准自然一落千丈，本来好吃的就不多，再外流一些，伙食就更差了。而且三天两头找领导派人来帮厨，卫生没人打扫，饭堂脏得像个陈年老屋一样……

这样下去，再想评上个先进食堂什么的，一点儿门儿都没有了。

大伙儿也就不知不觉怀念起邓班长来了，有人跑来问我邓班长复员后的情况，我实在不清楚。一天，邓班长的老乡、七连的志愿兵刘胡来我们连玩，大伙儿便问他。他说，老邓回去后开了个饭馆，听说很快就成了万元户，盖上了五间大瓦房……

（1991 年）

一缕清香

肩扛一道粗杠一道细杠的下士苏特根本没有想到，在他当兵的这几年里会十分认真地结识一个女孩儿。他知道，在部队，像这样的事情不算少，几乎遍地都是，早已被某些精明的作家们写烂了，因此既不新鲜，也不值得大惊小怪。

但有一点他确信，他的某些感情经历作家们绝对难以察觉。那完完全全是属于他自己的东西，自然他格外珍惜。他不想让别人知道，正如某些人的某些勾当不想让别人知道一样，尽管他的事情并非勾当。

也许在那个人欲横流的大城市见到了太多的女人，所以当兵后，他没有心思琢磨这些。结识那个恬静而温润的上等兵女孩纯粹出于意外。事后想起来，实在感到好笑，感到不可理喻。

那年国庆节，机关组织文艺晚会，有线连的架线兵苏特被矮个子连长和高个子指导员硬逼着上台表演节目，恰巧长话连的守机员施小新也是演员之一。

下士苏特和上等兵施小新就是在那一刻认识的。

通信团是机关的直属单位，机关组织活动大都少不了通信团。机关的领导说，国庆节搞文艺演出通信团要唱主角；通信团的领导说，各连决不能打马虎眼穷凑合，都要拿出像样的节目。长话连的领导不用愁，手下一帮子引人注目的女兵随便唱唱跳跳就能让老头子小伙子们拍红巴掌；有线连的连长和指导员却急得眼里冒火。指导员捂着脸蛋子想了半天，最后来到苏特面前，说："我看你小子是个给咱们连挣点儿面子的料……"

苏特摇摇头："我不行。"

"你的嗓子不错，你在一楼哼哼唧唧，我在三楼听得清清楚楚。"

苏特摇摇头："我不行。"其实他在心里说，还真让你说对了。当年在学校，他的嗓音是有名的，他曾经参加过不少晚会，唱过不少歌。可眼下，他不大感兴趣。

指导员很慷慨地递给他一支烟。这是当兵后他第一次荣幸地抽指导员的烟。指导员赔着笑脸说："你睁开眼看看，咱们连有几个长文艺细胞的？妈的除了大老粗就是粗老大，嗓子能杀人，你不行谁还能行！……"

指导员说得很恳切，他只好点头答应。同班的东北兵古四宝会拉几下子手风琴，指导员把古四宝派给他。在古四宝制造的"喀叭"乱响的噪音里，他练了几遍歌。

轮到他登场的时候，他并没有太卖劲，他唱了《我的未来不是梦》和《就恋这把黄土》两首歌，效果却出人意料，他赢得了长时间的掌声，这使他略感惊奇。他有点儿得意地离开舞台。他低着头走路。

"唱得真棒。"一个柔柔的声音传过来。

施小新就是在这时候出现在他面前的。

他下意识地抬起头。

"唱得真棒。"施小新又说了一遍。她站在他两米开外的地方，微歪着头，粲然一笑。礼堂顶部的灯光均匀地洒下来，她小巧的眼睛小巧的鼻子小巧的嘴巴红虚虚的，一片朦胧。后来苏特不得不承认，当时他的目光强烈地跳动了一下。

那个柔柔的声音在他的耳际缠绕了挺长时间，那个朦胧的影子在他的眼里飘忽不已。他觉得有点儿不可思议，便骂了自己一句挺粗鲁的话。他想起几年前在卡拉OK或舞厅或咖啡厅里，每逢他唱完歌，总是有香气逼人的女郎尖叫"唱得真棒"，甚至送来飞吻，甚至张开双臂做拥抱的姿势，但他似乎连眼皮都懒得抬一下。

看来世上不可捉摸的事情会常常出现，在人毫无准备的情况下出现。

紧接着上场的是施小新，她好像也唱了两首歌。唱的什么，苏特记不清了。后来他曾经责怪过自己，为什么没记清。她的嗓音挺甜，韵味也挺足，但唱得并不好，大概她不是唱歌的材料。讲讲童话，比如讲讲白胡子老爷爷和黑胡子山羊的故事也许效果更好些。

苏特曾为东北兵古四宝提的一个挺简单的问题愣怔了许久。古四宝龇着两颗又臭又长的大牙问他：“你为什么来当兵?”

古四宝说：“你不像我，我他妈拉巴子的没办法，当几年兵回去可以找个好点儿的工作。在我们那个小小的县城，想找个好工作，比找个爹都难……”

他到底为了什么？也许在那个乌烟瘴气的城市待得太久了，反倒显得无所适从？身边净是些五花八门的人流，掐了头的苍蝇般横冲直撞，他敢打赌那里面有不少流氓和暗娼，自然还有显得猥琐的谦谦君子和道貌岸然的贼。谁也不会怀疑，凭他老爹的威望他找不到一份满意的差事，但这么轻而易举地去奔差事他又不太甘心。同伴们大都手挽手叼着洋烟闯世界活得滋润，而活得滋润的人是不大愿意来当兵的。他们不愿干的，他却非要愿意，于是说来就来了。这一点很重要。

比他矮半头的东北兵古四宝仰起脸来说：“你他妈假什么深沉，想什么就说什么。”

他笑笑，随随便便地说：“可能……可能想遇到点儿意外吧。”

“咦?”古四宝一伸细长的脖子，“听这话你像个诗人，又像个哲学家。净你妈玩邪的，酸溜溜的，倒牙。放拐弯抹角的屁……”

苏特挺喜欢这个比他晚当一年兵的古四宝，因此他并不生气，只是冲古四宝挤了挤眼睛。他不认为自己是在故作深沉，像某些诗人和哲学家那样，他觉得自己还不到深沉的年龄，也不具备深沉的资格。

很潇洒地摆摆手告别喧哗的都市，来到北方的这座军营。团里认为他有点儿特色，想树他为“献身国防建功立业”的典型。他同样很潇洒地摆摆手，又摇摇头，他感到挺好笑。这种事儿实在算不上意外。十分悲壮地割掉飘逸的长发，理了个小平头，脱下几百元一双的耐克鞋，换上当年老爹穿过的那种古老的解放鞋，十几年都市生活打下的烙印却依然很清晰，一眼就能看出来。于是，老家在大山顶上的矮个子连长说：“哼，城市兵！”老家在大山脚下的高个子指导员也说：“哼，城市兵！”这也算不上意外。

看来意外并不是随时都能发生，需要耐心地等待。但绝不能刻意去追求，越是追求往往越出现不了，这是若干年后苏特得出的结论。因此当上等兵施小新突然出现的时候，他便有了一个恼人的预感。

施小新的家在内地一个闭塞的小县城，小县城的名字苏特从未听说过。他风趣地想，施小新大概是那个小县城里最优秀的产品。

在长话连，施小新其实是一个不太惹人注目的人物。有线连的男兵们常常念叨常玲玲、刘影、桑海英等人，很少有人提及施小新。他们曾私下给长话连的女兵们排过号，施小新估计在二十名开外。

苏特并不去关心这些，他所想的和他们不一样。

节假日的军营最清静，弟兄们大都到大街上闲逛，苏特早已逛够了大街，经常一个人待在宿舍里。某个星期天的上午，他躺在床上看了会儿书，看烦了，便下楼，站在楼门口，曲着腿吐烟圈。

大操场上一个绿色的影子不紧不慢地飘了过来，苏特低着头，没去注意。直到来人喊他的名字，他才看清是施小新。又是一个意外。

施小新去了趟军人服务社，她手里提着两包方便面和一袋饼干。她扬了扬手，说：“伙食太差了，吃不饱……你挺自在啊。”

苏特说：“这么回事吧。”

“不出去转转？”

“没那份心思。”

往下苏特不知道该说些什么。他抽了口烟顺手将烟蒂弹出很远。后来他不经意地一指楼上，说：“上去聊聊？”

话说出口，又有点儿后悔。没承想施小新倒挺乐意地答应了，她跟着他来到二楼他的宿舍。还好，房间不算乱，同宿舍的人一大早就溜了出去，只有一个刚分来的新兵在剪脚指甲。新兵见老兵苏特来了客人，慌忙离开。

施小新规规矩矩地坐在苏特的床上，苏特坐在离床三米远的凳子上。起初场面有点儿尴尬，两人都不知说些什么好，苏特一时觉得自己的嘴巴挺笨拙，有生以来这种感觉极少出现。他想应该无拘无束些才好，没必要弄得这么复杂。琢磨了一下，他便讲了一个笑话。他讲道，从前有个老汉，老汉有三个儿子，老汉还有一把折叠宝扇。老汉老了，终日为把宝扇传给谁而犯愁。后来老汉想出一个办法，看谁能保存好宝扇就传给谁。他问大儿子，大儿子说日后使用的时候，轻轻地折叠，轻轻地扇。老汉点点头，说不错。问二儿子，二儿子说用时他只打开一半，另一半叠着，利于保存。老汉一拍手，说更好。问三儿子，三儿子说他把扇子打开，吊在屋梁上，乘凉时就把脑袋伸到扇子前，摆动自己的头而不去摇动扇子。老汉一拍膝盖，说这样更好。于是，老汉把宝扇传给了三儿子……

施小新一声不吭地听着，间或露出浅浅的笑意。大概苏特的故事勾起了她的话语，苏特一讲完，她就说动物里面她最喜欢的是蝴蝶，最怕的是蛇。她说如果有两个笼子，一个里面盛着蛇，一个里面盛着老虎，假设非要让她钻一个的话，她就钻到老虎笼子里去。她扬起细细的眉毛，摇了摇小巧玲珑的脑袋，极为认真地说：“你想，老虎吃人，‘咔吧’几下子就完了，多痛快呀。可蛇就不行了，蛇会一点儿一点儿地缠紧你，冰凉冰凉的，蛇芯子在你眼前乱晃一气……吓死我啦，不说啦不说啦。”

苏特定定地望着施小新，她那天真而稚气的神情令人感动。七彩阳光疏密有致地透过窗子，掉在她的脚尖前，再弹起来，吸附在她身上。

恍惚中苏特看到她在不断地变幻着色彩，使他眼花缭乱，额头上生出细小的汗粒……

他们又谈了点儿别的。苏特感到纳闷的是后来他几乎没有力气说话了。当一片透明的泡桐树叶如一只蝴蝶温柔地划过窗前的时候，他突然真切地闻到了一缕淡淡的清香。那缕清香缥缥缈缈，音乐般游向他，像从很近的地方传来，又像来自浩渺的天国；似溪水般低吟，又似大海般雄阔，生动极了，壮丽极了……

不知过了多久，宿舍门被推开，连长踱了进来。苏特和施小新都站起来。连长说："苏特你别老憋在家里，想上街玩给我说一声就行。"连长不经意地扫了一眼施小新，然后使劲吸了几下鼻子。连长离开不久，指导员来了。指导员说："苏特你答应过的办个音乐培训班的事别忘了，需要买什么东西你先拉个清单。"指导员满不在乎地瞄了施小新一眼，然后使劲吸了几下鼻子。过了一会儿，连长和指导员各又进来一次，说了些无关紧要可有可无的话。于是，施小新起身告辞。

有一阵子，苏特烦躁不安，总觉得有件大事在等着他去做。直到有一天在大街上碰到施小新，他才明白想要做的是什么。

东北兵古四宝硬拉他上街帮买变色镜，一跨进乱成一团的百货大楼他就皱起了眉头。古四宝却像条泥鳅，钻来挤去，一眨眼的工夫就不见了。苏特睁大眼睛找了半天，居然没找到，只好气愤地往外走。

在大楼门口，他看到了施小新，还有光彩照人的女兵常玲玲。

"你们好!"他握紧拳头，大声说。

"是你?!"常玲玲惊讶地一仰脸。她的深陷的眼窝让人怦然心动。

施小新张了张嘴，但未说话，她只是轻轻点了点头。

苏特感到血液流得飞快，他突然有了一个惊人的打算，想和施小新一块儿在大街上随便走走，这似乎是他……是他最大的愿望。他嗫嚅着问："走走好吗？……"

他看见施小新紧紧抿住嘴唇，眉眼压得很低。

“走走好吗？……”他的呼吸很急促。

施小新微微抬了抬下巴，旋即又低下。常玲玲含意颇深地一笑，拉长声腔对施小新说：“小傻瓜，听苏大哥的，别愣着啦。”

苏特感激地朝常玲玲笑了笑，常玲玲受宠若惊，忙回报一个迷人的笑。接着，苏特转身，他能准确地感觉到施小新也转过了身子。施小新有点儿慌乱地捏着衣角，怯生生跟在他后面。

“施小新我真嫉妒你——”常玲玲悦耳的声音追赶着他们。

这是座中等城市，街上的人流也是中等的，比苏特家乡的那座大城市清静些。苏特恢复了常态，旁若无人潇洒自如地走。当兵前，同伴们说他有魅力，他想自己如果真有魅力，那么这魅力就来自旁若无人潇洒自如。他没有回头，他知道施小新在紧紧跟着他，她走在他右边稍后一点儿的地方。他们彼此一句话也没说。苏特想，根本用不着说话，在一块儿走走比说一万句都强……

在那个繁华的大都市，曾有一些热情似火的女孩自愿陪他散步，但无法使他产生异样的感受，他只是意识到自己身边是一个人，一个太真太实的人。而今不同，而今他强烈地感到在他右边稍后一点儿的地方，不只是一个人：似乎更像一朵云、一只蝴蝶，抑或是一片小小的树叶，那么轻灵，那么淡雅，那么虚幻，那么超脱，令人神思不已……他努力排除掉心中的杂念，排除掉夜晚躺在被窝里时产生的那种杂念，他意识到只有这样这兵才算没白当……

不知不觉间走到了营院门口，他郑重地侧了侧脑袋，说：“感谢你!”

施小新甩了下浅黄色的头发，淡淡一笑。想了想，她吞吞吐吐地说：“我们连的常玲玲、刘影她们经常议论你，她们说……说你真帅，帅极了……”

这也算不得意外。他摇头。

高个子指导员灵敏的嗅觉令人惊叹。一天，指导员把苏特叫到连部，指导员意味深长地说："你小子要注意啊，和女孩子拉拉扯扯，不好，好几年都熬过来了，再过几个月就该复员了，何必呢！……"

当兵和不当兵应该有区别，苏特想，指导员讲得并没错，换上自己当指导员，可能也会这么讲。只有正儿八经地收一收思绪了。

那年冬天刮了一场少见的大风，大风刮断了郊外的一条线路，必须立即修复，免得影响战备。老兵苏特自告奋勇带领几个弟兄乘车赶到现场。天上飘着雪花，弟兄们瑟瑟发抖，缩手缩脚。苏特气愤地骂了几句。东北兵古四宝比他们强，古四宝倒是咋呼着要去爬杆子。苏特看了一眼他的那副尊容，心想：你这模样离东北大汉的形象差远了。他决定自己爬。套上脚蹬，带好工具，他吃力地爬到了线杆的顶端。风像利刃一样割人，手脚不大听使唤，折腾了半天才把线接好，固定牢。

接下来发生的事情同样算不得意外。当一阵更强劲的冷风吹来时，脚下一滑，身子摇晃了一下，失去了平衡。降落的那一瞬间，他竟然意识到这样也许更好一些，挨摔比不挨摔要强——他想以此来弥补什么，证明什么。

所幸的是摔得不重，胳膊和腿没有留下残疾，不会殃及他日后的潇洒。

半个月后，东北兵古四宝去医院接苏特。路上，古四宝大大咧咧地说："妈拉巴子这几年后门兵太多了，你看长话连的那帮女兵，有几个像样的？不是猪八戒就是孙猴子，丑死了！"

"丑也好，漂亮也好，你操什么心。"

"影响军容。"

"你以为你就不影响军容吗？"苏特斜了古四宝一眼。

"男兵无所谓，"古四宝嘿嘿一笑，"女兵就得漂亮。"

愣了愣，古四宝壮起胆子说："大哥，我真不明白，你们那儿啥样的洋女人没有，你偏要鬼迷心窍。"

"什么意思？"苏特警惕地望着古四宝。

古四宝右手伸进裤腰里抠了抠肚脐眼，然后将手放在鼻孔边闻了闻：“我是说，我是说那个姓施的女孩比不上你，常玲玲还差不多。”

“去你妈的！”

见苏特不高兴，古四宝忙换了个话题：“连里本来想给你记个三等功，因为有王八蛋提出来你有那个那个不轨行为，最后决定嘉奖一下完事。真他妈孙子！”

苏特却像还清了账似的舒了一口长气。他很满意地拍了拍小兄弟古四宝的肩膀，弄得古四宝摸不着头脑。

初春的一个深夜，老兵苏特告别军营复员回家。

天上没有星星，室外寒气袭人，四周十分安谧。送行的人很多，大家恋恋不舍。苏特知道，施小新恐怕早已闭上了小巧的眼睛，静静地坠入了梦乡。她不可能来向他道别。

这并不重要。

也许那个恬静而温润的女孩用不了多久就会将他忘掉，也许用不了多久他就会忘掉那个恬静而温润的女孩。这也算不上什么。

汽车驶出营门的那一刻，苏特忽然想起东北兵古四宝曾经问过的那句话：你为什么来当兵？他想这实在是一个挺大挺大的问题。

长夜漫漫，长路迢迢。他再次真切地感觉到了那一缕清香。他隐隐约约意识到，那缕清香将会伴随他走过很远很远的路程，并且会悄无声息地滋润他干渴已久的心田。

（1991 年）

没有发生

刚刚穿上军装的那一刻，女新兵施小新满以为连队里会有许许多多五彩缤纷的故事，时间一久，她便怅然发现，自己当初的想象太诗情画意了些。

日子一天一天地过去。在那个炎热而枯燥的夏天，她似乎更为深切地体会到了这一点。窗前的法国梧桐树叶无精打采地飘摇，洒下斑斑点点瘦弱的阴影；温吞吞的南风透过窗子，撩起她黏滞的发丝，却撩不起她哪怕是丝丝缕缕的激情。

"这鬼天气!"她愤愤然地说。说完之后又吐了下舌头，为自己的粗门大嗓而红了脸。

同宿舍的漂亮女兵常玲玲、刘影和桑海英好像不存在她那样的烦恼，她们一天到晚叽叽喳喳，笑声不断，像是讨得了什么大便宜。她们不断提起有线连的一个叫苏特的男架线兵。据说他的家在南方一个十分吸引人的大城市。据说那里很开放，稀奇古怪的事情非常多。有一天，常玲玲无限柔情地抿了抿鲜艳的红唇，像演员念台词似的说："他……真帅!"

刘影张了张嘴，露出整洁的牙齿："是啊，真帅!"

桑海英也说："真帅!"

说完后三人大笑不止。她们的笑声很动听，给这沉默的夏季带来了勃勃生机。

施小新定定地望了她们一阵，忽然想到，谁说她们没有烦恼？也许她们复杂的小脑袋里藏有更大的烦恼呢！

有线连的宿舍就在南边不远处，在一个大院里工作，免不了经常碰面，自然彼此也就面熟。因了常玲玲她们的议论，她曾经偷偷注意过那个叫苏特的人，她看到他走路时眼睛极少斜视，总是微昂着头，两眼空茫地平视着前方，露出一副旁若无人的样子。也许他并不是故作姿态，也许他压根儿就是这种神态的人，天下什么样的人没有呢？其实是算不得奇怪的。走在不太整齐的队列里，一眼就能挑出他来。机关的稀拉兵多，这就更加衬出他的超凡……可这关自己什么事？她不禁摇了摇头。让常玲玲她们议论去吧，说不定哪天给分队长、连长知道了，少不了挨一顿挖苦。粗腰肥臀的连长和瘦成麻秆儿的分队长顶讨厌手下的女弟兄谈论那些乌七八糟的事，尽管有些事情不至于是乌七八糟的……

那年国庆节，机关组织文艺晚会，像往常一样，通信团派人参加演出。长话连的女上等兵施小新排在有线连的男下士苏特后面登场。苏特极从容地唱了《我的未来不是梦》和《就恋这把黄土》两首歌，一下子就把所有的演员都盖了。他唱得实在好，大礼堂里响起少见的热烈而又持久的掌声。候在后台心里正在打鼓的施小新十分震惊，心想他的歌声绝不比时下正在走红的某些男歌星差，慌乱的心随之平静了些，她感到很奇怪。轮到她上场了，她迎着志得意满、略低着头退场的苏特走过去，说："唱得真棒。"

好像她又重复了一遍："唱得真棒。"

事后细细品味，这句"唱得真棒"与常玲玲们经常念叨的"真帅"有什么不同吗？她想，也许具有明显的不同，但相通的地方却也显而易见，尽管她不大愿意承认这一点。

若干年来，她极少如此直露地夸耀别人，正像她极少夸耀自己一样。那么轻而易举地把一句赞叹送给了别人，大概正是她改变自己的开始。

这是否算一个五彩缤纷的故事？有一段时间，她试图想认真地去分析一下，后来又很果断很果断地打消了这个念头……

日子一如平常，匆匆驰过，她内心里依然未生出太大的波澜。

春节将至，长话连打算自己办一个小型晚会。任务布置到各班，大家兴奋得可以，抓紧时间准备节目。每逢业余时间，各个宿舍便有歌声飘出，杂乱而又热闹。施小新的任务依然是独唱，同宿舍的常玲玲、刘影她们报了一个集体舞。起初她们跳得挺欢，练着练着情绪突然低落下来，不知是谁先提出来，连里应该请个把外单位的人来点缀点缀，比如请有线连的歌星苏特来唱几支歌，活跃活跃气氛，不然光本连的一帮子丫头，咋咋呼呼的，太乏味啦。其余的人一致附和，连声说就是就是。

施小新很是吃惊，心想你们考虑得真够周到的。

把想法委婉地报告了分队长，分队长笑了笑，没说行也没说不行。

“既然是过节，就应该像个过节的样子。”常玲玲说。

“这种事根本不算什么事，太正常了，不就请人家来唱个歌吗?”刘影又加了一把火。

分队长近来身体丰满了些，心情挺好。她摇晃几下手臂，说：“行啦行啦，小姐们，我没意见，但我说了不算，我把情况反映给连长、指导员，让她们定。”

这回连长、指导员特痛快，传下话来：请人可以，但领导出面请可能不行，因为元旦时有线连搞晚会想借我们的人，叫我们给顶回去了，弄僵了……又说这事要悄悄办，让营里团里知道了，不好……

“这好办。”常玲玲说，“我们自己请。”

过了一会儿，常玲玲却又泄了气，说：“听说他那人挺怪，我们未必请得动……”

望着常玲玲那可爱又可怜的样子，施小新“咯咯”笑了起来：“玲玲，你这么有魅力，我看肯定行。”

“小新，你在笑话我呢。”常玲玲边说边挪到施小新跟前，压低声音道，“你说我有魅力，可他不感兴趣，你有什么办法? 他这种人真是少见……”

施小新摸不透常玲玲的意思。

“小新，好妹妹，我琢磨了一下，只有你能请得动，真的。我对这种事特敏感，不信你试试。”

“我可不行！”她差一点儿就跳起来。

“就算你给咱连咱班做贡献，还不行吗？我先代表分队长给你个口头嘉奖。”

刘影和桑海英等人也跟着围攻她，开始她口气挺硬，慢慢地就软了下来，只好说：“那好吧，我试试，请不来可别怪我。”

大院里一派节日临近的气氛，家属区那一带更为热闹些，几个直属连队的宿舍附近稍显冷清。施小新装作没事的样子，慢悠悠地朝有线连的方向走。她们闹来闹去的，净出些歪点子，最后让差不多全连的人都把目光对准了自己，真是够呛。那个似乎傲视一切的苏特能答应吗？如果去请别的什么人，也许一请就到，但苏特不同于他们，苏特就是苏特。虽说那句“唱得真棒”好像对他有所触动，虽说不久前一个星期天的上午，他曾邀请她到他宿舍坐了坐，他们还兴趣盎然地讲了几个笑话，却毕竟没有涉及实质性的内容……她心里七上八下，在有线连的宿舍楼门口停住脚步。进，没有把握；退，又不甘心。凛冽的北风卷起地上的浮尘，扬在冬青树枯黄的叶片上，沙沙作响。

几个有线连的男兵走出宿舍楼，其中有个叫古四宝的东北兵笑嘻嘻地说：“喂——有什么要求吗？”

“我……随便转转。”她吓了一跳，随即红了脸，像是天大的秘密被人窥破了一样。

“有事你尽管说，咱帮忙帮到底。”古四宝依然笑嘻嘻的，龇着一颗长长的大牙。

众人跟着哄笑，笑得她心里发毛，心想不能再待下去了，免得落入他们的圈套，给他们留下笑柄。于是，惶惶然离开。

直接去叫看来不可能了，只有打电话。颤巍巍地把电话拨到有线连，接电话的非问她叫什么，不然不给叫人。等她报出自己的名字，对方又死皮赖脸磨蹭着说了几句屁话，才去喊人。

她小心翼翼地、有些结结巴巴地说出了连里的打算。苏特顿了许久，才说：“怕不大合适吧。”

他略显粗重的喘息透过耳机清晰地钻进她的耳朵。

又说：“要是让我们头头知道了，不吃了我才怪！”

又说：“唉，干吗偏偏是你来请我？真要命……”

又说：“你让我好好考虑考虑，然后再打电话告诉你。”

晚会安排在春节前的最后一个周末的晚上举行。眼看到了开场时间，却等不到苏特的消息，常玲玲劝她再打电话问问，她死活不依：“你饶了我吧，我可不愿再冒傻气了，你看多不好，让大家白等了一场。”

常玲玲叹一口气：“绝不怪你，小新。你如果请不动他，别人更没戏。这小子也太不知好歹，呸……”

常玲玲分明是有些气愤了。

然而晚会刚刚开始，苏特却出人意料地推开了长话连俱乐部的门：“我琢磨来琢磨去，无论如何应该来。”

像是说给别人听，又像是说给自己。

常玲玲冲施小新耸了耸鼻子：“你他妈真可以呀……”

同来的还有东北兵古四宝，他和苏特是好朋友。苏特解释道：“我是悄悄来的，怕别人误解，让古四宝给做个证明。”

古四宝眼界大开，兴奋得小眼睛乱眨巴，五官都挪了位。

毫无疑问，苏特的歌声把晚会推向了高潮。常玲玲为他拉手风琴伴奏，也跟着露了一手。后来常玲玲再三说：“那是她有生以来拉得最好的一次。”

苏特一上来就连唱了五支歌，在大家的要求下，又加唱了两支。女兵们按捺不住，击掌合着他的歌声，轻轻地吟唱。在激动人心的歌声里，苏特是狂放的，是抒情的，是火辣辣的，是一往无前的，露出了不为人知的一面。大家拼命地为他鼓掌。施小新却没有，她静静地躲在人后，内心泛起前所未有的空茫……

晚会一结束，苏特当即恢复了常态。女兵们倒是不管不顾，勇敢些的便靠上去问这问那，但效果明显要比刚才差一截。

苏特是头也不回地昂然离开长话连的，后面跟着频频回首的东北兵古四宝。没有人会发现，在他走出人群的时候，曾经若有所思地扫了站在角落里的施小新一眼。望着他冰冷的背影，她竟然拍了几下巴掌，搞得众人莫名其妙。

在长话连，除了亲爱的战友常玲玲，大概不会有第二个人能够猜出她此时的心绪。

日后常常忆起夏天的一个傍晚发生的事情。

那是另一个炎热的夏天。一日晚饭后，常玲玲说："都快憋死我啦，咱们出去遛一圈咋样?"

"到哪儿遛?"施小新问。

"南山。南山清静。"

营院处在城市的边缘，南山就在营院南边不远处。说它是山，其实是几个拼接起来的小岗子，上面稀稀落落地长有松柏、刺槐和小白杨。因为很少有人光顾，它便显得极幽静。她们沿着越来越窄的道路朝南山走，感到空气越来越清新。由于是夏时制时间，都六点多钟了，太阳还悬在西方挺高的天际，从从容容地抛洒着热量。身上汗津津的，两人的额角上挂满了细密的水珠，当走进路旁的树影里时，才感到舒坦些。

南山矗在了面前。

选择一个平坦些的山冈往上爬。抬眼望去，看到此刻太阳正和山尖尖处在同一个方位上，各色植物被阳光涂抹得不断跳跃，炫人眼目。

"这死太阳!"常玲玲抹了抹脑门上的汗珠。她高耸的鼻梁和高耸的胸脯像是一个无声的召唤，十分和谐地同山脉融为一体，令人神往。

施小新从侧面看了常玲玲一眼："再过一会儿就好了。"

气喘吁吁地爬到半山腰，再也不想动了，她们便坐在一块青石板上。恰好有一棵松树长长的影子投过来，顿时觉出了惬意，只是青石板晒了大半天，烫得屁股有点儿受不了。

随便聊了一会儿，又觉没趣。常玲玲换个话题：“妈妈告诉我，小时候我特丑，爸爸妈妈直犯愁，说我长大了怕是连个婆家也寻不到……想想怪可怕呢。”

“现在你成了咱连第一号种子，让人嫉妒，还有什么可怕的。”

常玲玲又说了些别的，她渐渐走了神，没有听进去，目光贴着斜坡上绿生生的草丛滑动，望着脚下弯弯曲曲的道路和道路上的一个个显得矮小滑稽的行人，一声不吭。常玲玲打断她，撇了撇嘴：“我知道你听我讲这些没情绪，不如和苏特逛大街有意思。”

常玲玲指的是不久以前的事情。那天她和常玲玲去商店买东西，正好碰上苏特。苏特极为诚恳地邀请她陪他走了一阵。那是一次非常奇怪的散步，两人竟然没说一句话，只是甩开步子走，似乎忘记了一切，又似乎把一切都装进了脑子里。她紧紧跟在他右边稍后一点儿的地方，某一刻她甚至闭上眼睛。闭上了眼睛却更加真切地感到了他的存在，于是心脏跳得厉害，几乎不能自已……

太阳滑入了山的那一面，天气凉爽了些，有轻柔的小风吹来，脚下几朵细碎的淡蓝色小花悠悠然地摇动着单薄的头颅，摇出不尽的神韵，似乎感动了整个天地。成群的鸟儿绕着山岭和树丛盘旋，它们无声无息，一如缓慢升翔的剪影，勾起人连绵不绝的思绪……

“小新你真幸福，我和刘影她们都挺羡慕你……”常玲玲含意颇深地说。

“可是……可是顶什么用呢?”

“没当兵前想当兵，当了兵才发现，既天真不得，也烂漫不得。”

“咱们当兵的，都一样啊。”

……

不知过了多久，天空暗淡下来，四周红虚虚的，连同她们一起都变成了和西天相同的颜色。她忽然产生了想干点儿什么的欲望，顿了顿，便轻轻唱起一首歌谣——

天好大，地好宽，
小白兔儿进瓜园，
东瞅瞅，西看看，
藤儿秧儿到处缠。
奶奶牵着孙儿手，
孙儿跟着奶奶走，
长长的故事没有头，
一讲讲到月满天。
……

歌声在她们周围婉转回荡，如烟如幻，徐徐缭绕。常玲玲受到了莫大的感动，痴痴地望着她，美丽非凡的眼睛里盈满两潭清水。在久久不去的歌声里，她断断续续地想起从前，想起往后的日月，想起许许多多的事情，泪水差一点儿涌出眼眶……

后来她说："时候不早了，该回去啦。"

"再待一会儿，求求你啦小新。领导知道了，让她们批评我，我是副班长嘛。"

有线连的男下士苏特是在来年春天复员回家的。从那年起，部队的复员时间进行了调整，由冬季改为春季。施小新想，春天复员更好些，春天最容易使人产生难忘的激情。她又想，再过一年，待另一个春天到来的时候，她也将告别军营，回到故乡，回到内地那个闭塞的小县城去，平平常常地做人，迎来一个又一个平平常常的日子……

临近老兵复员那几天，连里的战友们大都买来各式各样的纪念册，请即将离队的自己熟悉的战友签名留念。施小新也买了一本，打算请苏特随便在上面写点儿什么。

却终于没有去找他。

为什么？

说不清楚。

人这一辈子说不清楚的事情有很多。

这究竟算是甜蜜还是苦涩？

同样说不清楚。

好复杂呀。

却又是那样简单，就像压根儿什么也没有发生过……

苏特走了。苏特是在春天的一个很静很静的夜晚走的。他带走了一个五彩缤纷的故事。对于她，也许永远不会再有这样的故事了。施小新想。

后来，她静静地坠入了梦乡，梦中，她无比欣喜地登上一艘色彩斑斓的小船，在一声嘹亮、悠长的汽笛响过之后，小船载着她，向着不可知的，然而注定又是美妙异常的彼岸进发。

（1991 年）

快乐死者

麻秆儿样的身材，瘦而且矮小，颧骨却挺高，像硬贴在腮帮子上的两枚桃核儿，与那尖细的下巴极不协调。眼睛不大，漏出的光线倒很深邃，大概是这平庸甚至丑陋的人身上唯一值得庆贺的物件……

这便是丁小本了。

是通信员把他叫来的。他站在门后，微弯着两根细腿，满不在乎地看了我一眼。我仔细打量他片刻，心想这么个不起眼的人，果真像团政委介绍的，那么让人提心吊胆吗？

不久前，有位品行不大好的机关领导找我谈话，说我没当过基层主官，也就是说没当过连队指导员，准备安排我下连锻炼；又说总在机关待着不见得是好事。我想下就下呗，在哪儿不是干！便诚恳地说，感谢领导，感谢组织。我要去的部队在城市的大西郊，要倒两次车，下车后还要步行五里。我背上背包，先到团部报到，交上各种介绍信，团政委把我叫了去，谈了谈话，介绍了一下我要去的二连的简要情况。最后，将二连一个在团里挂了号的“重点人”告诉了我。在部队，“重点人”是个贬义词，意思是需要重点加以提防的人，或是弄不好就要惹乱子找麻烦的人。

“那战士是福建长乐人，”政委喝了一大口茶，抹了抹嘴，“家里是百万富户，这种人当兵纯粹是来混两年。他曾多次流露出不愿服役偷跑回家的想法，最近情绪稳定了一些，不再提回家的事，但小毛病还是不少……”

我快速地在笔记本上记录。

“据说到部队的第一天，他就到军人服务社一下子买了四条‘长健’，逐个向连里的人敬烟，说是交个朋友。四条‘长健’，顶我一个月的工资，啧啧……”

当时我想，得注意点儿这个丁小本，千万不能出乱子。从机关下来锻炼，要是栽在他手里，回去不好交代。到连队后，和几个干部见了见面，马上让通信员叫来了他。

“丁小本……嗯，你坐。”我指了指椅子。

先是随便和他聊了点儿别的，问了问他家里和他本人的情况。最后向他提了几点要求。他的态度还算可以，基本是我问一句他答一句，不像我想象的那么难对付。边说我边掏出“大鸡”烟来，扔给他一支，他忙拿出“长健”，咧了咧嘴，说：“抽我的抽我的，指导员你那烟档次太低。”

“外烟太冲，抽不了。”我摆了摆手。

点上烟，气氛活跃了些，他的话也多了起来。他那带有浓浓的南方味的普通话我听着有点儿刺耳，但又不便表示出来。

他说：“没想到姚指导员你这么年轻，这么英俊。你有对象了吗？正好我姐姐也没对象，但你肯定看不上她，嫌她丑。我们那儿的女人没几个漂亮的。不过，你要愿意，我老爸起码给她十万块嫁妆钱，那样你可就发财了，嘻嘻……”

我使劲将烟摁灭，板起面孔说：“什么乱七八糟的，你目前最重要的是好好干，改变一下大伙儿对你的印象。明白吗？”

像丁小本这种身材和长相的人能当上兵，一直让我感到奇怪，如果让我去领兵，我是断断不会要他的，看一眼就够了。

丁小本有一个挺要好的老乡，叫孙马，他们同在一个班。孙马平时爱和丁小本在一起叨叨咕咕，按理大家会把他和丁小本视为一路货色，因为他很会来事，嘴又巧，所以给连、排干部们的印象并不坏。我找孙马了解丁小本的情况，孙马眉飞色舞地说：“指导员你不知道，他爸在我们县是有名的人物，那老家伙个头比他儿子还要瘦小，但脑子好使，随便做什么生意都能赚钱，他家的钱海啦。有钱不就好办事吗？部队上来征兵的时候，他爸放出风去，谁能帮丁小本当上兵，他愿意送给他一万块钱……一万块，了不得呢！”孙马的眉梢吊得高高的，唾沫星子乱飞。

“净他妈怪事！”我摇摇头。

几天后，我给丁小本的父亲写了一封信，主要把丁小本入伍后的情况讲了讲，先进行了一番表扬和肯定，诸如丁小本基本服从管理，遵守纪律，比刚到部队时有较大进步，等等。接着，笔锋一转，将他的一大堆问题尽数罗列，比如自由散漫，有时不执行连队的规定，花钱大手大脚，挥霍浪费，财大气粗，等等。要求家长协助我们做好丁小本的工作，避免出问题，尽快使他变成一个真正的革命军人……

丁小本的父亲很快回了信，字迹歪歪斜斜的，且错别字连篇，和小学生的水平差不多。当然，这并不妨碍他赚钱。信是这样写的：

尊敬的姚指导员您好！

您在百忙之中给我写信，我们一家十分感动，谢谢！小本在部队表现不好，给您添麻饭（烦）了。我们这儿治安不好，很乱，干什么的都有，年轻人荣（容）易学坏。我就小本一个儿子，怕他学坏，想方设法让他当了兵。在部队他要不听话，您该打就打，该骂就骂，别客气，只要他不变坏就行……他在家大手大脚花钱花惯了，一时改不过来，为了方（防）止他乱来，今后我打算直接将钱寄给您，不知您是否愿意，我的意思是让您空（控）制他花钱，最好每月不超过一千元……钱多了孩子易变坏……您在南方有什么生意要做，给我来信就行，我全家一定效力……

下面是一大堆生意经，啰里啰唆看得我头昏眼花。

钱多了孩子易变坏，这是信上说的。百万富翁老丁居然明白这样的道理！

又过了几天，我果真收到了一张三千元的汇款单。

吩咐通信员把丁小本叫来，我把信和汇款单拿给他看。看完后，他晃了几下脑袋，很不高兴地说："我老爸真糊涂！"

"怎么讲？"

"他净办没屁眼的事，你看，我不想来当兵，他硬逼我来，说是部队锻炼人。屁！……"

"你爸说得对！"

"先不说这些。我缺钱花，他倒好，偏要通过你。多麻烦。"

"你爸做得对。我要控制一下你，免得你随便花钱，滋长享乐思想，不思进取。"

"那可就苦了我啦。"

"这是对你好。我告诉你，你爸让你每月花一千块，我只能允许你花一百。我准备再给你爸写封信解释一下。这三千块可以花到你复员，以后你爸不需要再寄啦。"

"一百块？得了吧！一百块不够买两条烟，你让我怎么活？"

"我不管，一百就不少啦，你可以抽差一点儿的烟，像别人那样。"

"我抽不惯，除了'长健'，别的烟我不抽……"

"不抽就拉倒！"

他还想说什么，我没心思再听他讲下去了，就一挥手。他嘟嘟囔囔骂着他老爸离开了连部。

三千块钱不是一个小数目，放在抽屉里不保险，想了想，就把三千块钱放进了司务长的保险柜。

第一个月丁小本领走了一百元，孙马告诉我没几天他就花光了，他买了一条"长健"，在营院门口的小酒馆里喝了一次酒。没了钱，丁小本急得抓耳挠腮，但他没敢再来找我要。第二个月初，他来领钱，我写了一张条子，让他去找司务长。拿到条子后，他磨磨叽叽，没有要走的意思。我问："怎么，嫌少？"

"不是不是。"他否认。

"那你还想干什么？"我没好气。

"指导员……"他愣了愣，"我想和你讨论个问题。"

"讨论问题？好，你说吧。"

他用力咽了一口唾沫："我老爸说部队锻炼人，你们当官的也这么说，可我总觉得，没啥锻炼头，除了吃喝拉撒睡，就是闹着玩似的训练，没意思透了……"

"怎样才有意思？"我反问。

"打仗！"他提高了嗓门，"打仗才有意思，当然，别人会说我活腻歪了，但我的的确确想上前线去打一仗。我敢保证，上了战场，我绝对不是孬种！我肯定能成为英雄！……"

他说得很坚决。我笑了笑："你有这样的想法，难得，问题是目前没有战场可上。上不了战场照样可以成为英雄，首先你要好好表现，严格要求自己，端正服役态度……"

他摇摇头，又点点头："也对。但我却感到……很难做到。"说完，他有点儿垂头丧气地走出我的宿舍。我大声说："钱要紧着点儿花！"

有一天，我在训练场上转悠，看兵们训练。休息的时候，丁小本把我拉到一边，说："指导员，我想再从你那儿领三百块。"

"不行！"我很干脆。

"我有急事，我保证不乱花，不然你处分我。"

看他说得很诚恳，我没再说什么，从记事本上撕下一页纸，写上几句话交给了他。

第二天是星期天。下午，通信员跑来报告，说丁小本从军人服务社买来一大摞笔记本，正一个房间一个房间地发呢。我明白了。连队搞政治教育，兵们连个笔记本都没有，领又领不来，买又没钱买，我正为这事发愁呢，这小子钻了个空子。过了一会儿，丁小本也给我送来一个笔记本，绿色塑料皮封面的那种，很大方、美观。我说：“谁让你买这个的？”

他嘿嘿一笑：“连里太穷了，我想做点儿好事。”

“连队再穷，也不需要你掏钱。”

“咦？过去讲有钱出钱，有力出力，我掏钱买本子，总比胡乱花了强吧？”他有点儿着急。

我的态度平缓了一下：“丁小本，我首先代表全连感谢你，但不能花你的钱，这样吧，账先记着，等过段时间卖猪挣了钱再还你。”

夏天到了。一些卖冰棍、冷饮的小贩拥进营院，叫卖声不绝于耳。营院紧傍着一个村镇，老百姓出入时常要穿过营院，想管也管不了。警卫曾试图阻止小贩们进入军营，不顶用，白白落了个“影响军民关系”。

一个身材苗条、脸蛋红扑扑的女孩经常推着自行车来卖冰棍。她喊：“冰棍——，三毛钱一根——”声音婉转动人，惹得兵们纷纷往她跟前站，但真正掏钱买的并不多，跟着起哄而已。一天，丁小本蹲在宿舍门口琢磨了许久，走过去向姑娘提出，她的一木箱冰棍他全包了。女孩吓了一跳。丁小本真的掏出钱来全部买走，围观的人每人得到了两支，附近几个卖冰棍的老头老太太急得直咬牙、嘬腮帮子，女孩抿着嘴一声不吭。

过了几天，丁小本在营院外的集市上又碰到那个卖冰棍的女孩，他再次将冰棍全部买下。他想分发给众人，但除了几个孩子，没人伸手接，人们全都傻呵呵地看着他，他急了，将余下的冰棍一股脑儿摔在地上……

从孙马嘴里得知这事后，我感到不大对劲，忙把丁小本唤来，很严肃地说：“你给我讲讲买冰棍的事，别以为我不知道。”

“嗨！”他高高的颧骨耸动了几下，“指导员你的消息可真灵通。”

“你少给我打马虎眼。”

“其实我是看那女孩怪可怜的。北方女孩个个漂亮，那么漂亮的女孩扯着嗓子卖冰棍，寒心啊。买一箱冰棍，不过二三十块，我不在乎……我真的没有别的意思。”

“想当慈善家。那些卖冰棍的老头老太太哪个不可怜，为啥你单单可怜她?”

“老头老太太嘛，老了，脸皮厚，不掉价。我真的没别的意思。”

“算了吧！你脑袋里就是有不健康的东西，以后再让我发现你和那女的拉拉扯扯，我可不客气，咱丑话说前头。”

他低下头，憋红了脸，许久才说：“你们部队毛病……不不，是规矩，规矩真多。”

“你说清楚，谁们部队?”

“是咱们，咱们部队，行不? 真是!”

他走了，望着他干巴巴的背影，我承认，他的心肠并不冷。

离营院大门不远，有一家老百姓开的小酒馆，常常有一些胆子大的兵去那儿喝酒。眼下的兵们有的是钱，汇款单从全国各地哗哗往军营里流，有了钱他们就得想办法花，各连的干部们私下坚持的原则是：他愿喝就喝，只要不过量不惹事，不耽误工作就行。

夏末一个周六的傍晚，丁小本和孙马偷偷溜出去喝酒，二人喝了不少。离开小酒馆，他们晃晃荡荡到了营院外西北角，在一个老百姓的养鱼塘边停下。不久前刚下过一场大雨，塘边的小草青翠欲滴，微风吹过，池水掀起五彩的涟漪。丁小本打了一个酒嗝：“我热、热得慌，咱们游、游会儿泳吧。”

孙马说：“我也热，游就游吧。”

那天晚些时候，孙马结结巴巴地哭着讲给我听，我差一点儿就扇他两巴掌……

太阳已经钻入地平线，西天的红霞尚未褪尽；池水闪着深绿色的光芒，如一块飘飘悠悠的云彩，十分诱人。他们脱掉外衣，吼叫了几声，摇晃着下水。一阵快意涌遍了全身，丁小本舒服得不行，哼哼唧唧，像投入了亲娘的怀抱。水至肚脐的时候，他猛然想起了什么，挥了挥拳头，说：“慢！我想立、立个功！”

“什么呀？”孙马不解。

“你想想，你不小心掉进池塘，你又不会游、游泳，我奋不顾身，救、救了你……”

“太好了！”孙马击打了一下池水，然后试探着往前走。水没至他的脖颈，没过了他的头顶，他胡乱扑腾了一阵，尖着嗓子喊：“救命啊——救命啊——”

“我来了！”丁小本嘿嘿笑了一阵，扑向孙马。他抓住了孙马的手臂，往塘边上拖——其实是孙马把他拖上来的。后来孙马回忆说：“当时我没想到，他小子喝得差不多了，醉了。我他妈真浑蛋！……”

拖到水边，丁小本扬了扬双臂，高兴得脸都歪了：“都说我不、不行，你看，我救了人，当官的宣、宣布，我立了三等功，还要给我老爸发、发立功喜报。”

孙马说：“立了功，兴许还能入党，你给你爸挣了面金字招牌，说不定日后这面招牌可以给你家带来许多好处。”

“我才不管这些……孙马，你表现也、也不好，最好你也立个三、三等功。”

孙马说：“我听你的。”

丁小本吐一口长气，晃荡着往深水里走，他做出失魂落魄状，断断续续地说：“你立……功的时……候到了……”

他沉了下去，一串水泡很响亮地钻出水面。孙马兴高采烈地游过去。但他抓挠了一阵，没有碰到丁小本的身体，他慌了，尖叫几声，嗓音都变了调。

没有动静，池水平静如初。孙马急急爬上岸，顾不上穿衣服，绿着脸朝营院疯跑……

这下完了！我想。惊出一身又一身的冷汗，冻得我直哆嗦。

在医院里抢救到半夜，丁小本呕出一大脸盆绿汤，竟然活了过来！

第二天我再次去医院看他，他躺在病床上，气色好多了。我咬牙切齿地说："没呛死你，算你狗日的命大！算你狗日的有造化！"

他抬了抬尖细的下巴："当时我感到渴极了，张开大嘴咕咚咕咚地灌，真舒服。我立了三等功呢。"

在一旁陪床的孙马说："守着指导员，你还胡咧咧！"

"真的。"他说，"我预感到我要死了，可我并不难过，反倒很快乐。这证明我不怕死，要是上了战场……"

"行啦行啦！"我打断他。

"再让我说一句，指导员，"他咳嗽两声，"后来我又想，我已经死掉了。但人死了，灵魂还在，我又变成了另外一个我……就这些。"

我若有所思地望了他片刻，淡淡地说："你闯祸了，等着处理吧。"

"我知道。"他小声说。

十天以后，团里做出决定，给予上等兵丁小本行政记大过处分，给予上等兵孙马行政记过处分；鉴于丁小本一贯表现不好，师里决定将其除名，退回原籍。

我打电话给团管理股要车，管理股的人说，汽油指标烧完了，派不出车；又说这种人根本不需要送，让他背上背包走就是了。

无奈，孙马找到在汽车排开小车的一个老乡，悄悄从车库开出一辆快散架的北京吉普。去火车站的路上，丁小本执意要我抽一支他的"长健"，我答应了。拍了拍口袋，我说："这儿还有你没花完的一千七百块钱，过会儿你点点。"

他忙摆手："我不要了，贡献给连里吧，补贴伙食也行，给大伙儿买书也行。"

"那怎么行！"

"如果你非要给我，我就当着你的面撕碎。"他的口气很坚决。

我想我还是要给他。寄给他吧。

后来，他叹了口气："说句实话，指导员，要离开部队了，我才感到，我很留恋大伙儿。真他妈奇怪。干脆我明年再去当兵，当海军，到大海里泡泡。我老爸有的是办法……”

于是我想，他往后的路不会太难走了。他前途无量。这狗日的……

“真有你的！”我挥手捣了他一拳，大家都笑了，他笑得很开心，两个颧骨不再显得那么高。

（1991 年）

绿色禁果

后来上等兵林拉常常想，如果那个秋天她的……乳罩没被风吹落在地，也许她不会认识下士于文庆。

自然也就没有后来的事情了。

不过，她又想，即使没有乳罩之事，于文庆也会想办法认识她。于文庆这人……挺烦人的。

部队兴拉老乡。老乡见老乡，两眼泪汪汪。

林拉未置可否。她不太关心这样的事情。

通信总站女兵七连和机关大院警卫连的宿舍楼正对着，都是红色两层楼，五十年代建造的，已显出陈旧。北楼女兵七连住，南楼警卫连住，两楼相距不足三十米。部队集体宿舍不兴挂窗帘，考虑到女兵们有不少秘密，加之两楼相距太近，很容易被窥视，所以不知从什么时候起，女兵七连住的北楼挂上了白色窗帘。此后白色窗帘就成了一道坚固的屏障，隔开了不少是非。据说若干年前有位女兵无意中——也许是有意——拉开窗帘，在屋里换衣服，被当时女兵们称之为“管家婆”的很厉害很厉害的连长撞见，连长怒目圆睁，本来还算不难看的脸扯大了一圈儿。连长呵斥道：“显摆什么！生怕别人不知道你什么样子不是?!真不值钱……”

于是，从此女兵七连又多了一条规定：不许随便把窗帘拉开。

这个因窗帘连长呵斥士兵的故事一直流传了若干年。如今七连的女兵们都能讲出来。

南楼的警卫连却一直没挂窗帘，七连的干部们不断给警卫连提意见，让他们也挂上，说："你们的战士一点儿都不注意，在屋里袒胸露背的，不像话。"

警卫连的干部们笑嘻嘻地说："谁愿偷看尽管看，我们不在乎。"把个七连的干部们气得不行，只有回去重申：严禁随便拉开窗帘，初犯点名批评，屡教不改者处分！

两楼之间立着粗铁丝相连的十几根一人多高的水泥杆，晒衣服用。衣服、被褥之类总要晒的，七连的干部们对窗帘把得紧，晾晒衣服却不好管。自然，七连的女兵们挂在铁丝上的每一件带点儿刺激性的衣物都能成为南楼的人议论的焦点。

秋天来了，秋风可劲地刮。秋天的一个下午，七连的女上等兵林拉下楼收拾晾晒的衣服。林拉发现一件自己十分喜爱的透明纱胸罩不见了。她不好意思光明正大地晒那胸罩，把它压在蓝军裙下晒。裙子还在，胸罩却不见了。一定是被风刮走了，她想。正四处寻视，警卫连的一个男兵走了过来。男兵右手拍打着自己搭在铁丝上的脏兮兮的被子，左手一指，说："别找了，在那儿。"

男兵个头不高，但很壮实，脸不黑也不白，粗眉毛，小眼睛；肩上扛着一道粗杠一道细杠，是个下士。下士眼睛不大，却挺尖，顺着他的手指方向，林拉看到透明纱胸罩陷在一个凹坑里，周围有不少枯黄的杨树叶子。被异性指点带有神秘色彩的胸衣，林拉有点儿脸红，她略一低头，迟疑了一下。

"是不是需要我帮你捡起来？"男兵阴阳怪气地说，边说边拿小眼睛瞟她。

"烦人！"林拉瞪了他一眼。他慢腾腾地收回目光，脸一点儿都不红，倒是脸上的几个小疙瘩红灿灿的，怪吓人。

"我知道那是你的，我亲眼看到它从你的裙子里掉下来。你那裙子腰上绣着一朵小白花。干吗绣白花？绣红花不好吗？"

观察得这么仔细，可见他平时没少注意自己，真是个坏家伙，林拉想。她略略生气地板起脸，没再搭理他，快步过去弯腰捡起胸罩，狠狠抖了抖，转身就走。

“别着急嘛。我叫于文庆，浙江的，和你一个省，老乡。”他在后面小声说。她知道他怕别人听见，看来他的脸皮还没厚到天不怕地不怕的程度。

又是老乡。林拉记不清有多少男兵和她拉老乡了。她感到提这个一点儿意思都没有。

因为胸罩，林拉既感到有种莫名的兴奋，又有点儿羞恼。仔细回忆了一下，觉得那男兵面熟，就是以前叫不上名字，依稀记得有一天，她从南楼下经过，突然有道白光在她身上闪了一下，她以为天上打闪，愣了愣。听到一阵窃笑声，她仰起脸，才发现二楼窗口有几个男兵正摆弄着一架相机，刚才是闪光灯闪了一下。

她十分惊讶，又羞又气，一时不知说什么好。

“小白兔笑一笑，再照一张。”

“哎，照下面，她那小屁股溜圆儿，味道好极了。”

“好的，你小子真会选地方。”

…………

又一阵窃笑，让林拉感到浑身不舒服，脸涨得通红。她愤愤地骂了一句什么，赶紧跑开。

似乎那几个人里就有那个叫于文庆的下士。当时他站在窗边，双臂交叉抱在胸前，眯缝着两只小眼睛定定地望着她，脸上无任何表情。尽管那天他没说下流话——林拉认为那是下流话——他一句下流话没说，林拉还是感到他挺烦人。

好长一段时间她没再敢从警卫连的楼下走。

林拉对这些事情不感兴趣，所以她不往心里记。

一天林拉值傍晚班，看着闪闪烁烁的灯光信号，她无精打采地插、拔着耳塞子。忽然，邻近的江莉说："林拉，找你的电话。"

她侧脸看了江莉一眼。江莉白瓷娃娃般的圆脸闪闪烁烁。江莉又冲她挤了挤眼睛说："一个男的，当心噢。"

"去你个二百五，少骗我。"林拉骂了江莉一句，把信号引过来。

耳机里果真传来一个男人的声音，有点儿沙哑："林拉吗？我是于文庆，你老乡。"

"有事吗？"林拉冷冷地问。

"没什么事。我想问问你是否把我忘了。"

"莫名其妙。"

"这没什么奇怪的。我劝你别对老乡那么冷淡。我家离杭州二百多里，离你家不算远。在这儿碰着个老乡，不容易……"

"就这些吗？"

"还想……和你聊聊。在连里不敢给你打电话，叫头头们抓着，饶不了我。我现在机关打字室，打字室的小王也是咱老乡……"

耳机里啰里啰唆传出一大串，林拉打断了他："就这些吗？再见！"她"叭"的一声撤了线。

"何必那么厉害，"江莉转过脸，耸了耸小鼻头，"值班好寂寞噢，吹吹牛多有意思。"

"愿吹你和他吹吧。"

不久，林拉的爸爸从北京开完会回杭州，路过女儿部队所驻城市中途下了车。晚饭后林拉陪爸爸在军人招待所拉家常，不断有连里的战友前来探望。又几声慢慢腾腾、犹犹豫豫的敲门声，林拉大声喊："请进！"

过了一会儿，没人进来，她便过去拉开门。借着屋里的灯光，她看到于文庆十分局促地站在门口，一脸不安的样子。她感到很突然，一时忘了说话。林拉爸爸站起来，说："进来坐吧。来看看。"

林拉不自然地笑了笑，退后一步，轻声说："那就请进吧。"

"不啦。"于文庆微红着脸，抬了下右臂。原来他手里还提着一个网兜，网兜里盛着四盒装潢精美的糕点。他笨拙地把东西放在门边，倒退了几步，扭头渐渐走远。

“哎——”林拉不知怎么办才好，怔怔地看着于文庆拐向楼梯。

“真有意思。”她摇摇头。

“这孩子挺老实的，农村孩子吧。”爸爸说。

“我不认识他。”她很干脆。

“怪啦，不认识怎么来看我？”爸爸很随便又很含蓄地笑了笑。

“傻小子们，就这样。”她很坦然地望着爸爸，和爸爸的目光碰在一起时，她没有移开，她觉得自己没必要胆怯。林拉再次听到于文庆的声音，是半个月以后，一个星期六的下午。该她值班，有电话找她，插上耳塞，她就听出又是那个于文庆。她想说“林拉不在”，但想到人家曾提着礼品去招待所看望过爸爸，便勉强柔声说：“我就是。”

那边嗫嚅着说：“明天是星期天，出去转转好吗？”

“有什么好转的？”她颇感意外。

“就是随便转转，散散心。”

“不行。不好请假，更不允许。”

“别太死板。你们连江莉经常和我们连的东北兵王栋溜出去逛公园、看电影；还有你们连的孙小梅、黄宏也经常和老乡出去转悠……”

“她们是她们，我是我，我和她们不一样。”

“嗨！”那边好像没话了，停了停又说，“没别的意思，你别紧张。明天上午九点锦湖公园门口见，行不？”

像在哀求。

不能再说了，连部有一部和总机台并联的电话，连干部们可以监听。有次江莉和一个男兵多聊了一会儿，被连长发现并录了音，第二天当着全连人的面放了一遍。连长说他们是调情，结果江莉背了个处分。林拉可不想沾上这事，那样就说不清楚了。于是她急忙说：“对不起，你等也是白等。”就撤了线。

自然第二天林拉不会去，她本来没把这件事情放在心上。下午她懒洋洋躺在床上翻一本掉了封面的杂志，看烦了，又从床头柜里拿出毛线，织了一会儿毛衣。走廊里电话铃不断地响，同宿舍的女兵们几乎排着队去接电话，出去时一副兴冲冲的样子，回来时脸上漾着喜气。江莉电话多，不大一会儿出去接了三次。林拉想，看把你美的。她知道，下午肯定有电话找她。

果然，走廊里有人大声喊："林拉，电话！"

她叹了口气，拖拖沓沓走出房门。她猜十有八九是于文庆打来的，不会有别人给她打电话。在连里，她电话少是有目共睹的，连长曾为此表扬过她几次，说她本分，善于约束自己……

"我等了你一上午，林拉。"于文庆的声音很闷，"你记住，下个星期天我还去等。"

她不说话，就那么举着听筒，对方只说了一句就挂上了电话。

竟然在下个星期天应于文庆之约去锦湖公园，连林拉自己都觉得奇怪。去之前的几天里她一直琢磨这事。星期天去不去锦湖公园她拿不定主意。后来她突然觉得他怪可怜……

去就去吧，看他有什么鬼道道。她最后这样想。

连里有规定，外出必须两人以上。林拉和三班的雷蕾一同请假上街。雷蕾家住本市，出了营门，雷蕾回家，林拉一个人乘车去锦湖公园，两人约好了中午十二点在营门口见面，一起回去销假。

离公园还有一段距离，林拉就看到了于文庆的影子，他木然地站在公园门口的一张广告牌下，眼睛并不往四下看。

见到她于文庆并没有表示出惊奇，他摆弄着捏在手里的两张门票，说："我知道你早晚会来。"

这反倒令她感到惊奇。她眉毛一扬："为什么？"

"很简单，人心是软的。"他似乎胸有成竹地说。

天变凉了，公园里游人不多。林拉和于文庆在锦湖边幽静的鹅卵石路面上慢慢行走。当然，他们保持了大约两米远的距离。起初一段时间谁也没说话，彼此都在想自己的心事，又都摆出一副若无其事的样子。是于文庆先打破的沉默。他说：“这种地方太显眼，我原来打算约你到一个没人的地方去，比如到郊外什么的。”

“这儿不是挺好吗？”

“好是好，只是别人会干扰我们。”

“又不是秘密活动。”林拉感到好笑，“我不明白你到底怎么想的。”

于文庆摇了摇头，自嘲地笑了笑：“我也说不上为什么，就是想约你出来走走，随便谈点儿什么。”

林拉没再接话，她看着湖边上漂浮不定的白沫子和汽水瓶冰棍纸之类的杂物，感到心里乱糟糟的。她耐着性子听于文庆讲。

“我记得，在新兵连搞完野外训练刚分到七连时，你的脸蛋儿又黑又红，一点儿都不惹人注意。当时我就想，你不会永远这样。果然，两个月后，你白净的脸蛋就把其他女兵都镇了。在队列里，你特别引人注目。说句心里话，你气质好，显得很高贵，她们比不上你。所以，我就喜欢偷偷注意你。我知道，喜欢偷偷注意你的人有不少。”

女孩子总是喜欢别人夸耀自己，林拉心里感到舒坦，情绪好了一点儿，她微微一笑，说：“我可不希望别人注意自己。”

“后来我们给你起外号，开始东北兵王栋他们叫你小母马，我坚决不同意，这太难听。我提议叫你小白兔。我们叫江莉一品香，叫黄宏大熊猫，叫杜秋爽刺儿梅……”

林拉早就知道警卫连那帮坏小子给长相漂亮的女兵起外号。他们叫她小白兔，不算难听。她乜斜了于文庆一眼：“你们下流。”

于文庆“嘿嘿”一笑：“没办法。”

沁凉的小风迎面风来，林拉不觉打了一个寒战。于文庆点上一支烟，换了个话题：“昨晚我到我们排长房间去，发现他在哭。”

“哭什么？”林拉好奇地问。

“你想听吗？”

“当然想听。”

“那好，我告诉你。”于文庆愣了一会儿，好像很吃力地说，“我知道他为什么哭。他结婚三年，只和他老婆见过三次面。他得了一种很难听的病，就是……阳痿，就是那东西起不来。那玩意儿长期不用，能不出问题吗？……”

林拉脸“腾”地红了，她忙说：“烦死啦烦死啦！”

“他真可怜。”

“我不想听这些。”

他们便沉默下来，彼此觉得再也无话可说。一个卖冰棍的老太太高声冲着他们嚷，于文庆掏钱买了两支，递一支给林拉。林拉借着眼角的余光看到于文庆的钱夹里有张黑白照片一闪，照片上好像是个年轻女人，好奇心驱使她问：“你兜里的照片是谁的？”

“算是我女朋友吧。”

林拉一下子来了兴致，她抿了抿嘴：“能不能给看看？”

于文庆挺痛快地将照片从钱夹里抽出。林拉接过仔细端详一会儿：“蛮漂亮嘛，你这家伙蛮有福气的。”

“真像你说的那样就好了。”于文庆又点上一支烟，狠狠吸了两口，“你不知道，她的左腿有点儿问题，得小儿麻痹症落下的。”

把别人的隐私引了出来，林拉不免尴尬。她略带歉意地说：“怪可惜的。”

于文庆将半截烟头甩在地上：“我和她是初中同学。她爸爸是大队书记，所以她家有的是钱。别看你家在省城，你爸又是一个不小的官，我敢说，她家钱比你家多得多。”

“我挺烦别人提钱的事。”林拉望着碧蓝的湖水出神，刺鼻的水腥气一阵接一阵地弥漫过来，既好闻又难闻。

“她爸对我家不错，搞责任制时，她爸做主把大队的一辆拖拉机卖给了我家，价作得很低。我父亲转手把拖拉机卖给了别人，赚了两千块，正好够我哥娶亲的彩礼钱。我父亲特别感激她爸。后来她爸托媒人来提亲，我父亲痛痛快快地答应了。我看我父亲挺乐意，也就同意了。”

林拉忽然觉得有点儿伤感，她轻轻吐出一口气，不想再听他说下去。后来，宿舍楼着火之后，林拉去医院看望于文庆时，于文庆又说起了这些。林拉清楚地悟到，那时于文庆已经没有了现在的兴头……

她很潇洒地扬起右臂，把没吃几口的冰棍扔进了锦湖，面前便升起一个矮小的水柱，然后一圈儿一圈儿荡漾开去。她看着水圈儿慢慢消失。风似乎小了一点儿，湖水平静了许多，她感到自己的心也像这湖水一样，没有波澜，只是缓缓地涌动。

高中毕业后，林拉觉得在家待着没意思透了，她向爸爸提出去当兵。爸爸说，去就去吧。只要爸爸张口，不愁没人给她办。于是，她十分顺利地穿上军装，来到部队，成为通信总站二营七连的一名女兵。她不图什么，只想当几年兵就回去，趁爸爸还没退下来，回去安排个好一点儿的工作。所以，她对部队的许多事情不感兴趣。

她看了于文庆一眼，说："我该回去啦。"

宿舍楼是怎么着的火，林拉至今仍弄不明白。

为什么偏偏女兵七连的宿舍楼着火？为什么女兵七连有一个叫林拉的女兵？为什么机关大院警卫连有一个叫于文庆的男兵？

这同样是让人弄不明白的事情。这样的事情实在是太多了。

既然弄不明白，就不去想。

后来林拉这样安慰自己。

后来林拉想于文庆也一定会这样安慰自己。

后来一想起那次去锦湖公园，林拉就后悔得要命，尽管那时她并没有意识到这一点。

于文庆会后悔吗？

自从去了一趟锦湖公园之后，于文庆一改往日的模样，显示出十足的男子汉气概。他没再给林拉打电话，也没再约林拉"出去转转"。在机关大院碰到，周围没人时就冲林拉点个头，周围有人时就假装不认识，匆匆而过。

这使林拉感到挺疑惑。有时值班电话少，并不太忙，就想拨通警卫连的电话，问问于文庆是怎么想的。

终于没有提起勇气。这样太冒失了。

一天，进了饭堂，见饭菜挺差劲，林拉没有一点儿食欲，扭头就走。在大院中心的小花园里，她意外地碰上了提着暖瓶去打开水的于文庆。机关大院人多车多，单独碰面的机会并不多。她喊住了闷闷行走的于文庆："最近你怎么老实起来了?"

"我嘛，"于文庆漫不经心地说，"我嘛，胃口有限，吃一顿饱饭，可以消化一段时间。"

最初林拉没搞清他这话的意思，琢磨过来后，有点儿生气："你把我当成了你的饭菜?"

于文庆诚实地点点头。他说："真对不起。"

"对不起有屁用!"

"也许等我再感到饿了，还会给你打电话，约你出去。"

"你想得怪美!"林拉甩下一句，急匆匆离开了他。

秋天一过接下来是冬天。

那个冬天发生了一件惊心动魄的事情。那件事情令整个机关大院的人议论了好久。

冬天的一个深夜，机关大院的人在睡梦中被一阵阵惊呼声惊醒。是女人的尖叫声。尖叫声像一团乱麻纠缠在一起，在静静的夜里传得很远，格外刺耳，让人心惊肉跳，让人感到大事不好。

警卫连的人最先听到那连成一片的尖叫声，他们还闻到了丝丝缕缕焦煳的气味，呛得人脑袋有点儿蒙。有人发一声喊，大家慌慌张张穿上衣服，慌慌张张跑到楼外。

女兵七连的宿舍楼着起了大火。楼是砖木结构，地板和墙壁全是木板铺搭而成，极易着火。也许是有人烧电炉子造成失火，也许是因为电线太陈旧了自动着火，也许是有人在厕所里烧纸留下火种引起大火。这后一条是后来机关大院组成调查组调查失火原因时，七连以外的人才知道的。年轻女人事多，每月都有一回，擦脏东西的纸女兵们习惯烧掉。

问为什么偏要烧掉。

答这样图个吉利。

女兵们戏称那是“鬼火”。

不管什么原因，反正女兵七连宿舍楼被浓烟包围了，在呼啸的北风里，黑烟越来越浓，火势越来越猛。楼西头烧得厉害，通红的火舌擎着黑烟从窗户里往外钻，把楼前楼后照得明明灭灭，晃人的眼睛。

警卫连的人起来的时候，七连的女兵大部分跑了出来，还有少数人正磕磕绊绊往外跑。因为事情来得突然，七连的女兵们来不及穿衣服，她们披头散发，大都只穿着内衣，外面披件大衣、被子之类，像一群逃难者。有几个女兵光穿着衬衣衬裤，冻得直打哆嗦，只好往别人的大衣、被子里钻。楼前乱成一团。

男兵们同样是乱糟糟地围了上来，有喊快去叫消防车的，也有喊快回去拿脸盆端水灭火的。有人说真他妈的乱了套啦，也有人说该是这帮小娘儿们难过的时候了。似乎有人碰撞了女兵，她们不断低声发出“讨厌！躲远点儿”之类的警告。

大火从楼西头往东烧，透出光亮的窗户越来越多，白色窗帘在火中飘舞。外号叫大熊猫的黄宏说：“烧吧，把它烧成灰才好！……”

七连黄脸膛的连长踮着脚尖围着人群转圈子，嘶哑着嗓子清点人数。女兵有的叽叽喳喳懵懵懂懂乱串悠，有的失了魂魄一般呆愣愣的连喊三声都不应，有的在嘤嘤地抽泣。连长边数数边气得骂娘，真让警卫连的人开了眼界，他们的大个子连长嘴够骚的，也没骂到这个程度。

在乱糟糟的叫嚷声中，七连黄脸膛的连长失去了往日的威严，急得舌头转不过弯儿，连数两遍就是少一个人。她提高嗓门数第三遍……

这当儿，有一个影子，一个挺壮实的影子从人堆里冒出来，几乎像射箭一般冲向浓烟四起的楼门……

日后林拉每每想起那天晚上的情景，眼前便不由自主地出现一个挺壮实的影子。那影子不断地在她眼里跳跃，令她的眼睛不能适应。

那人上身只穿一件背心，下身穿着衬裤，脚蹬拖鞋，大概是警卫连的人里穿得最少的一个。火焰的光亮照得他通身发红，在众人的眼里，他像一件透明物。

聚集在楼前的人一时没有反应过来。

林拉和江莉裹在一条被子里。林拉真真切切地把这一幕看在眼里，惊得她全身一阵麻木。她张大嘴巴，想把那影子喊回来，可嘴巴不听使唤，就是发不出声音。

楼道里全是烟火，于文庆在二楼西头烧得最凶的七八个房间横冲直撞，他不知道林拉住哪个房间。许多年来，几乎没有男兵到过女兵七连的宿舍。他只能肯定林拉住在二楼。一楼是连部办公室、值班室、储藏室、学习室、俱乐部之类，女兵们全住在二楼。

他边摸索边低声吼叫："林拉！林拉！"他不敢大声喊，他怕外面的人听见，那样别人会耻笑他，往后的日子就不好过了。

他低声吼叫："林拉！林拉！"

没人回答。团团烟雾呛得他喘不过气，熏得他睁不开眼，他不断地撞在墙上、床上，撞在别的搞不清楚的东西上，撞得他没有了一点儿力气。好像衬裤被烧着了，两根大腿疼痛难忍，拖鞋不知什么时候跑丢了，脚下像布满了刀子，刺得他摇摇晃晃，站立不稳。在一个大房间里，一块烧焦的地板"轰隆"一声就把他下放到一楼，着地时他感到右腿剧烈地震颤了一下，再也爬不起来了……

是东北兵王栋和其他几个五大三粗的男兵像拖死猪一样把他拖出来的，他们把他扔在冰凉的水泥地上。他很快清醒过来。东北兵王栋扯着嗓门大骂："你他妈的找死啊！"

警卫连的大个子连长说："闭上你那臭嘴。快送门诊部！"

王栋接着骂："你狗日的逞什么英雄！"

然而他却十分费力地牵动嘴角笑了笑，笑得众人心里一阵发紧。

林拉拖着被子往于文庆跟前钻，江莉差一点儿被带倒，她尖叫一声：“林拉你犯什么病!”

林拉手一松，把被子扔给江莉，她只穿着内衣内裤，分开众人，挤到躺在东北兵王栋怀里的于文庆面前。她闻到了他的毛发被烧焦的气味儿，还有他身上散发出来的浓烈的烟味儿，记得在锦湖公园时她曾闻到过这样的气味……

她看到于文庆的嘴唇动了几下，周围的人谁也没听清于文庆说什么，然而她却听清了。

于文庆说：“如果……你在里面……该有多好……”

这句话后来让林拉琢磨了许久。于文庆说：“如果……你在里面……该有多好……”

忽然有湿热的泪水顺着她搭在脸上的凌乱不堪的发丝流下来。

这是她入伍后第二次哭。第一次是集训完刚下连时，她上街买来一条很醒目的连衣裙。晚饭后同宿舍的几个女兵轮换着试穿，被黄脸膛的连长撞见，黄脸膛的连长扔下一句什么掉头就走。那天晚上躺在被窝里她哭了很久，半夜里爬起来，用剪刀把连衣裙绞成一条一条、一缕一缕……

一个星期后，林拉没请假，穿戴整齐，悄悄往外走。江莉在后面叫住她。江莉意味深长地一笑，说：“你得小心点儿，别让头头们发现。”

“我不怕!”林拉大声说。

“这就对啦!”江莉冲她挥了挥小拳头。

于文庆住在部队总医院，离机关大院比较远，要倒两次车。进了总医院，林拉拐了好几个弯才找到于文庆所在的病区，又拐了好几个弯才找到于文庆所住的病房。站在白色的病房门前，她心里一阵乱抖。咬了咬牙，敲响了病房的门。

里面没有动静，她推开门。于文庆躺在靠近窗子的一张病床上，正在输液。他的脸上和胳膊上裹着纱布，右腿上绑着石膏。见她进来，小眼珠转动了一下，点了点头。

同屋里还有一位地方上的老年病人。见于文庆有客人来，咳嗽了几声，知趣地退了出去。

林拉简单问候了几句，接下来觉得再也无话可说。阳光透过窗玻璃射进来，洒在于文庆身上，也洒在她的身上，她感到心里暖融融的。病房里的气味冲得她鼻子有点儿受不了。

“不管怎么，我得感谢你，老乡。”于文庆说。

本该由她来说的话，让于文庆说了出来。她的脸有点儿涨。

“我会永远记住，我当兵的这几年里，有一个很漂亮的女兵陪我逛了一趟公园，听我说了不少话。”

“逛逛公园，聊聊天，实在算不了什么，不值得你往心里去。”

“你不懂。”停了停，于文庆又说，“真的，你不懂。”

“我真像你说的那么……漂亮吗？”

于文庆很吃力地顿了顿下颏。

林拉苦笑：“如果真像你说的那样，看来我不该来当兵。”

“你怎么这样想?!”于文庆有点儿生气，闭上了眼睛。他的两肋裹着纱布，只露出眼睛、鼻子和嘴巴。他脸上的几处红灿灿的小疙瘩被大火烧掉了吗？……

过了一会儿，于文庆睁开眼睛。他似乎想起了什么，艰难地抬了抬右臂，右手伸到褥子下面，摸索了一阵，抽出一张照片，递给林拉。

是一张彩照。

照片上是一个英姿勃发的女兵。她微仰着脸，大檐帽略歪向一边，鬓边象征性地飘荡着几缕发丝，眼睛望向斜上方。她的整个面部表情冷凝、深沉、自然，没有一点儿造作感。她像在思考一个很大很大的问题……

林拉被照片上的自己迷住了。她喜欢照相，长这么大不知道照过多少，但她总是不满意，常常是夹在影集里的不如撕掉的多，她不记得哪一张比这一张更像自己。

“他们提议，”于文庆很平静地说，“那天偷拍了你之后，东北兵王栋、河南兵孙大帮他们提议，每人洗一张。”

林拉的眼睛久久停留在照片上。她想到，自打出生后，她很好地活过来了，如果不出现天大的意外，她还会很好地活下去，自然还要照很多照片。也许从生到死，照了一辈子相，没有一张能赶得上这一张……

“我不同意。王栋嘲笑我，说我想学卖油郎独占花魁。我在市里最高级的饭店请他们吃了一顿西餐，又每人送了一条洋烟，就算把你的版权买下了。我不想让他们揣着你的照片。”

人总是要死的，林拉想，日后告别了尘世，也许这张照片将会成为自己留给这个世界的最美好的记忆……她把目光从照片上移开。

于文庆用手轻拍了一下右腿：“骨折了，医生说可能要落下残。艳敏，噢，我女朋友，她接到连里拍的电报马上回了信。她说她不会嫌弃我，就像我当初不嫌弃她那样。说实在的，她对我很不错，经常给我寄钱。不是吹，在警卫连我是最富的，烟拣最好的抽，上街下馆子是常事，钱来得容易，花起来我也就不心疼……”

林拉静静地听于文庆讲，她不知道此时自己该说什么好。

“她说她不会嫌弃我，不论我怎么样，她都不会嫌弃。她还说她正准备东西，春节我们就结婚。”

外面起风了，沙尘打得窗玻璃“噼啪”作响。

“你看。”于文庆怪声怪气地笑了笑，“你看，她左腿有毛病，我的右腿要是瘸了，我们不正好是天生的一对吗？”

“其实，着火的那天晚上，我们连的人都跑出来了。”

“我们排长来看我时说，要是里面还有人，可以给我报个二等功，最起码是三等功。现在只有评残时照顾一下了，评高一点儿。我觉得评不评残，意思不大，评了残又能给几个钱！艳敏她爸就她一个女儿，将来她家的钱都是我的。我打算明年春天复员回去……”

林拉无言相对，她凄楚地叹了口气。

沉思片刻，于文庆说：“唉，想来想去，还是艳敏对我好。”

林拉忽然想到，她应该做一件事情，一件挺大挺大的事情……小时候，爸爸说“丫头，亲爸爸一下”，她的脸说红就红了，差一点儿落下泪来。于是，爸爸摇头说“孩子，你长大了”。……她长大了，到了绝对不可以随便做那种事情的时候……

现在，她竟然有了这种想法，这实在令她感到突然。

“妈的想来想去，世上的女人就数艳敏最好！”说完，于文庆似乎很累，就闭上眼睛，不再说话。

她缓缓地站起来……

终于没有做。

（1992 年）

西瓜园

祖父有一手种西瓜的绝活儿，祖父种的西瓜个大腰圆，又脆又甜。在过去的许多年月里，提起张家洼的赵保山，十里八乡的人没几个不知道的，都说，西瓜匠赵保山凭这手艺，比他娘的家有二亩地一头牛都强。祖父却笑嘻嘻地说，其实也没啥，主要是选好种，勤日弄，日弄时关键在于看准火候……

事实上祖父为自家种瓜的时候极少，土改前家里别说有二亩地，连一亩地都没有，只有三分薄板地，种粮食都不够吃，哪舍得种瓜？土改以后，地亩多了些，但当时舍得花钱买瓜吃的人少，自然也不敢种。后来搞农业合作化，土地归公，祖父倒是被派去为生产队种了几年瓜，却由于种好种坏没两样，花的力气就轻了些，稀里糊涂便过来了，手艺跟着荒废了不少。再后来重新分田分地，然而这时候祖父眼也花了，手脚也不灵便了，想再种出好瓜已不可能。祖父只得长叹一声，算是给过往的岁月一个回答。

在父亲的记忆中，祖父最辉煌的时候，是给地主王昭敏种瓜的那些个年头。王昭敏是张家洼最富庶的人，家有八十亩良田、十间瓦房、三匹马、两只驴子，常年雇着两个长工，还有一个小帮手，也就是后来人们常挂在嘴边的狗腿子。张家洼不少人家租王昭敏的地种。在洼子边上，王家有五亩上好的沙地，王昭敏专门雇赵保山种植西瓜，那五亩优良沙质地很快让赵保山成了远近闻名的西瓜匠，同时也给王昭敏带来了很多好处。每年西瓜成熟的季节，他专拣好瓜四处赠送，当然是送给周围的乡绅大户、各路英雄豪杰，当时镇守在此地的日本人、后来在这一带活动的国民党和共产党的队伍都接受过王昭敏派人送来的西瓜，率部在县城驻扎的国民革命军的白团长在接连不断地享受过王昭敏的西瓜后，对他和他的西瓜大加赞赏，下令拨一条枪给他，从此那条枪就背在了小帮手张七的肩上，一来做看家护院之用，二来用它镇唬那些日益不满的交租人。效果委实不错。

西瓜匠赵保山挑瓜的功夫也属绝活，他从不用手敲，而是捧起一只瓜来，运足劲道，噗地一口吹过去，他能凭借回气时的声音判断出此瓜的生熟优劣，并且非常准确，很是让人佩服。

然而祖父赵保山的辉煌远不止这些。关于祖父的传闻令我感到惊讶不已。后来我一直觉得，祖父回首往事时的那声长叹不仅仅是针对西瓜和西瓜园，而是包含了更大的人生内容。

从春末开始，跨过整个夏季，一直到秋初，赵保山终日在西瓜园里忙碌，最初白天下地，夜里回家歇息，待西瓜长到碗口大的时候，他便得日夜坚守了。他的老婆赵刘氏每天摇着一双小脚给他送三顿饭。赵刘氏手提一只酱紫色的瓦罐，怀揣几个掺了树叶或野菜的窝窝头，一路磕磕绊绊而来，大老远就“他爹他爹”地叫，声音哑哑的，哑哑的声音在无边的原野上传不多远就被泥土吃掉了。赵保山早已觉出了饿，他搓搓手上的泥土，先是捏起窝窝头，狼吞虎咽地吃，然后捧起瓦罐，将内中的稀汤寡水咕咚咕咚灌进肚里。赵刘氏则歪坐在一旁瞧着丈夫吃喝，间或咒几句丈夫的吃相。

赵保山力气过大，胃口极好，他三番五次地吩咐婆娘，下顿多捎两个窝头来，赵刘氏一般不予理睬，她说：“地是人家的，粮食是自家的，你少下点儿力气就成了，反正到年底少不了你一分工钱。”

“屁话！”赵保山一瞪眼睛，“你狗日的以为那十斗粮食白给你？惹恼了王大人，看你喝西北风去！”

如此说来，祖父的头脑是清醒的，他明白有功才受禄的道理。然而挨骂归挨骂，祖母依然该捎几个捎几个，她也明白，除了命，大概最金贵的就属窝头了，只有精打细算，日子才能有奔头。祖母一直到死都这么认为。

夜里赵保山就睡在瓜园中央的窝棚里，窝棚是用木棍和草苫子搭成的，一人来高。那年月天下不太平，盗贼四起，为了防范，王昭敏每年都早早地差人将一支火铳和一把大刀片送至窝棚。但由于盗贼大都是由饿而生，贼人感兴趣的是粮食、钱物而非瓜果一类奢侈品，加之惧怕王昭敏的威名，所以丢瓜的事情并不多见。

王昭敏有事没事爱到自家的田里走走，踏在松软可人的土地上，他常常由衷地生起一股荡怀人心的豪情，当然，有时也难免生出一线悲凉。每个人自有每个人的难处，自己的难处唯有自己清楚。来西瓜园瞧瞧自然是无法免却的步骤，来后不懂装懂地指点一番，找个缘由呵斥或嘉勉几句种瓜人，按如今的说法，就是不失时机地进行批评或表扬，力争取得更大的成绩。

有一年西瓜快要成熟的当口，王昭敏来瓜园的次数格外勤。赵保山以为王大人不放心，于是，便表现出十分卖力的样子。

王昭敏说："夜里当心点儿。"

"王大人放心，"赵保山拍了拍厚实的胸脯，"我机灵着呢，丢一个瓜你敲掉我一个卵子！"

"日本人眼看不行啦，他们这一退，原先送的瓜等于喂狗。再说，小日本吃了我不少瓜，也没见为我做啥事。"

王昭敏是在心疼呢，怪不得整天黑着脸。赵保山想。

后来的事实证明，祖父的判断不准确，至少不完全准确。

"听说国军要开过来，往后该给他们送了；还有共产党的游击队，也小瞧不得。看谁得势就给谁多送点儿。"王昭敏叹了一口气。

"今年雨水少，水分轻，瓜一准更甜，包他们喜欢。"

那年王昭敏三十二三岁的样子，他的婆娘如菊比他大一岁。如菊是离张家洼二十里的陈家楼人，家境虽比不上王昭敏殷实，却也算阔绰人家。

张家洼上了年纪的人至今仍记得如菊出嫁时的情景，一乘花轿沿官道悠悠而来，二十名吹鼓手制造的音韵终日未绝，给众人平添了许多乐趣。尽管新娘子如菊的相貌未见有惊人之处，但她淡眉粉脸，步履婀娜，和村里那些黄皮寡脸、粗手大脚的女人相比，仍属上乘，同白净面皮、细腿细腰的地主王昭敏蛮般配。

如菊在许多年里一直是个谜。出嫁十几年了，她的肚皮仍旧瘪瘪的，大概除了他们夫妇，无人搞清内中的因由。女人不能生育，在任何时代都屡见不鲜，没什么大惊小怪的，因为王昭敏非同常人，所以，关于如菊的肚皮却总能成为醉人的话题。

中午，农人们大都回家吃饭歇晌，田野静若死水，白白的日头高挂中天，头顶上没有一丝云彩。一只癞皮狗在不远处的沟坎上懒洋洋地低吼几声，然后钻进半人高的庄稼棵子里销声匿迹。

赵刘氏送午饭的时候顺便把孩子们带进了瓜园，赵保山嚼完窝头，喝罢米汤，孩子们却不愿跟母亲回家，她只好骂骂叽叽一人进了村子。孩子们平时极少有机会来瓜园，此刻他们不顾炎热，撒着欢儿在西瓜间穿行、打闹，叫嚷声此起彼伏，在午后的原野上荡来荡去。赵保山倚着窝棚的立柱，一边吧嗒旱烟锅一边打盹儿，窝棚小小的阴影遮蔽着他，他不时地甩出一句：“小崽子，安稳点儿，弄折了瓜秧看我不捏扁你们的卵子！……”

小崽子们根本听不清父亲的话，他们在瓜园里蹦蹦跳跳，并不见有谁牵扯到瓜和瓜秧，赵保山便不再骂，后来他听到大儿子说：“爹！爹！有人来啦，有人来啦！”

赵保山费力地撑开眼皮，透过草苫子的缝隙，他看到绿得发蓝的玉米地里晃动着半个人身子。渐渐地近了，才看清是王昭敏。他猛地跳将起来，喊拢孩子，然后奔至园边恭候。

尽管天气燎人，王昭敏仍然一件整齐的紫色绸质长袍，前胸后背都湿透了。他一副心事重重的样子，令赵保山摸不着头脑。

赵保山则精赤着上身，下身只穿一条汗渍斑斑的粗布短裤，大脚在地上碾出两个浅坑。他黑亮的肌肉在炫目的阳光里跳跃闪烁，硕大的脑袋比身后日渐长成的西瓜小不了多少。

进得窝棚，王昭敏坐在唯一的那只小马扎上冷冷不语。大晌午的，不在高瓦大屋里享福，偏偏跑来受这份洋罪，也不知狗日的打的什么谱，赵保山想。他想问一句，又不便张口，琢磨了一下，忙把孩子们叫过来，大声命令道："叫大爷，快叫大爷！"

祖父赵保山的五个儿子里，除了我最小的五叔尚在牙牙学语、口齿不清外，其余四人均叫了大爷，声音参差不齐，透着耐听的喜气。王昭敏将一年四季不离脑袋的灰色礼帽摘下来，托在手上，目光越过五个孩子不太平整的头顶摇来摇去。孩子们一个个牛犊般结实硬朗，身上涂满了泥水，像刚从土里挖出来似的；遍地数不清的西瓜宛若数不清的健壮人头，透示着又是一个丰收年景。

王昭敏掏出一支纸烟含在嘴里，赵保山擦起火镰为他燃着。他慢悠悠吸几口，浅浅地笑了笑，说："保山，嘿嘿，你狗日的，不赖……"

王昭敏的目光一直在孩子和西瓜们的身上晃来晃去，赵保山吃不准他是说孩子不赖还是说西瓜不赖。他只好赔着笑，并未答话。

祖父赵保山十九岁那年和祖母赵刘氏成亲，不到十年时间竟一溜沿日弄出五个儿子，而且说不定什么时候祖母的肚子又会鼓起来，就像他日弄的西瓜园一样，很是令人眼馋。

王昭敏又含混不清地咕噜了几句。

但是，赵保山对那将发生的事情没有任何预感。

下午把五个儿子打发回家，赵保山戴上烂了边的草帽，担起水桶为一些发黄的瓜秧浇了一遍水。

太阳掉进了村子的那一面，暮色和暑气在田野上升腾，同远处的炊烟融为一体，下地的人互相吆喝着归家。要在往日，已到了赵刘氏送晚饭的时间，这天赵刘氏却迟迟未露面。赵保山冲着村子怒骂了几句。婆娘越来越不听使唤了，他合计着得找个茬口揍她一顿。

赵刘氏终于没来，王家的小帮手张七倒哼着小调走进瓜园。张七说："恭喜你呀保山，今晚王大人请你吃酒。"

"请我吃酒？你少扯淡！"赵保山吧唧了几下嘴唇，费力地咽下一口唾沫。

"王大人说，你一年到头蛮劳累，特地备了酒菜，这不，让我来请你。"

张七一脸的正经，不像说假话。赵保山再次费力地咽下一口唾沫，说："王大人，嘿嘿，王大人用不着跟我客气……"

"你不必回家了，我给你老婆打过招呼。听说你去吃酒，能省下六个窝窝头，你老婆高兴得像躺下打滚的草驴一样。"

"我说狗日的为啥不来送饭……丢了瓜咋办？"

"他娘的，今夜我只好睡窝棚啦。"

张七还告诉赵保山，王大人交代过，一路多长长眼，万万不可让人看见他去了王家。

赵保山摸进王家的时候，天已黑尽。王家的门口没点灯笼，院子里静得瘆人。酒菜早已摆好，满满一八仙桌，赵保山从未见过这阵势，酒肉的香气熏得他浑身冒汗，再三说"王大人太客气，使不得，千万使不得"。他胳膊抖抖索索，端不稳酒盅，捏不住筷子，后来见王昭敏夫妇确有诚意，才放开肚子海吃海喝，片刻工夫就觉得脚底板下开始流油了。王昭敏一味喝酒，很少动筷子，脸上挂着讪讪的笑，眉头一会儿紧皱一会儿舒开……酒至半酣，王昭敏捂着精瘦的腮帮子推说有事出去一下，屋里便剩下了如菊和赵保山二人。

赵保山略略感到有些奇怪。

然而一辈子都可能难以见到的丰盛酒菜容不得他想别的，待耳鬓飞红的如菊颤抖着歪倒在他怀里的时候，他才突然清醒过来，酒意顿消，似乎连魂魄都游出了躯壳……如菊像一个闪闪发光的火球，烤得他喘不过气。王家的高瓦大屋摇摇晃晃，一副即将倒塌的样子，在他眼里，活脱脱一口巨大的棺材，森森然透着鬼气……

王昭敏在富农赵三旺家推了半夜牌九，输得一塌糊涂，他嘟囔道："日他娘醉啦，看来真醉啦。"没好气地推开赵三旺递过的茶碗，铁青着脸蹑手蹑脚溜进家，见婆娘如菊正唉唉地抽泣，忙问："成了吗?"

如菊不答，索性拉开喉咙放大了哭声。王昭敏奔来过扇了她一个嘴巴，如菊才说："保山那东西不灵……"

"怎么会?！难道他那五个儿子是从石头缝里蹦出来的不成！……还哭，让人听到看我不撕了你!"

如菊的哭声低下去。王昭敏抓过桌上的半只残鸡咔吱拽下一口，又咕咚灌下两盅酒。他的表情木木的，说不上是喜还是忧。

三天后，赵保山又被叫去吃了一顿酒。仍是白吃，仍是不见成色。王昭敏说："日他娘真是怪事。"赵保山也说怪，怪得出奇。

王昭敏差不多死了心。

如果不是发生了一点儿意外，后来的事情就会简单得多。

这个意外就出在如菊身上。

自如菊嫁到张家洼后，很少下地，这天上午，她却偏偏出了村子，而且偏偏三转两转转到了西瓜园。

赵保山正在清除瓜秧上的荒杈，把一个厚墩墩的脊背对着蓝蓝的天。如菊犹豫片刻，柔柔地咳嗽一声，赵保山吓了一跳，抬眼的工夫便紫了脸膛，迷蒙中看到如菊那张粉脸宛若刚刚升起的日头。如菊垂下眉头，轻轻叹一口气，一动不动地站在那里。她粉嫩的脖颈晃得赵保山眼珠子疼，疼得钻心。

不知过了多久，赵保山站立起来，觉得身上蓄满了难以遏制的力气，宛如一个充足了气的胶皮轮胎，几天来的懊恼悄悄消退。如菊飞快地瞄他一眼，脑袋压得更低。

如菊压低脑袋向他挪动了几步。

草木搭就的窝棚终于摇晃起来，就像行进在水中的一叶小船。日头越升越高，晨雾渐趋消散，温暖的阳光照耀着王家的五亩西瓜园，遍地壮硕的西瓜默默呆立，静静成长，在若有若无的小风里，窝棚边一株淡紫色的喇叭花儿轻柔地摇摆……

祖父赵保山用他的成功掩盖了他的失败，这突如其来的成功彻底注销了他脸上的愧色，但他仍然弄不明白，弄不明白他的成功同他的失败之间的界限。若干年后，我对此的解释是，命中注定祖父终究是一个登不了大雅之堂的贫困之人，王家的深宅大院令他感到恐惧、无所适从，美丽的西瓜园才是他一展身手的壮观舞台。

远处的张家洼灰蒙蒙的，近处的田野一片翠绿，田头的歪脖子柳树下，一个放羊的小男孩哼起了一首稚拙的歌谣，小男孩的歌声飘得很远。小男孩不时地喊道："羊！羊！再偷吃庄稼我就宰了你！……"

以后的日子，如菊神色匆匆地进出瓜园便成了常事，王昭敏来的次数自然就少了，偶尔和赵保山打个照面，他就嘿嘿地干笑两声，掉头走开。

如菊有时夜里来瓜园。夜晚的西瓜园宁静可人，明亮的月光里，西瓜们睡得很实在，憨态可掬，墨绿色的瓜叶儿开成梅花状，和着清风低吟浅唱，小虫们发出唧唧的叫闹声，世界因此而成了乐园。

尽管一切进行得极秘密，向来粗心大意的赵刘氏还是觉出了蹊跷，丈夫不再扯关于窝头的话题，她捎去的窝头有时还能剩下一两个，这使她喜上眉梢，感到日子似乎越来越宽裕了。有一次，她从窝棚里翻出半瓶烧酒两只酱猪蹄，差点儿跳起来。赵保山打着哈哈说，是王大人见他手脚勤快干活卖力，特意送给他的。她想，连刻薄成性的王大人都发了善心，大概离天下太平不远了。细细一想又不大对劲，但她没往更深里想，家里五个人崽和两只猪崽时时需要她操心，三分薄板地还得抽空日弄，她腾不出那份闲心瞎琢磨。她只是把两只香喷喷的酱猪蹄握在手里，说是带回去给孩子们解解馋；你当爹的不能独吞。那半瓶烧酒也被她揣进了怀里，说"你当女婿的一年到头都舍不得给老丈人买点儿东西，亲爹娘见了我就瞪眼睛、梗脖子、吧唧嘴皮子，正好用这酒堵堵老头子的嘴”。回去的路上赵刘氏忍不住举起香喷喷的猪蹄咬了一口，她很想再吃点儿，但想到孩子，总算咽回了涌到嘴边的满口唾沫。

半个月后，赵刘氏总算解开了她并没怎么放在心上的那个蹊跷。

那天夜里，赵刘氏翻来覆去睡不踏实，五个孩子横七竖八地布满了土炕，连成一片的大小呼噜灌满了泥屋，她依旧觉得身边空荡荡的。她想到了男人。这类事情每年夏季都发生几次。于是，她锁好屋门，兴冲冲直奔西瓜园。没进园子，她就听到了窝棚里的声响，愣了半天才缓过神来。她恶狠狠地骂了一句，抬起小脚迈开大步钻进窝棚，操起扁担就舞打起来。

气喘吁吁的赵保山费了不少力气才摁住同样气喘吁吁的赵刘氏，到这时赵刘氏也才看清缩在床边的“浪货”是地主婆如菊，不干不净的嘴猛地变干净了些。如菊吓得大气不敢出，抽准空子捂着脸逃离快散了架的窝棚，消失在黑暗中。

翌日一大早，王昭敏推开了赵家的柴门，赵刘氏忙迎上来，说：“昨夜里如菊嫂子吓着没?”

王昭敏的礼帽压得低低的，遮住了半个脸。他哑着嗓说：“传出去我让你一家七口喝西北风!”

赵刘氏拍打着屁股说：“哟，我可是啥也没见着，我这眼睛不好使……不过，世上没有不透风的墙……”

王昭敏掏出两块光洋扔在地上。

“王大人您放宽心，要是走漏半点儿风声，叫我全家齐齐饿死!”赵刘氏边说边做了一个翻眼蹬腿状，好像真的要死。

傍晚，王昭敏又差张七送来两斗高粱、一升麦子。

没过几天，如菊还送给赵刘氏一副银手镯、一件红绸小褂。在张家洼，除了如菊和富农赵三旺的婆娘赵马氏，还没有见哪个女人穿过绸缎，赵刘氏当天就风风光光地戴上银手镯，穿起红绸小褂去了娘家，然后从娘家折到西瓜园。男人并不正眼瞧她，说：“屎壳郎戴上花，照样成不了蝴蝶。”

赵保山给婆娘泼了一瓢冷水。

赵刘氏依然欢天喜地，她慷慨地说：“龟孙子！你日吧！放开胆子日吧！只要能日来东西就行……”

婆娘愈来愈张狂，赵保山觉得气不顺，决计教训教训她，再不动手就不行了。

这天早晨，赵氏刘送饭时一不小心，打碎了瓦罐子。有了借口，赵保山大喝一声，像抓小鸡一样提起女人，好一顿收拾，赵刘氏号啕大哭，求饶不止。

功夫不负苦心人，如菊的肚皮终于有了异样。

收瓜的季节也到来了。

转过年来，那五亩沙质地上的西瓜苗刚刚露头，如菊产下一个女婴。

王昭敏大失所望，抓过酒壶就灌，当即醉成烂泥。他拍打着炕沿，一把鼻涕一把泪地说：“他娘的，一个小孽种，一个丫头片子……狗日的赵保山，你存心作弄我不成……”

女婴倒是很机灵。取名王如影。

王昭敏并不甘心。

接下来的那个炎热的夏天，如菊只好一如既往，隔三岔五地往西瓜园里溜。夜晚的瓜园依然宁静迷人，草木窝棚摇晃得更加欢快。

整整一个夏天过去了，到了拔秧净地的时候，如菊的肚皮却未见有起色。王昭敏、赵保山和如菊均大惑不解。

王昭敏还是不甘心。

眼看又一个夏天将要溜走，如菊的肚皮仍是平坦如初，赵保山的脸上重新罩上愧色，没想到如菊却一脸的痴迷：“只要能在一块儿，比啥都强。”

这女人的心的确够野，越来越野。有了这种心思，说明前面所做的一切全变了味，走了样。

想想也是。赵保山紧紧搂住愈发风韵的地主婆如菊，深深感到和如菊在一起，自己才更像个男人。这也是赵保山最初未曾料到的。

王昭敏终于死了心，不许婆娘再踏进瓜园一步，他来瓜园的次数日渐多起来，每次来都铁青着脸，每次来都抬腿踢飞踢烂一个西瓜，仿佛踢烂的是赵保山或者如菊的脑袋。一天中午，赵保山不留神，让人偷走了两个西瓜，王昭敏察觉后决定算底年账时扣他一斗粮食，并且操起扁担敲了他几下。如菊日子也不好过，三天两头挨拳头。

三天两头挨拳头的如菊心却不死，趁男人外出赶集、走亲访友不在家，仍偷偷摸摸来瓜园。盛怒不休的王昭敏再也咽不下这口气，执迷不悟的瓜把式赵保山便大祸临了头。

这年夏末的日子十分难熬，天气极为炎热，似乎连老天爷都暴躁得不行，人人都憋着一肚子邪火，处暑一过，秋风一到，才觉得舒畅些。

地里的瓜摘得差不多了，只剩下稀稀拉拉的几个，被冷落的瓜们或躺或坐，一副无精打采的样子。枯萎的瓜秧摊在地上，早失了往日的生机。没多少活可干，赵保山便像那些被冷落的瓜一样，久久地倚在窝棚边打盹儿，有时强打精神吧嗒一阵旱烟袋锅，掐算着如菊再次来瓜园的日子。

一天傍晚，张七神不知鬼不觉溜进瓜园，望望四周没人，张七把赵保山拽进窝棚。张七带来两瓶老白干、一只烧鸡。赵保山不明其意。

张七说："王大人吩咐，又快净地了，你劳累了半年，让我给你送些东西打打牙祭。"

赵保山好久没沾到酒肉了，连日来的稀汤咸菜窝窝头吃得他肠子疼，馋虫在肚里涌动得厉害。

颤颤地接过酒和烧鸡，他抹了一把光溜溜的脑门："嘿嘿，王大人总惦记着我……老弟你给王大人回个话，就说我赵保山明年一准干得更好……"

临离开时，张七说：“天下不安稳，王大人担心有人趁机打家劫舍，叫我把火铳和大刀片带回家，做些防备。”

“你拿走就是，反正放我这儿也是摆设。”

张七背起火铳和大刀片走出窝棚，一忽儿却又折了回来。赵保山嘴里咬着烧鸡，呜里呜噜地问：“还有啥事，七弟?”

“这个……唉唉，你夜里机灵点儿，酒也别喝太多，有动静就……”

张七欲言又止。张七的小眼睛不住地眨巴。

赵保山用力咽下没嚼烂的鸡肉：“放心，有人敢来偷瓜我就拧断他的胳膊!”

赵保山没想到的，对一个即将布好的陷阱他没有一丝一毫的觉察，日后回想起来，他才悟到了张七此刻的含义。张七正经也是个蛮不赖的人。

那天下午，如菊又挨了男人一顿好揍，连女儿如影也跟着挨了一脚，王昭敏那一脚踢得不轻，如影横着飞出一丈远，当即背过气去，如菊唤了半天才唤醒她。

如影已经两岁多了，长得白白胖胖，小胳膊小腿都挺健壮，像个男孩子。

当晚娘俩都没吃饭，二人你哭一会儿我哭一会儿。

王昭敏和张七吃晚饭时喝了点儿酒，放下碗筷二人就进了厢房，他们在里面嘀嘀咕咕，不知干些啥。一个时辰后，二人钻出厢房，王昭敏走在前面，张七挎着那杆钢枪，手提一只洋铁桶跟在后面。二人悄悄离了家。

如菊脑袋一炸，觉出不妙。她给好不容易睡着的如影盖上一件夹衣，快步跟出来。不想如影又在身后大哭起来，哭得让人揪心，她只好再返回，抱着如影慌慌张张冲出院子。

刚走至瓜园边，王昭敏和张七就听到了窝棚里传出的鼾声。赵保山的呼噜震天响，那两瓶老白干见了底，烧鸡骨头都被他嚼碎咽进了肚。王昭敏一使眼色，张七手提洋铁桶灵巧地奔至窝棚，张七将桶里的洋油洒在草苫子上，然后划火引燃。

睡成死猪、醉成死狗的赵保山无疑落入了死亡陷阱，第二天早晨，张家洼人就会看到瓜园中央的这片灰烬。想必是可怜的保山醉酒后吸烟不小心，引火烧身，以至于命归黄泉。

踉踉跄跄的如菊老远就看见了那片明亮的火光，她扔下如影，疯了一般往前奔。

火越烧越旺，窝棚整个坍塌下来，事情做得差不多了，王昭敏悬着的心总算踏实了些。然而，就在这个关口，一个扭曲的影子却钻出了火堆！

王昭敏眼皮子一阵狂跳，手疾眼快的张七操起枪来，砰砰砰连放三枪。

张七的枪法本来不错，枪法不错的张七竟然没有打中。赵保山像一只掐了头的苍蝇，嗷嗷惨叫着连滚带爬。王昭敏回过神来，推了张七一把，劈手夺过枪，端平、瞄准。赵保山在瓜园里无目标地瞎撞，他完全蒙了，动作缓慢，不清楚要往哪里跑，王昭敏有把握一枪结果了他。王昭敏搂动枪机的食指越收越紧，就在这时，他的婆娘如菊从后面抱住了他。与此同时，枪响了。

仍然没有打中。

王昭敏不得不腾出手来将婆娘摔在一边。他重新端枪瞄准。他没有料到，一个小小的人影，像突然从地下冒出来似的，无声地飘进了西瓜园，向着东倒西歪的赵保山跑去，等他明白过来时，手中的枪再次响起。

如影应声倒地。福大命大的赵保山最终钻进了紧挨瓜园的苞米地，苞米地一人多高，密不透风，赵保山如游进大海的鱼儿，无影无踪。

如菊惨叫一声，连滚带爬扑向女儿。王昭敏也扔下枪赶过来。如影躺在亲娘的怀里，缓缓睁开眼睛。她看见了王昭敏。她柔柔地叫道：“爹……”

两行热泪突然从王昭敏的眼角滚落下来。

天上没有月亮，星星满天都是，露水很重，世界静得出奇。

从此，地主婆如菊变成了半疯半傻之人。

时过不久，张家洼人迎来了轰轰烈烈的土改。人们被发动起来，斗地主，分田地，好不热闹。

这时候，大难不死的赵保山回到了家乡。

处决地主王昭敏那天，张家洼人都集中在村公所的院子，也就是王昭敏的院子里。王昭敏被高高绑在院子正中那棵三丈多高的白杨树上，只待一声令下，一松绳子，他就会被摔成肉饼。算来算去，张家洼最苦大仇深的人莫过于赵保山，王赵两家的事情已不再是秘密。

因此，土改工作队的领导安排赵保山执刑。赵保山在众目睽睽之下走近白杨树，他的腿肚子抖得厉害，手心脚心全是汗。高高在上的王昭敏屎尿满了裤裆，一副将死的模样。赵保山咬咬牙，开始解绳子，他的动作很慢，他感到有双眼睛在辣辣地、哀哀地盯着自己，忍不住回了回头，果然就看见了如菊。如菊被捆绑在茅厕门口，一张脸苍白如纸片，眼里蓄满泪光。

本来就勇气不足的赵保山彻底失了勇气，仿佛吊在树上的不是王昭敏而是他。行刑的活儿最后让给了自告奋勇的张七。土改期间张七表现一直不错，领着众人挖浮财，烧地契，经常吃不上饭，睡不好觉，人整个瘦了一圈，赢得了政府和众人的信任。后来张七改名张建国，入了党，当上了村委委员，再后来调到区里，从办事员一直当到副区长、区长、副县长、县政协主席。这是题外话，不表。

政府的宽宏大量使地主婆如菊保住了一条小命。虽然成了寡妇，年岁也不算老，但却无人敢娶她，即便那些欲火攻心的老光棍都大摇其头，唯恐避之不及，一来她成分不好，和这种人沾上边免不了倒霉，二来她半疯半傻，干不了白天的活儿倒没啥，干不了夜里的活儿就让人无法忍受了。如菊只好一个人过日子。

祖父赵保山经常偷偷摸摸做贼一般接济如菊一点儿食物，被祖母赵刘氏发现后免不掉一顿臭骂。解放后，我家的事儿由祖母说了算，祖母成了一把手。

如菊尽管侥幸保住了命，却逃脱不了挨批挨斗的命运，在其后的历次阶级斗争中，她都是批判台上的常客。后来，有人想起祖父赵保山和如菊的那段旧事，想起土改时祖父的怯懦，便把他也划拉进去，于是，祖父和地主婆如菊、富农赵三旺等人站在了一个队伍里，令人不解的是，祖父并无怨言。

祖母赵刘氏为此愤愤不平："咱是贫农，凭什么斗你！"

祖父没吭气儿。

"他张七还当过狗腿子呢，为啥就不斗斗他？"

"孩子他娘你小点儿声，人家张建国现在是领导。"

"领导又怎么啦？瞧你那窝囊样！我看你是吃了人家嘴短，日了人家心软，心甘情愿和那个臭婊子站一块儿，活该！"

祖父没敢再吭气儿。

我六叔出生的那年，祖父在挨斗时被人掏了裆，从此失去了生育能力。我常常想，如若不然，凭祖父的雄健体格，祖母至少还会为我生一个叔叔或姑姑。我非常想有个姑姑。后来联想到轰轰烈烈的计划生育运动，又一想，这样也好，无形中等于为国家的计划生育工作尽了一份力。

在我懂事的时候，祖父已经十分苍老了，弓腰驼背，弱不禁风，我实在无法把现在的祖父和过去的祖父连在一块儿，不过，作为一个粗通文墨的晚辈，我还是愿意走进祖父往昔的岁月，并且为自己过早衰老的体格和思想感到深刻的羞愧。

祖父后来把种瓜的手艺传给了他的大儿子——我的父亲。每年的炎热季节，父亲都在我家承包的土地上种植西瓜，夜晚的西瓜园依旧宁静迷人，父亲种出的西瓜依然膀大腰圆，个个非凡，但味道据老人们说，无法和祖父日弄出的西瓜比，究其原因，这恐怕是一个任谁都难以说清的问题了。

（1994 年）

愿　望

这一带村庄的名字，大都根据本地特殊的风物、地貌而取，像刘家庙，是因为许久许久以前村内有一处刘姓修建的香火颇盛的庙宇；像孙家堤，是因为村外有一道十几里长的雄伟的拦河大堤；以此类推，这陈家楼名字的来源则因为村内曾有过一座陈姓的、想必是大户人家的小楼。

从县城到陈家楼整整三十里，没通公路那当儿，进县城要走那条弯弯曲曲、坑坑洼洼的黄土路，后来，政府拨专款，民工奋战了整整一个春天，才有了这条平坦、宽阔的柏油路，把县城和县城南面的、靠黄河的另一个县城连在了一起。这路就从陈家楼的中间穿过，把个陈家楼一分为二。

年龄稍大点儿的人都记得，这路刚修成的时候，每天只有几辆汽车驶过。而今就大不相同了，从早到晚，南来北往的汽车，鸣着长笛，带着烟尘，一辆接一辆可着劲儿跑。那些车，有公家的，也有私人的，陈家楼的陈广路那辆大“解放”就在其中。

这条路对于广路来说真是太熟悉了，他合着眼也能在上面跑汽车。当初修这条公路的时候，他刚脱掉开裆裤不久。那时，他和小伙伴们经常跑来看民工们熬沥青、铺沙石，幻想着将来能沿着这条公路去县城赶大集、看大戏、下馆子、逛让人眼花缭乱的商店，可不曾想过自己会驾着汽车在上面跑，而且驾的还是自己的车！唉，那时……一想到那时，广路心里就有一种凄楚之感。

今天，是广路最后一次驾着自己的车在这条公路上跑了。早在一年多前，他就做出了一个大胆的、在一些人眼里简直不可思议的决定：等钱挣到他心目中的那个数，他就撒手不干，将车卖掉，然后带上老婆孩子快快活活地出去游山玩水，那才算不枉此生哩。如今他的这个愿望终于快实现了。他为了这个愿望，奋斗了多少个日日夜夜啊！

车上装的是大米，从五百里外的邻县拉来。在这一带贩卖大米是很赚钱的营生。因为这是跑最后一趟了，所以广路并不像往日那样拼命地赶路程，车过省城和县城的时候，他都停了停，去商店给妻子凤焕和儿子小海买了几身时兴的春季服装，准备出门的时候穿……

不知不觉，广路看到自己家的小楼了。在夕阳照映下，小楼像红铜一样闪着光彩。

小楼是两年前建成的。两年来，广路出车回来看到它，心里就会涌起一股暖乎乎的感情，就像外出的游子快要扑进娘的怀抱一样。先人们建造的那座陈家楼在这个世上消失以后，他第一个在这儿竖起了楼，不，就是在方圆几十里内也只他第一个竖起了楼。人们提起陈家楼，自然而然地就会引出他陈广路和这座小楼。一个人活在世上往往顾惜的是名声和荣耀，广路自认为这些他都有了，还有什么比这更能让他感到骄傲和满足的呢？

广路按了两声喇叭。他知道听到喇叭声，凤焕和小海会跑出来迎接他。果然，喇叭声刚落，凤焕和五岁的小海就跑出大门来了。小海跑在前面拽着凤焕。凤焕扎着围裙，手上沾着面粉，看样子正在做晚饭。

“爸爸爸爸，给我买新衣裳了吗？”小海迫不及待地问。

“买了，小家伙。”广路答应着，熟练地把车开进院子里。

等广路洗完手和脸，凤焕早已泡好了香茶：“先歇会儿，喝点儿水。”

广路接过茶杯：“卖车的事说好了吗？”

“刘家庙的人说，明天下午来开走，价钱比你定的少了二百块。我看算了，别讨价了吧？反正就这一次。”

广路点点头。

“还有，这大米也稍微降点儿价吧，也是最后一次了，挂号的又都是街坊邻居。”

“好，听你的。”

凤焕不易察觉地笑了笑：“知道你今天回来，我和好面了，咱做炸酱面，愿不愿吃？”

广路深情地望着妻子青春焕发的脸蛋，没作声。凤焕红着脸嗔怪道：“看你，脸皮真厚。”

广路收回目光：“就你脸皮薄。”过了一会儿，他问：“爹呢？”

凤焕轻轻地叹了口气：“今天一大早就去侍弄村北那点儿荒地了，早饭、午饭都没回来吃，我叫小海送去的。不让他去，他偏不听，你可得找时间好好劝劝老人。”

“我去接他。天快黑了，别出了差错。”广路起身走出门去。

广路大步来到村北，西天的晚霞已快燃烧尽了，灰蓝色的炊烟和白色的雾气笼罩着村庄和田野。眼下还不到忙碌的时候，大田里只有很少的人在做零零星星的杂活儿，显得冷落和寂寥。广路忽然有一种亲切而又陌生的感觉。他很久没有到大田里来了，他根本没这个时间，也没这个必要。他认为单靠每人这一亩六分地要想富起来，那是没门的事，虽然允许社员多种经营，也不过是久渴的田地遇到了一场刚刚打湿地皮的小雨，因此，他把地交给了凤焕，让她带着孩子，照顾着老人，收多少是多少，反正他不靠这个发家致富。

一个人沿着田埂踽踽而来，正是广路他爹继贵老汉。朦胧中，广路虽然看不清爹的脸，但他明显地感到，爹苍老多了。这几年，他没顾得上爹，10 月 7 日是爹的生日，而去年 10 月 7 日这天，一大早他就出车运棉花到外地去了，连句话都没对爹说。好在老人不计较这些，也好在有凤焕这个贤惠的女人替他兜了。此刻，广路叮嘱自己，今年爹过生日，一定好好庆贺一番，多摆几桌丰盛的酒席，把亲戚、朋友都请来，让爹高兴高兴。爹今年六十八岁了，还能过几个生日呢？

“啊，啊，是广路吗?”

“是我，爹。”走近了，广路才看清，爹身上还背着一个箩筐，里面有半筐杂草。老人也真是，家里既没牛也没羊，要这个有啥用！广路从爹手中接过箩筐，背在肩上，“爹，当小辈的说句话，您别不高兴，咱们家的日子比以前好过了，您在家歇着多好，我劝了您不是一次两次。再说，那点儿荒地，您辛辛苦苦干一年，又能打多少粮食?”

老人沉默片刻，说：“你知道，爹拼死拼活干，图的就是能过上好日子。现在有好日子过了，爹又老了，按理说也该享几天清福了，可一坐下来，又感到不干点儿事，心里怪痒痒的。我想，命里注定爹是这种闲不住的人啦。”停了停，又说，“地嘛，当然有好也有坏。不过，好地也好，坏地也好，都不会糊弄人，只要你不糊弄它，不论到什么时候，庄稼人靠的终究是土地，爹是这么想的。尽管年龄不饶人，干点儿活挺累，可爹心里面舒坦。”

广路没再吭声，只是微微摇了摇头。

吃过晚饭，看完电视，正要睡觉的时候，忽然门外传来脚步声，凤焕忙拉开门：“哟，是二蛋呀，快请进。”二蛋挪着罗圈腿走上楼梯，进了房间，广路忙着倒茶，让座。

二蛋是村里的养猪专业户，广路曾帮他拉过几次饲料，运过几次猪，所以，每逢广路出车回来，他都来坐坐，算是从情理上报答广路。

这几年稍稍有点儿手艺的人都发了大财，二蛋也不例外。据说他挣的钱都装了满满一陶罐了。但二蛋很谨慎，他将极少一部分钱存在银行里，一年到头还是穿他那身油渍麻花的涤卡服，逢人还净哭穷；几年前他就预备下了盖房子的材料，但就是不动手，等好多人家都开始大兴土木后，他才悄悄地完成了他的“大业”。广路很瞧不起他这股滑头劲儿。

自从报纸上有了“万元户”这个新名词后，各地纷纷树起了这方面的典型，大队书记陈三毛曾经找过广路和二蛋，说遵照公社的意见，大队准备树他们二人为典型。广路对这种不断变化的新花样实在不感兴趣，他硬邦邦地回绝了陈三毛。如今不是从前了，他再也不是那个谁也瞧不起的、任人耍弄的陈广路了。他感谢制定政策的人，但他决不感谢那些大大小小的类似陈三毛的人——如今他富了，他们借机往自己脸上贴金。二蛋却不像他，不论办什么事都留后路，人家陈三毛毕竟还是大队书记。二蛋对陈三毛说，让他当“万元户”实在是高抬了他，因为他根本还没有挣到一万元钱，不信到信用社去瞧瞧嘛，到家里瞧瞧也行，他二蛋家里既没有电视机，也没有录音机，几乎连件时兴的家具都没有……弄得陈三毛只好讪讪而去。

二蛋坐在太师椅上，习惯地脱下已经被脚指头顶穿了两个洞的黑布鞋：“广路，听说你不准备干啦?”

“是的，我不像你，没命地挣钱。钱是身外之物，生不带来，死不带去，多了也没用，够花的就行，须知挣钱多并不算享受，把挣来的钱痛痛快快地花出去才算享受，总把钱掖在罐子里有啥意思?”广路揶揄地说。

二蛋忙申辩说：“哎哟哟，我的兄弟，不瞒你说，各人有各人的难处呀……”这“不瞒你说”是二蛋的口头禅，其实二蛋有很多瞒着别人的事情。

广路和二蛋你一句我一句地聊起来，凤焕静静地边听边做针线活。对于男人们的事情，她向来不插嘴，不管来的是多亲近的人，她只是不停地倒茶、递烟，任他们说得多热闹，她也只是笑笑。

“兄弟，二哥想求你办点儿事。”二蛋临走的时候说，他皱起眉头——每逢他求人时，就皱起眉头，眼睛眯成一条缝，久久地看着对方的脸。

“说嘛。”广路催促他。

“不瞒你说，明天我想去县宰杀厂送趟猪，顺便拉回点儿饲料，想借你的车……”

广路想了想说：“明天下午刘家庙来人接车，要跑一趟的话，只能上午。”

“对，就是上午。兄弟，运费嘛，二哥准备——”

广路摆摆手：“算啦算啦，提那干吗！弟兄们之间互相帮一下是常事，再说，卖了车，以后想帮也帮不成啦。”

二蛋眉开眼笑，千恩万谢地告辞走了。

半夜，广路被一阵沙沙声惊醒。可能下雨了，他想。他悄悄爬起来，没有惊动凤焕。他放心不了那车，还有车上的大米。汽车虽然停在车棚里，但车棚很小，又没有门，容易遭雨。

广路来到院子里，并没有下雨，只是天有点儿阴，刚才的沙沙声可能是他的幻觉。他不知不觉来到车棚前，黑暗中看不清那车，只能看到它黑黝黝的轮廓。

事情的变化往往是出人意料的。很长一段时间来，广路总觉得这楼、这车，还有屋里的电视机等像是变戏法变来似的，别说当年的娘想不到，就连他也没有想到。娘是“割尾巴”最凶的那年死去的，当时如果再有三百块钱就能治好娘的病，可让他到哪儿去弄那三百块钱呢？他只能眼睁睁地看着娘咽气。娘临死时，拉着他的手，断断续续地说，她最放心不下的就是他的婚事。但天无绝人之路，那一年的秋天在黄河防汛工地上，凤焕得了急性盲肠炎，与她素不相识的广路背着她跑了七里路，把她送到附近的一家小医院。不久，凤焕托人来提亲，挑明了说，她知道他家没有像样的房子，也拿不出彩礼。但是她“要的是人，不是什么房子、彩礼”。后来，凤焕果然没要他一分钱，和他结了婚，尽管凤焕家的人都反对，尽管结婚后凤焕每次回娘家都遭父母和哥嫂的白眼。

起风了，广路感到有点儿凉。他点上一支烟。借着火柴的光亮，他看清了他的熟悉的车。当初买这辆车时，全家人都捏着一把汗，特别是爹，好几天晚上都睡不着觉，一阵接一阵地咳嗽，叹气。广路心里有数，虽然他只是个初中生，水平不高，但他明确地认识到，老百姓再也经不起折腾了，眼下正是致富的好时机。后来的事实证明，他的判断是对的，等别人也看准了时机时，他万把块钱已经到手了，并且那两间孤零零的破草房也被这座漂亮、神气的小洋楼替代了。三年来，他拼命地挣钱，春天从邻省拉大米，夏天拉建筑材料，秋后往外运棉花，冬天则从三百里外的煤矿往村里拉煤；别人拉一车，他拉两车、三车，过节都不休息。这几年，他不记得自己睡过几个囫囵觉。一天夜里，他被凤焕轻轻的啜泣声惊醒。他艰难地睁开惺忪的睡眼问她怎么啦，凤焕说是做了一个噩梦给吓的。广路知道妻子在说瞎话，有很长时间他没有好好地和她温存了，凤焕哭是觉得委屈。他把妻子紧紧地搂在怀里，说："再过段时间，我就不干啦。"

"为啥?"

"因为我是个很容易满足的人，钱多了反而不知怎么对付，等挣够了那个数，不干了，那钱存在银行里，每月光利息就好几百块，随便怎么花都够。到那时，我们地也不要了，谁要种谁种，把爹安顿好，我领着你和小海天南地北走走，见见世面。"

"整天闲着，我可受不了。"

"傻瓜，听说过有累死的，没听说过有闲死的。"

"你打算得怪好，听说税收要增加，能挣那么多吗?"

"放心，挣不到那个数，我给你当驴骑……"

不知谁家的公鸡喔喔地叫起来。离天明还有段时间，但广路不准备睡了。昨天已经说好，天一亮，买米的都来取米，完后，他再去帮二蛋运猪。

广路就坐在楼前的台阶上，点上一支烟，一直到天亮。

按照广路的计划，一个月后，他将带凤焕和小海出外游玩。这期间出现了许多意想不到的事情，其中最让广路惊异的，是二蛋竟拿出卖猪得来的一千块钱，赠给了坐落在村西的陈家楼联中，说是给学生买书本用。一时二蛋成了这一带的知名人士，听说公社书记还接见了他，表扬他"致富不忘国家"，并号召全公社的专业户向他学习。

那天在胡同口，广路碰到了二蛋，他喊住他说："行啊，二蛋哥，成典型啦，真是太阳从西山冒出来啦？”

“嘿嘿，嘿嘿……”二蛋有点儿不好意思地干笑着。他把广路拉到墙边，从兜里摸出两支皱皱巴巴的云门烟，递一支给广路——这是他破天荒第一次敬烟给广路。他自己也点上一支，然后清了清嗓子，感慨地说：“不瞒你说，广路兄弟，二哥想开了……不瞒你说，二哥现在是有钱了，虽然不能同你比，但拿出一千块是小意思，回到几年前去，别说让我拿一千，就是十块我也拿不出来。”二蛋还说，他没有赶上好时候，当时家里穷，没钱供他上学，连自己的名字都不认得，吃够了没文化的苦头。人没文化就容易受穷，容易被人骗。“你那大侄儿也没赶上好时候，但那时我硬着头皮供他上学。一次他上堤拾柴扭了脚脖子，不能去听课，学校的刘老师发着高烧也来给他补课，一补就是半个月，连口热水都顾不上喝……再说，我养猪养这么好，也多亏学校的小孙老师帮着出主意……”

二蛋絮絮叨叨地说了一大串，广路承认这是事实。但鬼知道他何以转变得如此之快。鬼知道这小子打的什么主意。而不论怎么说，他毕竟拿出了一千块，也许他说的是真心话，他的口气、神态的确十分感人。

这天一早，凤焕仔细地打扫了一遍院落，把屋里收拾得妥妥帖帖。家里除爹外，他们没什么可记挂的，一年多前家里就不养猪、牛、鸡、鸭了，因为那些东西不但麻烦人，还把院子弄得又脏又乱，再说也实在挣不来几个钱。

广路和凤焕一遍又一遍地嘱咐老人要注意身体，家里什么东西都不缺，要吃什么就做什么，如果烦闷的话，可以坐汽车到县城玩玩，看看戏、下下馆子、散散心，钱在大衣柜中间的抽屉里……他们是一片诚心，没承想到把老人惹火了：“你们放心去，我死不了！”长叹一声出门去，把广路和凤焕弄得大眼瞪小眼。人常说，小小孩儿，老小孩儿，莫非人老了都会像爹爱耍小孩子脾气吗？

近来广路听到老人的叹息声。爹是个很要强的人，当年揭不开锅时也没听见他这样，广路不明白老人现在还有什么不满足的？望着爹的背影，他无可奈何地摇摇头。

陈家楼没有汽车站，外出乘车要到村北的公路上去截，路口有一棵歪脖子大柳树，上面毛毛糙糙地用红漆写着“陈家楼停车点”几个字，去县城的客车经过时都在这儿停一下。去停车点的路上，广路不住地和街坊邻居们打招呼，领受着他们羡慕的、甚至是嫉妒的目光。小海到底是小孩子，他高高兴兴地跑在前头，得意地挺着胸脯，扮着鬼脸，向小伙伴们炫耀。凤焕呢，倒显得很不好意思，羞答答几乎连头都不敢抬，像让她去偷东西似的。这等荣耀在陈家楼除他们夫妻外，没有人能捞得上，广路猜不透凤焕想的什么。

刚才出大门时凤焕就犹豫了一下。昨天晚上收拾行装时，广路以为她会快快活活，高兴得像小孩子串亲戚一样，可凤焕却像拿不定主意似的，皱着眉头。去年过春节时，她就是这副神态。大年初一，凤焕把房间整理得利利索索，八仙桌上摆着广路从省城买来的高级糖果、带过滤嘴的香烟，等大伙儿来拜年。可眼看快晌午了，来这座小洋楼造访的人却寥寥无几，凤焕偷偷地抹起了泪，广路劝她：“不来就拉倒嘛，我们又不求他们……”坐在一旁一个劲地抽烟的继贵老汉狠狠地瞪了儿子一眼，站起来拍打拍打身上的尘土和烟灰，下了楼，像欠了别人人情似的挨家挨户拜年去了，辈分比他小的人家他也去。

就因为这事，新年没有过好。

在路口又碰到了二蛋。二蛋刚买饲料回来，他拉着装得满满的架子车，脑门子上净是汗。见到他们，二蛋将车子打在路边，然后走过来亲热地拍了拍广路的肩膀：“放心去吧兄弟，家里的事，你们不用担心，继贵老叔就交给我啦。”

广路心里热乎乎的，他想起了二蛋向学校赠钱的事。说不上为什么，他第一次觉得，他一向瞧不起的二蛋竟比自己强！

他们走上了公路。公路路基挺高，站在上面，可以看到远处的和近处的田野。晨雾还没有散尽，满目都是春天的气息，这种舒畅的气息使人忍不住微微颤抖。这一带是棉区，国家加价收购棉花，这几年人们都不同程度地发了点儿棉花财，报纸上就是这么说的。眼下春暖花开，正是种棉花的季节，各家各户几乎全部出动，男女老少都在自己的责任田里辛勤地打垄、开沟，郑重、庄严地撒下致富的种子，种下希望和喜悦……

走着走着，凤焕忽然放慢了脚步。

“你怎么啦?”广路回过头来问她。她脸色很阴郁。

“我……不想去了，你和小海两人去吧。”

“为什么?”广路很惊奇，“不是说好了的吗?”

“我总觉得这不合适。要去也该到秋后没事的时候去。你和小海两人去吧，我留在家里，把咱的地种好。”凤焕心里有很多话要说，但她没有说下去，那些话不是一时说得清的。

她是个有主见的女子，她懂得怎样生活，从小娘就教育她，做人要踏实、要勤快。也许正因为她听了娘的话，才使她后来成了一个能干、泼辣、含而不露的女人。公爹喜欢她，逢人就夸她，也是因为她的能干。如果按广路说的办，她不知道往后怎么过日子。不过，她也有她自己的主意……

广路狠狠地咬了咬牙巴骨。他了解凤焕这个女人就像熟悉自己一样——她拿定的主意任是十头牛也拉不回来，广路知道劝也没用，况且他刚刚悲哀地发现，自己并没有什么充足的理由能说服她，能使她回心转意。

广路不由自主地把目光移向忙碌的田野。靠近公路的那块田是继山老汉的，继山老汉和广路爹是没出五服的堂兄弟，在凤焕之前，在广路的婚事上，他没少帮忙、张罗，广路和爹都很感激他。前几年，家里每逢做好吃的，都给他送点儿去，后来渐渐也就淡忘了。做豆腐是继山老汉的拿手戏，可到如今也没见他做出一斤豆腐，究其原因，第一大概是他吃不准政策，怕惹祸，像前些年挂牌子游街那样（那时节把继山老汉折腾得好苦!）；第二大概是他拿不出成本，因为现在他二儿子结婚，钱财紧张。前些时候，凤焕曾向广路提过继山的事，说要广路帮助帮助他，当时广路没放在心上。其实这是很简单的事情，不论怎么说，人光顾自己总有点儿说不过去，本来生活在世上的人都是互相关联的。还有田野里的这些乡亲，也真是太不开窍，每人只有一亩多地，干吗大人孩子都挤在里面？买上两台拖拉机，抽出一部分人来搞副业，留下一少部分人干，那情景会比这好得多。这也是很简单的事情，怎么就没有人看得出来，并且去做呢？

“爸爸，快，大客车来啦。”小海欢呼着、跳跃着。

广路和凤焕都没有动。小海毕竟还小，他不能理解大人的心情。广路的目光一直没有离开面前的这片留下他数不清的足迹的田野，这一大片人们赖以休养生息的田野养育了一代又一代人，每一个得到它恩惠的人都有责任使它变得富足和肥沃。广路想起小时候趴在地头看大人们挥汗劳作，期待着丰收的年景，巴望着自己快快长大，也好像大人们那样，用自己的汗水来维系和这片土地的感情……不知不觉过去了这许多年，广路早已是一个敢作敢为、有头脑的男子汉了，但他想到的是什么呢？是自己不再流汗，也就是不再有期待和充实……

大客车开过去了，凤焕掉头往回走，广路拽着瞪大眼睛的小海，紧紧地跟在后面。

（1986 年）

图书在版编目(CIP)数据

灵物／陶纯著. — 北京：中国文史出版社，2019.1

(中国专业作家小说典藏文库·陶纯卷)

ISBN 978-7-5205-0524-6

Ⅰ.①灵… Ⅱ.①陶… Ⅲ.①短篇小说-小说集-中国-当代 Ⅳ.①I247.7

中国版本图书馆CIP数据核字(2018)第206104号

责任编辑：牟国煜　薛未未

出版发行：中国文史出版社
社　　址：北京市海淀区西八里庄69号院　邮编：100142
电　　话：010-81136606　81136602　81136603（发行部）
传　　真：010-81136655
印　　装：廊坊市海涛印刷有限公司
经　　销：全国新华书店
开　　本：720×1020　1/16
印　　张：21　　字数：302千字
版　　次：2019年1月第1版
印　　次：2019年1月第1次印刷
定　　价：68.00元